계백 3권

계백 3권

1판 1쇄 인쇄 | 2011. 7. 20
1판 1쇄 발행 | 2011. 7. 25

지은이 | 이원호
펴낸이 | 박연
펴낸곳 | 한결미디어

등록일자 | 2006. 7. 24.
등록번호 | 제 313-2006-000152호
주 소 | 서울 마포구 용강동 469 하나빌딩 3층
전 화 | 02)704-3331 팩 스 | 02)704-3360

ISBN 978-89-93151-31-2 04810
ISBN 978-89-93151-28-2 (세트)

이원호 역사소설-계백 3

한결미디어

차례

제1장 대야성 공략(攻略)

　남방군(南方軍)의 진로는 두 갈래로 나뉘어졌다. 계백의 직산성군을 선봉으로 한 군단과 아래쪽 추원성에서 진격한 방령 윤충의 주력군이다. 계백의 직산성군은 지난 번과 똑같은 행로를 거쳐 태진성 앞에 다다랐다. 8월 초순의 한낮이다. 태진 성주 아신은 첩자의 보고를 받고 기다리던 중이었다.

　"놈들에게 신라군의 위력을 보여라."

　성루에서 내려오며 아신이 소리쳐 말했다. 투구를 쓴 그가 말에 오르자 북이 울리며 기마군 3천이 성안 광장에 모여들었다. 이번에는 백제군과 승부를 낼 작정이었다. 계백이 이끌고 온 군사는 기마군 2천에 보군 3천이다. 그 뒤를 군장(郡將) 연만의 군사 1만이 따르고 있다지만 아직 용마 산성을 넘지도 않았다.

　"성문을 열어라!"

　칼을 빼어 어깨에 받쳐 든 부장이 소리쳤다. 아직 계백의 군사는 성밖 5리 지점에서 대형을 정돈하지도 않았다. 육중한 성문이 천천히 열리기 시작했다.

신라군의 선봉은 소감(小監) 전비였다. 기마군 5백 기를 이끈 그가 성을 나가자 아신이 중군 2천 기와 함께 뒤를 따랐다.

"성주, 계백이 기마군을 2개 대로 나눕니다."

옆을 따르던 부장(副將) 석수가 말했다. 아신도 앞쪽에서 두 덩이로 갈라지는 먼지구름을 보았다.

"잔재주를 부리는구나, 계백이."

쓴웃음을 지은 아신이 눈을 가늘게 뜨고 선봉군을 바라보았다. 전비는 깃발을 펄럭이며 이미 좌측 백제군을 향해서 돌진하고 있었다.

"우대속에게 5백 기를 떼어 전비의 뒤를 잇도록 해라!"

그가 소리치자 뒤를 따르던 전령 하나가 말머리를 돌리더니 뒤쪽으로 사라졌다.

"우리는 우측 백제군을 친다!"

"선봉은 소장이 맡겠소."

석수가 소리쳤으므로 아신이 머리를 끄덕였다. 중군의 달리는 속도가 조금 늦춰지면서 석수가 이끈 5백 기가 앞으로 내달려갔다. 일사불란한 행동이었다. 아신은 힐끗 시선을 들어 하늘을 올려다보았다. 미시 무렵이어서 둥근 해는 중천에 머물러 있었다. 해가 떨어지기 전에 승부가 날 것이다.

계백은 신라 기마군이 두 대로 나눠지면서 달려오는 것을 보고는 머리를 끄덕였다.

"훌륭하다. 조금도 흐트러지지 않고 두 대로 나뉘어지는구나."

"본진이 이쪽으로 옵니다."

옆으로 다가온 삼차복이 말했다. 계백은 본진에서 펄럭이는 성주의 영기(令旗)를 보았다.

8

"접전이다! 북을 쳐라!"

계백이 소리치자 뒤쪽에 선 고수들이 빠르게 북을 두들겼다. 소가죽 북에 단단한 나무채가 연타되면서 북소리는 들판 위로 가득 울려 나갔다. 계백은 말에 박차를 넣어 속보로 달렸다. 두 대로 나뉘어진 무리의 한 대는 시덕 각대상이 맡았는데 그의 왼쪽에서 달려가고 있었다. 계백은 허리에 찬 칼을 빼어 들었다. 태진성의 신라군은 아직 지원군이 닿지 않았고 이쪽도 군장의 본진이 오지 않았다. 따라서 양군의 군세는 비슷했다. 이제 양군은 급속도로 가까워지면서 화살이 날아왔다. 서로 말을 탄 채 활을 쏘는 것이다. 계백의 앞쪽은 시덕 유개원이 이끄는 5백 기의 선봉군이 달렸다. 그쪽에서 요란한 함성이 울린 순간 바짝 다가선 신라군도 맞받아 외쳤고 곧 칼날 부딪치는 소리로 덮여졌다.

"우측으로 틀어라!"

그 순간 계백이 소리치자 앞장섰던 20여 기의 기마군이 일제히 우측으로 말머리를 돌렸고 본진 5백 기가 선봉군을 떼어놓고 분리되었다. 이제 백제 기마군은 3대로 나뉘어졌다.

양군이 충돌하면서 전진이 멈춰졌다. 선봉끼리 먼저 부딪쳤으나 곧 중군이 밀고 들어오자 말들이 서로 얽히면서 뒤섞여졌다. 들판은 격렬한 싸움터가 되어 있었다. 거의 멈춘 상태에서 찌르고 쑤시고 베었는데 귀를 찢는 듯한 칼날소리와 고함과 비명으로 이제 군령은 들리지도 않는다. 아신도 이미 칼을 휘둘러 다가온 백제군 셋을 베었다.

"밀고 나가라!"

아신이 고함치자 뒤에 붙어 있던 후군이 함성을 질렀다. 그러나 서너 발짝 더 나아가고는 다시 얽혔다. 앞으로 한 식경이면 결판이 난다. 칼을 휘둘러 백제군을 베면서 아신은 말을 앞쪽으로 몰았다. 한 번 밀리면 걷잡을 수 없이 밀려나는 것이다. 그때는 수습할 수도 없다.

계백의 5백 기마군은 우측으로 꺾어 직진했으므로 그들은 시덕 각대상의 부대와 혼전중인 신라군 소감 전비의 측면을 치려는 것처럼 보였다. 그래서 전비의 지원군으로 투입된 길사(吉士) 우대속이 일지군을 거느리고 계백을 향해 달려왔다.

그러자 계백이 빙긋 웃었다.

"좌측으로! 다시 신라 본진을 친다!"

5백 기마군은 일제히 말머리를 틀었다. 이미 혼전중인 시덕 유개원과 신라군의 본진은 3, 4백 보 앞이었다. 옆에 바짝 붙어 있던 하도리가 힐끗 뒤쪽을 바라보았다.

"신라군이 뒤를 따라옵니다!"

계백이 노리고 달려간 곳은 신라군의 영기가 흔들리는 곳이었다. 계백은 눈을 부릅뜨고 앞쪽을 바라보았다.

이것이 이번 싸움의 서전(緖戰)이 될 것이었다. 이제는 전략도 필요 없고 오직 체력 싸움이다.

아신은 옆구리를 찔러오는 백제군의 중군 영기를 보았다. 이미 온몸에 백제군의 피로 칠갑(漆甲)을 한 그는 쓴웃음을 지었다.

"군세는 얼마나 되느냐?"

"1천 기가 넘소이다!"

누군가가 소리쳐 대답하자 그는 말머리를 와락 틀었다.

"영기를 흔들어라! 중군은 나를 따르라!"

영기가 거칠게 흔들렸고 혼전 속에서 한 무리의 군세가 옆쪽으로 차츰 몰렸다. 계백의 영기는 이제 1백여 보 앞으로 다가왔고 함성이 들판을 울렸다.

눈을 부릅뜬 아신은 앞을 가로막는 백제군의 어깨를 찍어 넘어뜨렸다. 장수끼리의 싸움으로 결판을 낼 작정이었다.

계백도 그것을 노리고 있을 것이니 한쪽 장수가 죽으면 그것으로 싸움은 끝이 난다.

"신라군 영기가 다가옵니다!"

계백의 앞에서 칼을 휘두르며 달리던 삼차복이 소리쳤으나 이미 계백도 보았다. 태진 성주 아신은 자신과의 대결을 원하는 것이다.

"비켜라!"

계백이 소리치자 앞을 막아섰던 위사들이 좌우로 흩어지면서 전방이 환히 트였다. 그 순간 이제 3, 40보 앞으로 가까워진 신라군의 대열이 반으로 쪼개지는 것처럼 보이더니 장수의 모습이 드러났다. 태진 성주 아신이다. 아신과는 처음 만나지만 은투구에 담녹색 갑옷을 걸친 모습은 말로만 듣던 태진 성주가 틀림없었다.

아신은 붉은 색 겉옷에 같은 색깔의 갑옷을 입고 검정색 쇠투구를 쓴 장수가 계백인 것을 알았다. 계백은 칼을 한쪽 어깨에 걸치고는 전속력으로 다가왔다. 거리는 10여 보 앞이다.

"나는 신라국 급벌찬 아신이다!"

벽력같이 고함을 친 아신이 칼을 치켜들었다. 한 칼에 베어 넘길 것 같은 험악한 기세였다. 그 순간 양군의 전진은 늦춰졌다. 모두 말고삐를 당겨 좌우로 흩어졌으므로 앞쪽 좌우에서만 칼날들이 부딪쳤다. 두 장수의 대결을 위해 공터가 만들어진 것이다. 아신은 계백의 대답을 듣지 못했다. 그저 질풍처럼 달려온 계백이 칼을 내리쳤기 때문이다. 칼을 들어올려 계백의 칼날을 막자 날카로운 쇳소리와 함께 아신은 힘이 딸리는 것을 느꼈다. 수십 번 전투를 치른 그로서는 첫합에 상대방의 기량을 알 수 있었다.

"에이익!"

말들이 엉키면서 계백이 뒤쪽으로 도는 순간 아신은 칼을 옆으로 후려쳤다. 그러나 헛칼질에 상체가 옆으로 쏠렸다.

"이놈!"

말고삐를 채어 계백의 옆으로 돌았을 때 아신은 온몸으로 식은땀을 쏟았다. 계백은 이미 좌측으로 붙어 오고 있었던 것이다. 계백의 칼날이 비스듬한 곡선을 그으면서 내려쳐졌을 때 그는 말에 박차를 넣고 옆으로 피했다. 싸움에 익숙한 말이어서 주인과 동체가 된 듯이 껑충 뛰었다. 계백의 칼날을 피했다고 느낀 순간이었다. 아신은 번쩍이는 칼빛을 보았고 눈을 치켜 뜬 채로 목에 칼을 맞았다. 계백의 말이 같은 방향으로 뛰어 옆에 붙어 있었던 것이다.

"와앗!"

이제까지 20보 정도의 간격을 두고 숨을 죽이며 두 장수의 대결을 바라보던 백제군이 들판이 떠나갈 듯한 함성을 질렀다. 목에서 피를 뿜으며 아신이 땅바닥으로 떨어지기도 전이다.

"태진 성주가 죽었다!"

백제 군사들이 목이 터질 듯한 환성을 지르는 것과는 대조적으로 신라군은 주춤대며 뒤로 물러났다. 전의가 순식간에 꺾인 것이다.

"쳐라!"

누군가가 외치자 백제군은 노도(怒濤)와 같이 돌진했다. 사기가 충천(衝天)했다는 것은 이를 두고 하는 말일 것이다.

태진성이 함락된 것은 다음 날 오시 무렵이었으니 계백의 백제군이 앞쪽 들판에 닿은 지 만 하루 만이었다. 성안에는 보군 5백 정도가 남아 있을 뿐이어서 수비장수는 성문을 열었던 것이다. 어제의 싸움에서 신라군은 기마군 2천 기를 잃었고 보군의 사상자는 1천이 넘었다. 포로로 잡힌 신라군 장졸이 1천이 되었으니 보기 드문 대승이다.

남방 방령 윤충에게 전령을 보내고 나서 얼마 되지 않았을 때였다. 윤충이 보낸 전령이 먼지를 뒤집어 쓴 몸으로 그의 앞에 다가와 군례를 했다.

"성주께 방령의 영을 가져왔소이다."

"말하라."

"방령께선 태진성의 저항이 심하면 곧장 대야성을 향해 진군하라고 하셨소."

계백이 쓴웃음을 지었다.

"너도 보다시피 태진성을 함락시켰다."

"예, 대승올시다."

"영을 따라 곧 진군하겠다고 말씀드려라."

전령을 보낸 계백은 곧 진군 준비를 서둘렀다. 군사들을 하룻밤 쉬게 하면 기운을 차릴 것이었다.

"무엇이? 남방군이?"

눈썹을 곤두세운 김유신의 기세에 질린 듯 무관(武官)은 시선을 내렸다. 넓은 진막에는 한동안 숨소리도 들리지 않았다. 무관이 초조한 듯 머리를 들어 김유신을 바라보았다.

"이번에는 허장성세가 아닌 것 같소이다. 이미 두 갈래 길로 대야주 영내로 깊숙이 들어왔습니다."

무관은 대야주 군주인 김품석이 보낸 전령이다. 김유신의 이 사이로 가는 신음소리가 뱉어졌다. 미후성 공략을 시작한 지 닷새째였다. 양면(兩面)에서 협공을 받은 백제의 동방군은 아래쪽으로 철군했으니 미후성만 탈환하면 이번 싸움은 신라군의 승리가 될 것이었다.

"의자가 제 아비 이상 가는 간특한 놈이로다."

혼잣소리처럼 말한 김유신이 장수들을 둘러보았다.

"다행히 알천 장군이 대야주 근처에 닿아 있으니 뒤를 받쳐줄 것이다. 허나 이번에도 의자의 간계에 속아 신라군이 두 쪽으로 나뉘어졌다."

그러자 삼천당주 김용석이 입을 열었다. 그는 아찬(阿湌) 벼슬의 진골 왕족이다.

"장군, 대야군주 이찬(伊湌)께서는 정병 10만을 거느리고 계시오. 백제 남방군이 쉽사리 진군하지는 못할 것이오."

대야군주 김품석은 장인인 김춘추와 마찬가지로 이찬 벼슬이니 가야 왕족 후손인 김유신보다 오히려 관등이 높다. 김유신이 머리를 끄덕였다.

"그렇긴 하나 백제의 남방군도 10만이 넘는 병력이 있소. 증원군이 가야 할 것이오."

그러자 전령으로 온 무관이 말을 이었다.

"군주께서는 이미 경도에 전령을 보내셨소이다. 알천 장군께도 이미 전령이 닿아 있을 것이오."

"이제 전운(戰雲)이 신라 땅에 가득 덮였다."

혼잣소리처럼 말한 김유신이 길게 한숨을 내쉬었다.

"의자의 대(代)에 이르러 신라와 백제는 사생(死生)을 결단(決斷)하게 되었구나."

대장군 알천(閼川)은 4년 전인 여왕 7년 10월에 북방의 칠중성으로 고구려군이 침입해 오자 군사를 이끌고 나가 고구려군을 패퇴시킨 용장이다.

또한 6년 전인 여왕 5년 3월에는 여왕의 명을 받고 필탄(弼呑)과 함께 옥문곡으로 진군하여 독산성을 기습하려는 백제 장군 우소와 백제군을 전멸시켰다. 그는 사십대 후반으로 여왕과 귀족회의의 신임을 함께 받고 있는 장군이며 또한 진골 왕족이기도 하다. 마상에 앉은 그는 앞쪽의 산하를 바라보았다. 들에는 이미 추수가 끝나 마른 잎줄기만 드러났고 산에는 단풍이 가득 들었다.

"왕명이 내렸으니 내일 출진이다."

이윽고 머리를 든 알천이 옆에 서 있는 부장(副將) 김사용을 바라보았다.

"보기(步騎)가 같이 진군한다. 따라서 치중대와 행군 속도를 맞추도록 하라."

"알겠소이다. 장군."

"윤충의 주력군이 대야성까지 진군해 오려면 열흘은 걸릴 것이다. 우리는 보기가 함께 진군해도 엿새면 닿는다."

김사용이 잠자코 머리를 끄덕였다. 그는 칠중성 싸움에서도 알천의 부장으로 참전했던 것이다. 알천은 지용(智勇)을 겸비한 장군이었다.

"장군, 허나 태진성이 함락당한 것이 걸립니다. 그곳에서 대야성까지는 60리밖에 되지 않습니다."

"산줄기가 둘이나 가로질러 있는 데다 인근의 성 병력만 해도 2만이다. 따라서 후속군이 따라오지 않는 이상 계백의 5천 군사는 대야성 근처에도 가지 못한다."

계백의 군사는 들판을 건넜으나 처음 산줄기에서 신라의 백차성 군사에게 길이 막혀 있었다. 산길은 대군이 넘어가기에는 너무 좁았으며 또한 계백의 군세도 적었다. 첩자에 의하면 계백의 뒤를 이으려던 군장 연만의 1만 군사는 방향을 돌려 방령 윤충의 후위대에 편성 되었다. 계백의 직산성 군 5천은 태진성을 함락시켰으나 고립된 것이나 마찬가지였다.

말고삐를 튼 알천이 성쪽을 향해 말을 몰았다.

"윤충은 의직과는 달리 정공법을 즐겨 쓴다. 무장이 전술은 천성(天性)과 비슷하다. 윤충은 강직한 천성이야."

시선이 마주치자 알천이 빙긋 웃었다.

"계백을 별동군(別動軍)의 선봉으로 운용하려다가 마음을 바꾼 모양이다. 그쪽으로 진군하려면 아무래도 3만은 가져야 할 것이고 그것도 신라군은 성의 주둔군만으로 상대할 수가 있으니 전력만 소모시킬 뿐이야."

박차를 넣은 알천이 말을 빨리 몰았다.

"전령을 대야군주한테 보내야겠다. 병력을 태진성 쪽으로는 보낼 필요가 없다고 말이야. 계백은 백차성에서 발이 묶일 것이다."

태진성은 대야성 서북방 60리 지점에 있었으니 윤충의 주력군이 진군해 가는 남쪽보다는 대야성에서 가까웠다. 그러나 산줄기가 두 개나 가로놓인 데다 인근에 신라 성이 여섯 곳이 있었으니 백차성, 구안성, 묘석성, 한마성, 영천성, 오장 산성 등이었다. 짧은 거리에 성이 즐비했고 더욱이 통로가 좁고 가파르기 때문에 마차도 다닐 수가 없는 험지였다. 계백의 군사 보기 5천이 백차성이 올려다 보이는 산 아래에 진을 친 것은 저녁 무렵이었다. 산골의 날씨가 서늘했으므로 군사들은 어깨를 움츠리고 일찍부터 모닥불을 피웠다. 진막 밖에 서 있는 하도리에게 삼차복이 다가가 섰다.

"이봐, 너는 군장(郡將)의 군사가 추원성으로 내려간 이유를 아느냐?"

"내가 어찌 알겠소?"

"방령이 주인을 사지(死地)에 내몰려는 것이다."

소리 죽여 말한 삼차복이 싱긋 웃었다.

"군사들이 모두 그렇게 수군대고 있으니 곧 신라군도 알게 될 것이다."

"형님이 그렇게 소문을 퍼뜨린 것 같구려."

"방령이 우리 주인을 탐탁지 않게 여기고 있다는 것은 아는 사람은 다 안다."

삼차복이 어깨갑옷이 무거운지 벗어서 땅바닥에 내려놓았다. 그는 아직 관직이 없으므로 계백의 시종 역할이다. 그가 말을 이었다.

"백차성에 꽉 막혀 있는 상황이니 군사들은 그 소문을 모두 믿는다."

백차성은 대성(大城)은 아니었으나 산중턱에 자리 잡고 있어서 동쪽으로 가는 관문 역할을 했다. 하도리는 계백과 함께 성밑의 소로를 지나 대야성에 들어간 적이 있었으므로 머리를 끄덕였다. 백차성을 함락시켜야만 군사가 지나갈 수 있는 것이다.

"거기 차복이 있느냐?"

계백이 안에서 불렀으므로 삼차복과 하도리가 진막 안으로 들어섰다. 허리갑옷만 두른 채로 걸상에 앉아 있던 계백이 머리를 들었다. 그 앞에는 장덕으로 품위가 오른 각대상과 마자청이 나란히 앉아 있었는데 그들은 계백의 심복들이다. 계백이 삼차복을 바라보았다.

"군사들에게 소문이 먹혀들더냐?"

"예, 의심할 여지도 없이 믿고 있소이다."

그러자 쓴웃음을 지은 계백이 각대상과 마자청에게로 머리를 돌렸다.

"이번 싸움이 끝나면 방령께 사죄를 해야겠군."

"그럴 필요는 없소이다."

고지식한 각대상이 대뜸 말했다.

"방령께서는 직산성군에 큰 기대를 걸고 계시는 것 같지도 않습니다."

윤충이 출동 전에 계백의 증원군 요청을 거절했던 것을 말하는 것이다. 계백이 삼차복과 하도리를 번갈아 바라보았다.

"아마 신라군도 그 소문을 듣고 있을 것이다. 직산성군은 비록 태진성을 점령했지만 방령으로부터 버림받은 군사들이라고 생각하겠지."

"우리 군사들도 그렇게 생각하니까요."

삼차복이 대답하자 계백이 천천히 머리를 끄덕였다.

"너희 둘은 오늘 밤에 오장 산성까지 가야겠다. 가서 검일을 만나거라."

그가 긴장한 두 사내를 번갈아 바라보았다.

"지난 번에 너희들도 검일을 보았을 테니까 알 것이다. 하도리는 길을 알 것이고."

"가서 무얼 합니까?"

삼차복이 묻자 계백이 정색을 했다.

"내일 밤에 내가 정예군 2천을 이끌고 오장 산성으로 간다고 전해라. 너희들도 그곳에서 우리를 기다려라."

이미 이야기를 끝냈는지 각대상과 마자청의 시선이 그들에게 옮겨져 있었다. 하도리가 먼저 머리를 끄덕였다.

"예, 갑지요. 성주."

따라서 머리를 끄덕이던 삼차복이 계백을 바라보았다.

"주인, 검일이 변심을 했을 경우를 대비하서야 하오."

그러자 계백이 입술을 풀고 웃었다.

"네가 산성의 입구까지 마중을 나오거라."

"가는 도중 소인이 변고가 생겼을 경우에는 하도리를 돌려 보냅지요."

"신라 장군 알천이 곧 대야주에 닿는다. 그전에 대야성을 함락시켜야 한다."

하도리와 삼차복은 절을 하고 진막을 나섰다. 진막 밖에서 허리를 펴고 서자 삼차복이 말했다.

"나도 이번에 관직에 오르게 되겠다."

그날 밤, 대야군주 김품석은 오랜만에 부인 소랑(炤娘)과 저녁상을 마주

받았다. 소랑은 이십대 중반으로 둥근 얼굴에 기품이 배어있는 미인이었다. 소랑이 김품석의 술잔을 채웠다.

"알천 장군은 언제 오시지요?"

"닷새 후면 도착할 것이오. 허나 윤충이 홍악성에서 저지당해 있으니 우리 대야주 군사로서도 패퇴시킬 수가 있소."

"윤충이 용맹하다고 들었습니다."

"맷돼지가 바위를 받고 죽는 꼴이 될 것이오."

술잔을 든 김품석이 웃었다.

"감히 대야주를 넘보다니."

"태진성이 백제 장수 계백에게 함락당했지 않습니까?"

"성주 아신이 만용을 부렸소. 성문을 닫고 있으면 계백은 우리 안에서 노는 쥐새끼가 되었을 것인데 계백과 겨루겠다고 뛰쳐나갔어."

김품석의 이맛살이 찌푸려졌다.

"허나 그놈도 백차성 앞 산기슭에 꼼짝 못하고 박혀 있소. 험로여서 대군으로 길을 닦아야 성밑을 지날 수가 있을 테니까."

소랑이 술잔을 들어 입술만 축이고는 내려놓았다.

"계백은 지난 번 평산성 앞 싸움에서 아찬(阿湌) 김건일 공을 죽게 한 장본인이 아닙니까? 그의 보군이 기습하는 바람에 신라군의 진용이 흐트러졌다고 들었습니다만."

"부인은 잘 아시는구려."

술기운에 눈가가 붉어진 김품석이 소랑을 지긋이 바라보았다.

"물론 적을 가볍게 여기는 것은 좋지 않으나 필요 이상으로 과대 평가하는 것은 더욱 좋지 않소. 계백은 그저 보통 무장으로 운이 좋았을 뿐이오."

"그렇습니까?"

"의자의 신임을 받는 모양이나 그 때문에 남방 방령 윤충의 견제를 받아

고립되어 있소. 백제군 내부에서 벌써부터 분란의 조짐이 보인단 말이오."

김품석의 잔에 술을 채운 소랑이 문득 생각난 듯 말했다.

"군기고 옆 별장을 시종들의 살림집으로 만들어 주었습니다. 내일부터 혼인한 두 부부가 살게 되었어요."

김품석의 시선이 비켜갔으나 그녀는 부드럽게 말을 이었다.

"그들에게 군주께서 별당을 내주셨다고 했습니다. 고마워하더군요."

고화는 김품석을 나흘째 만나지 못하게 되자 온몸에 벌레가 기어다니는 것처럼 가려웠고 열이 났다. 더욱이 별당이 시종들의 살림집이 되어버린 바람에 내성에 들어가 앉아 있을 곳도 없게 된 것이다. 요즘 들어서 이틀 걸러 한 번씩 별당에서 김품석을 만나온 고화였다. 육정(肉情)이 들대로 들은 데다 군주(軍主)의 애첩이라는 자신의 향상된 신분에 도취되어 있던 고화였던 것이다. 늦은 저녁이다. 내성에 들어간 고화는 군기고의 벽에 기대서 있었다. 술시가 되어 갈 무렵이어서 내성을 오가는 군사와 관리들도 뜸해졌다. 밤 공기가 서늘했으므로 장옷의 깃을 오므린 고화는 문득 군주가 자신을 버린 것이 아닌가 불안해졌다. 그러나 나흘 전에 만났을 때 비록 백제군이 침입해 온 상황이었지만 옥구슬 목걸이를 걸어주면서 전혀 그런 눈치를 보이지 않았던 군주였다. 앞에서 인기척이 났으므로 고화는 긴장했다. 주위는 어두웠으나 군기고의 대문에 달아놓은 등불 빛이 이쪽까지 닿았으므로 사내의 윤곽은 보였다. 다가선 사내는 군주의 위사 청보였다.

"아씨, 오래 기다리셨습니다."

"군주 나리를 뵙게 해줘요."

청보는 이제까지 김품석과 고화의 안내역을 맡아온 사내였으니 꺼릴 것도 없다.

"갑자기 별당에 사람을 들여놓은 건 무엇 때문입니까?"

"소인은 모르는 일입니다."

주위를 둘러본 청보가 목소리를 낮췄다.

"군주께서 성밖에 새 거처를 만들어 놓으셨습니다."

"성밖에 말인가요?"

고화의 목소리가 희망으로 부풀었다. 내성 안은 군주부인이 지척에 있어서 불안했던 참이기도 했다. 청보가 머리를 끄덕였다.

"군주께서 지금 그곳으로 가 계시라고 했소이다. 소인이 그곳 위치를 알려드리지요."

다음 날 인시 무렵, 아직 산천이 짙은 어둠에 덮여 있을 때 오장 산성의 성문을 지키고 있던 수문장은 산길을 걸어 올라오는 두 사내의 윤곽을 보았다.

"거기 누구냐?"

소리쳐 묻자 다가선 한 사내가 대답했다.

"성주를 뵈러 왔소. 우린 성주 나리 집안의 종이오."

횃불에 비친 사내들의 행색은 바지저고리 차림에 제각기 종들이 즐겨 쓰는 당나라 두건을 눌러 썼는데 지친 몰골이었다. 하지만 성주댁 종이라니 수문장의 말투가 누그러졌다.

"웬일로 이곳까지 왔느냐? 도성에서 밤중에 떠났겠구나."

"그렇소이다. 집안에 급한 일이 생겼소."

수문장이 더 이상 군말하지 않고 성문의 샛문을 열어주었다.

"성주께선 안채에서 주무실 게야. 어서 가 보아."

그는 군사를 하나 딸려 안내를 시켜주었다. 안채의 침소에서 곤한 잠에 빠져 있던 검일은 군사의 부르는 소리에 잠이 깨어서는 곧 겉옷만을 걸치고 청으로 나왔다. 그리고는 청에 서 있는 두 사내를 보더니 눈썹을 찌푸렸다.

"너희들은 누구냐?"

그러자 뒤쪽에 서 있던 군사들이 의아한 얼굴을 했다.

"나리, 소인을 모르시다니오? 평산성 전투에서 소인이 나리를 모시고 가지 않았습니까?"

삼차복이 말하고는 눈을 치켜 떴으므로 그의 눈빛을 받은 검일이 풀썩 웃었다.

"내가 잠에서 덜 깨었다. 너희들이 성안 군사인 줄 알았다."

그리고는 뒤에 서 있는 군사를 바라보았다.

"넌 돌아가거라."

그날 오시가 되었을 때 오장 산성의 성문에 종 차림의 중년사내가 헐떡이며 다가섰는데 산을 오르다가 넘어졌는지 바지가 찢겨져 있었다.

"누구냐?"

수문장이 거칠게 묻자 사내가 가쁜 숨 사이로 대답했다.

"성주댁의 종이오, 성주를 만나야 하오."

"이런 망할. 오늘 새벽에도 성주댁 종이 둘이나 찾아와 있다더만."

잠시 투덜댄 수문장이 샛문을 열었다. 그는 번이 바뀐 다른 수문장이었으나 새벽 일을 들은 것이다. 아직도 헐떡이며 안채로 들어간 종은 곧 검일을 보았다. 이번에는 검일이 먼저 그를 알아보았다.

"네가 여기 웬일이냐?"

"주인 나리."

검일을 본 종이 털썩 마당 끝에 주저앉더니 먼저 손등으로 눈을 씻었다. 주위의 군사들이 제각기 하던 일을 멈추고는 종을 바라보았다. 검일이 이맛살을 찌푸렸다.

"이놈아, 무슨 일이 있느냐?"

"나리, 오늘 새벽에 마님이 돌아가셨소."

"돌아가?"

눈을 치켜 뜬 검일이 쉿소리로 묻자 종이 두 손을 땅바닥을 짚었다.

"예, 도성 밖 길가에서 칼에 베인 시체로 발견되셨소. 옥선이 말을 들으면 아씨는 내성에 들어가셨다고 했는데 어찌된 영문인지."

"……."

"군사 하나가 아씨의 얼굴을 다행히 알고 있어서 집으로 통보를 해주었소. 주인, 이를 어찌하면 좋습니까?"

"칼에 베였어?"

차가운 목소리로 묻자 종은 어깨를 움츠렸다.

"예, 가슴을 한칼에 찔렀소이다. 그래서 주무시는 듯이……."

"시체는 어디에 있느냐?"

"내실에 모셔놓았소."

"……."

"아씨가 성밖에 왜 나갔는지 모르겠소. 아씨가 찬 패물이 모두 없어진 걸 보면 아마 야적들이……."

"알았다. 너는 쉬어라."

몸을 돌린 검일이 내실로 사라지자 종은 어깨를 떨구었고 군사들이 제 할 일을 했다.

"김품석이 베었소."

자르듯 말한 검일이 초점 없는 시선으로 삼차복을 바라보았다. 내실 안이다.

"실컷 육신을 탐하고는 이제 싫증이 난 것이지."

시선이 마주치자 검일이 빙그레 웃었다. 그저 이만 드러낸 웃음이었다.

"하나씩 정리가 되어 가는구려. 저절로 말이오."

"장례는 치러야 되지 않겠소?"

삼차복이 묻자 검일이 천천히 머리를 끄덕였다.

"그렇군. 장례를 치러 주어야겠소. 그것도 꽤 성대하게 말이오."

"내일 밤에 들어간다고 했단 말이냐?"

확인하듯 윤충이 다시 묻자 전령이 지친 듯 어깨를 늘어뜨렸다.

"예, 성안으로 들어가 남문을 연다고 했소이다."

"검일을 앞장세운단 말이냐?"

"그건 모르겠으나 지금쯤 성주의 밀사가 검일의 오장 산성에 가 있을 것이오."

"그렇다면 우리도 서둘러야겠구나."

윤충이 옆에 선 덕솔 길서목에게로 머리를 돌렸다.

"계백이 만일 내일 밤 입성하게 된다면 중원군이 따라야 할 것이야. 본진에서 대야성 남문까지 잠입해 갈 결사대로 누가 적임인가?"

"진양 성주 장덕 정태성이 진즉부터 결사대를 자원하고 있소이다."

"정태성이라면 믿을 만하지."

머리를 끄덕인 윤충이 계백의 전령을 바라보았다.

"너는 이제 이곳에서 쉬어라."

"예, 나리. 성주도 그렇게 말씀하셨소."

고분고분 대답한 전령이 밖으로 나가자 윤충이 길게 숨을 뱉었다.

"백제국의 중흥이 내일 밤에 걸려 있다."

"정태성에게 군사를 얼마나 떼어줄 생각이시오?"

"밤에 1백여 리를 잠행해야 하니 2천이 적당할 게야."

한낮이어서 진막 밖으로 기마군이 지나면서 땅이 울렸다. 윤충의 남방 군은 대야성에서 1백여 리 지점인 홍악성을 공략하는 중이었다. 홍악성은 말 그대로 붉은 색 바위 위에 세워진 성이었는데 포차에서 쏘아 던진 돌도 닿지 않았고 운제도 걸칠 수 없는 산성이었다. 더욱이 성안의 군사가 보기 (步騎) 1만이나 되어서 우회하여 지났다가는 뒤를 습격당하게 될 것이다.

윤충이 혼잣소리처럼 말했다.

"만일 성문이 열린다면 홍악성 따위는 두고 곧장 대야성으로 간다. 나무 밑동이 잘려지면 열매는 앉아서도 딸 테니까."

계백의 직산성군을 북쪽에서 홀로 진군시킨 것도 이 때문인 것이다. 지난 번 태진성 앞에 진을 치고 있던 계백을 찾아왔다는 검일의 이야기를 들은지라 윤충은 이것이 절호의 기회라고 믿었다.

"정태성을 불러오겠소이다."

길서목이 일어서더니 진막을 나갔다.

의자왕 2년 8월이다. 신라 선덕여왕 11년이며 고구려 영류왕 25년이 되는 해였다.

오장 산성의 앞쪽은 마차 한 대가 겨우 지날 만한 길이 놓여져 있었는데 산비탈을 수십 구비 돌아야 하는 험로였다. 그러나 이 길이 대야성으로 통하는 유일한 통로였으므로 기마군은 이 길을 지나야 한다. 자시 무렵이다. 맑은 하늘이어서 별은 떠 있었지만 달도 없는 그믐밤이다. 오장 산성 아래쪽의 길목에는 술시 무렵부터 한 사내가 쭈그리고 앉아 있었다. 가끔 말을 탄 전령이 먼지를 뿜으며 달려갔고 근처의 백성으로 보이는 남녀들이 지나 갔으나 밤이 깊어지자 인적은 뚝 끊겼다. 하도리는 힐끗 위쪽의 오장 산성을 바라보았다. 산성에는 6백여 인의 군사가 있었는데 6만 군사의 길목을 막을 수가 있었다. 길의 한쪽 면이 수십 길 낭떠러지여서 성에서 화살을 쏘거나 돌만 굴려도 진로를 차단할 수 있는 것이다. 앞쪽에서 인기척이 났으므로 하도라는 머리를 들었다. 어둠에 익숙해진 눈이어서 길가에 늘어서 있는 한 무리의 사람들을 보았다. 하도리가 일어나 그들에게로 다가갔다.

"성주시오?"

"하도라냐?"

귀에 익은 계백의 목소리를 들은 하도리가 서둘러 다가가 허리를 굽혔다.

"기다리고 있었소이다. 소인이 곧 산성의 성주를 데려오겠소."

산성까지는 2백여 보 거리밖에 되지 않았으므로 하도라는 산길을 뛰어 올랐다. 그가 검일과 삼차복을 데리고 내려온 것은 그로부터 한 식경도 채 되지 않았다. 검일은 기다리고 서 있는 계백에게 다가가더니 머리를 숙여 예를 보였다.

"군사는 몇 명이나 데려오셨습니까?"

"1천 명이오."

계백이 뒤쪽으로 늘어선 군사들을 눈으로 가리켰다.

"지난 번 태진성을 함락시켰을 때 빼앗은 신라군복을 모두 입혔소."

"잘 하셨소이다."

검일의 눈이 어둠 속에서 번들거렸다.

"이제부터는 소인이 앞장을 서겠소이다."

계백이 머리를 끄덕였다. 나무꾼이 다니는 산길로만 뚫고 왔으므로 군사들은 지쳐 있었다. 만일 전에 하도리와 함께 대야성을 가본적이 없었다면 이 시각에 이곳에 닿지도 못했을 것이다. 앞장서 걷는 검일에게 붙어선 계백이 물었다.

"대야성에 군사가 몇이나 있소?"

"외성에 1만이 있고 내성에는 5천 가량이 있소이다."

"외성 안으로 들어가면 내성 함락은 쉬울 것이오. 그렇지 않소?"

검일이 계백에게로 머리를 돌렸다.

"그렇소이다. 계백 공은 잘 아시오."

"내가 전에 염탐하려고 수하 한 사람과 들어가 본 적이 있소."

놀란 듯 눈을 크게 떴던 검일이 머리를 끄덕였다.

"1천 군사를 받쳐줄 지원군이 옵니까?"

"방령께 전령을 보냈으니 그쪽에서도 오고 있을 거요."

"김품석의 목은 꼭 소인한테 주셔야 하오."

다짐하듯 말한 검일의 시선을 받자 계백이 쓴웃음을 지었다.

"방령께도 이미 말씀드렸소. 성이 함락되면 김품석의 목만 주겠소?"

횡대로 늘어선 군사들은 발소리도 죽이면서 오장 산성의 밑을 빠져나갔다. 곧 초소가 길을 가로막고 있을 것이지만 앞장선 사람이 오장 산성의 성주 검일이다. 계백은 뒤를 따르는 군사들의 활기를 느낄 수가 있었다. 검일을 만난 순간부터 오르기 시작한 활기는 곧 사기인 것이다.

대야성은 본래 가야국의 도성(都城)이었던 것을 가야국이 신라에 병합되자 대야성이 되었는데 주변 가야국 영토는 대야주로 바뀌었다. 따라서 1백만 가까운 주민들은 구(舊) 가야에 대한 향수를 지니고 있었으니 아직 완전히 신라에 동화된 것은 아니었다. 가야왕의 후손으로 김유신 일가(一家)처럼 신라에서 진골 왕족 대우를 받을만큼 출신(出身)한 가문도 있었으나 대부분의 왕족과 토호는 17관등 중 제10관등이 대나마(大奈麻) 이하의 직위로 만족해야 했다. 그러나 대야주는 성이 42개나 되는 대주(大州)이다. 김춘추는 사위인 김품석이 대야주 군주가 됨으로서 왕가(王家) 내부에서의 지위가 격상되었다. 자식이 없는 여왕의 후사가 불분명한 상황에서 여왕의 동생인 천명(天明) 공주의 아들이며 진지왕의 손자인 김춘추는 왕위 계승의 유력한 후보자였으나 역시 진흥왕의 자손인 비담의 견제를 받고 있었다. 따라서 대야주는 김유신의 뿌리임과 동시에 그와 제휴한 김춘추의 기반인 것이다.

대야성 외성의 남문 수문장은 길사(吉舍) 벼슬의 선욱이었는데 검일이 수문장을 지낼 때 부장(部將)이었다. 축시가 넘었을 때 선욱은 남문으로 다가오는 군사들의 대열을 보고는 졸음이 달아났다. 전시(戰時)여서 성안은 긴장상태가 되어 있었고 특히 수문장의 신경이 극도로 날카로워져 있는 상황이다. 성루 위에 횃불이 십여 개 더 밝혀졌고 수문장 휘하 병력 대부분이 성벽 위에 몰려나왔다. 군사들의 윤곽이 선명하게 드러났다.

"길사 있나?"

아래에서 소리쳐 부르는 무장의 목소리가 귀에 익었으므로 선욱은 목을 늘었다.

"거기 누구요?"

"닐세, 오장 산성의 성주 검일이야."

"아니, 사지 나리. 이 시각에 웬일이오?"

선욱은 검일의 부인 고화가 어제 아침에 서문 밖 길가에서 칼에 맞은 시체로 발견되었다는 것을 떠올렸다. 성안에서 모르는 사람이 없는 것이다.

"산성의 군사들을 데리고 군량을 가지러 왔어. 급하니 어서 문을 열게."

1년여 동안 검일과 남문에서 동고동락했던 선욱이다. 검일의 목소리에 비감(悲感)이 서려 있는 것같이 느껴졌으므로 선욱의 가슴이 울렁거렸다. 검일과 고화는 한 쌍의 기러기였다.

"알겠소이다."

군말 없이 대답한 선욱은 성루의 계단을 내려가며 소리쳤다.

"빗장을 젖히고 통로를 열어라! 어서!"

남문은 다른 문과 마찬가지로 두께가 한 자 반이나 되는 통나무로 문짝을 만들었고 위에 철판을 박아서 포차로도 깨뜨려지지 않는 문이었다. 군사들이 달려들어 쇠로 만든 빗장을 내리는 데도 한참이나 걸렸다. 그 사이에 대문 안에 깔아두었던 쇠못을 치우고 창날도 걷었다. 대문 한 쪽이 열리자 앞장서서 검일이 들어섰다. 횃불에 비친 그의 얼굴은 초췌했다.

"사지 나리, 댁에는 언제 가시오?"

다가선 선욱이 낮은 목소리로 묻자 검일이 눈을 끔벅이며 그를 보았다.

"그대도 들었는가?"

"남문 수비군 중에 모르는 군사가 없소이다."

"장례는 치러야지."

검일의 시선이 옆쪽으로 바쁘게 성안으로 들어서는 군사들을 스치고 지나갔다.

"이보게, 길사."

한쪽으로 비켜선 검일이 부르자 선욱이 다가가 섰다.

"왜 그러시오?"

"그대는 선한 사람일세. 극락에 갈 걸세."

"나리, 참으로 애통한 일이오. 도대체 어느 놈이."

아구가 맞지 않는 말로 대답한 선욱은 검일의 옆에 장신의 무장이 서 있는 것을 보았다. 처음 보는 얼굴이었다. 시선을 다시 검일에게 돌렸을 때였다.

"용서하게."

짧게 말한 검일이 칼을 뽑아 선욱의 목을 후려쳤다. 그것이 신호라도 되는 듯 성안으로 들어선 군사들이 일제히 수비군을 쳤는데 싸움은 오래 가지 않았다.

"남문에서 불길이 오릅니다!"

옆에 서 있던 부장(副將)이 소리치듯 말하자 장덕 정태성은 눈을 부릅떴다. 대야성 남문이 바라보이는 산골짜기에서 두 식경이나 기다리고 있었던 것이다. 그는 허리에 찬 칼을 빼 들었다.

"가자!"

짧게 외치자 2천 결사대는 둑이 터진 듯 달려가기 시작했다. 남문과의 거리는 5리 정도였으니 반 식경이면 닿을 것이다.

"적이 쳐들어 왔소이다!"

침전 밖에서 위사가 소리쳤을 때 김품석은 이미 자리에 일어나 있었다. 어디선가 북이 다급히 울렸고 희미하게 함성까지 들려왔기 때문이다. 그러고 난 다음 내성 안이 소란스러워졌다. 김품석은 힐끗 옆에 앉은 소랑을 바라보았다. 그리고는 문을 열자 기다리고 서 있던 위사가 쏟아지듯 말했다.

"군주, 백제군이 남문을 점령했소이다. 그리고 백제군이 수없이 들어오고 있소이다."

"남문이 점령되어?"

이미 겉옷을 걸치고 있었던지라 김품석이 문을 박차고 나왔다.

"놈들이 성을 넘어왔단 말이냐?"

"남문 근처의 창고가 불타고 있소이다."

동문서답이었으나 남문이 뚫린 것은 사실인 모양이었다. 어느새 방을 나온 소랑이 옆에 서 있었다.

"군주, 먼저 경도(京都)에 전령을."

소랑이 말하자 김품석은 어금니를 물었다. 이미 내성 안도 소란해져 있었던 것이다. 적의 침입을 알리는 북이 사방에서 울렸고 부르고 답하는 소리가 어지럽게 났다. 이제 함성은 더욱 크게 들렸다. 기습을 당한 것이다.

계백은 칼을 휘둘러 앞을 가로막은 신라 군사 하나를 베고는 소리쳤다.

"더 이상 나아가지 말라!"

남문의 수비군은 이미 전멸했고 주위의 창고와 거리도 장악된 것이다. 계백이 몸을 돌렸을 때 남문으로 정태성을 선두로 한 백제군 2천이 쏟아져 들어왔다. 계백의 직산성 군사들이 환호성을 질러 그들을 맞았고 그들도 함성으로 응답했으므로 남문 근처는 소음으로 가득 찼다. 정태성은 삼십대 후반으로 키는 작았으나 팔이 길었고 몸통이 둥근 항아리처럼 컸다. 금방 물에 빠졌다 나온 것처럼 땀에 젖은 그가 계백에게 다가와 군례를 했다.

"한솔, 장덕 정태성이 문안드리오."

가쁜 숨을 몰아쉰 그가 쉰소리로 말을 이었다.

"이제 남문으로 입성했으니 영을 내려줍시오. 방령께선 한솔의 영을 받으라 하셨소이다."

"이제 안쪽에서 남문을 지켜야 하오. 방령의 기마군이 올 때까지 장덕은 앞쪽 거리를 맡으시오."

"알겠소이다."

시원스럽게 대답한 정태성이 군사들을 이끌고 앞쪽 거리로 진출했다. 계백이 옆에선 장덕 각대상을 바라보았다.

"전령을 띄웠소?"

"예, 말 다섯 필에 날랜 군관 다섯을 태워 보냈소이다. 다섯 중에 하나는 방령께 들어갈 것이오."

동녘 하늘이 희미하게 밝아오기 시작했으나 성안의 소란은 더욱 심해졌다. 북이 사방에서 울렸고 고각소리와 고함소리가 뒤섞여 성안이 온통 전쟁터가 되어 있는 것 같았지만 남문 근처만 조용했다. 신라군만이 혼란에 빠져 있는 것이다.

각대상이 계백을 바라보았다.

"성주, 방령의 기마군이 언제 오겠소이까?"

"1백 리 길이니 오가는 시간을 계산하면 미시까지는 닿을 것이야."

말은 그렇게 했으나 장담할 수 없는 일이었다.

"3, 4천 정도라고?"

김품석이 버럭 고함을 쳤다. 그는 허리갑옷을 걸쳤으나 띠가 느슨해서 갑옷이 흘러내릴 것 같았다.

"당장에 놈들을 전멸시키도록 하라!"

"서문으로 군사를 내보내어 남문을 앞뒤에서 동시에 공격하도록 하겠소이다."

아찬 설패가 차분하게 말했으나 김품석의 흥분은 가라앉지 않았다. 대야성 내에만 1만5천의 군사가 있는 것이다.

"이런 해괴한 일이 있단 말인가? 어찌 3천 군사로 남문을 깨고 들어올 수가 있는가?"

김품석이 소리쳤으나 대답하는 무장은 없다. 이를 악물었던 김품석이 겨우 진정했다.

"놈들을 격멸하시오. 후속군이 열린 문으로 들어올 수도 있을 것이오."

전시 무렵, 성밖으로 나간 신라군은 두 번째 성문 돌파가 실패하자 이제는 성밖에 흙자루를 쌓아 올리기 시작했다. 성문을 밖에서 막으려는 것이었다. 지원군을 성안으로 진입시키지 않으려는 의도였으므로 성벽에 있던 백제군은 초조해졌다. 신라군은 7, 8천 명이나 되는 군세였는데 흙자루의 높이가 점점 높아지자 아예 그 뒤쪽에 진막까지 쳤다. 성루에 서 있던 계백이 어금니를 물었다.

"성밖으로 나가면 안 된다. 넓은 곳에서는 소수병력이 불리한 법."

머리를 돌린 그가 주위에 둘러선 무장들을 둘러보았다.

"놈들이 공격을 늦추고 흙벽을 쌓느라 우리 병력에 여유가 생겼다. 결사대 1천을 추려라."

"성주, 어디로 갑니까?"

불쑥 무장 하나가 묻자 계백이 옆쪽을 가리켰다.

"서문을 점령한다."

곧 정태성의 병력에서도 차출된 결사대 병력이 모아졌으므로 계백은 허리갑옷도 떼어낸 간편한 차림으로 군사들 앞에 섰다.

"서문은 이곳에서 2리 떨어져 있고 거리를 통과해야 한다. 이제 그곳만 점령하면 대야성은 손안에 든 것과 마찬가지, 백제 군사들이여! 분발하라!"

짧게 소리치자 군사들이 제각기 결의에 찬 표정을 지었다. 대오를 정비하는데 정태성이 다가왔다.

"성주, 소인이 앞장서겠소."

"장덕은 이곳 지휘를 맡으라."

안에서 쳐오는 신라군과의 싸움으로 정태성은 이미 서너 군데 부상을 입고 있었다. 그가 눈을 부릅떠 계백을 보았다.

"이미 남문은 아군이 진입해 올 수가 없게 되었소이다. 군사를 더 데려가시오."

"이미 부상자가 많으니 이곳도 남은 병력은 1천 남짓이야. 그대는 서문이 함락되면 그곳으로 옮겨오도록."

계백이 자르듯 말했다.

백제군이 아수라처럼 달려들었을 때 거리를 봉쇄하고 있던 신라군은 방어를 위한 공격으로 착각했다. 이제까지 정태성이 10여 차례나 신라군을 밀어내기 위해 치고 나왔기 때문이다.

"막아라!"

신라군 무장 하나가 진두에 섰다. 그는 2백여 명의 보군을 서너겹으로 늘어 세우고는 밀고 나왔는데 양군은 순식간에 난전 상태에 빠졌다. 그때였다. 백제군의 배후에서 다시 중원군이 나타나 밀어붙였으므로 신라군은 밀리기 시작했다. 뒤늦게 중원군이 붙었으나 이미 백제군은 제3, 제4의 부대가 가세해 온 것이다. 계백은 제2진의 선두에 서 있었다.

"따르라!"

악을 쓰듯 소리친 계백은 앞을 가로막는 신라 군사를 베어 넘기면서 뛰었다.

"이쪽으로!"

이미 온몸에 피칠을 한 검일이 옆으로 내달리며 소리쳤다. 신라군의 방어벽이 허물어지기 시작했고 마치 둑이 터진 것처럼 백제군이 쏟아져 들어갔다.

"나는 대사(大舍) 용석이다!"

앞에서 내달아 오며 신라군 장수 하나가 소리쳤다. 그는 큰 칼을 치켜들고 있었는데 은투구가 하얗게 반짝였고 눈을 치켜 뜬 기세가 험악했다.

"이름과 관등을 밝혀라!"

그 순간 계백의 앞으로 삼차복이 뛰어나가면서 불문곡직하고 칼을 내려쳤으므로 용석이 칼을 들어 겨우 막았다. 용석의 얼굴이 모욕감으로 시뻘겋게 달아올랐다.

"이 무례한 놈!"

"주인! 어서 갑시오!"

다시 칼을 날리면서 삼차복이 소리쳤다. 계백은 그들을 비켜 달렸다. 군사들이 함성을 지르며 그의 뒤를 따랐다.

서문을 지키던 신라군 장수는 사지(舍知) 온성이었는데 백제군이 갑자기 거리 안쪽에서 짓쳐 나오자 대경실색을 했다. 남문 주위에 이중삼중으로 공격 망을 펼치고 있던 신라군이었으나 서문 안에는 평상시의 군사밖에 없었던 것이다.

"막아라!"

목이 터질 듯이 온성이 고함을 지르며 분전했으나 백제군의 기세를 당해내지는 못했다. 온성은 난전중에 군사들의 칼에 맞아 죽었고 곧 서문이 활짝 열리면서 대문과 주위의 건물들에서 불길이 올랐다. 하늘은 청명했으며 해는 중천에 떠 있었다. 서문의 성벽과 주위에 포진한 백제군의 함성을 들으면서 계백은 불길에 휩싸인 서문을 바라보았다. 오시가 되어 가고 있었다.

"주인."

피로 물든 얼굴을 손바닥으로 씻으면서 하도리가 옆으로 다가와 섰다. 가쁜 숨을 몰아쉬고 있었으나 눈빛이 가라앉아 있었으므로 계백이 눈썹을 세웠다.

"주인, 삼차복 형님이 죽었소."

"……."

"적장 용석과 맞찌르고 죽었소이다."

하도리가 한 걸음 다가와 섰다.

"주인, 형님은 떠날 적에 관직을 받고 싶다고 하셨소이다."

계백이 그를 바라보았다. 그때였다. 성벽 위에 서 있던 백제 군사들이 함성을 질렀고 계백은 함성 사이로 울리는 기마군의 말굽소리를 들었다. 전장에 익숙한 그인지라 기마군의 말굽은 1, 2천 기가 아니라는 것을 금방 알았다. 땅이 흔들릴 듯 울리는 말굽소리는 2만 기는 되어 보이는 기마군이다. 방령 윤충이 온 것이다.

"서문에도 불이 났다! 서문으로!"

방령 윤충은 중군에서 달리고 있었으나 대야성 서문에서 치솟는 불길을 보았다. 이미 남문 앞에는 흙벽이 쌓여져 남문은 보이지도 않았다. 전령이 화살처럼 선봉으로 내달렸으며 전진 속도를 조절하는 북소리가 요란하게 울렸다.

"서문이 열려져 있소이다!"

옆을 따르던 덕솔 길서목이 소리쳤다.

"계백이 서문도 점령한 것 같소이다!"

"불길에 타오르는 것을 보면 함정이 아니다."

자르듯 말한 윤충이 말에 박차를 넣었다. 기마군 2만이 울리는 말굽소리는 땅을 흔들었고 먼지는 해를 가렸다. 홍악성에서 1백 리 길을 두 번 쉬고 달려왔으니 말도 사람도 지쳐 있었으나 대야성의 불길을 보자 활기가 치솟았다. 윤충이 다시 소리쳤다.

"공격이다! 북을 울려라! 성안으로 돌진해 들어간다!"

사지(舍知) 죽죽(竹竹)은 일그러진 얼굴로 김품석을 올려다보았다. 내성의 청안이다. 보통 때에는 청에 군주 김품석이 앉아 있으면 청 안밖에서 숨소리도 죽였으나 지금은 혼란상태가 되어 있었다. 청밖의 마당으로 위사들이 어지럽게 뛰었고 소리까지 지른다. 그리고 청안에 모여선 무장들도 대여섯 명뿐이다.

"군주, 소신에게 군사를 떼어주십시오. 백제군을 뚫고 나가겠소이다."

죽죽이 소리치듯 말했으나 김품석은 아직 입을 열지 않았다. 윤충의 기마군 2만 기가 서문으로 짓쳐 들어온 것이 바로 조금 전이다. 외성에서는 지금 살육전이 벌어지고 있었으나 결과는 뻔한 것이었다. 이미 북문을 넘어 신라군은 도주하는 중이다.

"군주!"

피를 토하는 것처럼 죽죽이 다시 불렀을 때에야 김품석이 입을 열었다.

"내 색욕(色慾)이 화근이었다."

"군주!"

"내성문을 열고 백제군을 맞으라!"

그러자 죽죽이 퉁기듯이 일어섰고 무장들이 동요했다.

"이미 진 싸움, 추태를 보이기는 싫다."

자리에서 일어선 김품석은 꼿꼿한 걸음으로 청을 나갔다.

"나는 승복할 수 없소."

눈을 치켜 뜬 죽죽이 이사이로 말하며 무장들을 둘러보았다.

"나는 내성문을 열고 치고 나갈 테요."

소랑은 김품석이 내실로 들어서자 잠자코 자리에서 일어섰다. 그녀의 옆에는 다섯 살짜리 외아들 상(常)이 다소곳한 자세로 앉아 있었는데 천진한 눈으로 김품석을 올려다보았다.

"나는 자결할 것이오."

가라앉은 목소리로 말한 김품석이 아들 상의 옆에 앉았다. 따라 앉은 소랑이 잔잔한 시선으로 그를 보았다.

"사지 검일이 성문을 열었다지요?"

"내가 그자의 부인과 통정(通情)을 했소. 내 색욕이 대사(大事)를 그르쳤소."

"제가 위사를 시켜 고화를 죽였습니다. 용서해주십시오."

밖에서 말발굽소리와 함께 함성이 들렸지만 곧 멈춰졌다. 신라군인 모양이었다.

"내가 용서를 빌겠소. 수없이 그대를 기만했소."

그러자 소랑이 상을 껴안았다.

"같이 가겠습니다. 먼저 죽여주십시오."

내성문이 열리면서 사지 죽죽이 이끈 신라 기마군 5백여 기가 죽기를 각오하고 달려나온 것은 미시가 조금 지났을 때였다. 죽죽은 앞을 가로막는 백제군의 무장 두 명을 연달아서 베어 넘어뜨렸다. 그는 이름도 관등도 밝히지 않았으나 백제군은 그를 맞아 세 번째 무장을 내보냈는데 구지하성의 기마군 대장(隊長)인 고척이었다. 외성 안에서는 일대 혼전이 벌어지고 있었다. 촛불이 꺼지기 직전에 크게 한 번 불꽃을 올리는 것과 같은 상황이었지만 싸움은 격렬했다. 뒤쪽에서 기마군에 에워싸여 서 있던 윤충이 가라앉은 시선으로 죽죽을 보았다. 죽죽은 고척과 3합째 부딪치고 떨어져 나간 참이었다.

"궁수를!"

윤충이 짧게 말하자 부장이 소리쳐 기마궁수들을 모았다. 순식간에 3백여 명의 기마궁수가 윤충의 옆에 도열해 섰다. 윤충이 손을 들어 죽죽과 그 뒤쪽의 신라군을 가리켰다.

"쏘아라!"

고슴도치처럼 살을 맞고 쓰러진 죽죽의 시체를 넘어 백제군은 내성으로 진입했다. 이미 그때는 내성에 남아 있던 군사들과 관리, 시종들은 대부분 도망쳤고 남아 있는 자는 드물었다.

"방령! 대야군주를 찾았소이다."

청앞으로 말을 몰아간 윤충에게 무장 하나가 달려왔다.

"내실에서 부인과 자식을 죽이고 자결해 있었소이다."

"그러냐."

머리를 끄덕인 윤충이 뒤쪽에서 따르는 계백을 보았다.

"이보게, 한솔. 그 검일이라는 자는 어디에 있는가?"

"서문을 탈취하던 도중에 죽었소이다."

"한이 아직 풀리지 않았을 것이야. 김품석의 목을 베어 그자의 시신 앞에 놓아주게."

"알겠소이다."

"그리고 부인과 자식의 목도 함께 베어 신라군에게 들려서 김춘추에게 보내주게."

계백이 머리를 끄덕였다. 소랑은 김춘추의 아끼는 딸이었다. 시체를 보낼 수는 없으니 목이라도 돌려보내 준다면 아비의 한이 덜어질 수 있을 것이다. 싸움은 이미 끝이 났다. 대야성의 내성에는 백제군의 함성과 말발굽소리로만 덮여 있었다.

그로부터 닷새 후인 8월 하순, 대야성에서 살아남은 길사(吉舍) 복정은 한 필의 말을 끌고 경도의 김춘추 저택으로 들어섰다. 말에는 자루 세 개가 매달려 있었는데 자루 안에는 소금에 담긴 세 개의 머리가 들려 있었다. 김춘추의 저택에서는 금방 소동이 일어났다. 야단스러운 소동이 아니라 제각기 눈만 치켜 뜨고 소리 죽여 이리저리 내닫는 판국이라 더욱 분위기가 기괴했다. 내용을 들은 김춘추는 청에 나와 앉아 있었으나 창백한 얼굴로 눈을 치켜 뜬 무서운 형상이었다. 집사가 지휘하여 목 세 개를 다시 씻기고 머리를 빗질하여 상자에 넣느라고 한참이 걸렸으나 김춘추는 움직이지도 입을 열지도 않았다. 그의 앞에는 처남인 파진찬 김유신이 앉아 있었는데 그 역시 긴 수염을 가끔씩 쓸어 내릴 뿐 묵묵히 시선만 움직일 뿐이었다. 이윽고 종들은 세 개의 상자를 가져왔다. 김춘추가 볼 수 있도록 상자 위에 비단을 덮고 머리들을 올려놓았으므로 세 머리는 모두 김춘추를 바라보며 놓여졌다. 김춘추의 시선이 딸과 사위, 그리고 외손자의 순으로 옮겨졌다. 집사의 솜씨로 모두 눈이 감겼고 옅게 화장까지 해서 살아 있을 때와 다르지 않다. 이윽고 김춘추가 입을 열었다.

"가져가 묻어라."

그는 종들이 머리를 청밖으로 내갈 때까지 숨도 쉬지 않는 것 같았다. 대야성이 함락된 지 나흘 만에 대야주의 42개 성이 백제군의 수중에 들어간 것이다. 대장군 알천이 뒤늦게 기마군단을 거느리고 달려갔으나 백제군의 기세를 당해내지 못했다. 동북방의 대산벌 싸움에서 알천은 기마군 3천을 잃고 패퇴했고 윤충은 여세를 몰아 대야주를 휩쓸었던 것이다. 대야주는 구(舊) 가야국 영토여서 주민들이 신라국에 대한 충성심이 약한 원인도 있었다. 남쪽의 10여 개 성들은 스스로 성문을 열어 백제군을 맞았고 동쪽의 10여 개 성은 아예 성주와 관속들이 백제군이 오기도 전에 성을 비워놓고 도망쳤던 것이다. 이제 신라 서남부의 구(舊) 가야 영토는 모두 백제령이 되었다. 신라는 국토의 3할을 잃은 것이다. 마침내 김유신이 무겁게 입을 떼었다.

"대감, 기운을 차리셔야 하오. 대감을 따르는 사람들을 생각해주시오."

"……."

"신라의 국운이 대감께 달려 있소이다."

"내 결코 백제인과 같은 하늘 아래 있지 않을 것이다."

김춘추가 초점 없는 시선으로 앞쪽을 보며 말했다.

"백제를 멸하여 의자를 내 발 밑에 꿇리리라."

"소장이 견마지로(犬馬之勞)를 다하리다."

그러자 김춘추의 시선이 비로소 김유신에게로 옮겨졌다. 처연한 눈빛이었다.

"장군, 나는 결코 꺾이지 않을 것이오."

제2장 연개소문과 김춘추

대야주를 평정한 직후 논공행상에서 계백은 5품 한솔(汗率)에서 4품 덕솔(德率)로 승급함과 동시에 대야주의 7개 성을 통치하는 군장(郡將)이 되었다. 계백의 시종으로 대야성 싸움에서 전사한 삼차복에게도 왕은 11품 대덕(對德) 벼슬을 내렸으니 삼차복이 하도리에게 던진 말이 죽고 나서야 실행되었다. 대야주는 백제국의 남방에 예속되었으므로 남방 방령 윤충은 휘하에 80여 개의 성과 20만 군사를 거느리게 된 것이다. 왕은 윤충에게 흥국공(興國公)의 시호를 내렸는데 윤충은 사양했다가 세 번째야 받았다. 백제국 전역에 퍼진 승전의 기쁨이 아직 가시지 않은 9월초였다. 군성(郡城)인 동천성 남문으로 기마인 셋이 다가왔다.

"어딜 가는 누구인가?"

앞을 가로막은 군사가 묻자 앞장선 중년의 사내가 턱을 들고는 말했다.

"나는 군장(郡將)댁 집사다."

이제 흰 머리가 희끗희끗한 덕조였다. 덕조는 곧 내성의 청으로 안내되었다. 동천성은 동명산 중턱에 세워진 산성이었으나 성의 둘레가 15리나 되는 대성(大城)이다. 내성의 청에서는 산 아래를 흐르는 강줄기가 내려다 보였다. 청에 앉아 있던 계백이 덕조의 절을 받고는 얼굴에 가득 웃음을 띠었다.

"먼 길을 왔구나. 토성은 별고 없느냐?"

"주인, 과연 거성(巨城)입니다. 군사들도 기율이 잡혀 있어서 오는 도중 다섯 번이나 기찰을 받았소이다."

동문서답한 덕조가 두 손을 짚고 엎드리더니 계백을 보았다.

"주인, 마님께서는 공자님을 순산하셨소이다. 가문의 두 번째 경사올 시다."

계백의 눈이 크게 떠졌다. 일곱 달이 넘도록 시진을 보지 못했던 것이다. 그녀가 태기가 있다는 말도 듣지 못했던 터라 계백의 기쁨은 두 배가 되었다.

"내가 집안에 소홀했다."

"마님께선 공자님의 이름까지 받아오라고 하셨소."

"알았다. 삼차복의 장례는 잘 치렀느냐?"

"예, 토성 옆 숲에 묻었소이다."

삼차복의 시신을 말에 실어 토성으로 보냈던 것이다. 시진에 대한 삼차복의 충절을 알고 있던 터라 계백은 시진의 가까운 곳에 그의 육신을 묻도록 했다. 내해 건너 연무군의 위사였던 삼차복은 태수의 딸 부여진을 구출하여 갖은 고난을 겪은 끝에 신라와의 싸움에서 죽었다. 시진은 감회가 깊었을 것이다. 계백은 머리를 들어 청밖의 신하를 바라보았다. 부여진은 이제 시진이 되어 토성의 마님이다. 이윽고 그가 입을 열었다.

"마님께 내가 곧 토성에 갈 것이라고 말씀드려라. 간 지도 꽤 되었다."

좌평 목정복이 대왕전 옆의 미륵청에 들어서자 좌평 성충이 그를 맞았다. 청안에는 그들 두 사람뿐이었다. 목정복은 사십대 초반으로 대성 8족의 일원이다. 성충과 윤충 형제가 신진세력의 기수로서 의자왕의 신임을 받고 있었으나 수백 년간 기반을 굳혀온 귀족 가문들은 아직도 관료층의 주류를 형성하고 있었다.

"좌평, 무슨 일이오?"

앞쪽 자리에 앉은 목정복이 물었는데 불쾌한 기색이다. 내신좌평 성충이 차분한 표정으로 그를 바라보았다.

"대왕께서는 대야주를 남방(南方)에 그대로 편입시켜 두실 것입니다. 백제국의 5방(方) 체제는 유지하신다고 하셨소."

"그렇소?"

목정복이 쓴웃음을 지었다.

"대왕의 뜻이라면 할 수 없는 일이지. 하지만 남방은 군장(郡將)이 12명에 성이 80여 개요. 그대의 아우인 달솔 윤충이 통치하기에는 벅차다고 생각지 않소?"

"내 아우가 방령이긴 하나 자질이 뒤지다고 생각지는 않소이다."

정색한 성충이 목정복을 쏘아보았다.

"그리고 5방 체제는 백제국의 기본이오, 동방이나 북방이 영토를 넓힌다면 당연히 그 방에 편입시킬 것입니다."

목정복이 헛기침을 했으나 다시 반박하지는 않았다. 한때 그의 일족이었던 목대가 남방 방령이었고 목강은 좌평이었다. 그러나 무왕 말년에 의자가 태자로 책봉되면서부터 목 씨 일족은 중요한 관직에서 차례로 해임되었다. 그리고는 신진 세력들이 급부상해 왔던 것이다. 미륵전을 나온 목정복은 곧 왕궁 뒤쪽에 있는 전내부 청사로 들어섰다. 전내부 장리는 역시 대성 8족인 연임자(燕任子)였는데 관등은 달솔이다. 해사한 용모의 연임자는 삼십대 중반으로 과묵한데다 총명했다. 따라서 의자왕은 그를 왕명의 출납을 맡은 전내부의 장(長)으로 임명한 것이다.

"성충과 의직, 홍수 등이 대왕을 부추기고 있어서 야단이야."

털썩 자리에 앉은 목정복이 길게 숨을 내쉬었다.

"이제 곧 대륙으로 원정을 떠나시게 될 테니 걱정이군."

"대야주는 빼앗겼지만 아직 신라는 살아 있소이다."

"숨만 붙어 있을 뿐이지 이제 위협세력이 아닐세. 당의 이세민도 치마 두른 여왕을 탐탁지 않게 생각하고 있다지 않은가?"

연임자는 목정복의 불만을 안다. 동병상련(同病相憐)인 것이다. 의자왕의 대륙정벌에 대한 야심에 반대할 만한 어떤 이유도 없었지만 대성 8족은 암암리에 거부반응을 가슴에 품고 있었다. 의자왕의 대륙정벌은 주로 신진 세력을 중심으로 추진되는 중이어서 만일 그것이 성사되면 지금도 가뜩이나 위축된 대성 8족은 존립되기 어려워질 것이었다. 연임자가 얼굴에 부드러운 웃음을 띠었다.

"좌평 나리, 대륙정벌은 백제의 힘만으로는 어렵소이다. 고구려와 연합해야 하나 고구려에는 영류왕이 버티고 있지 않소이까? 영류왕이 연개소문을 견제하고 있을 테니 기다려 보십시다."

"모두 백제국의 부여 씨 왕실을 위한 일일세. 동성대왕께서도 대륙정벌에 나서셨다가 내분이 일어났지 않은가?"

목정복의 말에 연임자도 긴장한 듯 얼굴을 굳혔다. 동성대왕은 근구수왕이 이룩했던 대륙의 백제령을 확장하여 대륙의 동부 거의 전역을 백제령으로 만들었다. 그것이 지금부터 150년 전이었다. 그러나 동성대왕은 위사좌평 백가(苩可)의 칼을 맞고 37세의 젊은 나이에 살해되었으니 그것도 토착 호족들이 반발을 일으켰기 때문이다. 주위를 둘러본 연임자가 목소리를 낮췄다.

"좌평 나리, 말씀을 낮추시오. 그때와 상황이 다른 데다 대왕께서도 동성대왕과는 다른 분이시오."

"그걸 누가 모르나? 하지만 대륙정벌은 신중해야 돼. 비록 정사암회의
가 유명무실해졌지만 대왕께서는 좌평들의 중론을 염두에 두셔야 한단
말일세."

좌평 여섯으로 구성된 정사암회의는 백제국의 최고의결기구였다. 신라
의 화백회의와 마찬가지 기능이었으나 백제국의 왕권이 강화되면서 유명
무실해진 것이다. 무왕 때부터 의자왕에 이르러서는 강력한 왕권 확립으로
좌평회의는 거의 열리지도 않았다. 목정복이 한숨과 함께 말을 뱉었다.

"여섯 좌평 중에서 대놓고는 말하지 않지만 넷이 대왕의 성급한 대륙정
벌에 반대하고 있네. 성충과 홍수만이 대왕을 따르고 있어."

의자왕은 사비수 건너편의 왕흥사 법당에 앉아 있었는데 사방의 문을
활짝 열어 놓았다. 겨울로 들어서는 10월초의 싸늘한 날씨였으나 어깨를
편 그의 얼굴은 화색이 감돌았다. 이제 사십대 후반의 나이였으니 장년이
다. 그러나 지금도 하루도 거르지 않고 아침이면 말을 달렸으며 활터에서
2백 사(射)를 해온 덕분으로 이십대 청년 못지 않은 강인한 체력이었다. 그
가 앞에 꿇어앉은 사내에게로 시선을 돌렸다.

"남부대인 고정태가 움직이지 않은 것은 신라와의 밀약 때문이었군."

"그렇사오이다. 전하."

머리를 숙여 보인 사내는 덕솔 부여복신(扶餘福信)이었으니 무왕의 조카
이자 의자왕의 사촌이다. 그는 의자왕의 밀명을 받고 연개소문을 만나고
온 길이었다.

"김춘추의 밀사 김안성이 고정태를 만났던 것입니다. 서부대인한테서
소인이 들었습니다."

"김춘추는 탁월하다."

쓴웃음을 지은 의자왕이 보료에 등을 기댔다.

"상대의 약점과 허점을 노리는 데 뛰어나구나."

"수단과 방법을 가리지 않는 자라고 서부대인이 말했사옵니다."

"그자는 신라왕의 자리를 노리고 있을 것이다."

눈을 가늘게 뜬 의자왕이 법당 밖의 산야를 바라보았다.

"그자는 내 모친의 동생 아들이니 나하고는 외사촌이 된다. 내 부친이신 선왕(先王) 전하와 그자의 아버지는 동서 관계가 되지."

"……."

"김춘추 아비 김용춘의 방해가 없었다면 선왕께서는 진평왕 사후에 신라의 왕위를 받으셨을지도 모른다. 하나 이제는 대를 이어 나와 김춘추의 싸움이 되었구나."

"김춘추는 사위 김품석이 장악했던 대야주를 잃었사오이다. 이제 날개 잃은 새가 되었습니다."

"아직 그자의 수족인 김유신이 있는 데다 알천이 김춘추에게 호의적이야."

시선을 돌린 의자왕이 부여복신을 바라보았다.

"서부대인은 기다리라고만 했단 말이냐?"

"예, 곧 알게 되실 것이라고만 했사오이다."

의자왕이 천천히 머리를 끄덕였다.

"연개소문의 말은 믿을 만하니 기다려보기로 하자."

평양성의 10월은 완연한 겨울이다. 북쪽에서 몰아치는 삭풍이 메마른 산야를 거칠게 휩쓸었고 눈발까지 바람 속에 섞였다. 남부대인 고정태가 왕궁에 들어선 것은 신시 무렵이었다. 흐린 날씨여서 궁중의 대문과 기둥에는 벌써부터 등불이 켜져 있었는데 궁인들이 분주히 오가고 있었다. 오늘은 왕이 백관을 모아 주연을 베풀 예정이다.

"동부대인은 이미 와 있는 것 같소이다."

대사자(大使者) 벼슬의 주천이 앞쪽을 바라보며 말했다. 그는 고정태의 심복 무장으로 남부군의 장군이다. 내성 안으로 더 들어가자 북부대인 공연탁의 깃발이 보였고 빈 말들이 수십 필이나 매어져 있었다. 고구려 5부의 수장들이 다 모인 것이다. 부족의 이름을 따서 내부(內部)는 계루부로도 불렸고 서부(西部)는 연노부, 또는 소노부로 불렸으며 북부(北部)는 절노부, 동부(東部)는 순노부였으니 고정태가 통치하는 남부(南部)는 관노부이다. 궁의 입구에 닿자 그들은 말에서 내렸다.

"연개소문은 이미 와 있는 것 같소이다."

주천이 낮게 말하고는 옆쪽으로 힐끗 시선을 주었다. 서부대인의 깃발을 본 것이다.

"오늘은 꽤 겸손을 떠는 것 같습니다."

오늘은 서부대인 연개소문이 감독했던 장성 투입 병력의 열병식을 한 것이다. 천리장성은 대륙으로부터의 침략을 막기 위해서 세워졌다. 곧 영류왕의 북수남진(北守南進) 정책의 산물로서 지난 14년에 16년간의 공사로 완공이 되었으나 끊임없이 중, 개축이 되어온 것이다. 천리장성은 서부(西部)로 뻗어 있었으므로 서부대인 연개소문이 공사를 감독해야 했으니 인력과 물자의 손실이 대단했다. 휘하 무장들과 먼저 와 있던 대인들이 고정태를 반겼다.

"어서 오시오, 대인."

북부대인 공연탁이 수염을 쓸며 웃었다. 옆자리에 앉은 고정태가 따라 웃었다.

"날씨가 추운데 군사들이 장성까지 가려면 고생하겠소이다."

"서부군은 추위에 익숙한 군사들이오."

공연탁의 시선이 건너편에 앉은 연개소문을 스치고 지나갔다.

"오늘은 서부대인이 조용하구려."

"아주 예절이 깎듯 해서 나도 놀라고 있던 참이오."

5부 대인은 모두가 부족의 장으로 대부분이 대를 이어서 대인직을 물려받았다. 따라서 제각기 사병(私兵)을 길러 국경을 지켰는데 연개소문의 서부가 영토도 제일 큰 데다 사병의 수도 많았으므로 대인 중의 수장(首長) 노릇을 했던 것이다. 그러나 언제나 큰소리로 좌중을 압도하던 연개소문이 오늘은 엷은 웃음을 띤 채 앉아만 있다. 그때 위사장의 쉬잇 소리가 들리면서 영류왕이 들어섰으므로 백관들은 일제히 일어섰다. 영류왕 건무는 26대 영양왕의 이복동생으로 6척 장신에 수염이 길었고 눈빛이 밝았다. 영양왕 때 수의 대군을 을지문덕과 함께 몰사시킨 용장이었으나 왕이 되자 북수남진 정책을 펴왔다.

영류왕이 금을 씌운 용상에 다가가 앉아 백관을 둘러보았다. 5부 대인과 그들의 중신들, 그리고 조정의 고관이 모두 모였으므로 대왕전에 모인 관리는 2백 인이 넘는다.

"모두 앉으라."

영류왕이 부드러운 표정으로 말했다. 이미 각자의 앞에 술상이 차려져 있었으므로 왕이 먼저 술잔을 들었다. 시녀가 다가가 잔에 술을 채운다.

"이제 북쪽 국경은 안심이야."

잔을 들어올리면서 영류왕이 말하자 대신들도 따라 잔을 올렸다.

"모두 대왕의 은덕올시다."

고정태가 크게 말하자 대신들이 화답했다.

"대왕의 은덕이오."

연개소문은 한 모금에 잔을 비우고는 웃음 띤 얼굴로 북부대인 사반을 바라보았다. 사반은 오십대 후반으로 5부 대인 중 연개소문에게 가장 호의적인 사람이다.

"대인, 대왕께서 오늘은 심기가 좋으신 것 같소."

"당에서 대왕을 고구려 군왕으로 봉한다는 연락이 왔소이다. 아마 그일 때문일 게요."

"허어, 이세민이 말이오?"

술잔을 든 연개소문이 이를 드러내고 웃었다.

"과연, 대왕께서 기뻐하실 만하오."

술이 서너 순배씩 돌자 대왕전 안은 웃음소리와 말소리로 가득 찼다. 왕은 대신들에게 따로 잔을 주거나 부르지 않았는데 분위기를 편하게 해주려는 의도인 것처럼 보였다. 잔을 내려놓은 연개소문이 헛기침을 했으므로 사반이 긴장을 했다. 그의 시선이 왕을 향해서 있었던 것이다.

"대왕께 아뢰오."

연개소문의 굵은 목청이 대왕전을 울린 순간 주위는 순식간에 조용해졌다. 오늘 주연은 천리장성의 증축을 축하하는 뜻으로 베풀어졌다. 또한 장성 교체병력의 열병식도 거행되었는데 연개소문이 왕께 요청했기 때문이다. 왕이 웃음 띤 얼굴로 연개소문에게 물었다.

"대인, 무슨 일인가?"

"대왕께 여쭐 말씀이 있사옵니다."

술잔을 두 손으로 쥔 연개소문이 자리에서 일어섰다. 2백여 명의 고관들은 모두 숨을 죽였다.

"말하라."

"대왕께서는 광개토대왕과 장수대왕을 어떻게 생각하십니까?"

청안에는 숨소리도 나지 않았다. 2백여 쌍의 시선이 연개소문과 영류왕을 번갈아 훑어갈 뿐이다. 그 순간 영류왕이 소리내어 웃었으므로 정적이 깨졌다.

"하하하, 그대가 묻는 의도를 알았다. 그 두 분 대왕은 위대하신 왕이셨다. 허나 이 건무는 그분들과는 다르다."

영류왕의 얼굴에서 차츰 웃음기가 가셔지더니 곧 눈을 치켜 뜬 정색한 얼굴이 되었다.

"나는 백성을 전란에 빠뜨리지 않는다. 그것이 백성과 땅을 지키는 길이다."

연개소문의 시선을 잡은 왕의 말투가 엄격해졌다.

"보국안민이 내가 갈 길이다."

"알겠소이다."

커다랗게 머리를 끄덕인 연개소문이 몸을 반쯤 돌리더니 2백여명의 고관들을 바라보았다. 그리고는 입술의 한쪽 끝만 비틀고는 웃었다.

"고구려는 다시 일어난다."

그리고는 번쩍 치켜든 잔을 술상 위로 내던지며 소리쳤다.

"모두 죽여라!"

그의 말이 채 끝나기도 전이다. 대왕전의 네 곳 문으로 군사들이 쏟아져 들어왔는데 모두 칼을 치켜들고 있었다. 앞장선 장수들은 모두 연개소문의 심복 무장들이다. 대왕전 안은 순식간에 아비규환의 수라장이 되었다. 남부대인 고정태의 심복 무장 주천은 술상을 들어 칼을 막다가 술상과 함께 머리가 쪼개졌고 고정태는 그 다음으로 목이 베어졌다. 도망치던 기녀들도 놓아보내지 않았으므로 대왕전 안은 비명과 고함으로 가득 찼다. 연개소문은 심복 무장으로부터 칼 두 개를 건네 받았다. 대왕전에 들어오기 전에 모든 백관은 무기를 왕궁 앞 위사관에 맡겨놓아야 했으므로 전안의 고관들은 비무장이었던 것이다.

"대인."

옆에서 북부대인 사반이 소리쳤다. 그는 마악 연개소문의 무장 하나에게 목덜미를 잡힌 참이었다. 무장은 칼을 치켜들고 있었다. 연개소문이 머리를 돌렸다.

"베어라!"

그리고는 상을 건너뛰어 영류왕에게로 다가갔다. 왕은 세 명의 군사에게 둘러싸여 있었으나 눈을 치켜 뜨고는 무어라고 고함을 쳤다. 군사들은 차마 칼질을 못하고 망설이는 중이었다.

"비켜라!"

군사들을 제치고 다가선 연개소문이 양손에 두 자루의 칼을 쥐고는 웃었다.

"넌 왕의 그릇이 아니다. 건무."

"네 이놈, 이 역적!"

왕이 악을 쓰듯 소리치자 연개소문이 칼을 치켜들었다.

"이놈, 건무야! 왕관을 썼으면 개같이 사느니 사내로서 죽겠다고 말해야 옳다."

연개소문의 왼손 칼이 날아 왕의 가슴을 찔렀고 오른손 칼이 목을 쳤다. 어느덧 뒤쪽의 전에는 함성이 오르고 있었다. 장수들이 사기를 돋우기 위하여 지르는 함성이었고 비명은 그쳐 있었다. 몸을 돌린 연개소문은 전에 가득 덮인 시체들을 보았다. 고구려국 고관들은 모두 도륙을 당한 것이다. 연개소문은 함성에 응답하듯 피 묻은 칼을 치켜들었다. 영류왕 25년 10월이다.

"아이의 이름은 충(忠)으로 지었소."

계백이 말하자 시진의 얼굴에 웃음이 떠올랐다.

"그러실 줄 알았습니다. 충이 아니면 의(義)라고 생각했지요."

"이름대로 살아가기는 쉽지 않겠지만 왕을 섬기는 신하가 될 테니 제 이름에 부끄럽지 않게 살아가 주었으면 하오."

토성의 내실 안이다. 주인이 돌아왔으므로 토성은 저녁 때가 지났어도 분위기가 들떠 있었다. 바깥채에서는 덕조가 종들을 꾸짖었고 마당을 바쁘게 오가는 발소리가 그치지 않았다. 저녁을 마친 후에야 계백은 시진과 단둘이가 되었다. 시진이 정감 어린 눈빛으로 그를 바라보았다.

"꿈만 같습니다. 부부가 되어서 이렇게 자식을 갖게 되다니요."

"당신을 연무군의 성문 앞에서 처음 보았던 때부터 나는 가슴에 두고 있었소."

문득 그렇게 말한 계백이 얼굴을 펴고 웃었다.

"인연이 이렇게 맺어지다니 나도 꿈만 같소."

충으로 이름을 붙인 아이는 침상 위에서 깊게 잠이 들어 있었다. 시진이 조심스런 시선으로 그를 보았다.

"헤이찌 님을 통해 왜국의 승(承)에게 옷과 책을 보냈습니다. 그랬더니 오미 님으로부터 고맙다는 서신이 왔더군요."

"……"

"승이 형이고 충이 동생입니다. 이복 형제나 우애 있게 지내도록 어미들이 노력해야 할 것입니다."

"그대는 일개 무장인 내 아내가 될 사람이 아닌 것 같소."

"군장(郡將)의 부인이 되었지 않습니까?"

시진이 흰 이를 보이며 소리 없이 웃더니 위쪽에 놓았던 술상을 가져왔다. 잔에 술을 채운 그녀가 계백에게 내밀었다. 눈이 등불에 반짝였고 뺨에는 붉은 기운이 덮여졌다.

"이제 백제국뿐만 아니라 신라와 고구려에도 계백의 이름을 모르는 사람이 없습니다. 충은 부친을 자랑스럽게 생각할 것입니다."

잔을 받아 한 모금 술을 삼킨 계백이 시진의 팔을 잡아끌었다. 시진이 쓰러지듯 그의 가슴에 안기면서 술이 흘렀다. 계백은 서둘러 그녀의 저고리를 벗기고 치마끈을 풀렀다. 마치 첫날밤의 행사인 것처럼 수줍어 몸을 틀던 시진은 곧 알몸이 되었다. 아직 등불을 끄지 않았으므로 침상에 누운 시진은 두 손으로 젖가슴을 가리고는 다리를 오므렸다. 계백은 등불을 불어 껐다.

윤충은 계백이 열흘간 토성에 다녀오겠다고 하자 보름의 여유를 주었다. 이제 그는 계백을 철저히 신임하고 있는 것이다. 시진의 몸은 뜨거웠다. 계백의 애무를 받으면서 그녀는 기쁨의 탄성을 뱉었는데 이미 성숙해진 육체는 그를 기다리며 한껏 열려져 있었다.

토성에 온지 나흘째가 되는 날이었다. 눈발이 희끗희끗 떨어지고 있었으므로 계백은 백이와 함께 마구간에서 사냥 채비를 했다. 사비수 지류를 타고 10리쯤 올라가면 사방이 트인 들판이 나왔는데 노루와 꿩이 많은 곳이었다. 눈밭에 발자국이 찍히면 노루는 잡은 것이나 마찬가지였다. 오시무렵이어서 백이는 서둘렀다. 저녁 때까지는 돌아와야 하는 것이다. 그가 마구간에서 계백의 말을 끌어내어 왔을때였다. 토성의 앞쪽 길에서 기마군 서너 기가 달려오는 것이 보이더니 갈대숲 줄기에 가려 잠시 보이지 않았다. 그러더니 잠시 후에 말발굽소리와 함께 토성의 대문 앞으로 다가왔다. 백이가 이맛살을 찌푸렸다.

"주인, 전령 같소이다."

그리고는 입맛을 다셨다.

"주인을 모시고 사냥을 가고 싶었는데……."

기마군과 함께 덕조가 달려왔으므로 계백도 그들에게로 다가갔다. 계백을 보자 세 명의 기마군은 일제히 말에서 내리더니 허리를 숙여 군례를 했다. 앞장선 사내는 갑옷 허리띠로 황대를 찼으니 11품 대덕이나 12품 문독 관등의 무장이었다.

"대왕의 영이시오."

사내가 소리쳤으므로 계백은 땅바닥에 한쪽 무릎을 꿇었다. 사내가 말을 이었다.

"대왕께서는 덕솔 나리를 궁으로 모셔오라고 하셨습니다."

머리를 끄덕인 계백은 몸을 일으켰다.

"준비할 테니 기다리게."

계백이 사비도성에 닿은 것은 술시 무렵이었는데 한 번도 쉬지 않고 달려왔기 때문이다. 도중에 성을 두 곳 거치면서 말을 바꿔 탔는데 지친 전령 셋은 첫 번째 성에서 뒤로 처졌다. 겨울의 술시였으니 이미 깊은 밤이다. 왕궁의 대문 앞에 선 계백이 입궐을 알리자 곧 위사장 교진이 나와 그를 맞았다. 교진은 한솔 관등을 받고 이제는 대왕의 위사장이다. 그가 계백을 안내하며 웃었다.

"전령이 아침에 떠났는데 이 시각에 오시다니 덕솔께서 일찍 오셨소이다."

"마침 사냥 채비를 하고 있었소."

"모처럼 토성에 가셨는데 안됐소이다."

교진이 멈춰 선 곳은 대왕궁 안쪽의 내실 안이었다. 벽쪽의 파여진 화덕에서 장작불이 기운차게 타오르는 방안에는 의자왕이 혼자 앉아 있었다. 그가 방에 들어와 엎드리는 계백을 향해 웃었다.

"계백, 나르는 화살처럼 달려왔구나."

"대왕전하, 신 계백이 문안드리오."

"잘왔다."

의자왕이 앞에 놓인 술상에서 잔을 집더니 계백에게 내밀었다.

"술을 받아라."

무릎걸음으로 다가간 계백이 잔을 받자 의자왕은 계백의 잔에 술을 채워주었다.

"계백, 마셔라."

"황공하옵니다."

계백은 단숨에 잔을 비웠다.

의자왕과 둘이서 대작하기는 처음이다. 궁안은 고요했다. 내실의 네 곳 귀퉁이에 대황초 네 개가 환하게 밝혀져 있었는데 가끔씩 더운 기류에 불꽃이 일렁거렸다. 의자왕이 입을 열었다.

"고구려왕 건무가 죽었다."

놀라서 눈만 치켜 뜬 계백의 시선과 부딪치자 의자왕이 술잔을 들었다.

"서부대인 연개소문이 왕을 비롯하여 4부 대인, 그들의 직속 무장, 그리고 조정의 고관까지 2백여 명을 몰살시켰다."

"……."

"연개소문은 건무의 아우 태양(太陽)의 아들 보장으로 왕을 세웠으나 고구려는 이제 연개소문의 시대가 되었다."

한 모금 술을 삼킨 의자왕이 계백을 바라보았다.

"계백, 그대는 연개소문과 의형제를 맺은 사이이니 고구려에 가서 백제와 고구려의 동맹을 재확인하라. 그리고 대륙정벌의 계획을 세우자고 말하거라."

"예, 전하."

두 손을 짚고 계백이 엎드리자 의자왕의 목소리가 이어졌다.

"백제는 대야주를 점령하여 신라 서방 영지의 반을 떼어냈다. 이제 당항성을 중심으로 한 신라 신주만 점령하면 신라는 고립되어 멸망할 것이다."

신주 중심부의 미후성은 아직도 백제가 장악하고 있는 것이다. 이제 고구려의 남부대인 고정태도 참살당했으니 신라의 당항성은 위아래에서 고구려와 백제의 협공을 받게 될 것이다.

"신 계백이 내일 중으로 떠나겠소이다."

"마침내 연개소문이 일을 일으켰다."

다시 계백에게 잔을 건네 준 의자왕이 쓴웃음을 지었다.

"신하의 칼을 맞고 죽는 것처럼 비참한 왕은 없을 것이다. 그러나 영류왕 건무는 신하로부터 존경과 위엄을 잃었으니 자업자득이다."

연개소문은 스스로 대막리지 벼슬에 올랐으니 고구려의 정권과 병권(兵權)을 총괄하는 지위였다. 그리고 그는 4부의 대인 세습제를 폐지하고 그 자리에 모두 자신의 심복을 임명했다. 고구려 역사상의 어떤 대왕보다도 강력한 지도자가 된 것이다. 따라서 영류왕이 주장했던 북수남진 정책은 하루아침에 북진남수 정책으로 바뀌어졌다. 그 정책의 동반자는 백제였으니 신라의 고립은 더욱 심해졌고 당은 당황했다. 11월초였다. 평양성에는 하루 걸러 눈이 내렸으므로 천지가 흰 눈에 덮여 있었다. 평양성 중심부에 있는 연개소문의 대저택 뜰에도 흰 눈이 한 자나 넘게 쌓여 있었다. 청의 반쯤 열어놓은 문으로 뜰을 바라보던 연개소문이 머리를 돌렸다.

"내가 이세민을 안다. 그자는 잔재주에 능하지만 대군을 이끌고 긴 싸움을 해본 경험이 없다."

그가 수염 속의 흰 이를 드러내고 웃었다.

"고구려는 말갈이나 돌궐과는 다르다. 긴 꼬리를 달고 요동 땅에 들어섰다가는 수 양제의 전철을 밟게 될 것이야."

"신라가 당에 사신을 자주 보내고 있습니다."

앞 열에 앉은 무장 하나가 입을 열었다. 그는 이번에 남부대인으로 임명

된 그의 심복 무장 오화걸이다.

"당에 걸사표를 여러 번 보낸 것 같습니다."

"당항성을 함락시키면 걸사표도 쉽게 보낼 수가 없을 것이야."

앞쪽 문에서 무장 하나가 들어섰으므로 그들은 말을 그쳤다. 무장이 멀찍이 떨어진 곳에서 한쪽 무릎을 꿇고 앉았다.

"대막리지께 아뢰오. 백제의 계백 장군께서 오셨소이다."

"그러냐?"

얼굴을 활짝 편 연개소문이 자리에서 일어섰다. 그들은 계백을 기다리고 있었던 것이다. 곧 무장의 안내를 받아 계백이 들어섰는데 은관을 쓰고 은으로 만든 꽃을 관 양쪽에 붙였으며 주홍색 관복에 같은 색 띠를 매었다. 그가 한쪽 무릎을 꿇고 예를 보이자 연개소문이 서둘러 다가가더니 팔을 잡아 일으켰다.

"아우님, 일어나시게."

"소인은 백제국 대왕의 사신으로 왔소이다."

그러자 연개소문이 소리내어 웃었다.

"사신에 대한 예의를 차리란 말인가? 나는 고구려국 대막리지로서 나에게 예의를 강요할 사람은 아무도 없네."

그가 계백을 자신의 앞쪽 자리에 앉혔으므로 방안의 중신(重臣)들은 좌우로 물러났다. 연개소문은 간편한 평상복 차림이었다. 평소 차고 다니던 대도(大刀)도 벽에 세워두었다. 그가 부드러운 시선으로 계백을 보았다.

"백제국이 지난 가을에 신라국 대야주를 점령하여 42개 성을 공취하였더군. 경사일세."

"고구려 땅에도 변화가 있다고 들었습니다. 고구려국의 경사올시다."

덕담을 주고받은 청안의 분위기는 부드러웠다. 기다리고 있었던듯 금방 술상이 차려져 나왔는데 이것도 파격(破格)이다. 연개소문은 형제의 상봉으로 분위기를 이끌어갔다. 술잔이 두어 차례 오갔을때 계백이 입을 열었다.

"백제 대왕께서는 고구려와의 동맹을 더욱 굳건히 하시겠다고 하셨습니다. 그리고 대륙정벌의 계획을 듣고 오라는 말씀이셨소."

"당의 이세민이 먼저 군사를 일으킬 것 같네."

연개소문이 얼굴에 웃음을 띠었다.

"신라에서 빈번히 걸사표를 보내어 출병을 애걸하고 있는데 그 이유가 가관이야. 고구려와 백제의 방해를 받아 조공을 못한다는 것이지."

그가 술잔을 들어 한숨에 들이켜고는 잔을 내려놓았다.

"당의 이세민이 그까짓 조공 몇 짐을 받아먹으려고 신라를 구원하려 할 놈은 아니지. 다만 백제와 고구려가 강성해지면 대륙의 동북쪽이 허물어질 테니 그것이 걱정일 게야."

"대왕께서는 시기가 빠를수록 좋다고 하셨소이다."

"먼저 신라 당항성을 위아래로 쳐서 신라와 당의 연락선을 끊어야 될 게야."

연개소문의 시선이 옆쪽에 앉아 있던 남부대인 오화걸에게로 옮겨졌다.

"내년 봄에 고구려의 남부군이 공격을 시작할 게야. 그때까지 백제군도 기다려주게."

"한수유역은 본래 백제령이었소이다. 영토 분할을 미리 합의해 주셨으면 합니다."

"신라 진흥왕이 고구려로부터 탈취한 죽령 이북의 땅은 우리가 갖겠네."

계백은 머리를 숙였다. 의자왕으로부터도 그렇게 이야기를 들은것이다.

"대왕께서도 그렇게 말씀드리라고 하셨습니다. 기뻐하실 것입니다."

살수 아래쪽 들판에는 사슴과 멧돼지가 많았으므로 연개소문은 자주 사냥을 나갔다. 오늘도 호위군 2천 기를 거느리고 눈 덮인 들판으로 나왔는데 조정의 대신들은 거의 다 따라나왔다. 연개소문의 위력이 그대로 드러난 사냥 행차였다. 먼저 호위군이 말을 달려 짐승들을 몰아오면 연개소문이 활을 쏘아 잡는 방식이어서 이쪽은 천천히 나아갔다. 연개소문은 계백과 동행이었다.

"군왕(君王)은 자기 자신의 능력을 오판할 경우가 많지."

말을 속보로 달리면서 연개소문이 말했다. 그는 허리갑옷 차림으로 손에는 활만 쥐었다.

"신하들의 아부하는 말만 듣다보면 어느덧 자신의 능력을 과대평가하게 되네."

계백은 잠자코 말을 달렸다. 연개소문은 그보다 10여 세나 연상이다. 그는 또한 소년 시절 대륙을 여행하며 큰뜻을 키워왔다. 연개소문이 말을 이었다.

"당의 이세민은 이제 조금씩 자만심에 빠져 가고 있어. 직언하는 신하들이 멀리 하고 있단 말이네."

이세민이 재위에 오른 지 16년째였다. 멀리서 호위군의 함성이 울려왔으므로 연개소문은 말의 속도를 늦췄다.

"내가 당에 보낸 첩자가 수십 명이야. 이세민이 어젯밤에 누구하고 잤는지도 안다네."

"형님, 아우는 이제 백제로 돌아갈까 합니다."

계백이 조심스럽게 말했다. 고구려에 온 지도 10여 일이 지난 것이다. 그동안 연개소문은 하루도 거르지 않고 계백과 대사(大事)를 논의했고 주연을 열었다. 그동안 계백은 연개소문의 심복들을 거의 알게 되었는데 특히 연개소문의 동생인 연정토와 가까운 사이가 되었다. 연개소문이 활을 쥐더니 화살을 끼웠다.

"아우님, 곧 신라의 김춘추가 올 것이네. 어제 국경을 넘었으니 내일쯤 평양성에 도착할 것이야."

놀라 머리를 든 계백을 향해 연개소문이 빙긋 웃었다.

"아우님, 나하고 같이 그자를 만나보지 않겠나? 아우님이 고구려 관리 행세를 하면 그자가 어찌 알아보겠는가?"

김춘추는 시종무사 네 명과 아찬(阿湌) 김안성만을 대동하고 평양성에 도착했으니 실로 담대한 행동이었다. 진골 왕족 중에서도 여왕 사후에 유력한 왕위 계승자로 꼽히는 김춘추였다. 그는 적국이나 다름없는 고구려의 도성에 대여섯 명의 수행원만을 거느리고 밀행(密行)한 것이다. 평양성까지의 안내를 맡은 남부대인 휘하의 무장은 거칠고 무례했다. 아찬 김안성은 백제 동방군의 미후성 공격시에 고구려의 남부대인 고정태를 만나 고구려군이 움직이지 않을 것을 약속받은 장본인이다. 그러나 지금은 그때와는 상황이 전혀 다르다. 남부대인 고정태는 이제 영류왕을 포함한 2백여 인의 고관들과 함께 연개소문에게 참살당한 것이다. 평양성 안의 숙사로 안내한 무장은 온다간다 말도 없이 사라져버렸으므로 김안성은 난감했다. 고구려 측이 환대하지 않을 것은 예상하고 있었으나 이처럼 박대할 줄은 몰랐던 것이다. 객사에 도착한 것은 저녁 무렵이었는데 객사의 종들이 저녁상을 차려 내왔다. 고기와 생선이 구색을 갖춰 놓여졌고 고구려 특산품인 독한 곡주도 곁들여졌으므로 김안성은 숨을 내리 쉬었다.

"허어, 오랜만에 큰 상을 받는구나."

저녁상에 앉은 김춘추가 수염을 쓸며 웃었다. 신라 도성을 떠난지 열흘 만에 평양성에 닿은 것이다.

"우리를 안내해 온 그 무장놈은 지금쯤 대막리지 앞에 있을 것이다."

밥은 젖혀두고 술잔을 든 김춘추가 다시 웃었다.

"땅이 넓은 때문인지 말을 탄 사람들이 많다구나. 고구려의 기마군이 유명한 이유를 알 것 같다."

"나리, 내일 아침에 소인이 대막리지를 찾아가 보겠소이다."

"그럴 필요는 없다."

한 모금 술을 삼킨 김춘추가 정색을 했다.

"곧 이곳으로 사람을 보낼 것이다."

그러나 김안성은 불안감이 떨어지지 않았다. 김춘추가 연개소문을 만나겠다고 나섰을 때 적극 말리지 못한 것을 며칠 전부터 후회하기 시작했던 것이다. 이미 밖은 짙은 어둠이 덮여졌고 바람이 세었다. 나뭇가지를 스치면서 바람은 날카로운 소리를 냈다. 김춘추가 김안성의 잔에 술을 따라주었다.

"아찬, 신라가 살 길은 고구려나 당과 손을 잡는 길뿐이다."

"예, 나리 알고 있소이다."

"북수남진(北守南進)을 주장하던 영류왕이 죽었으니 이제 연개소문은 북진남수(北進南守) 정책으로 돌릴 것이다. 이 기회에 고구려와 손을 잡아야 한다."

"예, 하오나……."

"백제 고구려의 동맹관계 말이냐?"

술잔을 내려놓은 김춘추가 빙긋 웃었다.

"백제왕 의자와 연개소문은 두 마리의 맹수다. 그리고 그들은 제각기 상대방이 얼마나 위험한 존재인가를 알 것이다."

김안성이 힐끗 문밖을 바라보았다. 그러나 김춘추가 말을 이었다.

"동맹군으로 대륙을 정벌하고 나면 틀림없이 주도권 다툼이 일어나 하나가 쓰러져야 될 것이다. 그것을 의자와 연개소문이 예측하지 못할 리가 없다."

그때 문밖에서 인기척이 났으므로 김안성이 긴장을 했다.

"나리, 전갈이 왔습니다요."

시종무관의 목소리였다.

김안성이 문을 열자 어둠 속에 등불을 들린 관복차림의 사내가 서 있었다. 그가 뻣뻣이 머리를 들고 말했다.

"대막리지께서 내일 아침에 면담을 하실 것이오. 신라 손님은 준비하고 기다리시오."

사내가 눈을 부릅뜨고 김춘추를 바라보았다.

"모시러 사람이 올 것이오."

다음날 아침 진시경이었다. 연개소문의 저택으로 들어선 김춘추는 곧 청으로 안내되었다. 청은 사방이 2백 자 정도였으니 신라 왕궁의 청보다도 넓었고 기둥 네 개는 두 사람이 팔을 벌려도 남을 정도로 컸다. 청안에는 좌우로 10여 명의 관리가 앉아 있었는데 모두 고관인 듯 머리에 쓴 관에는 금장식을 달았다. 그들은 김춘추가 들어와 청 가운데 놓인 보료에 앉았어도 거들떠보지도 않았다. 김춘추의 10자쯤 뒤에 앉은 김안성은 몸이 떨렸으므로 어금니를 물었다. 앞쪽에 비단을 깐 3층 계단 위에 금빛 보료가 놓여져 있었는데 그것이 연개소문의 자리일 것이다. 청안에 숨막힐 듯한 정적이 잠시 계속되더니 이윽고 앞쪽에서 발소리가 들려왔다. 그리고는 갑옷차림의 무장 두 명이 앞쪽의 옆문으로 들어섰다.

"대막리지 납시오."

무장 하나가 소리치자 고관들은 일제히 일어섰다. 김안성이 따라 일어섰을 때 연개소문이 들어섰다. 6척 장신의 그는 머리에 금관을 썼고 붉은색 비단 겉옷에 금박을 입힌 띠를 둘렀다. 그리고는 양쪽 옆구리에 두 개씩 칼을 찬 데다 등에도 칼 하나를 비스듬히 매었으므로 칼 다섯 자루를 찼다. 그는 보료 위에 앉을 때까지 고관들은 물론이고 김춘추에게도 시선을 주지 않았다. 겉옷을 펼치고 앉은 연개소문이 그제야 계단 아래쪽의 김춘추를 바라보았다. 무표정한 얼굴이었다. 김춘추가 먼저 입을 열었다.

"신라국 이찬(伊湌) 김춘추가 대막리지를 뵙습니다."

"잘 오셨소."

연개소문의 부드러운 목소리를 듣자 김안성의 어깨가 늘어졌다.

"그대는 진골 왕족으로 다음 왕위를 이을지도 모르는 몸이신데 이곳까지 밀행해 오시다니……."

연개소문이 웃음 띤 얼굴로 김춘추를 바라보았다.

"대단히 중요한 일인 것 같구려."

"예, 대막리지께 신라국을 맡기려고 왔소이다."

"허어."

보료에 등을 기댄 연개소문이 김춘추의 정색한 시선을 받고는 천천히 머리를 끄덕였다.

"말씀해 보시오."

"신라 당항성이 백제왕 의자에게 함락되면 당항성에서 평양성까지의 거리는 기마군으로 사흘 거리가 됩니다."

김춘추가 똑바로 연개소문을 바라보았다.

"곧 대륙정벌을 떠나실 대막리지께 신라국 김춘추는 약속을 드리려고 왔소이다."

"……."

"고구려의 등은 신라국이 지키겠소이다."

"과연."

"백제가 신라를 병합하면 강대국이 됩니다. 주민수가 1천만이 넘는 데다 왜국과 백제령까지 연합하면 고구려는 사방으로 포위됩니다. 대륙정벌에 성공해도 곧 백제왕 의자와 주도권 싸움을 하셔야 할 것이오."

"흐음."

"백제를 견제해야 합니다. 신라는 세력이 미미한 데다 영토가 귀퉁이에 치우쳐 있어서 본래부터 대륙진출에 뜻이 없었소이다. 그러니 신라를 백제국의 견제 세력으로 남겨 두시면 고구려의 웅지를 마음놓고 펴실 수가 있을 것입니다."

"안목이 탁월하시오."

"신라국을 맡겨드릴 테니 속령으로 여기시고 다만 왕가(王家)만은 존속케 하여 주십시오."

"참으로 비장한 말씀이시오."

정색한 연개소문이 길게 숨을 뱉었다.

"이찬의 구국 열정에 이 연개소문은 크게 감동했소. 아니 나뿐만이 아니라 이 자리에 모인 고관들의 마음도 움직였을 것이오."

"부끄럽소이다."

"내가 어찌 이찬의 제의를 거절하겠소? 그러니 이 자리에서 시행을 합시다."

"고마운 말씀이시오."

김춘추가 머리를 숙였다가 들자 연개소문이 말을 이었다.

"우리 고구려가 돌궐과 싸울 때, 또 수나라 대군과 싸울 적에 신라는 고구려의 영토를 탈취해갔소. 그것은 죽령 서북의 땅인데 이찬이 오신 김에 반환을 받아야겠소."

시선이 마주치자 연개소문이 빙그레 웃었다.

"이찬이 이곳에서 여왕께 연락을 하시면 곧 우리 군사가 땅을 접수하러 내려갈 것이오. 그것으로 고구려와 신라는 이찬의 말씀대로 될 것이오."

객사로 돌아올 때까지 김춘추는 입을 열지 않았고 김안성도 마찬가지였다. 오시 무렵에 객사로 왔으나 유시경이 되었을 때야 김춘추가 김안성을 불렀다. 방에 들어선 김안성이 조심스럽게 김춘추를 보았으나 시선은 마주치지 않았다. 이윽고 김춘추가 뱉듯이 말했다.

"당했다. 도망쳐야겠다."

"나리, 군사들이 객사 주위에 겹겹이 둘러서 있소이다."

머리를 숙인 김안성이 손등으로 이마의 땀을 씻었다.

"한 식경 전부터 늘어나더니 이젠 객사 앞에 진막까지 쳤소이다."

"아아, 내가 경솔했다."

김춘추가 이를 악물었으므로 김안성의 가슴이 철렁 내려앉았다. 그는 이렇게 절망하는 김춘추의 모습을 처음 보는 것이다. 김춘추가 악문 이 사이로 말을 이었다.

"내 딸이 죽고 나서 내가 앞뒤를 가리지 않았다. 연개소문의 습성과 성격을 더 알았어야 했다."

"그놈과 이세민은 뜻이 맞을지 모른다."

술잔을 든 연개소문이 이를 드러내며 웃었다. 그는 내실에서 고관들과 주연을 벌이는 중이었다. 그가 옆에 앉은 계백을 바라보았다.

"아우님은 김춘추를 어떻게 보았나?"

"지식이 많고 논리가 정연했소이다."

계백은 고관의 말석에 끼어 앉아 김춘추의 숨소리도 들었고 수염 끝까지 보았다.

"또한 담대한 데다 치밀한 것 같았습니다."

"백제국 대왕 전하와 비교하면 어떠한가?"

그러자 술잔을 내려놓은 계백이 정색을 했고 고관들의 시선도 모여졌다.

계백이 입을 열었다.

"전하께선 달면 삼키고 쓰면 뱉는 성품이 아니올시다. 한번 마음을 주시면 끝까지 신의를 지키십니다."

"호오."

"소제가 죄를 받아 왜국에서 돌아오지 못할 적에도 끝까지 군신(君臣)간의 정리를 버리지 않으셨소이다."

"그런가?"

"김춘추가 기지는 뛰어났으나 신의를 지킬지는 알 수 없습니다."

"과연 잘 보았네."

무릎을 친 연개소문이 붉은 입을 벌리고 웃었다.

"수단이 교묘하고 임기응변에 능하지만 경솔하다. 소국(小國)을 다스리는 데는 지장이 없겠지만 대국(大局)을 논할 수는 없는 인물이야."

보료에 등을 기내 그가 쓴웃음을 지었다.

"신라왕은 당의 이세민에게 보낸 걸사표에도 신라를 속령으로 바치겠으며 신라왕은 이세민의 신하가 되겠다고 했다. 신라를 고구려와 당 양쪽에 바칠 셈인가?"

그러자 앞쪽에 앉은 막리지 양성덕이 입을 열었다. 그는 연개소문의 심복이자 모사(謀士)였다.

"나리, 이 기회에 김춘추를 죽여 후환을 없애는 것이 낫소이다."

"그까짓 놈을 죽여 칼을 더럽힐 필요는 없다."

자르듯 말한 연개소문이 술잔을 들었다.

"그런 놈이 신라왕이 된다면 가관일 것이다. 아마 당을 부모의 나라로 모시게 될까?"

그의 시선이 계백에게로 옮겨졌다.

"물론 그때까지 신라가 남아 있을 리는 없겠지만 말이야."

다음날 아침 김춘추는 객사로 찾아온 연개소문의 심복 무장과 마주앉아 있었다. 어제 연개소문의 저택 청에 있었던 젊은 무장이었다. 자신을 정3품 관등인 태대사자(太大使者) 우신이라고 밝힌 그가 입을 열었다.

"대막리지께서는 이찬께서 여왕께 보내실 서신을 기다리고 계십니다. 소직께 그 서신을 가져 오라 하셨습니다."

어깨를 편 우신이 김춘추를 똑바로 바라보았다.

"신라를 고구려의 속령으로 바친다는 사람이 고구려 옛땅을 돌려 달라는데 주저할 이유가 없을 것이라고 하셨소이다. 그리고."

말을 멈추었던 우신이 김춘추의 시선을 받고는 얼굴에 희미하게 웃음을 띠었다.

"만일 거부하거나 핑계를 댄다면 세 치 혀만 가지고 고구려 대막리지를 농락하러 온 것이 분명한 증거이니 오늘 중으로 참수를 하신다고 하셨소이다."

김춘추가 헛기침을 했다.

"신라 북방에 장군 김유신이 2만 기마군과 함께 기다리고 있소. 내가 열흘 안에 돌아가지 않는다면 북진해 올 것이오."

그러자 우신이 이를 드러내고 웃었다.

"그렇다면 곧 신라가 멸망하겠소이다."

"……."

"백제 동방군 10만과 고구려 남부군 15만이 일시에 침공해 갈 것이고 대야주를 이미 점령한 백제 남방군도 움직일 것이오. 김유신이 과연 이찬 나리 한 분을 위해 북진해 올까요?"

"당장 죽령 서북의 땅을 내놓을 수는 없소이다."

마침내 김춘추가 어깨를 떨어뜨리고 길게 숨을 뱉었다. 그가 일그러진 얼굴로 우신을 보았다.

"신라 주민을 남으로 이주시켜야 하는데 지금은 겨울이오. 봄이 될 때까지 기다려야 합니다."

"그렇다면 그때까지 이찬께서는 이곳에 머무셔야 합니다."

"내가 여왕과 대신들을 설득해야 되오."

김춘추가 이마에 번진 땀을 손끝으로 씻었다.

"이곳에 앉아 있기만 한다면 내 목 하나만 날아갈 뿐이오."

정색한 그가 간절한 시선으로 우신을 바라보았다.

"내가 가서 설득하도록 보내주시오. 내가 막리지께 신라왕을 대신하여 죽령 서부쪽 땅을 고구려에 바친다는 서약서를 쓰겠소이다."

"당항성을 포함한 한수유역의 땅도 백제에 바친다는 서약서를 쓰시오."

"그것은 신라와 백제와의 문제일 것 같은데……."

김춘추가 눈을 치켜 뜨자 우신이 머리를 저었다.

"고구려와 백세는 동맹국이오. 고구려는 백제의 옛 영토를 찾아 돌려주려는 것이오."

어금니를 물었던 김춘추가 이윽고 머리를 끄덕였다.

"그것도 서약서를 쓰겠소이다."

"가소로운 놈, 이놈의 지금 심정은 신라 여왕을 내 후실로 준다는 서약서도 써 댈 것이다."

서약서를 밀어놓은 연개소문이 소리내어 웃었다. 그러자 둘러앉은 고관들이 따라 웃었으므로 청안의 분위기는 떠들썩해졌다. 연개소문이 계백을 바라보았다.

"이보게 아우님, 그 당항성을 포함한 한수유역의 땅을 백제국에 돌려준다는 서약서는 아우님이 가지고 가시게나. 어차피 지켜질 서약서는 아니지만 대왕께 보이고 한 차례 웃어나 보시게."

고관들이 다시 웃었고 계백은 서약서를 집어 품에 넣었다.

"예, 형님. 가져가겠소이다."

연개소문은 계백을 태대사자 우신으로 만들어 김춘추에게 보냈던 것이다. 김춘추는 백제 덕솔 계백에게 백제 땅의 반환 서약서를 써준 셈이 되었다. 이것은 연개소문이 백제와의 신의(信義)와 계백과의 우의(友誼)를 그의 방식대로 표현한 것이었다. 연개소문이 말석에 앉은 무장을 바라보았다.

"김춘추를 돌려보내라."

무장이 서두르며 일어서자 연개소문이 쓴웃음을 지었다.

"군사 5백으로 호위케 하라. 아마 그 자는 신라 땅에 돌아가면 갖은 지략을 써서 구사일생으로 탈출해 나왔다고 떠들어댈 것이다."

연개소문의 눈이 번쩍이며 빛났다.

"그렇지. 그러려면 그 증거를 네가 만들어 줘라. 신라 땅으로 보내기 전에 말채찍으로 얼굴을 서너 차례 갈겨 주어라."

무장이 소리쳐 대답하고 청을 나가자 고관들이 다시 소리내어 웃었다.

계백이 사비도성에 돌아온 것은 다음 해 정월이었으니 의자왕 3년이 되는 해다. 대왕전에서 계백을 맞은 의자왕은 얼굴을 펴고 웃었다.

"덕솔, 고구려의 정세는 어떻더냐?"

여섯 좌평과 달솔 급의 고관들 대부분이 시립한 전안의 분위기는 엄숙했으나 의자왕의 표정은 밝았다. 절을 하고 난 계백은 두 손으로 붉은 색 비단 보자기에 싼 상자를 올렸다.

"전하, 고구려 대막리지 연개소문이 전하께 드리는 선물이옵니다."

"어디."

의자왕이 눈을 크게 뜨고는 전내부 장리가 옮겨주는 비단 보자기를 바라보았다. 전내부 장리인 달솔 연임자가 보자기를 풀더니 서신 한 통을 꺼내 의자왕에게 바쳤다. 의자왕이 서신을 읽는 동안 전안은 기침소리도 들리지 않았다. 이윽고 의자왕이 머리를 들었다. 놀란 듯 얼굴이 굳어져 있었다.

"이것이 어찌된 일이냐? 한수유역의 땅과 당항성을 백제국에 돌려주겠다는 김춘추의 서약서가 아니냐?"

"예, 전하."

그러자 전안이 술렁거렸다. 의자왕이 계백을 쏘아보았다.

"김춘추의 서약서가 맞느냐?"

"예, 전하. 소인이 직접 받았소이다."

"허어, 이런."

의자왕이 혀를 찼다.

"궁금하다. 내막을 말하라."

"소인이 고구려에 가 있는 동안 신라의 김춘추가 왔었소이다."

계백의 한 마디가 끝날 때마다 청안은 놀람과 흥분으로 설레었으나 아무도 말을 막지 않았다. 계백은 차분하게 자초지종을 설명해 나갔다. 그가 말을 마치자 의자왕의 얼굴이 천천히 펴지더니 이윽고 입을 벌리고는 소리내어 웃었다.

"앗하하, 과연 연개소문이다. 이것은 고구려의 동맹 확인서 열장보다 낫다."

전안에 웃음소리가 번져갔다. 의자왕이 서약서를 연임자에게 건네주었다.

"대신들에게 서약서를 돌려서 읽도록 하라."

전안의 분위기는 밝았다. 대신들은 서약서를 돌려 읽으면서 제각기 탄성을 뺄거나 쓴웃음을 지었다. 의자왕이 부드러운 시선으로 계백을 바라보았다.

"덕솔, 그대가 백제 고관 중 김춘추를 만난 유일한 사람이다. 머릿속에 잘 넣어 두어라."

"명심하겠소이다."

"단신으로 고구려에 들어간 김춘추는 범상한 자가 아니다."

의자왕의 표정이 차츰 엄숙해졌고 전안에는 다시 숨소리도 나지 않았다.

"뜻을 펴기 위하여 목숨을 내놓는 용기가 있는 데다 수단이 뛰어나다. 연개소문이 그 자를 가볍게 보고 돌려보낸 것이 실수였다."

좌우를 둘러 본 의자왕이 말을 이었다.

"허나 이미 지난 일이다. 우리는 계획대로 대륙정벌의 준비를 시작해야 될 것이다."

"계백이 은솔(恩率)이 되었으니 곧 외관이나 내관의 장리가 되겠구려."

좌평 목정복이 말하자 연임자가 머리를 저었다.

"계백은 새로 편성된 근위군의 장령(將令)을 맡소."

"근위군의 장령이라니?"

놀란 목정복이 걸음을 멈추었으므로 연임자가 주위를 둘러보았다. 궁성 안의 마장(馬場) 근처였다. 대왕전에서 조례를 마친 그들은 궁성을 나가는 길이다. 연임자가 목소리를 낮췄다.

"곧 5부(部) 5방(方)으로부터 정예군을 모아 대왕 직속의 근위군을 만들 거요."

"허어, 병력은 얼마나 되오?"

"기마군으로만 3만이오."

"대왕께서 대륙정벌에 친위군으로 쓰실 모양이군."

"그렇소."

그들은 다시 발을 떼었다. 어젯밤에 눈이 내렸으나 궁성 안은 깨끗이 치워져서 지붕 위에만 흰 눈이 쌓여져 있었다.

"그런 일을 우리한테 상의도 하지 않으시다니."

혼잣소리처럼 말한 목정복이 힐끗 연임자를 바라보았다.

"그대도 그렇지. 같은 대성(大姓)이면서 어찌 함구하고 계셨소?"

"대왕의 영이셨소."

앞쪽을 바라본 채 연임자가 낮게 말했다.

"이제 백제국에 대성 8족(大姓八族)은 없소."

제3장 양평들의 대접전

　은솔로 관등이 오르면서 근위군의 장령이 된 계백은 의자왕으로부터 영
검(令劍)을 받았다. 그것은 독립군단의 장군으로 대왕의 영을 받들어 부하
들을 즉결 처단할 수 있다는 증물이다. 백제국에서는 5방(方)의 방령들만
이 차고 있는 검이었으므로 의자왕의 신임을 그만큼 받고 있다는 증거였
다. 사비도성에서 북쪽으로 50리쯤 떨어진 들판에 새롭게 진막이 세워졌
고 숙영지가 만들어졌다. 근위군의 진지였다. 위쪽의 낮은 언덕에 세워진
장령의 진막에는 의자왕이 앉아 있었는데 밝은 표정이었다.

　"군사들을 잘 먹이고 좋은 무구(武具)를 갖추게 하는 것만으로는 부족
하다."

　걸상에 앉은 의자왕이 가늘게 뜬 눈으로 계백을 보았다.

　"사기를 일으키는데 무엇이 제일이냐?"

　"장수가 선두에 서야 합니다."

　"그것으로 될까?"

　"군사들이 장수를 신뢰해야 합니다."

"또 있느냐?"

"싸워 이기면 영예와 재물이 얻어지고 죽는다고 해도 가족이 대우를 받게 된다면 더할 나위가 없을 것이옵니다."

의자왕이 걸상에 등을 기대더니 빙그레 웃었다.

"네가 왜국 영주로 여러 번 왜국 전쟁터를 다니더니 그것까지 염두에 두는구나."

"군사가 장수를 잘 알지 못하는 경우에는 그 방법이 쓸모가 있었사옵니다."

"싸움은 기세와 흐름이다. 기세를 타면 군사들은 몇 배의 힘을 내지만 기세가 꺾이면 몇 배의 군세라도 쫓기게 된다."

"명심하겠사오이다."

"너는 천부적인 무장이다. 남방 방령 윤충까지 너를 적극적으로 근위군의 장령으로 추천했다."

시선이 마주치자 의자왕이 다시 웃었다.

"이제 곧 네 진가를 발휘할 때가 온다."

근위군의 진지와 토성과는 20리 길이었으므로 계백은 이제 자주 토성에 들를 수가 있었다. 그래서 토성은 요즘 들어 활기에 찼다. 시진은 토성에서 마님 노릇을 한 이후로 처음으로 계백과 부부처럼 생활을 했다. 오늘도 저녁 무렵에 계백이 두 명의 근위군 부장을 데려 왔으므로 토성에서는 저녁 준비로 부산했다. 근위군에는 네명의 덕솔 급 부장이 있었는데 계백은 자주 부하들을 토성으로 데려왔던 것이다. 저녁을 마친 그들 앞에 간소한 술상이 놓여졌을 때 부장(部將) 화청이 입을 열었다.

"이세민은 준비가 완벽지 않으면 실행에 옮기지 않는 성품이오."

그가 흰 턱수염을 쓸며 웃었다.

"수모를 받아도 움직이지 않지요. 그러다가 불시에 기습합니다."

오십대 중반의 그는 와산 성주로 있다가 계백의 추천으로 이번에 근위군 부장이 되었다. 계백과 와산성에서 만난 인연 때문이었는데 본래 그는 이세민의 아비인 당 고조(高祖) 이연의 막장이었다. 진양 출신의 한인인 것이다. 계백이 머리를 끄덕였다.

"당의 사신이 곧 도성에 올 것이오. 그때 이세민의 반응을 알 수 있겠소?"

"틀림없이 위압적으로 나올 것입니다. 당 제국의 위세에 대륙은 이미 진압되어 가는 상황이니까요."

술잔을 들어올린 화청이 쓴웃음을 지었다.

"소장의 꿈은 이세민 앞에서 소장의 이름 두 자를 외치는 것뿐이올시다."

그의 한(恨)을 알고 있는 계백은 말을 멈췄다. 그는 이연의 반란을 수양제에게 밀고하려다가 발각이 되어 도망쳤는데 그의 가족은 이연에게 모두 죽었다. 그의 소원은 대륙정벌의 선봉장이 되는 것이니 꿈의 반은 이루었다. 잠자코 있던 부장 선고가 계백에게 물었다.

"장령, 당의 사신은 언제 옵니까?"

"내가 아는 흑선 선주한테서 들었으니 사나흘 뒤에는 도성에 닿을 것이오."

헤이찌의 흑선이 당의 사신이 탄 관선을 보았던 것이다. 흑선은 당의 관선보다 두 배는 빠른 배이니 계산하면 그렇게 된다. 계백이 술잔을 들었다.

"이미 흑선의 연락을 받은 대왕께서도 알고 계실 것이오. 그리고 고구려에도 연락이 갔을 테고."

당의 사신 유시천은 예부시랑으로 높은 관모에 금박을 입힌 검정색 관복을 입었다. 코가 솟은 가죽신을 신고 손에는 붉은 색 물감을 들인 긴 지팡이를 쥐었는데 곧 당 제국의 사신이라는 표시였다. 그는 부사(副使)로 중랑장 도정을 뒤에 따르게 했고 문무(文武) 공식 수행원이 70여 인에 시종이 100여 인이었으니 변방의 소국을 압도하려는 기세가 농후했다. 객부(客部) 장리의 안내를 받아 대왕전에 오른 유시천이 우선 눈을 들어 앞쪽의 계단 위를 보았다. 붉은 색 비단이 깔린 다섯 계단 위의 왕좌에 의자왕이 앉아 있는 것이다. 서너 걸음 더 발을 떼었던 유시천이 걸음을 멈추더니 허리를 폈다. 그의 좌우에는 백제국 고관들이 수십 명씩 늘어서 있었는데 제각기 붉은 색 관복에 은으로 된 관을 썼다. 눈이 어지럽도록 현란한 색깔이었다. 이윽고 유시천은 의자왕을 향해 소리치듯 말했다.

"백제왕은 당 황제의 사신을 맞으시오."

그러자 의자왕이 눈을 가늘게 뜨고는 유시천을 바라보았다.

"그대가 누구인가?"

난데없는 질문이었으므로 잠시 눈을 치켜 떴던 유시천이 엉겁결에 대답했다.

"당 황제의 사신 예부시랑 유시천이오."

"먼 길을 오느라 수고했다."

"황제의 사신에 대한 예의를 지키시오."

"백제는 당의 속국이 아니다."

부드럽게 말한 의자왕이 얼굴에 웃음을 띠었다.

"그러니 그대는 그곳에서 황제의 말씀을 전하거나 그렇게 하지 못하겠다면 돌아가는 것이 낫다."

유시천의 얼굴이 하얗게 굳어졌다가 곧 붉어졌다. 그가 사신으로 갔던 변방의 소국 왕들은 무릎을 꿇고 황제의 조서를 받았던 것이다. 의자왕이 말을 이었다.

"대국(大國)일수록 또한 대인(大人)일수록 겸양해야 주위의 존경을 받는다. 그대는 어떻게 생각하는가?"

"허나 법도가 있는 법입니다."

그러자 이제까지 잠자코 서 있던 왼쪽 줄의 앞쪽에 섰던 고관이 나서더니 유시천을 쏘아보았다. 좌평 성충이다.

"이보시오. 그대는 당 제국은 물론이고 당 황제의 체면에 먹칠을 하고 있소. 어서 사신으로 온 내용이나 말하시오."

유시천이 이를 악물었으나 몸을 돌려 돌아갈 생각을 하자 아득해졌다. 이윽고 그는 중랑장 도정으로부터 조서를 넘겨받더니 선 채로 읽었다. 아직도 얼굴이 붉었고 목소리가 떨렸다.

"백제왕 의자는 신라의 당항성 공격을 중지하는 것이 좋을 것이다. 신라 여왕 덕만이 누차 짐에게 사신을 보내어 백제의 방해 때문에 길이 막혀 조공을 못한다고 하니 이는 당과 짐에 대한 거역이나 같다. 따라서 신라의 조공길인 당항성을 공격하지 않는 것이 이로울것이다⋯⋯."

한참이나 걸려 예부시랑 유시천이 읽기를 마치자 의자왕이 머리를 끄덕였다.

"그런가? 허나 나는 이미 신라의 김춘추로부터 당항성은 물론이고 한수 유역의 백제 땅을 되돌려 주겠다는 서약서를 받았네."

"그럴 리가 없소이다."

눈을 치켜 뜬 유시천이 목소리를 높였다.

"천부당만부당한 말씀이시오."

"객사에 가 있으면 서약서를 보내 줄 테니 그대로 필사해서 황제께 보여드리도록 하게."

유시천은 아직도 흥분이 가라앉지 않았으나 곧 몸을 돌렸다. 그는 의자왕에게 인사도 하지 않았고 의자왕 또한 자리에서 일어나지도 않았다.

"김춘추가 당항성 공격을 예상하고 있는 것이야."

대왕전 옆의 미륵청 안이다. 안에는 백제국 핵심 고관들만 모여 앉아 있었는데 의자왕은 이제 정색한 얼굴이었다. 그가 말을 이었다.

"아마 당의 사신이 고구려에도 갔을 것이다."

"당의 사신이 백 번 온들 무슨 상관이옵니까? 예정대로 가을에 군사를 일으켜 당항성을 쳐야 하옵니다."

동방 방령 의직이 말하자 남방 방령 윤충이 머리를 끄덕였다.

"김춘추의 서약서는 휴지조각일 뿐입니다. 당항성을 점령하면 신라는 당과의 연락이 끊기게 될 것이오."

방관 좌평 성충이 동의하듯 머리를 끄덕이자 내신좌평 사택지적이 입을 열었다.

"미후성 함락으로 신쥬(新州)가 두 동강이 났으나 당항성에는 신라군 5만이 있소이다. 게다가 동쪽에 김유신의 10만 군사가 있으니 고구려와 협력하는 것이 나을 것 같소이다."

의자왕이 결심한 듯 머리를 들었다.

"올 가을이다."

평양성에 당의 사신이 도착한 것은 백제보다 닷새 늦었다. 백제로 가는 사신과 장안성을 같이 출발했으나 정사(正使) 동복(東卜)이 노중(路中)에 배탈이 났기 때문이다. 동복은 병부시랑으로 돌궐을 멸망시킨 이정(李靖)의 부장(副將)이었던 사람이다. 사십대 후반의 그는 6척 장신으로 기질이 센 장수 출신이라 당 태종 이세민이 골라 보냈다.

당의 사신 일행이 대막리지 연개소문의 대저택에 들어선 것은 오시 무렵이었다. 왕궁에 보장왕이 있었지만 고구려를 통치하고 있는 자는 연개소문이다. 동복은 연개소문의 저택으로 안내되어 가면서 아무 말도 하지 않

있다. 황제도 연개소문을 만나라고 했던 것이다. 저택의 청안에는 연개소문을 중심으로 고구려의 대신들이 모두 모여 있었는데 분위기가 엄숙했다. 전에 영류왕 시절에도 부사(副使)로 고구려에 왔던 엄문개는 온몸을 굳히고는 발만 떼었다. 전에는 영류왕이 사신을 궁궐 문밖까지 나와 맞아들였던 것이다. 청으로 들어선 동복이 앞쪽에 앉은 연개소문을 바라보았다. 그도 연개소문의 무례함에 눈썹을 치켜세우고 있었다.

"고구려 대막리지는 황제의 사신을 맞으라."

동복의 굵은 목소리가 찌렁이며 청을 울렸다. 그는 백제에 사신으로 간 예부시랑 유시천과는 달리 무장(武將) 출신이다. 그러자 연개소문은 가만히 있었으나 우측 열에서 장수 한명이 한 걸음 나왔다.

"무릎을 꿇어라."

"무엇이?"

동복이 눈을 부릅떴다. 한어여서 똑똑히 들었기는 했다. 그러자 장수가 다시 소리쳤다.

"당 사신은 어서 무릎을 꿇어라!"

"이런!"

말문이 막힌 무장 동복이 이를 악물었을 때였다. 연개소문이 입을 열었다.

"세민은 무고하냐?"

동복의 뒤쪽에 선 엄문개는 온몸을 떨었다. 세민은 당 황제의 이름이다. 천하에서 감히 황제의 이름을 부르는 자는 없다. 그러자 연개소문의 말이 이어졌다.

"내가 어릴 적 천하를 주유할 때 진양 땅에 들러 태원 유수 이연의 저택에서 머문 적이 있다. 그때 이연의 둘째아들 세민이 나에게 술을 따라 올렸었다."

이제 앞에 선 동복은 몸을 떨었고 연개소문의 굵은 목소리가 이어졌다.

"나는 대고구려 막리지의 장남이었으니 태원 유수 이연은 나에게 미인까지 붙여 후대했었다."

그가 동복을 쏘아보았다.

"헌데 어느날 갑자기 이연이 당 고조가 되고 간사스럽게 웃던 둘째아들 세민이 제 형과 아우를 무참하게 죽이고 나더니 당의 황제가 되었구나. 가소롭다."

연개소문이 손으로 동복을 가리켰다.

"내가 이세민을 발 아래로 보는데 한낮 쥐새끼만도 못한 네놈을 일어서서 맞으란 말이냐? 저 놈을 꿇려라."

말이 떨어지기가 무섭게 좌우에서 장수들이 달려들더니 동복의 어깨를 누르고 발을 걸어차 엎어뜨렸다. 턱을 청 바닥에 부딪치며 엎드린 동복의 입에서 피가 흘렀다. 연개소문이 의자에 등을 기댔다.

"이세민의 전갈을 듣자."

연개소문의 시선이 자신에게로 옮겨져 왔으므로 부사 엄문개는 저도 모르게 털썩 무릎을 꿇었다. 장수 하나가 발을 들어 동복의 어깨를 찼다.

"어서 말씀드리지 않고 뭘 하느냐!"

동복은 용장(勇將)이었다. 돌궐족의 왕 힐리가한을 생포하는 데도 한 몫을 했다. 그런 그가 장수에게 다시 한 번 어깨를 채이고 나자 핏물을 튀기며 말했다.

"말씀드리겠소"

"백제에는 예부시랑 유시천이란 자가 사신으로 갔다고 합니다."

막리지 양성덕이 말하자 연개소문은 쓴웃음을 지었다.

"의자왕은 아마 나와는 다른 방식으로 사신을 대했을 것이다."

"그쪽에도 당항성을 공격하면 안 된다는 이세민의 통보가 갔겠지요."

"김춘추가 써준 서약서를 보이면서 의자왕이 웃었을 게야."

청안에는 이제 대여섯 명의 심복 고관들뿐이었는데 연개소문은 차고 있던 다섯 자루의 대도(大刀)도 풀어놓았다. 김춘추를 접견했을 때에도 다섯 자루의 칼을 찼지만 이번에 찬 칼들은 모두 금으로 손잡이를 만들어서 호화스러웠다.

옆에 앉아 있던 연정토가 조심스럽게 물었다. 그는 연개소문의 동생으로 이번에 서부대인이 되었다.

"동복을 어떻게 하시렵니까?"

"며칠 간 옥에 가둬 두어라."

동복은 이세민이 쓴 서신을 읽은 즉시 무례하다는 이유로 옥에 갇혔다. 부사 엄문개도 함께였다.

이세민의 서신 내용은 고구려는 신라의 당항성을 공격하면 안 된다는 것이었으니 연개소문이 발을 구르며 화를 내었던 것이다.

연개소문이 주위의 고관들을 둘러보며 말했다.

"이세민은 지금 황태자 폐립 문제로 골머리를 썩고 있다. 대군을 모아 전쟁을 일으킬 경황이 없을 것이야."

고관들이 제각기 머리를 끄덕였다. 이세민은 문덕왕후로부터 세 아들을 낳았으니 장남 이승건(李承乾)이 태자로 봉해졌고 위왕 태(泰)와 진왕 치(治)였다. 그러나 이승건은 성격이 기괴한 데다 몸도 이상해서 잘 걷지도 못했는데 남색(男色)에 빠져 왕위를 계승할 그릇이 못 되었다. 따라서 이세민은 위왕 태를 총애하여 태자로 세우려고 했으나 이승건이 반발하고 있었다. 위왕 태 또한 너무 비만하여 보행이 자유롭지 못한 결점이 있기도 했다.

연개소문이 말을 이었다.

"당항성의 공략이 고구려와 백제의 대륙진출로의 첫 싸움이 될 것이다."

"남부군으로 남진합니까?"

누군가가 묻자 연개소문은 머리를 저었다.

"아니다. 의자왕은 우리에게 견제만 요청할 것이다. 백제군은 고토(古土)를 제 힘으로 빼앗으려고 할 것이다."

의자왕 3년 11월, 백제군은 신라 신주(新州)의 당항성을 향해 북진했다. 백제군의 사령은 근위군 장령인 은솔 계백이었고 그는 기마군 1만과 보군2만을 거느렸다. 의자왕은 동방과 북방군을 제외 시키고 근위군만으로 당항성을 공격시킨 것이다. 이제 근위군은 기마군 3만에 보군 3만의 군단으로 편성되어 있었으므로 계백은 근위군의 일부만 거느렸다. 11월이면 추위가 기승을 부리는 시기였다. 그래서 대개 봄이나 가을에 군사를 일으켰으나 의자왕이 이번에는 겨울 싸움을 지시했다. 대륙정벌을 하려면 계절에 관계없이 군사가 이동해야 할 것이었다. 계백으로서는 이번이 주장(主將)으로서의 첫 싸움이다. 기마군 1만 기를 이끈 그는 중군(中軍)에 위치하고 첫날에 1백 리를 달렸다. 빠른 속도의 진군이었다.

"장령, 곧 눈이 내릴 것 같소이다."

부장인 덕솔 화청이 하늘을 올려다보며 말했다.

"보군이 걱정입니다."

보군의 하루 행군 속도는 50리가 고작인 것이다. 계백이 마악 세워진 진막으로 들어가 앉았다. 저녁 무렵이었다.

"신라에는 이미 첩자가 달려갔을 테니 김유신이 움직일 것이오."

장수들이 모여 앉자 계백이 입을 열었다.

"그자가 미후성을 돌아온다면 우리와 닷새 후에는 만나게 되오."

이미 떠나기 전부터 신라군의 예상 방어수단을 논의해 두었던 것이다. 김유신은 작년인 여왕 11년에 갑량주 군주가 되었는데 장군을 겸하고 있어서 당항성으로 지원군을 이끌고 오기에 가장 유리한 위치였다. 그러나 백제령이 되어 있는 미후성을 지나야 한다. 부장 선고가 입을 열었다.

"장령, 고구려의 남부군이 신라군의 진로를 차단하면 우리가 마음 놓고 당항성을 칠수 있지 않겠습니까? 미후성 북족에 고구려군 3만이 있습니다."

그러자 계백이 머리를 저었다.

"대왕께서는 고구려군 남진(南進)을 원치 않으시오. 고구려군은 움직이지 않을 것이오."

한수유역은 본래가 백제령이었다. 의자왕은 당항성 공격을 고구려에 통보는 했으나 군사협력은 요청하지 않았던 것이다. 날씨가 추웠으므로 진막 안에 있는 불구덩이에 불이 붙여졌다. 엄동의 전쟁이었다.

"미후성을 남쪽으로 돌아 곧장 당항성으로 간다."

김유신이 손끝으로 지도 위의 한 점을 짚었다. 미후성이라고 적혀진 윗 부분이다.

"이곳에 고구려군 3만이 있으나 우리가 미후성 아래쪽으로 돌아간다면 내려오지는 않을 것이다."

"장군, 미후성에 백제군이 2만이나 있습니다. 우리의 퇴로를 끊지 않을 까요?"

장수 하나가 묻자 김유신은 머리를 저었다.

"섣불리 성을 나온다면 그건 내가 바라는 바야. 미후성을 빼앗을 것이다."

갑량주의 주성(州城)인 경산성에는 이미 보기당과 귀당의 군사 3만이 모여 있었으니 신라로서는 재빠른 반응이었다. 백제 근위군이 도성 근교의 숙영지에서 출진한 지 하루 만에 첩자의 연락을 받은 것이다. 김유신이 청에 모인 장수들을 둘러보며 웃었다.

"엄동에 군사를 출진시킨 걸 보면 의자가 근위군을 조련시키려는 목적도 있는 모양이다. 근위군의 첫 출진이야."

"계백이 주장(主將)으로서의 첫 출진도 됩니다."

그렇게 대답한 장수는 보기당의 대감(大監) 박성이다. 그는 기마군 5천을 지휘하는 주력군(主力軍)의 대장이었다.

"이번에 계백을 치면 백제군의 사기는 물론이고 의자의 야망도 땅으로 떨어질 것입니다."

"잘 보았다."

김유신이 짙고 긴 수염을 쓸어 내리며 웃었다. 그는 이제 내년이면 50세가 되지만 아직도 얼굴이 붉고 아침마다 활을 2백 번씩 쏜다.

"허나 계백은 지용(智勇)을 갖춘 무장이다. 아직 이십대 중반이지만 내해 건너 백제령의 싸움에서부터 왜국에서의 싸움, 그리고 신라 군과의 여러 싸움에서도 패한 적이 없는 자야."

"교활해서 의표를 찌르는 전법을 쓴다고 들었소이다."

"그렇다. 단위부대를 이끌고 여러 번 눈부신 전공을 세웠다."

김유신의 얼굴이 엄격해졌다. 그가 치켜 뜬 눈으로 장수들을 둘러 보았다.

"방심하면 안 된다. 이번 싸움으로 신라와 백제의 운명이 결정되는 것이야. 당항성을 빼앗기면 당으로 통하는 서쪽의 유일한 출구가 봉쇄되어버린다. 그리고는 서쪽에 박힌 소국(小國)이 되어 국운이 끊길지도 모른다."

긴장한 장수들을 향해 그가 자르듯 말했다.

"개인의 전공을 탐하지 말고 오직 국운을 생각하며 싸워야 할 것이다. 신라군 3만에 백제 군 3만이니 승패는 장수의 용병에 달렸다."

기마군 전령이 나는 듯이 달려와 신라군의 진군을 알린 것은 출진한 지 사흘째 되는 날이다. 계백의 기마군은 이제 백제 북방(北方)지역을 통과하고 있었는데 눈이 많이 내렸다. 전령이 눈밭에 무릎을 꿇고 소리쳐 보고했다.

"김유신이 기마군 1만과 보군 2만을 거느리고 경산성을 떠났습니다."

"군세(軍勢)가 같구나."

계백이 옆에 선 부장 화청을 바라보며 웃었다.

"행군 속도는 얼마나 되느냐?"

"첫날에 70리를 달려 신라 국경에 닿았습니다. 오늘은 어디 있는지 모릅니다."

오늘은 백제의 동방에 편입된 구(舊) 신주지역에 들어와 있을 것이다. 동방의 주력군은 훨씬 아래쪽인 득암성 근처에 있었으니 김유신은 그쪽을 피하여 고구려와의 국경지대로 오고 있을 것이다. 화청이 계백에게 말했다.

"미후성에서도 곧 전령이 올 것입니다. 김유신의 목표가 어디인지는 곧 알게 되겠지요."

어쨌든 미후성을 거쳐야 계백의 군사와 만나게 되는 것이다. 김유신이 군사를 위쪽으로 돌려온다면 고구려 땅으로 들어가게 될 것이고 아래쪽으로 꺾는다면 의직의 거대한 동방 주력군과 만나게 된다. 계백이 머리를 끄덕였다.

"김유신의 목표는 당항성을 구원하는 것이오. 미후성 남쪽을 돌아 곧 우리와 만나게 되오."

"내일 아침에 내가 풍곡성으로 내려가겠다."

연개소문이 말하자 막리지 양성덕이 이맛살을 찌푸렸다.

"대막리지께서 내려가실 것까지는 없소이다. 남부대인이 알아서 처리하지 않겠습니까?"

"이것 봐. 내가 싸움에 뛰어든다는 말이 아니야."

연개소문이 못마땅한 듯 혀를 찼다.

"풍곡성에 앉아 전황(戰況)을 빨리 듣겠다는 것이다."

풍곡성은 남부대인 오화걸의 거성으로 남부를 총괄하는 도성이다. 그러나 양성덕은 물러나지 않았다.

"당항성과 한수유역의 땅은 백제에 넘기기로 했으니 대막리지께서 친히 내려가실 필요는 없소이다. 전황은 나중에 들으셔도 되지만 곧 안시 성주의 사신이 올 것이니 만나셔야 하오."

"허어, 이 영감이 고집이 대단하군."

연개소문은 그렇게 말했지만 금방 표정이 풀렸다. 안시 성주 양만춘은 서북방 주둔군의 사령관이다. 당과 국경을 맞댄 서북방군의 사령관이 사신을 보낸 것이다.

연개소문이 입맛을 다셨다.

"계백과 김유신의 싸움이다. 젊은 범과 늙은 용의 싸움이야. 그것을 내가 가까이서 보아야 하는데……."

이럴 때의 연개소문은 아이와 같이 천진한 모습이 되었으므로 청에 둘러앉은 심복 무장들이 웃었다. 계백은 24세요, 김유신은 49세의 장년인 것이다. 그리고 연개소문은 그 중간인 38세가 되었다.

미후성을 오른쪽으로 보며 김유신의 1만 기마군은 천천히 전진했다. 이제 보군과의 간격을 맞춘 상태여서 2만 보군은 5리쯤 뒤쪽을 따르고 있다.

"미후성 주둔군은 나올 것 같지가 않습니다."

옆을 따르던 아찬 김태전이 흐린 하늘을 배경으로 선명하게 드러난 미후성을 바라보며 말했다. 그러나 이쪽이 조금만 허점을 보여도 짓쳐 나올 것이 뻔했다. 특히 패퇴할 경우에는 미후성의 백제군에게 철저히 유린당할 것이다. 김유신이 부드럽게 말했다.

"계백이 진로를 오른쪽으로 틀었다니 당항성과 미후성의 양쪽 군사는 나중에 무구(武具)나 줍겠구나."

계백도 당항성을 왼쪽으로 보면서 이쪽으로 향해 진군해 오는 것이다. 이제 이틀 후면 양군은 양평들에서 마주치게 된다. 김유신은 눈을 가늘게 뜨고 하늘을 올려다보았다. 며칠간 내리던 눈은 그쳤으나 하늘은 아직도 흐렸다. 그리고 추위가 심해져서 말의 입김으로 고삐가 막대기처럼 굳어졌다.

근위군의 부대장(部隊將)이며 11품 대덕(對德)으로 관등이 오른 하도리는 계백의 위사장을 맡고 있었는데 이제는 완전한 백제인이다. 계백이 저녁을 마쳤을 때 하도리가 군사 하나를 앞세우고 진막으로 들어섰다.

"주인, 이자가 말씀드릴 것이 있다고 합니다."

군사는 이십대 초반쯤의 나이에 기마군 복장을 했다. 땅바닥에 무릎을 꿇은 군사가 계백을 올려다보았다.

"장령 나리, 소인은 척후장 유판의 휘하 군사 석기전올시다."

계백의 시선을 받은 군사가 말을 이었다.

"척후장 유판이 어젯밤에 심복 군사 하나를 내보냈는데 아직 돌아오지 않았소이다."

"그것이 무슨 말이냐?"

"척후장은 벌써 세 명째 심복 군사를 내보냈다고 합니다."

하도리가 옆에서 거들었다.

"척후장이 신라와 내통하고 있는 것 같습니다."

계백이 얼굴을 굳혔다. 척후장 유판은 8품 시덕으로 기마군 5백을 이끌고 최선두에 서 있었다.

척후대는 선봉을 이끄는 정예군이다. 따라서 유판은 용맹한데다 기민해서 계백이 직접 발탁한 장수였다.

"너는 척후장이 부하를 신라군에 보냈다고 생각하느냐?"

계백이 묻자 군사가 땀으로 얼룩진 머리를 끄덕였다.

"예, 소인은 척후장의 진막 경비를 맡고 있소이다. 은밀히 밤에만 부하를 내보내는 것이 수상하다고 생각합니다."

머리를 든 계백이 하도리를 바라보았다.

"군사를 이끌고 가서 유판을 데려오도록 해라."

"반항하면 베리까?"

"베어도 좋다."

계백의 시선이 군사에게 옮겨졌다.

"그것이 사실이면 너를 십장(十長)으로 세우겠다."

한 식경쯤이 지난 후에 척후장 유판이 계백의 진막으로 들어섰다. 진막 안에는 기마군의 부장 두 명과 선봉장인 장덕 천귀성도 모여 앉아 있었는데 유판이 놀란 듯 그들을 둘러보았다.

"장령, 부르셨소이까?"

"시덕, 그대의 고향이 어디인가?"

불쑥 계백이 묻자 그가 조심스럽게 대답했다.

"남방의 완산성 근처올시다."

"그곳이 한때는 신라령이었지. 처자는 아직도 그곳에 있는가?"

"소인의 처자는 지난 번 신라군과의 싸움 때 모두 죽었소이다."

계백이 머리를 끄덕였다.

"그대는 사흘 동안 밤마다 부하 하나씩을 내보냈다. 그 이유를 대라."

그순간 유판의 얼굴이 하얗게 굳어지는 것을 진막 안의 사람들은 모두 보았다. 유판이 어금니를 물었다가 풀었다.

"그자들은 소인의 종이올시다. 그래서 돌려보낸 것뿐입니다."

"당치가 않다!"

발을 구르며 자리에서 일어난 장수는 부장 화청이다. 눈을 부릅뜬 그의 수염 끝이 떨렸다.

"이놈, 무장답게 실토하고 목을 늘여라! 너는 그놈들을 신라 진중으로 보냈다."

"억울하오!"

유판이 맞받아 소리쳤으나 눈동자가 흔들렸다.

"도성의 소인 거처로 확인해 보시면 알 것이오!"

"이틀 후면 신라군과 부딪친다. 네놈은 시간을 벌 생각이다."

화청이 허리에 찬 칼자루를 쥐고는 계백을 보았다. 영만 떨어지면 치겠다는 시늉이다. 계백이 입을 열었다.

"너는 대야성 싸움에서도 전공을 세워 관등도 올랐다. 그런데도 배신을 한 이유는 무엇이냐?"

그러자 퍼뜩 눈을 치켜 뜬 유판이 어깨를 늘어뜨리더니 얼굴을 일그러뜨리며 웃었다.

"내 처자가 신라 땅에 살아 있소이다."

장수들이 제각기 숨을 죽였고 유판의 말이 이어졌다.

"당항성으로 출진하기 전날 밤에 신라 첩자가 내 처의 반지와 자식들의 옷가지를 보여주었소. 처자를 살리려면 매일 근위군의 동향을 전해 달라고 했소이다."

"김유신에게 전했느냐?"

"그렇소이다."

"네가 보낸 자들은 모두 신라 첩자들이었구나."

"그렇소이다. 소인의 종으로 행세하고 따라왔소이다."

유판이 체념한 듯 순순히 대답했다.

"하나가 남아 있었으나 소인이 이곳에 불려오는 것을 보았을 테니 도망쳤을 것입니다."

"잡아두었습니다."

뒤쪽에 서 있던 하도리가 불쑥 말했다.

"도망치는 것을 활을 쏘아 잡았소이다."

계백이 길게 숨을 뱉었다.

"김유신은 철저하다. 이미 백제군의 진로는 물론이고 장수와 군세까지 샅샅이 알고 있을 것이다."

이틀 후의 오시 무렵이다. 양평들은 드문드문 눈이 쌓여 있었지만 바람한 점 없는 맑은 겨울 날씨여서 시야가 트였다. 황무지여서 매마른 잡초만무성한 들의 동쪽에 신라 기마군이 먼저 닿았고 두 식경쯤 지나 백제 기마군이 모습을 드러냈는데 양군의 거리는 10리쯤 되었다. 양평들은 삼방이산으로 둘러싸인 넓은 분지다. 남쪽은 한수의 지류가 가로지르고 있었으나수심이 얕은 데다 강추위에 두껍게 얼어붙어 있었다. 양군은 먼저 북을 두드리고 고각을 불어 기세를 돋구었으므로 들판이 진동했다. 놀란 짐승들이이리저리 내닫고 꿩떼가 날아올랐다. 계백이 말 위에서 눈을 가늘게 뜨고신라군을 바라보았다.

"기마군 1만이 모두 닿았군."

"보군은 내일 오후에나 닿을 것이오."

화청이 손을 들어 신라군의 좌측을 가리키며 말했다.

"좌측의 언덕에 영기(令旗)가 꽂혀 있습니다. 김유신이 저곳에 있는 것 같소이다."

백제군은 대열을 정돈했다. 들은 평탄하지 않았으므로 부대별로 나누어 진을 쳤는데 일자(一字)로 벌린 형국이다. 이것은 돌격대형으로 언제라도 뛰쳐나갈 수 있도록 앞쪽에 장애물도 주지 않았다. 앞을 바라보던 계백이 얼굴을 펴고 웃었다.

"김유신도 일자 대형을 만드는군. 진용이 넓게 퍼지고 있소."

"한나절이면 결판이 납니다."

따라 웃은 화청이 계백을 바라보았다.

"군세가 비슷한 데다 탁 트인 들판이니 숨거나 뒤로 돈다고 해도 금방 보입니다. 군사의 사기와 기력 싸움입니다."

한나절이면 끝날 싸움이다. 싸움이 시작되면 군사들의 체력이 한나절 이상 버티지 못하는 것이다. 전령이 달려오더니 계백 앞에서 멈추고는 말에서 뛰어내렸다.

"장령, 보군이 성곡산을 지났소이다. 내일 오시 무렵이면 이곳에 닿는다고 했소이다."

신라군과 거의 비슷한 시각에 도착하는 것이다. 계백이 머리를 끄덕였다. 결전은 내일 오후가 되거나 아니면 모레 아침이다.

"유판한테 남아 있는 첩자는 오늘 밤에 올 것입니다."

아찬 김태전이 말하자 김유신이 머리를 끄덕였다. 진막 안에는 불구덩이를 만들어 놓아서 훈훈했다. 김유신의 어깨갑옷을 시종 무사가 벗겨내었다.

"유판의 처자는 백제 땅으로 돌려보내도록 하게."

"예, 싸움이 끝나면 곧."

"처자를 인질로 잡고 배신을 시키다니 불쾌한 일이야."

혀를 찬 김유신이 김태전을 바라보았다.

"유판이 칼끝을 백제군한테 돌릴 수는 없을 테니 내일은 힘껏 싸우겠지."

"척후장은 제일 먼저 죽습니다."

"이쪽으로 도망쳐 올 겨를도 없을 게야."

불기운에 얼굴이 붉어진 김유신이 쓴웃음을 지었다.

"처자를 위해 목숨을 버린 셈이 되겠군, 그자는."

"장수 그릇이 아닙니다. 필부(匹夫)지요."

진막 안으로 장수들이 들어섰다. 결전을 앞두고 있었으므로 모두 얼굴이 굳어 있다. 김유신이 부드러운 표정으로 그들을 둘러보았다.

"몸이 굳으면 칼을 제대로 쓸 수가 없어. 그러니 내일 결전 전에 한 잔씩 술을 돌려야겠군."

산전수전 모두 겪은 용장 김유신이다. 그의 분위기에 끌린 듯 장수들의 긴장이 서서히 풀어졌다.

신라군 기마군 대장 중의 한 사람인 설청은 화랑 출신으로 이번이 첫 출전이었다. 그가 약관 18세에 기마군 5백을 거느린 대장(隊將)이 된 것은 무예에 뛰어난 이유도 있었으나 진골 왕족이기 때문이다. 조부가 진흥왕의 왕자였으니 설청은 어릴 적부터 고생 없이 자랐다. 그가 진막에서 마악 저녁을 마쳤을 때였다. 전령이 안으로 들어섰다.

"대장 나리, 소감(小監)께서 부르시오."

소감 태보안은 기마군 2천을 거느리고 신라군 우측을 맡고 있는 장수였는데 설청의 직속상관이다. 서둘러 태보안의 진막 안으로 들어선 설청이 군례를 했다.

"소감 나리, 부르셨습니까?"

태보안은 보기당 소속의 소감으로 관등은 10품 대나마였다. 그는 토호 출신이다.

"오늘 밤에 적진 정찰을 다녀오게. 날랜 군사 열 명만 데리고 가도록 하게."

대뜸 말한 태보안이 부리부리한 눈으로 설청을 보았다.

"첫 출전이니 적진 정찰도 처음이겠군. 그렇지 않은가?"

그러자 설청이 빙긋 웃었다.

"계백의 진막까지 보고 오겠습니다."

"자만하면 안 되네."

삼십대 중반의 태보안이 성긴 수염 끝을 손으로 비틀면서 따라 웃었다.

"내일 싸움을 위해 그대의 담력을 키워주려는 것일세."

설청이 백제군의 정찰대에 생포된 것은 그날 밤 해시 무렵이었다. 백제 군 좌측 진지의 2백 보 앞까지 다가갔던 그는 정찰대에 포위되어 칼 한 번 제대로 휘두르지 못하고 잡힌 것이다. 그가 인솔했던 부하들도 모조리 죽거나 잡혀 한 사람도 돌아가지 못했다. 백제군 정찰대는 좌측 진지의 사 령인 덕솔 선고의 휘하 부대였으므로 설청은 선고의 진막으로 끌려갔다.

"어린 놈이군."

선고가 침상에 앉은 채로 뱉듯이 말했다. 그는 삼십대 후반으로 수십 번 싸움을 겪은 용장이다.

"네 관등이 무엇이냐?"

"죽여라."

대답 대신 이 사이로 설청이 말하자 선고가 머리를 끄덕였다.

"물론이지."

그때 진막 안으로 군사 하나가 들어서더니 선고에게 귓속말을 했다. 온

몸이 삼줄로 묶인 채 꿇어앉아 있던 설청은 선고의 시선이 자신에게로 옮겨지는 것을 보았다. 이윽고 선고의 얼굴에 웃음기가 떠올랐다.

"네가 진흥왕의 왕손이냐?"

"죽여라!"

"많이도 싸질러 놓았군, 진흥왕이란 놈."

혀를 찬 선고가 뒤에선 군사들에게 말했다.

"이놈을 잘 감시해라. 요긴하게 쓰일 수가 있을 것이다."

사로잡은 신라 군사한테서 설청의 내력을 들은 것이다.

다음 날도 쾌청한 날씨였다. 해가 뜨자마자 양군은 활발하게 부대 이동을 했으므로 들판은 기마군의 말굽소리가 그치지 않았다. 백제군이 먼저 기마군을 다섯 대(隊)에서 일곱 대로 나누어 벌렸고 이를 본 신라군은 네 대에서 여덟대로 쪼개어졌다. 그리고는 양군이 조금씩 앞으로 전진했으므로 거리는 5리 정도로 가까워졌다.

"대담하다. 중군(中軍) 앞에 호위군을 5백 기 정도밖에 세우지 않았구나."

마상에서 김유신이 백제군의 진용을 둘러보며 웃었다.

"계백이 직접 선봉에 설 모양이야."

"이제까지 그래왔지요."

아찬 김태전이 이끌리듯 웃으며 말했다.

"저 나이에는 무용을 뽐내고 싶어할 것입니다."

하늘을 올려다본 김유신이 깊게 숨을 들이마셨다.

"의자는 계백에게 대야망을 심어준 것 같군."

"무엇을 말씀입니까?"

"대륙정벌이겠지. 백제국의 영기(令旗)를 휘날리며 천하를 평정하는 꿈 말이야."

김태전이 쓴웃음을 지었으나 김유신은 정색을 했다.

"무장은 그런 왕을 위해서라면 기꺼이 목숨을 내놓는 법이지."

적장과 적국의 왕을 칭찬하는 것같이 들렸으므로 김태전이 긴장했다. 그러나 김유신은 개의치 않았다. 긴 수염을 쓸어 내린 그가 김태전을 바라보았다.

"설청이 어젯밤 잡혀 죽었을 테니 백제군은 제사를 치른 셈이 되었군. 그리고 유판도 이미 발각된 것이 틀림없어."

"발각되었다면 목이라도 보이며 시위를 할 것 아닙니까?"

"계백의 기질일 것이다."

혼잣소리처럼 말한 김유신이 머리를 돌려 햇살을 바라보았다. 해는 동녘 산마루에서 한 뼘쯤 솟아 있었다.

"허세와 허식을 싫어하는 자야, 계백은."

해가 중천에 뜬 오시 무렵, 양군의 기마군은 최초로 접전했다. 벽제군의 우측 끝 부대에서 달려나온 장수 하나가 창을 휘두르며 외쳤는데 12품 문독 벼슬의 고흥이다.

"늙은 김유신은 나와 목을 늘여라! 이제 젓가락을 들 힘도 없느냐!"

목청이 컸으므로 신라군 우측도 다 들었다. 서전(緖戰)의 싸움은 대단히 중요해서 전군(全軍)의 사기에 영향을 미친다. 서전에서 승리하면 그 기세로 단번에 전세를 이끌어갈 수 있는 것이다. 더욱이 비슷한 군세로 대치하고 있는 상황에서는 결정적이다. 고흥이 긴 창을 돌리면서 신라군의 앞쪽을 달리며 다시 외쳤다.

"김유신은 어디 있느냐! 말을 탈 힘도 없다는 말이 참말이구나!"

그때였다. 신라군 중앙에서 1기의 기마 무장이 살같이 내달려왔는데 철 투구에 허리에는 흰 띠를 매었다. 붉은 색 전복에 붉은 띠를 맨 고흥과는 대조적이다.

"나는 신라국 사지 비웅이다! 네 이놈! 젖비린내 나는 계백의 졸자 놈아!"

그러자 양군이 일시에 북을 울렸고 함성을 질렀으므로 양평들이 진동했다. 고흥과 비웅은 일직선으로 내달려갔으므로 금방 그들의 창과 칼이 부딪쳤다.

"쟁!"

두 사람 모두 내로라 하는 장수들이다. 일합이 부딪치면서 상대방의 실력이 비등하다는 것을 깨닫고는 말머리를 틀어 다시 돌진했다.

김유신은 수없이 대소 싸움을 겪었으므로 서전의 중요성을 안다. 그가 젊었을 적에 양군의 대표로 나간 장수끼리의 싸움에서 한 쪽이 지면 그쪽 군사는 열에 아홉은 패퇴했다.

"잘한다."

눈을 가늘게 뜬 김유신이 두 장수를 바라보았다. 두 볼이 붉었고 눈빛이 밝았으므로 옆에 서 있던 김태전의 가슴도 뛰었다. 그가 어릴적부터 흠모해 온 용장 김유신이 흥분해 있는 것이다. 그때였다. 앞쪽에 서 있던 보기당 대감 박성이 말머리를 틀더니 다가왔다.

"장군! 계백이 부대를 발진시켰소!"

"무엇이?"

놀란 듯 눈을 치켜 뜬 김유신에게 박성이 손을 들어 오른쪽을 가리켰다. 그가 말을 잇기도 전에 김유신이 혀를 찼다.

"아뿔사, 저놈이."

백제군 좌측 끝의 기마군이 앞으로 이동하고 있었던 것이다. 김유신이 소리쳤다.

"영기를 우측으로 흔들어라! 우측군이 저놈들을 맡는다!"

얼굴을 찌푸린 그가 다시 혀를 찼다. 장수들의 접전을 보려고 했던 자신에게 화가 난 것이다. 계백은 장수들이 나와 벌이는 단판 싸움 같은 것은 무시하고 있었다.

백제군의 좌측 끝 기마군은 시덕 양수가 거느리는 1천 기였다. 그는 계백의 중군에서 울리는 북소리 신호를 듣고는 전속력으로 기마군을 몰아 신라군 우측 끝 부대로 돌진했다. 전면전이 시작된 것이다. 신라군도 마주쳐 나왔으므로 들판은 말발굽소리와 함성으로 가득 찼다. 계백이 옆에 선 부장 화청을 바라보았다.

"덕솔, 영기를 지키시오."

"장령께서 전두에 서시렵니까?"

화청이 웃음 띤 얼굴로 머리를 끄덕였다.

"기세 싸움입니다. 장령의 기세가 김유신을 누를 것이오."

말에 박차를 넣은 계백이 앞으로 뛰어나가면서 허리에 찬 칼을 뽑아 세웠다.

"가자! 군사들이여!"

"와앗!"

장령이 진두에 섰으니 중군 2천 기가 한 덩이가 되어 벽력 같은 고함을 쳤다. 계백은 앞쪽을 쏘아보았다. 그의 시선이 간 쪽은 이미 움직이기 시작한 신라군의 우측 부대였다.

"중앙에서 돌진해옵니다."

중군 대장 박성은 이제 김유신의 옆에 붙어서 있었는데 목소리가 열기에 떴다. 신라와 백제의 2만 기마군이 대접전을 벌이는 것은 처음 있는 일인 것이다. 김유신이 쓴웃음을 지었다.

"그럴 듯하다. 계백이 아군의 약한 부분부터 치려는 것이다."

"보강할까요?"

"내버려둬라. 대신 아군의 좌측 부대로 백제군의 우측을 집중공격 하도록."

영기가 흔들렸고 북이 울렸다. 김유신은 백제군의 중심부분을 노려보았다. 영기가 바람에 펄럭이고 있었다.

"영기 밑의 중군이 약해졌구나. 1천 기 정도쯤 되나?"

"중군을 칠까요? 계백이 있을 것이오."

"아니다."

머리를 저은 김유신이 시선을 돌렸다.

"경솔하게 움직일 순 없다."

한 덩이가 된 중군 2천 기가 측면을 쳤으므로 신라군 우측 부대는 금방 두 동강이 났다. 그때 중군의 앞을 신라군 1천여 기가 가로막았으나 물 한 그릇 마실 시간이 지난 다음 물고기의 배가 갈라진 것처럼 두 쪽으로 갈라졌다.

"이제는 신라 중군이다!"

계백이 소리치자 뒤따르던 고수 넷이서 북을 두드렸는데 양평들이 다 울렸다. 계백은 이미 신라군 셋을 베었다. 그의 분전을 본 군사들은 눈을 까뒤집고 따랐으므로 가히 일백당이다.

계백은 피에 젖은 칼을 꽂고는 안장에 매단 활을 들었다. 화살을 시위에 먹인 다음 기마군 대여섯의 사이로 보이는 앞쪽 신라군을 겨누었다. 신라군 중군의 예비대가 이쪽으로 향해 돌진해 오고 있었다. 하도리가 옆으로 바짝 붙었다. 그 순간 살이 날았고 1백여 보 앞에서 대도를 휘두르며 다가오던 신라군 장수가 이마에 살을 맞고는 벌떡 넘어졌다.

"와앗!"

그것을 본 백제군이 목이 터질 듯한 기합을 질렀다. 앞장선 장수를 잃은 신라군의 사기는 눈에 띄게 가라앉았다.

"이겼다!"

하도리가 고함을 치자 다시 함성이 났다.

"모아라!"

김유신의 고함에 북소리와 고적소리가 들을 울렸다. 이제 그는 칼을 뽑아 쥐고 있었는데 흥분한 말이 자꾸 제자리걸음을 했다.

"장군, 소장이 먼저 치겠소이다."

박성이 소리치듯 말했으므로 김유신이 머리를 저었다.

"분산하면 안 된다. 모일 때까지 기다려."

옆으로 다가선 김태전의 목소리도 떨렸다.

"장군, 예비대가 허물어지고 있소이다."

그것은 김유신도 보았다. 그리고 맹렬하게 좌충우돌하는 백제군의 일지군을 계백이 이끌고 있다는 것도 이제는 알았다.

"계백."

문득 계백의 이름을 부른 김유신이 쓴웃음을 지었다.

"과연 용장이다."

계백은 기마군의 끝부분을 치고는 차례로 접전중인 신라군을 두토막 내었는데 백제군은 그때마다 계백을 따라 붙었다. 그래서 이제는 계백의 중군이 3천여 기 정도의 백제군을 이끌고 있다. 그런데 이쪽은 사분 오열이 되어 들판에 가득 흩어져 있는 것이다.

"장군, 우측에서 백제군이."

옆쪽에서 경호장이 소리쳤으므로 김유신은 머리를 돌렸다. 이쪽은 낮은 언덕 위에서 들판이 다 보였다. 신라군과 접전하던 백제군이 일제히 말머리를 이쪽으로 돌려 달려오고 있는 것이다. 그 뒤를 신라군이 따르고 있었는데 마치 백제군의 무리에 섞여 있는 것 같다.

"으음."

김유신이 신음했다. 그가 거느린 중군은 3천이다. 중군의 군사들이 모두 그것을 보고는 가슴이 내려앉았을 것이다. 김유신이 허리에 찬 칼을 뽑아 쥐었다. 그리고는 계백의 중군을 가리켰다.

"이제 되었다! 쳐라!"

조바심을 내고 기다리던 있던 신라군이다. 영이 떨어지기가 무섭게 선봉 5백 기가 달려갔고 그 뒤를 박성이 이끈 1천 기가 폭포물처럼 쏟아져 나아갔다. 그리고 김유신의 중군 1천 기가 바짝 붙어 따른다. 김태전은 후군이었다.

양평들의 대회전은 막바지에 이르렀다.

백제군의 최선두에 선 장수는 장덕 천귀성이었는데 자신의 척후장 유판이 신라군과 내통한 사실이 발각된 후로 죽음으로 그 치욕을 씻고자 결심하고 있었다. 그래서 앞에 경호군사도 붙이지 않고 마치 악귀처럼 설쳤으나 아직 멀쩡했다. 생사(生死)는 운명으로 본인이 원해서 이루어지는 것이 아니다. 신라군 중군이 거대한 파도처럼 덮쳐 오자 천귀성은 때가 되었다고 생각했다. 말고삐를 입에 문 그는 양손에 칼을 쥐었는데 먼저 부딪쳐 온 신라군 장수의 말머리를 칼로 내리쳤다. 치명상을 입은 말이 벌떡 뛰어오르면서 신라군 장수가 땅바닥으로 떨어졌다. 천귀성은 그를 거들떠보지도 않았다. 말에서 떨어진 기마군은 곧 죽는다. 말발굽에 짓이겨지는 것이다. 신라 군사 셋을 더 베고 깊숙이 들어갔을 때 양군은 이제 거의 제자리에서 격렬한 접전을 시작했다. 이때는 대개 물 두 그릇을 마실 동안으로 이 순간이 지나면 한 쪽이 꼭 밀리게 된다. 천귀성은 눈을 부릅떴다. 장령 계백은 자신의 1백 보쯤 뒤에 있을 것이니 앞으로 나가야 한다. 그는 옆으로 다가온 신라군 하나를 베어 넘어뜨리면서 입에 물었던 말고삐를 뱉었다.

"김유신은 죽었다! 김유신을 금방 백제군 장덕 천귀성이 베었다!"

악을 쓰듯 소리치자 신라군이 기를 쓰고 모여들었으므로 그는 칼을 두 번이나 맞았다. 그는 더욱 크게 악을 썼다.

"김유신이 죽었다!"

"와앗!"

백제군이 함성을 질렀다.

"장군은 살아계시다!"

난전중에 누군가가 소리쳤는데 신라군 장수일 것이다. 그러자 백제군 10여 명이 입을 모아 외쳤다.

"김유신이 죽었다. 내가 베었다!"

그들의 뒤쪽 난군 속에서 칼을 휘두르던 계백은 백제군이 조금씩 앞으로 밀고 나가는 것을 느낄 수가 있었다. 이제는 이쪽 군사들까지 입을 모아 소리쳤다.

"김유신은 죽었다!"

"낡은 수법이다."

쓴웃음을 지은 김유신이 말에 박차를 넣었으나 앞쪽에 막힌 군사들 때문에 말은 걸음을 떼지 못했다.

"어느 놈이 저 말을 믿겠느냐?"

그러나 다음 순간 그의 얼굴이 찌푸려졌다. 앞쪽의 경호군 대열이 밀리기 시작했던 것이다. 그리고 사방에서 함성과 함께 자신이 죽었다는 외침이 났다. 이쪽의 장졸들이 장군은 살아계시다고 맞받아 소리친 것이 오히려 나머지 신라군의 의심을 일으켰다. 말들이 뒷걸음질을 쳤으므로 서로 부딪고 옆을 보았다. 진용이 흐트러지는 것이다. 눈을 부릅뜬 김유신이 처음으로 이를 악물었다. 밀리기 시작하면 걷잡을 수가 없는 것이다. 김유신의 옆으로 다가온 경호대장 변마성이 그를 바라보았다. 그도 김유신과 함께 수없이 싸움터를 누빈 장수여서 상황을 알고 있는 것이다. 김유신이 다시 쓴웃음을 지었다.

"북을 쳐라! 동쪽의 보군 기지로 물러난다!"

변마성의 호령에 고수가 북을 쳤고 신라군은 일제히 말머리를 틀었다. 백제군의 함성은 더욱 높아졌다. 말에 박차를 넣어 변마성의 뒤를 따르던 김유신이 문득 머리를 들어 하늘을 보았다. 푸른 하늘은 구름 한 점 없이 맑았고 해는 중천에서 한 뼘쯤 기울어 있었다. 화살이 날아와 옆을 달리던 경호무사 하나가 말과 함께 쓰러졌다.

"북을 울려라!"

계백이 소리치자 북이 울렸고 백제군은 일제히 말머리를 돌렸다.

그리고는 아직 전장에 남아 있는 신라군을 소탕했지만 들판은 넓었다. 북과 고각이 요란하게 울리면서 영기가 흔들렸으므로 백제군은 본래의 서쪽 들판으로 되돌아오기 시작했다.

계백의 옆으로 덕솔 선고가 달려왔다. 그의 한쪽 볼이 찢어져 피가 뿜어져 나오고 있었다.

"장령! 이겼소이다."

그가 웃자 피범벅이 된 입속이 드러났다.

"김유신이 패퇴했소!"

계백이 머리를 끄덕였으나 따라 웃지는 않았다. 한 눈에도 양군의 남은 전력을 알 수 있었던 것이다. 백제군은 3천여 명의 전상자를 냈고 신라군은 4천여 명이 조금 넘을 것이다. 김유신은 중군을 후퇴시키면서 좌우 부대들로 백제군을 파상공격시켰으므로 백제군도 손상을 입었다. 그러나 전상자의 수에서도 그렇고 신라군이 패퇴한 것은 기정사실이었다. 계백이 중군의 영기 밑으로 다가가자 보군 대장 덕솔 정이창과 말길선진이 나란히 서 있다가 군례를 했다.

"장령, 전공을 축하드리오."

그들의 얼굴에는 웃음이 가득 차 있었다. 2만 보군을 이끌고 방금 도착한 터라 그들의 몸은 먼지투성이였다. 계백이 머리를 끄덕여 치하를 받았다. 선봉장 장덕 천귀선은 난전중에 죽었고 부대장급 장수 20명 중 7명이 죽었다. 부상자까지 합하면 전력이 반으로 줄어 들었으나 김유신을 상대로 한 전면전이었던 것이다. 김유신의 용명(勇名)을 실제로 겪어온 그들인지라 이만하면 대승과 다를 바가 없다고 믿는 것이다.

"이번 싸움에서는 졌다."

김유신이 자르듯 말하고는 전막에 모인 장수들을 둘러보았다. 담담한 표정이었다.

"계백이 중군을 손수 이끌고 우리 부대를 비스듬히 자르고 온 것은 훌륭한 전법이었다. 나도 계백이 중군의 선봉에 끼어 있을 줄은 몰랐다."

"……"

"허나 우리 중군과 부딪쳤을 때 지친 계백의 중군에 비하면 우리 신라군의 말과 군사는 힘을 비축하고 있었다. 그때 결판을 냈어야 했다."

김유신이 문득 쓴웃음을 지었다.

"낡은 수법으로 진용이 허물어지다니. 우리는 백제군의 기세에 밀린 것이다."

"백제군도 크게 손상을 입었소이다."

박성이 겨우 말했으나 김유신이 머리를 저었다.

"첫째, 계백이 친히 선두에 섬으로서 백제군의 사기가 배가 되었다. 반면에 신라군 사령인 나는 군사들에게 얼굴도 보이지 않았던 게야. 내가 죽었다는 외침에 반신반의하게 만들었다."

장수들은 모두 숙연해졌다. 미시가 조금 넘었을 때 보군 2만이 도착했으므로 진막 안에는 보군 대장들도 모여 있었다. 그러나 기마군 장수들은 반 이상이 죽거나 다쳐 진막 한쪽에 빈자리가 많았다. 김유신이 눈을 부릅떴다.

"전력을 정비해서 다시 백제군과 결전한다. 이번에는 양평들을 백제군의 무덤으로 만들어 놓을 것이다."

다음 날은 이제까지 맑았던 날씨가 아침부터 흐리더니 눈발이 흩날렸다. 바람도 불기 시작해서 시야는 2리 밖도 보이지 않았다. 들판의 전사자는 양군이 대충 치웠으나 백제군 진지 앞의 신라군 시체와 신라군 진지 근처의 백제군 시체는 서로 태웠으므로 어제부터 살타는 냄새가 들판 위를 덮었다. 들판에는 아직도 주인 잃은 말들이 서성대어서 양군의 기마군이 이리저리 뛰며 말을 잡았다. 눈발이 더 심해진 오시 무렵이었다. 말굽소리가 중군의 진막 앞에까지 들리더니 떠들썩한 소리와 함께 하도리를 선두로 두 명의 무장이 따라 들어왔다. 무장 둘은 허리에 붉은 색 띠를 매었는데 끝에 동방(東方)이라는 노란 색 수를 놓았다. 동방 방령 의직의 직속 무장들이었다.

"장령께 문안드리오."

그들은 일제히 진막 바닥에 무릎을 꿇더니 하나가 입을 열었다.

"장령, 동방군이 어제 오후에 당항성을 함락시켰소이다."

"무엇이?"

놀란 계백이 눈을 크게 떴다.

"당항성을 함락시켰어?"

"예, 방령께서 3만 군사로 반나절을 공격한 후에 선주 하선의 항복을 받았소이다."

"허어."

진막에 들어온 부장들도 놀란 듯 입을 벌린 채 말문을 닫았다.

동방군의 북상은 계획에도 없던 일이었다. 당항성 공격은 근위군만으로 행한다는 대왕의 영이었다. 무장이 말을 이었다.

"방령께선 장령께서 김유신을 막아주신 덕분이라고 치하하셨소이다."

"잘되었다."

계백이 커다랗게 머리를 끄덕였으므로 부장들의 얼굴도 펴졌다.

"과연 방령이시다."

다음 날 아침, 양평들 동쪽에 진을 쳤던 신라군이 먼저 움직였다. 철수한 것이다. 천천히 북이 울렸고 눈발 속을 깃발이 무겁게 처진채 동쪽으로 나아갔다. 잠시 후에 백제군도 서쪽으로 움직였다. 당항성 쪽으로 나아가는 것이다. 말 위에 앉은 김유신이 가늘게 뜬 눈으로 백제군을 바라보았다.

"미후성을 빼앗긴 터라 당항성은 바람 앞의 등불이었다."

혼잣소리처럼 말했으나 옆에 선 아찬 김태전은 다 들었다. 김유신이 수염에 붙은 눈가루를 쓸어내었다.

"이제 신라는 당과의 서쪽 통로를 잃었다."

김태전과 시선이 마주치자 그가 씁쓸하게 웃었다.

"허나 아찬, 두고 보게나. 이 김유신이 살아 있는 한 백제를 멸망시킬 터이니."

앞쪽의 들판 위를 두 필의 기마군이 달려왔으므로 주위의 군사들이 수런대었다. 한 명은 붉은 색 깃발을 들었으니 백제군이다. 이윽고 그들은 신라군의 50여 보 앞에서 말을 멈춰 서더니 한 무장이 외쳤다.

"백제국 근위군 장령 계백 장군께서 신라군 김유신 장군께 이것을 전해 드리라고 했소!"

그는 말 안장에 매단 자루 하나를 풀어 눈밭 위에 던졌다.

"역적 유관과 신라군 무장 설청의 목이올시다. 가져가시오!"

제4장 고구려는 당의 대군을 맞다

의자왕 4년 11월(644년), 저녁 무렵이어서 토성 안에는 밥짓는 연기가 자욱하게 깔렸을 때였다. 세 필의 말이 토성의 대문으로 들어섰는데 앞장선 사내는 귀화한 왜인 헤이찌였다. 그는 붉은 색 비단옷에 가죽신을 신었고 허리에는 금박을 입힌 칼을 찼다. 호사스런 차림이었다. 마침 토성에 와 있던 계백에게 안내된 그는 방으로 들어서자 넙죽 엎드려 절을 했다.

"주인, 그동안 건강하셨습니까?"

그는 이제 흰머리가 반쯤 덮인 사십대 중반의 장년이다. 덕조가 들어와 자리를 같이 했으므로 곧 술상이 차려져 왔다. 헤이찌는 반 년 만에 토성에 온 것이다.

"주인, 낙양에 군사가 모두 모였소이다."

헤이찌는 당에 다녀온 것이다. 계백이 잠자코 머리를 끄덕였다. 당 태종 이세민이 고구려 출병을 결심한 것은 금년 7월이다. 작년 11월에 백제의 의직에게 당항성을 빼앗긴 후로 신라는 두 번이나 당에 사신을 보내어 당이 군사를 파견하여 백제와 고구려를 응징해줄 것을 간청했다. 그동안 수

107

없이 계속되어 온 신라의 요청이었으나 이번에는 심각했다. 당항성이 함락되어 신라는 고립되어 있는 것이다. 동방의 3국 중에서 오직 신라만이 당을 종주국으로 받들어 의지해왔던 차에 이번에도 내버려둔다면 군소국가에 대한 체면이 서지 않았다. 그래서 당 태종 이세민은 마침내 고구려 정벌을 결심하게 되었다. 연개소문이 버티고 있는 고구려는 대륙 동북방의 강국이다. 광대한 영토에 천하의 대제국 수(隋)도 두 번에 걸친 고구려 원정에 대패하여 멸망하고 말았던 것이다. 먼저 고구려를 정벌하면 백제의 힘은 반감된다. 당 태종은 신중했다. 수 양제의 전철을 밟지 않으려고 군량과 장비를 철저히 갖추었다. 헤이찌가 말을 이었다.

"내년에는 고구려와 당의 전쟁이 크게 일어날 것입니다."

"고구려도 준비를 갖추었어. 그리고 우리도."

헤이찌의 시선을 받은 계백이 얼굴에 웃음을 띠었다.

"고구려 대막리지가 생각 없이 당의 사신을 감옥에 가두었겠느냐? 모두 당을 끌어들이려는 전략이다."

"그럼 백제군도 북상합니까?"

계백이 입을 다물었으므로 쓴웃음을 지은 헤이찌가 말없이 술잔을 들었다.

"당의 물가가 폭등했습니다. 이번에는 이문을 두 배나 남겼지요."

전쟁 준비로 물자가 귀해진 때문이다.

계백충은 세 살이었는데 제법 말도 했다. 시진의 옆에 단정히 앉아있던 계백충이 계백이 들어서자 방긋 웃었다.

"아버님."

계백을 닮아 눈썹이 짙었고 콧날이 곧다. 호기심이 배인 맑은 눈동자가 이리저리 움직였다가 곧 입을 크게 벌리고는 하품을 했다. 시진이 안아 침상 위에 눕히자 계백충은 곧 잠이 들었다.

"곧 전쟁이 날 것 같소"

계백이 등불 빛에 더욱 윤곽이 선명한 시진의 얼굴을 보았다. 이십대 중반의 시진은 이제 농염한 여인의 자태가 담뿍 배어 있었다.

"이번에는 큰 전쟁이오"

"결국은 당과 부딪치게 되는군요."

시진은 부드러운 시선으로 계백을 보았다.

"저는 이제 바깥일은 모릅니다. 그저 당신이 오늘 밤 제 곁에 있다는 것만으로 기쁩니다."

계백이 시진을 당겨 안았다. 시진이 스스럼없는 자세로 안겨오면서 소매를 저어 등불을 껐다. 바깥채에서는 오랜만에 만나 헤이찌와 덕조가 소리내어 웃고 있었다. 그들의 술자리는 아직 끝나지 않았다. 계백은 이미 가쁜 숨을 내뿜는 시진을 굳게 안았다. 한때 내해 건너 백제령 태수의 딸이었으나 시진은 작은 토성의 안주인으로 적응해가고 있었다. 전장에서 언제 죽을지 모르는 낭군을 편히 보내려는 배려가 몸에 배인 무장의 아내인 것이다.

계백이 의자왕을 뵌 것은 12월 초순이었다. 대왕전에 앉은 의자왕은 이제 사십대 후반으로 흰수염이 길었다. 단하에 도열한 좌평과 각부의 장리들, 그리고 5방 방령까지 모인 대왕전에는 무거운 정적에 덮여 있었다. 오늘은 의자왕이 백관들을 긴급히 소집한 것이다. 의자왕이 입을 열었다.

"이세민은 수륙 1백만 대군이라고 떠들고 있지만 실제로는 70만이 조금 넘는다. 허나 이세민도 어림군을 거느리고 출정할 계획이야."

대왕전 안에 의자왕의 목소리가 이어졌다.

"이번에 신라군은 당을 도와 고구려의 변경을 치기로 되어 있다. 이미 신라의 김유신과 알천은 군사를 모으고 있는데 3만 가량이 될 것이야."

백관들이 서로의 얼굴을 보았다. 짐작하고는 있었으나 신라의 적극적인 대응에 놀란 것이다. 의자왕이 목소리를 높였다.

"이제 3국이 전운에 덮였다. 우리는 고구려를 도와 당을 친다. 군량과 군수품을 고구려에 보낼 것이며 고구려의 배후를 치려는 신라군은 우리가 맡는다."

무왕 중반기에 들어서부터 굳어져 간 왕권은 의자왕 대(代)에 이르러 확고하게 세워졌다. 중신(重臣)들은 머리를 숙여 왕의 영에 따를 것을 나타내었다.

대왕전 옆의 미륵청에 다시 모여 앉은 사람은 15명도 안 되었는데 모두 백제국의 최고위 관직이었다. 여섯 좌평 중에서 네 좌평과 다섯 방령, 그리고 전내부 장리와 내경부 장리, 거기에다 근위군 장령 계백이 전부였다. 상석에 앉은 의자왕이 그들을 둘러보았다. 이제 기밀회의가 열리는 것이다.

"연개소문은 지구전을 펼쳐 당의 대군을 끌어들인 다음 궤멸시킬 것이야. 승기(勝期)를 잡았을 때 우리 백제군은 내해를 건너 백제령의 군사와 함께 장안으로 진격한다."

"동성군의 백제인도 일어날 것입니다."

좌평 성충이 말했다. 동성군이 당에 함락된 것이 5년 전이다. 그러나 지금도 그곳에 살고 있는 백제인들은 대당 항쟁을 하고 있다.

"이세민은 내년 봄에야 출병이 될 테니 내년에는 긴 싸움이 될것입니다."

의자왕의 시선을 받은 내경부(內京部) 장리인 달솔 목반이 입을 열었다. 그는 내창재정(內倉財政)을 맡은 장관이다.

"전하, 고구려에 양곡 1백만 석을 주어도 백제 군사 50만이 2년 동안 먹을 양곡이 있소이다."

이미 무왕 말년부터 10여 년 동안 백제는 군사를 단련시켰고 군량을 비축했다. 점구부를 통한 호구조사를 3년에 걸쳐 실시한 결과 내국 인구가 76만 호에 620만이었으며 징집을 치를 남자는 1백만이 넘는다. 또한 도시부(都市部) 소관인 상업교역으로 벌어들인 재물이 외창에 쌓여 국고를 풍족하게 만들었으니 징세가 줄었다. 의자왕이 만족한 듯 머리를 끄덕였다.

"드디어 이세민이 함정에 빠져들었다. 신라도 그 일에 일조(一助)를 했구나."

좌평 목정복은 심기가 좋지 않았으므로 밥상을 그냥 물리고는 술잔을 들었다.

"형님, 곧 전쟁이 일어나겠군요."

목반이 말하자 목정복은 쓴웃음을 지었다.

"기다렸던 일이 아니냐? 오늘 대왕의 용안을 보았을 것이다. 화색이 가득해서 마치 혼인날을 기다리는 신랑 같았다."

밖은 짙은 어둠에 덮여 있어서 방안에는 대황초 세 개를 켜 놓았다. 목반은 내경부 장리로서 오늘 의자왕에게 군량에 대한 보고를 했다.

"형님, 이제 우리 목 씨 가문도 대륙으로 기반을 옮겨야 하지 않겠습니까?"

술잔을 든 목반이 넌지시 말하자 목정복이 눈을 치켜 떴다.

"너는 정치를 모른다. 집만 옮긴다고 기반이 옮겨지는 것이 아니야."

"이미 결정이 났으니 흐름에 따라야 된다는 말씀이오."

목 씨 가문은 대성 8족의 두 번째로 사비도성으로 천도한 이후에 불 일듯 일어났다. 그러나 무왕 중기부터 왕권이 강화되면서 차례로 직이 떨어졌는데 한때 병관 좌평이었던 목강, 동방 방령 목대 등이 모두 친척이었고 달솔 이하의 관등은 셀 수도 없었다. 목정복이 술잔을 내려놓더니 정색을 했다.

"대성 8족의 시대는 지났다. 이제 대왕의 측근은 거의 신진세력으로 채워졌어."

"……."

"더욱이 대륙으로 진출하여 영토를 넓힌다면 겨우 남아 있는 대성(大姓) 가문은 씨가 없어질 것이야."

"설마 그렇기야 하겠습니까? 우리는 백제국의 중신(重臣)이며 기반을 세운 씨족들로서,"

"억지 소리 말아라."

목정복이 자르듯 말하자 목반은 입을 다물었다. 목정복의 말에 틀린 점이 없는 것이다. 이미 의자왕의 측근에는 성충, 윤충, 흥수를 비롯하여 의직과 계백 등의 타성(他姓) 신진세력으로 둘러싸여 있는 것이다. 목정복이 길게 숨을 뱉었다. 의자왕은 오늘의 중신회의에서 그에게 한 마디 말도 묻지 않았던 것이다.

"대왕의 야망은 과연 누구를 위한 것일꼬?"

혼잣소리처럼 뱉었지만 목반은 술이 깬 듯 얼굴을 굳혔다. 군신일체(君臣一體)가 되어도 어려운 대륙정벌이다. 이것은 대왕의 뜻에 회의를 품고 있다는 말과도 같은 것이다. 목반의 시선을 받은 목정복이 술잔을 들었다.

"백성을 전화(戰禍)의 고통에 휩싸이도록 그냥 두는 것이 과연 신하의 길일까?"

동궁(東宮)의 위사 차성문은 다가오는 여자를 보자 긴장으로 몸을 굳혔다. 여자는 왕비전의 무녀 일선(日善)이었다. 깊은 밤이었으나 일선은 시녀도 없이 혼자였다.

"이봐요. 난 별궁에 가는데 따라와요."

맑은 목소리로 말한 일선이 하얗게 이를 드러내고 웃었다.

"별궁 뒤 숲에서 요괴가 나온다고 하지 않소?"

당황한 차성문이 주위를 둘러보았다. 동궁은 의자왕의 세 왕자가 묵는 곳으로 왕비전과는 1백여 보 떨어져 있다. 일선이 무엇 하러 동궁 앞까지 왔는지는 알 수 없었으나 거절하기가 꺼림칙했기 때문이다.

"어서요."

일선의 목소리에 차성문의 온몸에서 소름이 돋아났다. 그림처럼 고운 얼굴에는 언제나 수심이 끼어 있어서 일선의 얼굴을 본 위사들은 가슴이 미어진다고 했다. 일선이 바짝 다가섰으므로 차성문이 물러서려다가 돌벽에 등이 닿았다.

"그대가 차 위사 아녜요? 어서……."

향내가 맡아졌고 일선의 검은 눈동자가 별빛을 받아 반짝였다.

일선이 군복의 소매를 살짝 당기자 마침내 차성문이 발을 떼었다. 일선은 어느새 자신의 이름까지 알고 있는 것이다.

"여기예요."

별궁 뒤쪽의 숲에 닿자 일선이 걸음을 멈췄다. 주위는 짙은 숲인데다 어둠 속이다. 숲 안이어서 바람은 들어오지 않았으나 차성문은 몸을 떨었다. 일선은 요괴가 나온다는 별궁 뒤 숲에 들어온 것이다.

"저 바람 소리를 들어봐요."

일선이 낮게 말하고는 귀를 기울이는 시늉을 했다. 그녀는 차성문의 옆에 바짝 붙어 있어서 옷자락이 닿았다.

"들어봐요. 이제 교기야, 교기야 하는 것 같지 않아요?"

"그렇지 않소."

그렇게 말했지만 차성문은 칼자루를 움켜쥐었다. 뒤쪽 별당은 왕자 충승의 애첩이었던 교기가 살던 곳이다. 지금은 창고로 쓰이고 있지만 낮에도 사람들이 오기를 꺼렸다. 교기의 귀신이 나온다는 소문 때문이다. 갑자기 아랫도리에 충격이 왔으므로 차성문이 기겁을 했다. 그리고 곧 일선이 자신의 사타구니를 쥐고 있다는 것을 깨닫고 두 번째로 놀랐다. 일선이 활짝 웃었다.

"그대가 장부라면 이곳에서 날 범해봐요."

일선의 손이 차성문의 하초를 단단히 움켜쥐었다.

"오가면서 그대를 눈여겨 봐두었어."

"이것 놓으시오."

그렇게 말했지만 차성문은 공포와 함께 야릇한 흥분감으로 다시 떨었다.

"이거 봐. 양물은 좋다고 하네."

일선이 소리 내어 웃는 순간 차성문은 모든 것을 떨쳐내었다. 일선이 왕비의 총애하는 무녀라는 것도, 요괴가 나온다는 별당 뒤 숲에 있다는 것도 잊고는 우악스럽게 일선을 부둥켜안았다.

"천천히, 우선 마른 풀을 깔고……."

일선이 그의 가슴을 밀며 달래듯이 말했다.

"엉덩이가 시리니 내가 위로 갈 테야."

다음 날 아침 무녀 일선은 왕비 은고의 앞에 새침한 표정으로 앉아 있었다. 붉은 치마저고리에 머리에는 붉은 색 띠를 매었고 손에는 은 손잡이가 달린 은방울을 들었는데 마치 천상에서 하강한 선녀 같은 모습이다. 은고가 입을 열었다.

"어젯밤에 방에 있지 않고 어딜 갔었느냐?"

"왕궁 곳곳을 돌며 귀신을 몰아내었습니다."

"대왕께 알려지면 안 된다."

"염려하지 마십시오, 마마."

시선을 든 일선이 꽃망울이 터지는 것처럼 웃었다.

"모두 대왕마마의 건승을 기원하는 일이니 대왕께서도 크게 노하시지는 않을 것입니다."

그러자 은고가 머리를 저었다.

"대왕께서는 부처만 믿으신다. 사술을 믿지 않으시니 소문이 나면 넌 경을 치게 되고 꾸중을 듣는다."

일선은 왕비 은고가 동방의 운천성에서 데려온 무녀였으니 자색이 아름다울 뿐 아니라 굿에도 신통력이 있어 은고의 어지럼증과 왕자 융(隆)의 허릿병을 굿 한 번에 낫게 했다. 그녀가 은고의 총애를 받은 것은 당연한 일이다. 일선이 웃음 띤 얼굴로 은고를 바라보았다.

"마마, 태자궁에서 붉은 기운이 일어나고 있습니다. 상서로운 징조입니다."

"잘되었다."

은고가 머리를 끄덕이자 일선이 방울을 흔들었다.

"그에 비하면 왕자궁의 기운이 약해서 소녀가 세 번이나 궁을 돌았습니다. 그것도 잘한 일이지요?"

한동안 일선을 바라보던 은고가 이윽고 머리를 끄덕였다. 왕은 여름에 첫째 왕자 효(孝)를 태자로 책봉하였는데 그는 은고의 아들이 아니었다. 효를 낳은 왕비는 어릴 적에 죽어 은고가 길렀으나 그녀의 아들은 왕자궁에 있는 융(隆)과 태(泰)인 것이다.

다음 해인 의자왕5년2월(645년), 당 태종 이세민의 고구려 원정군이 출정했다. 당의 육군 총사령은 이세적이며 해군 총사령은 장량이었는데 이세민은 어림군을 이끌고 뒤를 따랐다. 당 제국의 황제 이세민의 친정(親征)이다. 군사들의 대오는 수백 리에 걸쳐 이어졌고 깃발이 산천을 덮었으며 연도에 나온 주민들은 당 황제의 위엄에 온몸을 떨었다. 강하왕 도종(道宗)이 부대총관으로 이세적의 대총관군과 나란히 요수를 건너 고구려 땅에 첫발을 디딘 것은 4월이다.

"왔느냐?"

대막리지 연개소문이 붉은 입을 보이며 웃었다. 평양성 서쪽의 들판에 선 그는 꼬리를 물고 북쪽으로 떠나는 군사들의 대열을 바라보고 있었다. 전선으로 떠나는 군사들이다. 앞에 꿇어앉은 전령이 말을 이었다.

"이세적이 곧 개모성을 공격할 것 같소이다."

"예상하고 있던 일이다."

자르듯 말한 연개소문이 옆에 선 막리지 양성덕을 바라보았다.

"이세적은 돼지 같은 놈이야. 끊임없이 먹어대는 돼지 말일세."

"방심하시면 안됩니다."

양성덕이 그렇게 말했다가 곧 입가에 웃음기가 번졌다. 그의 말뜻을 알고 있기 때문이다. 이미 이세적은 물론이고 도종, 장량과 장감등 당의 장수들의 전술과 예상 진입로 및 대책까지 수없이 논의해온 터였다. 봄이었다. 날씨는 화창했고 군사들의 발길도 힘에 차있었다.

"평양성으로 돌아간다."

연개소문이 말고삐를 채자 곧 10여 개의 북이 빠르게 울렸다.

기수 다섯이 앞장을 섰고 먼지를 일으키며 기마군이 집결했다. 허식(虛飾)을 뺀 실전 위주의 전술과 무장으로 갖춰진 고구려 기마군이다. 순식간에 모여든 5천여 기의 기마군이 들판을 가로지르며 달려가자 지진이 난 것처럼 땅이 흔들렸다.

"어서 깊게 들어오너라."

달리면서 연개소문이 혼잣소리처럼 말을 뱉었으나 뒤를 따르면 장수들은 다 들었다. 수 양제의 2백만 대군도 전멸시켜 겨우 살아간 군사는 3천 명도 못 되었다. 그것이 30년 전의 일이다. 연개소문이 이제는 목소리를 높였다.

"가소로운 놈."

당 태종 이세민을 두고 하는 말이다.

김유신이 말에서 내렸을 때 소감(少監) 차림을 한 무장이 다가와 군례를 했다.

"이찬께서 진막에 와 계십니다."

이찬이라면 김춘추를 말한다. 김유신이 투구도 벗지 않고 진막으로 들어서자 김춘추가 일어섰다.

"대장군께서 친히 진을 순찰하셨구려."

"당연한 일입니다."

김유신은 작년인 여왕 13년에 대장군으로 봉해졌고 갑량주 군주를 겸했으니 무장(武將)으로서는 최고위 관직에 올랐다. 한낮이었으나 진막 안은 써늘했다. 김유신이 진막 안의 화덕에 불을 지피지 못하게 했기 때문이다.

"백제가 군량 1백만 석을 고구려에 보냈으니 고구려는 전선(戰線)을 길게 끌 것이오."

"한두 달에 끝낼 전쟁이 아닙니다."

그러자 김춘추가 쓴웃음을 지었다.

"이미 당군을 끌어들였으니 저희끼리 사생결단을 내겠지."

"백제군이 동쪽으로 이동을 시작했습니다."

"연개소문은 아예 남쪽 방비를 백제군에게 맡겼군."

정색한 김춘추가 김유신을 바라보았다.

"대장군 비담 일족이 당의 여러 중신(重臣)들에게 여왕의 폐위를 건의하였다는 소문이 있소."

놀란 듯 눈을 치켜 뜬 김유신이 목소리를 낮췄다.

"소문이기를 바랍니다."

"지난 번에 이찬 김덕공이 당에 사신으로 갔을 때 그들이 그런 짓을 한 것 같소이다."

여왕 김덕만은 진평왕의 맏딸로 미혼이었으므로 후사가 없는 것이다. 따라서 성골(聖骨)의 후사를 찾으려면 백제 의자왕의 모친이었던 둘째딸 선화 공주가 죽었으니 셋째딸 천명부인(天明夫人)이 남았다. 바로 김춘추의 생모인 것이다. 김유신이 혼잣말로 말했다.

"비담이 진즉부터 여왕 불가론을 말하고 있었으니 있을 법한 일입니다. 그자가 이제 왕위를 노골적으로 바라고 있는 것 같소이다."

"이미 여왕께서 즉위하신 다음부터였소."

"비담은 안 됩니다."

단호하게 말한 김유신이 김춘추를 바라보았다.

"그 자는 왕의 그릇이 아니오."

비담은 진골 왕족으로 진흥왕의 손자였다. 그는 화백회의의 수장으로 있는 데다 시중이다. 김유신의 시선을 받은 김춘추가 길게 숨을 뱉었다.

"왕국의 흥망이 경각에 달려 있는데 왕을 모함하여 왕위를 노리는 세력이 날뛰고 있소. 실로 개탄할 일이오."

5월, 당군은 대총관(大總官) 이세적과 부대총관(副大總官) 강하왕 도종의 공격으로 고구려 개모성을 함락시키고 요동 땅으로 진입했다. 당 태종 이세민도 어림군을 거느리고 요하를 건넜는데 차츰 긴장이 풀린 듯 갑옷도 가끔 벗었다. 장안성을 떠난 지 석 달이 된것이다. 고구려의 작은 성을 비로 쓸 듯 지났을 뿐으로 어림군은 싸움 한 번 제대로 하지 않았다. 요택(遼澤)을 건널 때였다. 이곳은 수나라 군사들이 고구려군에게 쫓기다 죽은 해골이 끝없이 긴 늪지 곳곳에 널려 있었고 마차도 다닐 수 없는 곳이다.

"처참하다."

마차 바퀴 밑에 나무를 깔아 겨우 지나면서 이세민이 탄식을 했다.

"저 해골들을 모아 묻어주어라."

그가 옆을 따르는 장작대장 염립덕에게 말했다.

"연개소문이 이곳에 복병을 놓아두었다면 우리도 저 꼴이 되지 않았겠느냐?"

"그들도 움직이기 어려울 테니 쉽게 공격하지 못할 것이오."

염립덕의 말에 이세민이 쓴웃음을 지었다. 그의 부하들은 메고 온 흙을 땅에 깔아 겨우 발을 딛는다. 또한 나무를 흙 위에 던져 마차가 구르게 했는데 마치 개미처럼 일했다. 그러나 하루의 행군 속도는 5리가 고작이었다.

요동행군 대총관 이세적은 태자첨사좌위솔로서 30만 군사를 거느렸는데 고구려 내륙 깊숙이 들어올수록 불안감이 느껴졌다. 백전 노장인 그는 이번 싸움이 쉽게 승부가 나지 않으리라는 것을 알고 있었던 것이다. 이제까지 1천 리 가깝게 진군해 오면서 수십 개의 소성(小城)을 점령했으나 고구려의 주력군과는 아직 부딪치지도 않았다. 연개소문은 1천 리도 더 떨어진 평양성에 있는 것이다. 고구려는 당 제국과 대륙을 양분(兩分)한 대국(大國)이다. 요동성 앞에서 군사를 멈추고 공격 준비를 시작할 때쯤 해서 그의 불안감은 더욱 고조되었다.

"대성(大城)입니다."

그와 나란히 선 부대총관 도종이 요동성을 바라보며 감탄했다.

"성안에 군사가 10만이 있다는 것이 거짓이 아닌 것 같습니다."

이세적과 도종이 거느린 당군은 30만이었고 곧 태종의 어림군 30만이 도착할 테니 60만이 된다. 이세적이 길게 숨을 뱉었다.

"요동성 다음에는 백암성이 있고 다시 건안성과 안시성이요. 험로에 대성들이 즐비하니 갈수록 병력소모가 커지겠소."

"항복을 권해 보시지요. 대군을 보고 기가 질렸을 수도 있습니다."

이세적이 머리를 끄덕였다. 그것이 첫 번째 방법이다.

요동 성주 전상후는 당군의 사자로 중랑장 호성이 들어와 항복을 권하자 말이 끝날 때까지 묵묵히 들었다. 남문 안쪽에 마련된 투석대 앞이다. 주위에 둘러선 장졸들이 모두 살벌한 기세를 보이고 있었으나 어깨를 편 호성이 전상후를 바라보았다. 대답을 기다리는 것이다. 요동 성주 전상후는 사십대 후반으로 체격은 작았으나 연노부의 무장 가문이다. 그가 쩌렁이는 목소리로 말했다.

"너희들은 이미 고구려 땅 깊숙이 1천 리를 들어왔다. 게다가 저쪽 요택도 건넜으니 갈 길도 끊겼다."

그가 이를 드러내며 소리내어 웃었다.

"수 양제의 수백만 대군도 세 번이나 궤멸시킨 우리다. 네 왕 이세민은 과대망상에 걸린 놈이거나 아니면 세상만사가 귀찮아 죽을 자리를 찾아 나선 놈 가운데 하나일 것이다."

중랑장 호성이 눈을 부릅떴으나 주위의 장졸들이 요란하게 웃어 젖혔으므로 곧 얼굴이 시뻘개졌다. 태종 이세민에게 이런 모욕을 준 사람은 없다. 전상후가 자리에서 일어나 손을 저었다.

"가거라. 가서 이세민에게 내가 가소롭다고 하더라고 전해라."

당 태종 이세민이 자신을 가소롭다고 했다는 말을 들은 것은 이때가 처음이었다.

의자왕이 계백을 부른 것은 5월 중순이었다. 사시 무렵이다. 왕은 위사장 교진과 함께 구드레 포구에 서 있었는데 사비수 건너편의 왕흥사에 다녀오는 길이었다. 말에서 내린 계백이 무릎을 꿇자 의자왕이 손짓으로 말에 오르라는 시늉을 했다. 화창한 날씨여서 왕은 붉은 색 비단 겉옷만 걸치고 있었다. 말에 오른 계백이 옆쪽으로 붙자 의자왕이 박차를 넣어 말을 걸렸다.

"계백, 김유신이 신라군 3만을 이끌고 출진했다. 나흘 뒤면 고구려 국경을 넘을 것이다."

앞을 본 채 의자왕이 정색을 했다.

"모두 기마군이야. 치중대도 말이 끌게 해서 진군이 빠르다."

긴장한 계백이 의자왕을 바라보았다.

"대왕, 근위군으로 김유신을 치리까?"

"아니다, 계백."

머리를 돌린 의자왕이 빙긋 웃었다. 그는 둘만 있을 때는 자주 계백의 이름을 불렀다.

"김유신의 옆구리를 치는 것은 동방 방령 의직이다. 너는 신라 동북방을 쳐라."

"예, 전하."

"김유신을 고구려 원정군의 사령으로 임명한 것은 신라 내부의 세력다툼에서 김춘추와 김유신이 밀린 때문이다. 비담과 염종 일파는 김춘추의 군사적 기반이 되어 있는 김유신을 멀리 보낸 것이야."

의자왕이 길가에 엎드린 백성들을 향해 머리를 끄덕여 보였다.

"신라에서 전쟁이 일어나면 김유신은 기다렸다는 듯이 군사를 돌려서 돌아올 것이다. 물론 의직이 옆구리를 치겠지만 기마군이니 빠르다."

"신(臣)도 신속히 움직이겠소이다."

"신라 동북방은 이제까지 한 번도 전화(戰禍)에 빠진 적이 없는 옥토이고 주민도 많다. 이 기회에 그곳을 공취한다."

의자왕이 말에 박차를 넣었으므로 왕의 행렬은 먼지를 일으키며 달려갔다. 이때 고구려의 요동성에서는 열흘째 공방전이 벌어지고 있었다.

당군은 충차와 포차를 이용하여 성벽을 깨고 돌덩이를 날렸는데 밤낮을 가리지 않았다. 당 태종의 어림군까지 도착하여 60만 가까운 병력이 지르는 함성과 북소리가 하늘을 덮었다.

요동 성주 전상후는 돌조각에 맞아 이마가 깨졌으나 날이 갈수록 얼굴이 밝아졌다.

"오늘이 지나면 13일이다."

성루에 선 그가 소리치듯 말했다.

"60만 대군을 요동성이 13일이나 잡아 두고 있는 것이다."

"성주, 이세민이 친히 독전하고 있소이다. 황제의 영기가 바로 2리 밖에서 움직입니다."

부사(副使)가 손을 들어 가리키는 곳에 길이가 3장이나 되는 황금색 영기가 흔들리고 있었다.

"이세민이 애가 탔구나."

전상후가 소리내어 웃었다. 머리통만한 바위가 날아와 옆쪽 성벽에 맞아 산산이 부서졌으므로 돌가루가 튀었다. 군민(軍民)을 합쳐 7만과 60만의 대결이다. 그러나 요동성의 사기는 떨어지지 않았다. 부총관(副總官) 마대용은 요동성 서문 밑에 흙더미를 쌓는 일을 독전하다가 왼쪽 볼에 화살이 꽂혔다. 화살을 잡아 빼자 볼에 구멍이 뚫려 말을 할 때마다 피가 솟았다. 그러나 그가 피를 뿜으며 독전하는 바람에 다른 곳보다 흙벽이 더 높아졌다. 당 태종 이세민은 마대용에게 선봉장군 직과 함께 비단 10필을 주었다. 미시가 되었을 때 바닥에 10여 장의 호피가 깔린 황제의 진막 안에는 이세민을 중심으로 장손무기, 이세적, 도종이 둘러앉았다.

"고구려군이 죽기로 대항하니 시일이 너무 걸린다."

이세민이 탄식하듯 말하자 장손무기가 위로했다.

"폐하, 곧 함락될 것입니다. 신이 보건대 며칠 더 견디지 못할 것입니다."

이세적과 도종은 입을 열지 않았다. 요동성 하나를 함락시키는데 보름을 허비한다면 평양성까지는 얼마나 더 걸릴지 모르는 일이었다.

"신라군이 지금쯤 북진하고 있을 것이다."

생각난 듯 이세민이 말했다.

"저희들이 먼저 약속을 했으니 지키겠지."

"하오나 백제가 신라군을 저지할 것입니다."

잠자코 있던 이세적이 이세민을 바라보았다.

"폐하, 신라군은 전혀 전황에 도움이 되지 않습니다."

"알고 있다."

입술 한쪽을 비틀며 웃는 이세민이 입맛을 다셨다.

"내가 그자들의 걸사표(乞師表)에 감동하여서 출병을 한 것은 아니다."

천하에 군림하고 있다는 대국(大國)의 위신이 고구려 출병의 제일 큰 이유였다. 대국의 사신을 감옥에 가두고 여러 차례나 능멸한 고구려를 그대로 둔다면 변방의 속령에 영(令)이 서지 않을 것이었다. 토번이나 돌궐, 걸안 등 수많은 속령들이 당의 태도를 주시하고 있었던 것이다.

화음 성주 배정은 문득 머리를 들어 옆쪽 산모퉁이를 바라보았다. 오시 무렵이었으니 금방이라도 비가 내릴 듯 하늘이 흐렸다.

"꽤 빨리 달리는구나."

그가 말하자 옆을 따르던 성의 군관인 대척(大尺) 달서가 눈을 가늘게 뜨고 그쪽을 바라보았다. 기마군 10여 기가 곧장 그들에게로 달려오고 있었다.

"이틀 전에 지나간 대장군의 후속 기마대인 것 같습니다."

"서두르자. 성에 닿기전에 비를 맞겠다."

성이 관할하는 마을에 들러 살인죄를 지은 죄수 하나를 참형에 처하고 오는 길이어서 배정은 술 생각이 간절했다.

그가 말에 박차를 넣어 속보로 달렸으므로 20여 기의 수행원들은 뒤를 따랐다.

"뒤에도 기마군이 따릅니다."

달서가 조금 뜬 목소리로 말했을 때 배정도 달려오는 기마군을 보았다. 10여 기는 이미 1백여 보 앞쪽이었고 그 뒤로 산모퉁이를 돌아 나오는 한 무리의 기마군이 보였다. 깃발도 펄럭이고 있다.

"아앗!"

달서가 놀란 듯 고함을 친 것은 기마군이 50여 보 앞으로 다가왔을 때였다. 10여 기는 일제히 칼을 빼들고 창을 겨누었는데 기합 한 번 지르지 않았다. 그러나 화음 성주 배정은 그들의 번들거리는 눈을 보았다.

"백제군이다!"

달서가 소리치며 칼을 빼들고는 앞쪽으로 말을 뛰게 했을 때 이미 백제군이 요란한 말발굽소리와 함께 덮쳐왔다. 칼이 부딪치는 소리와 함께 기합과 비명소리가 났다. 이를 악문 배정은 칼을 들어 내려쳐 온 칼날을 막았다. 백제군이 이곳까지 들어오리라고는 상상도 하지 못했다. 다시 칼을 치켜들었던 배정은 옆쪽의 대척 달서가 등에 창이 박혀 말에서 떨어지는 것을 보았다.

"이놈들!"

악을 쓰듯 소리친 배정이 칼을 휘둘러 백제 군사 하나를 베었을때 귀를 울리는 발굽소리와 함께 백제군이 다시 덮쳐왔다. 잠시 후에 백제의 기마군이 휩쓸고 간 자리에는 화음 성주를 비롯한 수행원의 시체 수십 구가 땅바닥에 깔려 있었다. 비가 내리기 시작했다.

성주가 없는 화음성은 두 식경도 안 되어서 함락되었다. 사방이 8리쯤 되는 중급 성이었으나 창고에 양곡이 10만 석이나 있었고 성 안팎의 주민이 3만이 넘었으니 군사들이 들떴다.

"곧장 대진성으로 간다."

계백은 말에서 내리지도 않은 채 부장 선고에게 말했다.

"부장은 휘하 기마군으로 이곳을 맡아라. 요지다."

선고가 웃자 볼의 칼자국이 주름살로 가려졌다.

"장령, 다녀옵시오."

김유신과의 양평들 싸움에서 이미 손발을 맞춘 그들은 숨소리만 들어도 상하(上下)의 맥이 통한다. 계백은 7천 기의 기마군과 함께 대진성으로 향했다. 빗발이 굵어지고 있었으므로 말과 사람이 모두 흠뻑 젖었다.

"장령, 당군은 아직 요동성에 박혀 있을까요?"

옆을 따르던 화청이 계백을 바라보았다. 그의 긴 턱수염이 비에 젖어 마치 물에 담궜다 꺼낸 붓끝처럼 되었다.

"당군을 지치게 하면서 시일을 끌 테지만 벌써 보름이 지났소이다."

계백이 말에 박차를 넣으면서 말했다.

"일거에 고구려를 정벌하려고 하다니. 당의 이세민도 수 양제와 같은 꼴을 당하게 될 것이오."

대진성은 화음성 동쪽으로 40리 거리였다. 그들이 성이 보이는 곳까지 다가갔을 때는 이미 어두워져 있었다.

하도리가 데려온 사내는 삼십대 중반쯤으로 보였으나 말라서 뼈만 남았다. 진막 안에서 무릎을 꿇은 사내가 계백을 올려다보았다. 두 눈에 눈물이 가득했다.

"성의 샛길이 두곳이나 있습니다요. 성밖 마을 사람들이 성문이 닫히면 사용하는 길인데 그쪽은 성벽이 낮아 바위를 딛고 넘어가기도 합지요."

술술 말한 사내가 두 손으로 땅바닥을 짚고 엎드렸다.

"10년 전 소인은 우소 장군의 휘하 군사로 옥문곡을 쳤다가 포로로 잡혔습지요. 성밖 마을 이장 놈의 종으로 10년을 보냈습니다."

우소는 무왕 37년에 군사 5백을 이끌고 신라를 기습했다가 신라 장군 알천에게 생포되었다. 그리고는 곧 자결했는데 군사들은 종으로 분배된 것이다. 계백이 머리를 끄덕였다.

"네 처자는 고향에 있느냐?"

"소식을 듣지 못했소이다."

가슴이 벅찬지 사내는 소리 죽여 울었다. 그날 밤 말에서 내린 백제의 기습군이 성의 샛길로 성안으로 진입했다. 대진성 성문이 안에서 열려졌고 빗속으로 백제군이 쏟아져 들어왔다. 대진 성주 고지상은 난전중에 죽었고 보기당 소감 천수와 대척 궁복이 분전했지만 역부족이었다. 진흙탕 속이어서 그들은 시체도 찾지 못했다. 해시가 되었을 때는 싸움이 끝나 있었다.

"선봉 나가라!"

의직이 소리치자 북과 함께 고각이 하늘을 찢을 듯이 울리더니 덕솔 우마진규가 이끈 기마군 5천이 내달렸다. 이곳은 백제와 신라, 고구려 삼국의 국경선이 마주치는 천운산 앞쪽의 들판이다. 국경을 넘어 고구려 땅에 발을 디딘 신라의 김유신 군(軍)은 한나절도 되지 않았을 때 백제군으로부터 측면 공격을 받게 된 것이다. 우렁찬 함성과 함께 달려가는 선봉군을 바라보던 의직이 손을 들었다.

"중군, 전진!"

그러자 북이 다시 울렸고 고각이 길고 높게 불려졌다. 중군은 기마군 2만이다. 김유신이 이끈 신라군이 기마군으로만 3만이었으니 비등한 군세였고 장수의 무게도 비슷했다. 백제의 명장(名將)은 의직과 윤충을 꼽았는데 명장은 곧 지용(智勇)을 겸비한 노장들을 일컬었다. 무왕 시절부터 수많은 전쟁을 치른 의직의 명성은 신라의 아이들까지도 안다. 중군은 서서히 진군했으나 기세가 무겁고도 흉흉했다. 무왕대 이후로 백제군의 사기는 한껏 치솟은 대신 신라군은 저하되어 있었다. 더욱이 3년 전에 신라국의 대야주를 점령하여 42개 성을 속령으로 만들었고 2년 전에는 신라 북방 신주의 미후성을 함락시켰으며 당항성을 점령했다. 신라는 이제 서쪽에 치우친 소국(小國)으로 당에 의하여 목숨을 부지하고 있을 뿐이다. 우마진규의 선봉군이 이제는 신라군의 5리쯤 앞으로까지 다가가 있었다. 의직은 말고삐를 고쳐 쥐었다. 김유신과의 전면전이다. 양국의 6만 기 가까운 기마군이 곧 이곳 들판에서 승부를 겨루게 되는 것이다.

"북을 쳐라!"

짧게 외친 김유신이 차가운 시선으로 앞쪽을 바라보았다. 날씨는 흐렸지만 시야를 가로막는 장애물이 없었으므로 백제 선봉군이 넓게 대형을 벌리는 것이 보였다. 장수가 누군지는 알 수 없었으나 일사분란한 움직임이었다. 김유신은 말머리를 틀었다. 이미 후위가 선봉이 되어 신라군은 오던 길로 달려가는 중이었다. 선봉은 후위가 되어 말의 속도를 늦추었으나 곧 천운산의 모퉁이를 돌면 험지였다. 백제군이 지금처럼 달려들지는 못할 것이다.

"대장군, 천운산 중턱에 진을 치면 백제군을 잡아 둘 수 있습니다."

장군 아소가 옆으로 다가와 말했다.

"대장군, 영을 내려 주시오."

"곧장 돌아간다."

앞쪽만 바라본 채 김유신이 말에 박차를 넣었다.

"의직의 백제군을 깨뜨린다고 해도 고구려 남부군이 살아 있다. 역부족이다."

"대장군, 하오나……."

"이보게 아찬, 우리가 평양성까지 갈 수 있을 것으로 생각했나?"

말굽소리가 컸으므로 김유신이 소리치듯 물었는데 마치 꾸짖는 것처럼 들렸다. 아소의 시선을 받은 김유신이 뱉듯이 말했다.

"우리가 시도를 한 것으로 당 황제에 대한 약속은 지켰네. 백제군의 기습을 받아 돌아간 것이야."

힐끗 뒤를 돌아본 김유신은 백제군이 기를 쓰고 쫓아오지 않는다는 것을 알았다. 그들과 신라군 후위와의 거리는 2리쯤으로 지켜져 있다.

산모퉁이를 돌자 곧 좁은 골짜기가 좌우로 펼쳐졌고 이미 신라군이 굽은 길을 가득 메우고 있다. 이제 부드러운 시선으로 아소를 보았다.

"이보게 아찬, 우리는 군력(軍力)을 아껴야 하네. 고구려로 보낼 여유가 없단 말이야."

천운산의 아흔아홉 산모퉁이를 신라군이 내려왔을 때에는 다음날 인시 무렵이었으니 꼬박 반나절의 산행이었다. 갈 적에는 만 하루가 더 걸린 길이었다. 장졸들은 신라국경의 용주성에 들어서자 모두 지쳐 늘어졌다. 아직 해뜨기 전이었다. 3만 기마군이 좁은 성안에 들이 닥쳤으므로 말울음소리와 군관들의 호령소리로 주위는 매우 소란했다.

"대장군은 어디 계시오?"

외침소리에 마악 갑옷을 벗던 김유신이 머리를 들었다. 성주가 내놓은 성의 내실 안이었다. 방문이 열리더니 경호대장 변마성이 군관 복장의 사내와 함께 들어섰다. 사내가 방바닥에 무릎을 꿇었다.

"대장군, 소인은 비산성의 군관 용추올습니다. 이찬 대감의 영으로 사흘 동안 말을 달려 왔소이다."

군관의 눈에 흰 창이 커지는 것을 보고는 김유신이 변마성에게 말했다.

"이자에게 물을 주어라."

변마성이 급히 가져온 물을 두어 모금 마신 군관이 심하게 기침을 하더니 눈의 초점이 제대로 잡혔다.

"이찬 대감이 비산성에는 웬일로 오셨느냐?"

"예, 급하다고 하셨소이다."

이찬 대감이면 김춘추였고 비산성은 김유신이 군주로 있는 갑량주의 소성(小城)이다. 군관이 말을 이었다.

"백제의 근위군이 서북방의 성 네 곳을 함락시켰소이다. 대감께서는 급히 회군하시라는 대감의 말씀이셨소."

"백제 근위군이……."

김유신이 이 사이로 말하고는 군관을 노려보았다.

"군세는 얼마나 된다고 하시더냐?"

"기마군 1만 기로 주장은 계백이라고 하셨소이다."

김유신의 입술 끝이 비틀어졌다.

"그래서 대감이 비산성까지 찾아오셨단 말이지."

혼잣말이었지만 경호대장 변마성이 어깨를 늘어뜨렸다. 김유신을 그림자처럼 따른 터라 내막을 아는 것이다. 김춘추가 비산성으로 찾아온 것은 비담 일당의 눈을 피하기 위해서였을 것이다. 그래서 김유신의 부하인 군관 하나를 시켜 급전을 보낸 것이다. 군관은 왕의 전령도 아니었다. 비담 일파에게 장악된 여왕이 김유신의 회군을 지시할 리가 없는 것이다. 비담은 김춘추의 군사 기반인 김유신이 멀리 떠날수록, 그리고 싸움에 패해 죽어주면 더 좋아할 것이다. 김유신이 길게 숨을 뱉었다.

"아아, 이 일을 어이할꼬. 군신(君臣)이 일체가 되어도 큰 바람 속의 등불 같은 사직인데……."

근위군 1만 기가 신라 서북방의 7개 성을 장악하는 데는 닷새가 걸렸으니 그야말로 전광석화 같은 작전이었다. 그리고 엿새째가 되는 날에 동방 방령 의직이 보낸 보기(步騎) 5만이 군장(郡將) 2명의 인솔로 진입해 왔다. 그리고 그 다음 날에 김유신이 이끄는 기마군 3만이 그들의 동쪽 바닷길로 빠져 남쪽으로 내려간 것이다. 계백으로서는 의외였으나 이것으로 신라 서북방의 7개 성은 더욱 안전하게 방비태세를 굳힐 수가 있었다.

"김유신이 칼을 맞대지도 않고 천운산으로 퇴각했다는군요. 그리고는 신라 땅의 용주성에 들어가자마자 곧장 남쪽으로 달려 내려갔다고 합니다."

이맛살을 찌푸린 화정이 말을 이었다.

"우리와 일전도 겨루지 않고 피해 내려간 것이 이상합니다."

김유신이 병력이 적다고 물러났던 적이 없었던 것이다. 대진성의 청안에는 장수들이 둘러앉아 있었는데 분위기는 활기에 찼다. 저녁 무렵이어서 청안에는 저녁상 위에 술과 고기도 놓여졌다. 등불을 있는 대로 밝혀두었으므로 청의 불빛이 뜰까지 환히 비췄다. 계백이 술잔을 들었다.

"요동성 성주와 군사들의 극락왕생을 기원하겠다."

장수들이 일제히 술잔을 들었고 단숨에 술을 삼켰다. 요동 성주 전상후는 열흘 전에 성의 함락과 함께 전사했는데 당군의 공격을 받은지 17일 만이었다. 그는 성의 함락 직전에 성의 군량창고를 불태워 양곡이 한 톨도 당군의 수중에 들어가지 않도록 했다. 그러나 전사한 병사가 7천이요, 포로로 잡힌 군사와 양민이 3만이 넘었다. 나머지는 성이 함락되기 전날 밤에 전상후가 도망시켰던 것이다. 계백이 장수들을 둘러보았다.

"이제 고구려의 배후를 치려는 신라군은 물리쳤다. 남은 것은 당이다."

백암성 성주 손대음이 당군에 항복하는 바람에 쉽게 얻었으므로 요동성 싸움에서 심신이 피로했던 당 태종 이세민은 기운을 차렸다. 그러고는 조급해진 마음을 가라앉혔다. 이미 6월이어서 대군이 출정한 지 넉 달이 지났으나 아직 평양성은 아득했다. 당의 대군은 건안성과 안시성을 향해 나아갔는데 행군대총관 이세적의 주장으로 먼저 안시성을 치기로 했다. 안시성(安市城)은 성주 양만춘이 지키는 대성(大城)으로 성 주위의 지형이 험한 데다 이미 오래 전부터 수비태세를 갖추고 있었다. 더욱이 양만춘은 지용을 겸비한 장수였다. 서부대인 연개소문이 영류왕과 대신을 다 죽이고 스스로 대막리지가 되어 보장왕을 내세우자 양만춘은 연개소문에게 심복한다는 서약을 내지 않아 미움을 샀다. 그러나 연개소문은 안시성주 양만춘을 그대로 두었다. 자신이 밉다고 고구려를 배신할 양만춘이 아닌 데다 당과의 싸움에서 꼭 필요한 장수였기 때문이다.

"꽤 많다."

성루에 선 양만춘이 골짜기와 들판 위로 새까맣게 박힌 당군을 바라보며 웃었다.

"용케도 여기까지 기어왔구나."

"장군, 웃으실 일이 아니올시다."

옆에 선 부장(部將) 한완이 이맛살을 찌푸렸다.

"70만 대군이올시다. 더욱이 당 황제 이세민이 친히 독전하고 있습니다."

"저놈들을 보아라."

양만춘이 손을 들어 골짜기에 붙어 있는 당군을 가리켰다.

"몸이 무거워서 다섯 발짝에 한번은 쉬는구나. 몸에 금이나 은붙이를 매달고 있기 때문이다."

입맛을 다신 한완이 입을 다물었다. 정복군은 당연히 함락된 성에서 노략질을 한다. 그것은 전통적인 정복군의 습관으로 당 태종 이세민도 어느 정도 묵인해 주고 있는 것이다. 그래야 군사들의 악착 같은 사기도 일어난다. 양만춘이 한완을 바라보았다.

"이미 놈들은 이곳까지 오면서 꽤 모았을 것이야. 이제는 모은 것을 가지고 살아 돌아갈 생각을 하지 않겠느냐?"

"독전대는 뒤에서 물러나는 군사를 벱니다."

"고구려군에 독전대 따위는 없어."

양만춘의 얼굴이 엄격해졌다.

"내 군사는 처자를 위하여 싸운다. 나를 믿고 기꺼이 목숨을 버릴 것이야."

"안시성이 떨어지면 당군은 거침없이 평양성으로 진군해 올 것이야."

말과는 달리 연개소문은 느긋한 얼굴이었다. 그는 왼쪽에 나란히 앉은 고연수와 고혜진을 바라보았다. 그들은 제각기 북부대인과 남부대인이다.

"안시성의 군사는 10만 남짓이니 양만춘이 성을 지키기에도 고단할 것이다. 그러니 그대들이 당군의 측면을 쳐라."

"오늘 중으로 떠나겠소이다."

고혜진이 기운차게 말했다. 평양성 안의 연개소문 저택에는 대신들이다 모였다. 연개소문이 정색을 했다.

"그대들이 거느린 15만 대군이 당군을 깨면 곧 우리가 뒤따라 갈 것이야. 이세민의 당 왕조는 고구려에 의해서 끝나게 될 것이다."

대신들과의 화합을 마친 연개소문은 자리에서 일어나 청의 옆쪽 복도 끝에 붙은 방으로 들어섰다. 기다리고 있던 사내 하나가 자리에서 일어서는데 용모가 수려했다.

"기다리게 했소."

연개소문이 상석에 앉자 사내가 머리를 숙여 보이더니 앞에 앉았다. 연정토와 막리지 양성덕, 그리고 이번에 근위군 사령관이 된 오화걸이 방에 들어서더니 뒤쪽에 배석했다. 사내가 입을 열었다.

"이번의 신라 서북방 7개 성을 공취함으로써 신라군의 서쪽 진입로는 봉쇄되었습니다. 남은 곳은 천운산 서쪽의 바닷가 통로뿐이지만 대군이 통과하기에는 좁습니다."

"그곳은 나도 알고 있소. 군사 한 명으로 열 명을 막을 수 있는 곳이지."

연개소문이 얼굴에 주름을 만들며 웃었다.

"김유신이 백제 의직 장군과 칼 한 번 대지 않고 내려간 것은 아무래도 내분 때문인 것 같소."

"내분이라니오?"

백제 밀사가 눈을 둥그렇게 떴다. 그는 의자왕의 사촌인 덕솔 부여 복신이다.

"시중 비담과 김춘추의 알력이 심해졌소. 당의 이세민이 여왕을 탐탁지 않게 생각하는 것을 기화로 비담이 왕위를 노리고 있소. 그 세력 싸움에서 김춘추가 밀리는 모양이오. 그래서 김춘추의 세력인 김유신이 이번에 고구려 원정군에 뽑혔고."

명쾌하게 말한 연개소문이 얼굴을 펴고 웃었다.

"그래서 김유신이 백제군의 기습을 핑계로 허겁지겁 내려간 것 같소."

부여복신의 표정을 본 연개소문이 다시 정색을 했다.

"고구려는 신라뿐만 아니라 당의 조정에도 첩자를 심어 놓았소. 신라가 이세민에게 보낸 낯 뜨거운 걸사표(乞師表)까지도 모두 읽었소."

"그렇습니까?"

"올해가 고구려와 백제, 신라 3국의 운명이 결정되는 해인 것 같소."

부드럽게 말한 연개소문이 보료에 등을 기댔으나 부여복신은 긴장으로 아직도 몸이 굳어 있었다. 고구려는 당과 전면전을 치르는 중이니 동맹국 백제의 운명도 이번 싸움에 달렸다. 그런데다 신라는 왕위를 둘러싼 내분에 싸여 있는 것이다. 이윽고 긴장으로 굳어졌던 부여복신의 가슴이 뛰기 시작했다. 격변기인 것이다. 백제 의자왕 5년(645년) 6월이니 고구려 보장왕 4년이며 신라 선덕여왕 14년이었고, 당 태종의 정관 19년이다. 또한 왜국은 의자왕의 누님인 부여보가 왕위에 올라 황극천왕 4년째가 되는 해였다.

왜국에서 왔다는 사내는 지친 듯 늘어져 있더니 계백이 들어서자 비틀거리며 일어섰다. 술시경이었으니 늦은 밤이다. 근위군의 숙영지는 깊은 정적에 덮여져서 가끔 순시병의 발소리만 났다. 사내가 계백에게 엎드려 절을 했다. 의복은 때와 먼지에 절었으나 무명옷에 허리에 찬 칼은 잘 만든 것이다.

"나리, 소인은 히데키 공의 가신 이토라고 합니다. 20일 전에 나니와를 떠나 쉬지 않고 달려왔소이다."

사내의 말에 계백이 눈을 크게 떴다.

"빨리 왔구나. 무슨 일이냐?"

뒤에 서 있던 하도리도 긴장한 듯 몸을 굳히고 있다. 헤이찌의 흑선보다 빨리 달려온 것이다.

"예, 히데키 공이 이번에 대신이 되셨소이다."

"무엇이? 그렇다면……."

놀란 계백이 걸상에 앉자 사내는 오히려 여유를 찾은 듯 상체를 똑바로 세웠다.

"소가이루카의 목을 베었고 곧 소가에미시는 자결했소이다. 이로써 소가 가문은 멸망했소이다."

"……."

"그리고 고교쿠 왕께서는 물러나시고 고토쿠 왕께서 즉위하셨습니다."

"허어."

계백이 탄식했다 고교쿠는 흠명 왜왕으로 의자왕의 누님 부여보았다. 조오메이 왜왕이 죽자 남편을 이어 왜왕에 오른 지 4년 만이다. 그리고 새로 즉위했다는 고토쿠는 의자왕의 동생 부여경(扶餘經)인 것이다. 백제방의 장관이었던 경 왕자가 누님을 이어 왜왕이 되었다.

"어찌하여 그렇게 되었느냐?"

"모두 소가이루카와 에미시의 폭정 때문입니다."

이토가 계백을 똑바로 바라보았다. 당당했고 자랑스런 태도였다.

"히데키 공께서는 나카노오메(中大兄) 왕자와 더불어 역신 이루카를 참살하셨습니다."

그가 거침없이 전말을 말해갔다. 근래에 들어 소가에미시는 섭정의 자리를 이루카에게 넘겨주고 은거했다. 그러나 이루카는 에미시의 통제에서 자주 벗어나 독재와 전횡을 일삼았다. 그는 고교쿠 왜왕의 퇴위 후에 자신의 고모의 아들인 조오메이 왜왕의 아들을 옹립하려고 했다. 물론 고교쿠 왜왕이 되어 있는 부여보의 아들은 아니었다. 그래서 경쟁자로 되어 있는 쇼토쿠 태자의 장남 야마시로노오에 왕자를 습격하여 처자와 함께 자결하도록 만든 것이다. 에미시가 뒤늦게 알고 탄식했으나 이미 엎질러진 물이었다. 이것을 계기로 히테키는 다시 불만 세력을 모은 것이다. 그는 지난 6월 고교쿠 왜왕이 대극전에 잉어하여 외국 사신을 접견할 때 나카노오에 왕자와 함께 이루카를 참살했다. 그때 이미 영주들은 모두 그들에게 기울었고 사태를 알아 챈 소가에미시는 다음 날인 6월 13일 대저택에 불을 지르고는 자살했다.

서기 476년 문주왕 때 왜국으로 망명했던 목협만치(木刕滿致)가 소아만치(蘇我滿致)로 성을 바꾼 다음 소아고려를 거쳐 그 아들인 소아도목(蘇我滔目 소가이나메) 때에 대신이 되고 나서 우마코(馬子), 에미시, 이루카에 이르기까지 4대에 걸쳐 왜국을 지배했던 소가 가문이 끝난 것이다. 그러나 예외는 있다. 소가히데키는 그들을 멸한 공으로 대신이 되었다.

이토가 말을 마쳤으나 진막 안에는 한동안 정적에 덮혀졌다. 소가 에미시는 계백에게 스승과 같은 존재였다. 또한 어버이같이 배려해주었다. 이윽고 계백이 머리를 들었다.

"에미시 대감의 가신들은 어떻게 되었느냐?"

"모두 죽었습니다."

거침없이 대답한 이토가 얼굴에 웃음까지 띠었으므로 계백은 어금니를 물었다.

"오토모 영감도?"

"소가 대신과 같이 불에 타 죽었지요."

"영주들은?"

"셋쓰 영주 오카다만 자결했고 나머지는 모두 우리 주군께 서약서를 냈습니다."

이토가 계백을 똑바로 바라보았다. 어느덧 정색한 얼굴이었다.

"백제국 대왕께 곧 왜왕과 대신으로부터 정식 사절이 올 것입니다. 하나 대신께서는 먼저 나리께 말씀을 드리라고 소인을 보내신 것이오."

"……."

"상황을 말씀드린 다음 이렇게 전하라고 하셨습니다. 계백승 공자님의 외조부가 왜국의 대신이 되셨다고."

"알았다."

머리를 끄덕인 계백이 길게 숨을 뱉었으므로 뒤에 섰던 하도리도 어깨를 늘어뜨렸다. 그도 소가에미시와 계백과의 관계를 아는 것이다. 이윽고 계백이 이토에게 물었다.

"아씨는 무고하시냐?"

그러자 이토의 얼굴이 펴졌다.

"예, 공자님과 함께 아스카에 계십니다. 이제 공자님은 일곱 살이 되셨습니다. 매일 아침 활을 쏘시고 낮에는 글을 읽으십니다."

계백승은 다섯 살이 되었을 때부터 활쏘기를 배웠는데 이제는 1백보 거리의 과녁에 10발을 쏘아 5발을 맞추었다. 물론 활은 아이에게 맞도록 제작된 것이지만 힘이 세어서 7살이 된 지금은 10살쯤 된 아이로 보였다.

"자, 10발만 더 쏘시오."

백서문이 말하자 계백승이 땀으로 범벅이 된 머리를 끄덕였다. 계백을 닮아 콧날이 곧고 눈빛에 정기가 흘렀는데 입술은 오미를 닮았다. 가는 입술을 꾹 다물고 과녁을 겨눈 계백승이 살을 날렸다.

"적중이오!"

뒤쪽에 선 백서문이 얼굴에 웃음을 띠었다. 그는 귀화한 백제인으로 소가히데키가 고용한 계백승의 무술 스승이다. 동성왕을 살해한 위사 좌평 백가(苩加)의 후손인 그는 계백승에게 백제어도 가르치고 있다. 계백승이 오늘 아침에는 1백 발을 쏘아 70중을 했으므로 백서문은 만족했다.

"공자께선 부친 못지 않은 무장이 되시겠소."

백가는 성품이 부드러워 계백승이 따른다. 백가가 말하자 화살을 챙기던 계백승이 머리를 들었다.

"내가 몇 살이 되면 백제에 갈까?"

"그건 모친께 물어보시오."

"대답을 안해."

아직 이른 아침이었다. 아스카에 있는 히데키의 저택은 크고 웅장했다. 백서문을 따라 저택 뒤쪽의 활터를 나오면서 계백승이 다시 물었다.

"아버지가 언제 이곳에 오실까?"

"소인은 잘 모르오."

벌써 몇 번째인지도 모르는 같은 질문이었고 같은 대답이다. 어머니나 다른 사람에게도 물었겠지만 거의 비슷한 대답을 들었을 것이다. 자라서 시간이 흐르면 지치거나 자연히 알게 되어 묻지 않을 것이라고 백서문은 생각했다.

계백승이 아침상을 물렸을 때였다. 상머리에 앉아 있던 오미가 입을 열었다.

"네가 알아둘 것이 있다."

어머니의 정색한 얼굴을 보자 계백승이 긴장했다.

"뭔데요? 어머니."

"네 부친은 백제에 부인과 자식이 있다."

잠시 말뜻을 알아듣지 못한 계백승이 눈만 깜박였다. 오미의 눈가가 붉어졌으나 입술은 웃었다.

"물론 나도 네 부친의 부인이다. 넌 자식이고."

"백제의 부인은 뭔데요?"

"네 부친이 백제에서 다시 부인을 얻으셨다는 말이다."

"그럼 부인이 둘인가요? 어머님까지?"

"그렇다."

"그래서 이곳에는 안 오십니까?"

"언젠가는 오실 것이다."

"백제 땅에서 전쟁 때문에 오시지 못한다고 했지 않습니까?"

"그 말도 맞다."

계백승이 머리를 끄덕였으므로 오미는 소리 죽여 숨을 뱉었다. 상이 들려 가고 계백승이 바깥채로 글을 읽으려고 나갔을 때 오미가 시녀에게 말했다.

"제 아비를 꼭 닮았다. 놀라지도 않는다."

시녀가 머리를 끄덕였다. 그녀는 오미가 궁중에 있을 때부터 데리고 있던 사도에다.

"이제 알려드렸으니 자주 물으시지는 않을 것입니다."

"그러나 무심한 분이시다."

시선을 내린 오미가 다시 한숨을 뱉었다.

"벌써 7년이야. 그동안 서신 네 통을 받은 것밖에 없다."

계백의 토성에는 이제 다섯 살이 된 계백충이 있었다. 계백승의 동생이다. 그러나 그는 거의 매일 아비의 얼굴을 볼 것이었다.

제5장 안시성의 반전(反轉)

안시 성주 양만춘은 앞장선 당군 장수를 겨누고는 힘껏 활시위를 당겼다. 화살이 빗줄기처럼 날아와 돌벽에 맞고 튀었다. 당군 장수와는 2백 보쯤의 거리였는데 온몸에 쇠갑옷을 둘러 드러난 곳은 얼굴과 손뿐이었다. 포차에서 쏜 바위가 날아와 요란한 소리와 함께 성벽에 맞아 부서졌다. 신음소리가 들렸다. 보군 병사가 맞은 모양이다. 이윽고 양만춘이 손을 떼자 화살이 날았다. 오가는 화살로 하늘이 덮여졌으므로 양만춘은 눈을 가늘게 뜨고 목표를 바라보았다. 다음 순간 양만춘은 입술 끝을 올리며 웃었다. 화살이 겨눈 대로 당군 장수의 이마에 박힌 것이다. 고구려군이 함성을 질렀다. 그러나 당군의 기세는 죽지 않았다. 북과 고각을 쉴새없이 울리면서 포차로 돌을 날렸고 충차를 밀어 성벽을 찍었다. 운제 위에 올라가 성벽 위로 넘어 오르려고 시도하다가 가랑잎처럼 떨어졌고 불이 붙었다. 양만춘의 옆으로 도사 한경모가 기어왔다. 갑옷을 제대로 입었으나 얼굴은 수염과 때로 뒤덮여서 눈의 흰 창만 하얗게 드러났다.

"장군, 토산(土山)의 높이가 거의 성벽과 같아지고 있소이다."

"아침에 보았어."

함성과 고함소리로 천지가 덮여 있었으므로 한경모가 다시 악을쓰듯 말했다.

"장군, 군사들이 불안해 하고 있소이다."

"허나 나갈 순 없다!"

한경모는 남아 있는 말들을 모아서 치고 나가자는 주장을 굽히지 않았다. 남아 있는 말을 모으면 기마군 1만은 만들 수 있을 것이다. 그리고 운이 좋으면 선두에 서 있는 행군총관 두어 명과, 더 운이 좋으면 부대총관 도종을, 하늘이 돕는다면 대총관 이세적을 벨 수 있을지도 모른다. 그러나 그것으로 끝이다. 기마군 1만은 모래밭에 쏟은 물처럼 흔적도 없이 사라질 것이고 곧 성이 떨어진다. 양만춘이 눈을 부릅뜨고 한경모를 바라보았다.

"안에서 죽는 것이 더 어려운 게야. 지금이 쉽게 죽을 때인가?"

"저놈의 목을 베어라!"

당 태종 이세민이 뱉듯이 말하고는 어금니를 물었다. 그의 앞쪽에는 공격군의 도위 한 사람이 꿇어앉아 있었는데 이미 두 눈의 초점이 없다. 도위 유선은 운제를 지휘하는 대장이다. 5천 군사를 이끌고 안시성의 북문을 공격했던 그는 운제의 바퀴가 빠지면서 넘어지는 바람에 수백 명의 아군 사상자를 내었던 것이다. 도위가 진막 밖으로 끌려가자 장손무기가 다가와 허리를 숙였다.

"폐하, 고연수와 고혜진을 진중에 두시지 않는 것이 나을 것 같습니다."

"그게 무슨 말이냐?"

아직도 심기가 가라앉지 않은 이세민이 거칠게 물었다. 고구려의 북부 대인 고연수와 남부대인 고혜진은 당군과의 싸움에 패하여 항복해왔던 것이다. 그들이 이끌었던 15만 군사는 안시성 밖 싸움에서 패퇴하여 3만이 죽었고 4만 가까운 군사가 항복했다. 당과 고구려의 전면전에서 당군이 이긴 것이다. 장손무기가 조심스럽게 말했다.

"안시성 싸움에 그들은 도움이 되지 않습니다. 며칠 전 그들을 선봉에 내세웠다가 안시성군의 분기만 일으켰지 않습니까?"

"지독한 놈들."

뱉듯이 말한 이세민이 주위를 둘러보았다. 진막 안에는 장수가 여럿 있었지만 그들에게 이쪽 말은 들리지 않을 것이다.

"연개소문은 어디까지 왔느냐?"

"3백 리 밖입니다. 폐하, 그리고……."

장손무기가 더욱 목소리를 낮췄다.

"백제가 병선을 모으고 있습니다. 신라에서 온 첩자의 말을 들으면 백제 서방(西方)으로 군사가 이동하고 있다고 하옵니다."

8월이니 장안성을 떠난 지 반 년이나 되었다. 안시성을 공략한지 두 달이 넘은 것이다. 이제는 아침저녁으로 찬 바람이 불기 시작해서 이세민은 비단옷을 두 겹으로 껴입었다.

이세민이 머리를 들었다.

"토산은 얼마나 쌓았느냐?"

"앞으로 열흘 뒤면 성벽보다 높아질 것이오."

잠자코 머리를 끄덕인 이세민이 보료에 등을 기댔다. 신시가 되어가고 있었지만 진막 밖은 함성과 말굽소리로 가득 차 있었다. 주야를 가리지 않고 공격하고 있는 것이다. 독전대를 배로 늘려 뒷걸음만 쳐도 뒤에서 베었으므로 군사들은 필사적이었다. 그러나 아직도 안시성은 흔들리지 않았다. 이세민은 길게 숨을 뱉었다. 토산이 마지막 희망이다. 토산이 완성되면 군사들은 토산에서 안시성으로 물을 쏟듯이 밀려갈 것이다. 3백 리 밖에서 연개소문이 이끄는 30만 군사가 다가오고 있는 데다가 백제군이 내해를 건넌다면 북쪽과 동쪽에서 협공을 당하게 된다. 장손무기의 시선을 받은 이세민이 쓴웃음을 지었다.

"내가 수 양제의 전철을 밟을 수는 없다. 그렇지 않느냐?"

"당연합니다, 폐하. 폐하는 양광과 크게 다르신 분이오."

"안시성에서 너무 끌었다."

뱉듯이 말한 이세민이 자리에서 일어섰다.

"오늘 밤 공격을 독전하겠다."

의자왕이 서너 걸음 말을 앞으로 가게 하더니 아래쪽을 내려다보았다. 기벌포가 발 아래로 보이는 언덕 위였다. 포구는 여덟 팔(八)자 형으로 바다쪽을 향해 벌려져 있었는데 대형 군선이 포구 밖까지 가득 들어차 있었다. 배의 돛대에 꽂은 붉은 색 깃발이 바람에 날리는 모습이 장관이다. 의자왕이 옆에 선 계백을 바라보았다. 석양의 비스듬한 햇살을 받은 왕의 눈이 번쩍였다.

"계백, 군선 4백 척이니 말까지 포함한 근위군 3만을 겨우 싣는다. 군량까지 싣는다면 2백 척은 더 있어야 한다."

왕의 목소리는 조금 떠 있었다.

"내가 이번에 진두에 서고 싶었지만 너에게 백제국의 영기(令旗)를 넘겨 주마."

아쉬운 듯 말한 왕이 빙그레 웃었다. 고구려와 백제 연합군의 주장(主將)으로 연개소문이 합의된 터여서 의자왕은 계백을 원정군 사령관에 임명한 것이다.

고구려와 당의 싸움에 백제가 지원한 입장인 데다 연합군의 주력은 요동을 넘어올 고구려군 30만이다. 허리를 편 왕이 수평선을 바라보았다.

"내 백제국의 대왕기를 저쪽 땅에 꼭 꽂으리라."

"전하, 곧 왜왕의 사신이 닿을 것입니다."

계백이 말하자 왕은 말고삐를 채어 말머리를 돌렸다. 닷새 전부터 왕은 기벌포에 나와 군선과 출정군을 점검하고 있었다. 따라서 대신 대부분도 기벌포의 임시 행궁 근처에서 묵었고 사신들도 이곳에서 왕을 뵌다. 왕의 행차를 뒤따라 언덕을 내려가는 계백의 옆으로 연무군(郡)의 병관장(兵官長) 진만서가 붙었다. 연무군의 병관장은 본국의 병관 좌평과 같은 직책이니 연무군의 병권을 맡은 요직이었다. 그는 이번에 연무군과 덕산군의 군선 70척을 이끌고 왔다.

"장령, 대왕께서 오늘은 심기가 좋으신 것 같소."

사십대 후반의 그가 이를 드러내고 웃었다.

"아마 왜국에서 사신이 왔기 때문인 모양이오."

왜왕 고토쿠의 사신은 궁내대신 오무라였으므로 계백은 반가웠다. 그러나 왕 앞인지라 묵묵히 뒷자리에 앉았는데 오무라도 시치미를 떼었다. 임시 행궁은 기벌포 도사의 청을 개조한 곳이어서 급하게 늘리고 붙였으나 대신들이 둘러앉고 위사들이 삼엄해서 거처의 조잡함이 지워졌다. 청의 상단에 앉은 왕이 부드러운 시선으로 오무라를 보았다.

"왕께서는 평안하신가?"

"예, 대왕께 옥체를 보중하시라고 몇 번이나 당부하셨소이다."

오무라의 능숙한 백제어를 듣자 왕이 얼굴을 펴고 웃었다.

"경이 어릴 적에도 심성이 선했어. 백성을 아끼는 훌륭한 왕이 될 것이야."

왕은 왜왕 부여경의 이름을 불러 친근감을 나타냈다. 왜왕은 자신의 아우인 것이다. 오무라가 앞쪽으로 흰색 비단에 싸인 친서를 내놓았다.

"대왕께 올리는 친서올시다."

옆쪽에 서 있던 전내부 장리 연임자가 보자기를 풀어 밀서를 바쳤다. 왕이 두루마리 친서를 읽는 동안 청안의 수십 명 중신들은 기침도 하지 않았다. 이윽고 왕이 친서를 내리고는 시선을 들었다.

"궁성을 아스카에서 나니와로 옮기는 데다 나라 이름을 야마토라고 부르기로 했다니 왜국이 새롭게 세워진 것 같군."

왕이 오무라를 향해 빙그레 웃었다.

"내가 야마토 국 사신을 첫 번째로 맞는가?"

"예, 그렇소이다. 대왕."

"궁성을 옮기는 데다 여러 가지 국정에 소요되는 경비가 많을테니 이번에 군선을 보내지 못한 것을 염려하지 말라고 전하게."

"대왕, 아직 국내 영주들의 이동이 끝나지 않았소이다. 왕께서 즉위하신지 두 달도 안 되어서……."

"알고 있어."

왕이 부드럽게 말했으나 계백은 가만히 숨을 뱉었다. 어제만 해도 왕은 왜국에서 군선 2백 척은 올 것으로 기대했기 때문이다. 왕이 문득 머리를 들었으므로 청안이 다시 긴장했다.

"참, 잊었네. 고교쿠 선왕(先王)께선 안녕하신가?"

"예, 대왕. 편안하십니다."

오무라가 서둘러 대답했지만 말을 잇지 않는 걸 보면 백제로 떠나기 전에 그녀를 만나지 않은 것 같았다. 고교쿠 선왕은 의자왕의 누님이다.

계백이 기벌포 서쪽에 주둔한 근위군의 진막에 돌아온 것은 유시가 지났을 때였다. 왕과 출정에 대한 회의가 매일 밤 계속되고 있었다. 진막에서 갑옷을 벗고 있는 계백에게 하도리가 다가왔다.

"주인."

대뜸 그렇게만 불렀으므로 계백은 어깨 갑옷을 내려놓고서야 머리를 들었다. 진막 기둥에 걸어 놓은 등불 빛에 하도리의 눈을 치켜뜬 얼굴이 드러났다.

"왜 그러느냐?"

"주인, 공자님이 오셨소."

계백의 시선을 받은 그가 한 걸음 다가와 섰다.

"지금 진막 밖에서 기다리고 계십니다. 왜국 사신의 일행에 끼어 왔다고 합니다."

"그러면, 계백승이……."

계백이 자리에서 일어서자 하도리는 서둘러 진막을 나갔다.

잠시 뒤에 하도리는 소년 하나를 안내하여 진막에 들어섰는데 뒤에는 번쩍이는 쇠갑옷 차림의 건장한 왜국 무장이 따랐다. 그러나 계백의 시선은 소년에게 박혀 떼어지지 않았다. 하도리는 옆으로 비켜섰고 왜국 무장은 털썩 무릎을 꿇었으나 소년은 곧장 다가오더니 계백의 두 걸음쯤 앞에 와 섰다.

"아버님이십니까?"

백제어로 목소리가 또렷했다. 그 순간 하도리는 목이 메어 숨을 멈췄고 계백이 머리를 끄덕였다.

"네가 승이냐?"

그러자 계백승은 땅바닥에 무릎을 꿇더니 엎드려 절을 했다.

"아버님 처음 뵙습니다."

상반신을 세운 계백승이 무릎을 꿇고 앉아 말했다. 눈이 반짝이며 빛났고 제 어미를 닮은 입술이 야무졌다. 머리를 돌린 계백이 하도리에게 소리쳤다.

"네 놈은 뭘 하느냐? 걸상을 가져오너라."

그들이 걸상에 마주 앉았을 때 뒤쪽에 앉은 왜국 무장이 그때서야 입을 열었다.

"소인은 히데키 대감의 가신으로 나니와 행정관을 맡고 있는 혼다입니다. 이번에 히데키 대감께서 사신이 가는 편에 공자님을 수행하라고 하셨습니다."

"수고했소."

"사신이 돌아가는 배 편으로 공자님을 모시고 돌아갈 것입니다."

계백의 시선을 받은 혼다가 어깨를 폈다.

"모친께서 나니와에서 기다리고 계십니다."

기마군 3만의 숙영지여서 들판은 기마군으로 가득 덮여져 있었다. 하늘은 흐려서 진시가 되었는데도 해가 보이지 않았다. 계백은 말고삐를 잡았으나 박차도 넣지 않고 고삐를 채지도 않았으므로 말은 평시에 다니던 길을 찾아 걸었다. 계백이 지나면 군사들이 일제히 군례를 했고 장수들은 다가와서 계백승에게 제각기의 방식으로 인사를 건넸다. 계백은 말에 계백승을 앉히고 있는 것이다.

"저곳은 선봉군의 숙영지다."

계백이 손을 들어 앞쪽을 가리켰다.

"선봉군은 앞서 나가 적과 먼저 부딪쳐야 하기 때문에 강해야 한다."

처음에는 부끄럽고 어색한 모양으로 몸을 굳히고 있던 계백승이 이제는 머리를 자주 돌렸다. 선봉군의 진지로 들어서자 선봉장 화청이 말을 달려왔다. 투구를 벗고 있어서 흰머리와 흰수염이 바람에 흩날렸다. 다가선 그가 온 얼굴을 주름투성이로 만들며 웃었다.

"장령께서 장군감 소년을 태우고 계시오."

"이분이 선봉장이시다."

계백이 말하자 계백승이 마상에서 머리를 숙였다.

"계백의 아들 계백승입니다."

화청이 다시 웃었다. 이미 소문이 퍼져 있는지라 그는 계백승을 알고 있었던 것이다.

"먼 길을 왔구나. 장하다."

처자식을 잃은 화청은 머리부터 돌리더니 말머리를 틀어 사라져버렸다.

"장하다. 아들아."

마침내 계백이 불쑥 그렇게 말했으나 가슴에 등을 붙인 계백승을 안지는 않았다. 계백승이 잠자코 앞만 보았으므로 표정은 알 수가 없다.

"너를 한시도 잊은 적은 없었다."

"크면 백제국 장군이 되겠습니다."

불쑥 계백승이 말했으므로 계백은 말고삐를 그제야 당겼다. 계백승의 상반신이 두 팔 안에 안겨졌다.

"그렇다. 넌 계백의 아들이니 무장의 피를 이었다. 네 조부도 무장으로 신라와의 싸움에서 돌아가셨다."

이제 계백의 말문이 트여졌다. 그는 말을 달려 한적한 숙영지의 끝쪽으로 향했다.

"내가 네 조부와 조모, 그리고 대왕의 이야기까지 해주마."

"우선은 토산 위에 포차를 세워 놓고 성안으로 돌덩이들을 쏘겠습니다."

강하왕 도종이 눈을 빛내며 말했다.

"그런 다음 철갑군 5만을 토산으로부터 성안으로 돌진을 시키겠습니다."

"그렇게 하라."

머리를 끄덕인 이세민이 눈을 가늘게 뜨고 토산을 바라보았다. 안시성의 성벽과 닿도록 쌓인 토산은 높이가 성벽보다 두 길이 더 높았다. 거대한 토산이다. 두 달에 걸쳐서 50만 명을 동원하여 안시성의 서쪽 성벽 옆에 산을 쌓은 것이다. 이제 토산의 정상에서 성벽까지의 거리는 50보도 안 되었다. 더욱이 50보 거리는 내리막길이니 5만 군사가 쏟아져 내려가면 성은 단숨에 점령될 것이다. 도종이 서둘러 떠나자 이세민이 말머리를 틀었다.

"연개소문은 어디까지 왔느냐?"

"개안성 근처까지 왔으니 2백여 리 거리에 있습니다."

장손무기가 바짝 다가와 말했다. 신시 무렵이어서 아직 하늘에는 해가 있었지만 날씨가 서늘했다.

"안시성에서 연개소문을 맞게 되겠군."

혼잣소리처럼 이세민이 말하고는 쓴웃음을 지었다.

"이제는 연개소문이 나처럼 고생하게 될까?"

진막에 들어섰을 때는 유시가 되어 있었는데 기온이 급히 떨어져서 추웠다. 며칠 전부터 밤에는 추워지기 시작한 것이다. 위사와 시종들이 진막 안의 화덕에 불을 피워놓았으므로 이세민은 화덕 가의 호피 위에 앉았다. 뒤를 따라 들어온 대총관 이세적이 멀찍이에서 무릎을 꿇었다.

"폐하, 신라 사신이 왔소이다."

"신라 사신이?"

힐끗 옆쪽에 선 장손무기를 바라본 이세민이 머리를 끄덕였다.

"들라 하라."

곧 중랑장에 안내되어 들어선 신라 사신 세 명은 앞장선 사내가 정사(正使)이겠고 뒤의 둘이 부사(副使)이겠으나 모두 주춤대며 문 앞에서부터 엎드렸다. 이세민의 눈짓을 받은 장손무기가 말했다.

"폐하께서 가까이 오라신다."

"황공하옵니다."

셋에서 기다시피 열 걸음쯤 앞에 오더니 다시 엎드렸다. 그래도 얼굴이 보이지 않았으므로 이세민이 혀를 찼다.

"물어라."

이세민이 짧게 말하자 장손무기의 목소리가 높아졌다.

"신라 사신은 무슨 일로 왔는가?"

앞에 엎드린 사내가 머리를 들었다.

"폐하, 소인은 신라 이찬 김성지올습니다. 여왕 덕만이 황제께 올리는 서신을 가져왔소이다."

그러자 이세민이 장손무기에게 말했다.

"길게 읽을 것 없으니 두 가지를 물어라."

장손무기가 헛기침을 하고는 김성지를 내려다보았다.

"서신은 내려놓고 먼저 묻겠다. 첫째, 신라군의 북진은 어떻게 되었느냐? 대답하라."

"예."

김성지가 엎드린 채 눈만을 들었는데 얼굴에서 땀이 흘렀다.

"백제군의 기습을 받아 아직 길이 막혀 있습니다. 기회를 엿보아 곧 북진할 것입니다."

이세민의 이맛살이 찌푸려졌으므로 잠시 눈치를 살피던 장손무기가 다시 물었다.

"두 번째를 묻겠다. 북진이 어렵다면 백제를 쳐서 고구려 백제 양국의 전력을 약화시킨다고 이미 약조가 되어 있었다. 백제를 쳤는가?"

"아직 치지 못했소이다."

이제 각오를 한 모양으로 김성지가 머리를 들었다. 이를 악물었는지 볼의 근육이 굳어졌다.

"오히려 서북방의 7개 성을 빼앗겨 국기(國基)가 흔들리고 있소이다."

이세민이 탄식을 했다. 신라군에 대한 기대는 크게 하지 않았지만 짜증이 난 것이다. 장손무기의 시선을 받은 이세민이 던지듯 말했다.

"그래도 이곳까지 사신을 보내 온 것이 가상하다. 이왕 왔으니 안시성이 함락되는 것을 보고 신라국에 전하도록 하라."

"포차 바퀴를 단단히 박아라."

중랑장 부복애가 소리치고는 도위 과의를 바라보았다.

"이제 내일이면 안시성이 떨어지겠소."

술시가 되어가고 있어서 군사들은 지쳐 있었다. 토산 뒤에 포차 다섯 대를 나란히 세워놓는 작업이 끝났으니 오늘 일은 거의 마쳤다.

"중랑장, 저녁을 드시지요."

과의가 말하자 부복애는 머리를 저었다.

"잠시 산 아래에 다녀오겠소."

"어딜 가시는데요?"

"행군총관을 뵈올 약속이 있소."

부복애가 서둘러 토산을 내려가자 과의는 땅 위에 앉은 채로 군사가 가져온 주먹밥을 먹었다. 날씨가 추웠으나 군령으로 토산 위는 화톳불도 지피지 못한다. 과의는 얼음덩이 같은 주먹밥을 씹으면서 문득 부복애가 술 생각이 나서 토산을 내려간 것 같다는 생각을 했다. 부복애는 용장이나 술을 즐겼다. 며칠 전에도 밤에 토산을 내려가 술을 마시고 왔던 것이다. 경비 교대를 나온 일단의 군사가 옆쪽에 쪼그리고 앉았으므로 과의는 먹다만 주먹밥을 던지고는 일어섰다. 움직여야 추위가 가셔지는 것이다.

토산의 우측 끝으로 다가간 과의는 안시성을 내려다보았다. 안시성 쪽도 이쪽을 의식해서 불빛 한 점 보이지 않았으나 별빛을 받아 윤곽은 드러났다. 50보 아래가 성벽이니 아마도 고구려 군사들은 숨을 죽이고 이쪽을 감시하고 있을 것이다. 지독한 놈들이었다. 20여 년 동안 각지를 전전하며 전쟁을 치렀으나 고구려군 같은 적은 처음이다. 황제의 친정이 아니었다면 어떤 장수가 왔더라도 싸움을 그치고 돌아갔을 것이다. 아래쪽에서 돌 구르는 소리가 났으므로 과의는 긴장을 했다. 뒤에 섰던 군관들도 소리를 들었는지 그의 옆으로 다가와 섰다.

"앞에 초병이 있느냐?"

"있을 것이오."

군관 하나가 자신 없게 대답했다. 과의는 토산 수비의 부장(副將)이니 대장 부복애가 자리를 비울 때면 5천 수비대를 지휘해야 되는 입장이다. 다시 돌이 구르는 소리가 나자 과의가 군관들에게 말했다.

"앞쪽을 살펴보아라."

그때였다. 함성이 밤하늘을 찢었고 앞쪽에서 유령처럼 나타난 고구려군의 칼빛이 번뜩였다. 과의는 칼을 뽑았으나 미처 소리도 지르기 전에 목이 베어졌다. 고구려군이 성벽을 타고 넘어 토산으로 달려 올라오자 주장과 부장이 없는 토산의 수비군은 순식간에 밀려났다. 한 식경도 되지 않는 사이에 두 달 동안 50만 명이 짐승처럼 일해서 쌓아 놓은 토산이 고구려군의 수중으로 떨어진 것이다.

"토산 위에 진을 치니 당군이 모두 발 아래로 보입니다."

한경모가 눈물이 가득 배인 눈으로 양만춘을 바라보았다. 그러더니 누런 이를 보이며 웃었다.

"성주, 당군이 아군의 포차 공격으로 진을 물리고 있소이다."

그가 추려 뽑은 5천 군사로 어젯밤 토산을 습격한 것이다. 토산이 성벽과 닿은 날 밤이었다. 이제까지 안시성의 고구려군은 한번도 성밖으로 진출하지 않았으므로 당군은 수뇌부에서부터 방심했던 결과였다. 양만춘은 토산의 끝에 서서 아래쪽을 내려다보았다. 오시 무렵이었다. 해가 중천에 떠 있으므로 사방의 시야가 탁 트였다. 토산은 높이가 50여 길이나 되는데다 스무 자 가량의 진입로만 제외하면 모두 경사가 심해서 기어오를 수도 없다. 아침부터 당군은 기를 쓰고 토산을 공격했으나 수천의 시체만 남기고 물러갔던 것이었다.

"성주, 저길 보시오."

한경모가 가리킨 손 끝에 펄럭이는 영기가 보였다. 황제의 금색 영기였다.

"이세민이 오고 있소이다."

어림군에 에워싸인 이세민이다. 어림군의 잘 닦여진 철갑이 햇빛을 받아 수천 개의 거울처럼 반짝였고 곧게 세운 창 끝이 마치 대숲처럼 보이는 중심 부분에 이세민이 있었다. 이세민이 친히 토산 공격을 독려하려고 나온 것이다.

"이세민을 이렇게 지척에서 보다니 모두 토산 덕분이오."

흥분한 한경모가 이치에 닿지도 않는 소리를 했다. 이제는 토산의 왼쪽 밑으로 다가온 이세민의 금빛 투구도 보였다.

아침 일찍 부복애의 목을 베어 장대 끝에 투구를 씌운 채로 꽂아 놓았으나 그것으로 빼앗긴 토산이 돌아오는 것은 아니다. 당 태종 이세민은 말고삐를 틀어 토산이 가깝게 보이는 곳으로 다가갔다. 어림군이 겹겹이 에워싸고 있었으므로 마치 물결이 방향을 트는 것 같다.

"방법이 없느냐?"

마침내 이세민의 노성(怒聲)이 터졌으나 둘러싼 장수들은 입을 열지 않았다. 고구려군은 이미 토산 정상으로 향하는 진입로를 파헤쳐버려서 토산은 마치 성의 튀어나온 일부분처럼 우뚝 솟아 있었다. 새까맣게 늘어선 고구려군과 무수한 깃발들이 이쪽을 비웃고 있는것 같다.

"빼앗으라! 토산을, 그리고 성도!"

쥐어짜듯 말한 이세민이 머리를 들어 토산 정상을 올려다보았다.

"안시성 안의 남녀노소를 막론하고 모두 죽여라!"

그때였다. 이세민은 벌떡 머리를 젖히면서 신음소리를 뱉었다. 어느새 한 손으로 얼굴을 감싸쥐고 있었는데 검은 빛 화살 한 대가 얼굴에 박혀져 있다.

대경실색한 장수들이 달려들었고 어림군이 동요했다.

"어서 본진으로!"

옆에 서 있던 대총관 이세적은 칼까지 뽑아 쥐고 있었다. 어림군 사령이 이세민을 말에서 안아 내렸고 장수들에 에워싸인 이세민은 한 덩이가 되어 물러났다. 어림군이 사방으로 흩어졌는데 갑옷에 햇빛이 반사되어 커다란 거울이 부서진 것 같았다. 그러자 토산에서 함성이 났다.

"이세민이 맞았소이다!"

함성을 그친 한경모가 실성한 사람처럼 양만춘의 팔을 쥐고 흔들었다.

"성주! 이세민의 이마에 맞추셨소!"

"아직 모른다."

양만춘의 두 눈에도 광채가 났다. 직선 거리로 3백 보 가까운 거리였으니 이마를 겨누었지만 적중한 부위는 잘 보이지 않았다. 그러나 분명히 맞은 것이다. 당의 어림군이 혼란에 빠졌고 주위의 장수들이 엎어지고 자빠지며 이세민의 주위로 몰려든 것도 다 보았다. 토산 위의 1만 고구려군이 지르는 함성은 전장을 뒤덮었다. 간간이 이세민이 화살을 맞고 죽었다는 고함을 쳤으며 성안의 군사들도 북과 고각을 울리며 함성을 질렀다. 들판에 가득히 널린 당군은 침묵을 지켰다. 부대이동도 하지 않았다.

눈알에 박힌 화살을 뽑고 나서 하나 남은 눈을 뜬 당 태종 이세민은 침상 가에 둘러선 장수들을 하나씩 보았다.

장손무기와 이세적, 도종 등 10여 명의 표정은 하나 같이 무거웠다. 이윽고 그의 시선이 대총관 이세적에게서 멈췄다.

"회군한다."

그가 짧게 말하자 과묵한 이세적은 머리만을 숙였으나 부대총관 도종이 무릎을 털썩 꿇었다.

"폐하, 신에게 죄를 주십시오. 모두 신의 불찰이니 목을 베어 군율을 세우소서."

부복애는 그의 휘하 장수였던 것이다. 이세민이 눈을 감았다가 뜨고는 손을 저었다. 물러가라는 시늉 같기도 했고 아니라는 것 같기도 했으므로 도종이 침을 삼켰다.

"위징이 살아 있었다면……."

뱉듯이 그가 말하자 주위는 숨소리도 들리지 않았다. 위징은 그의 신하고 이미 죽어 묻혔으나 살아 있을 적에는 언제나 직언을 서슴지 않았던 노신이었다.

"나에게 고구려 원정을 어떻게든 중지시켰을 터인데……."

그러고는 하나 남은 눈을 있는 대로 치켜 떴다.

"오늘 밤 즉시 회군이다. 연개소문의 군사가 1백50리 밖에 와있다."

연개소문이 당군의 후퇴 소식을 들은 것은 다음 날 아침이었다. 진막에 앉은 그는 이제 두 자루의 칼만 찼는데 왼쪽에 찬 검은 손잡이에 칠보(七寶)가 박힌 영검(令劍)이다. 그것은 그가 스스로 제작한 것이었지만 고구려 통치자의 검이었다. 안시성에서 달려온 전령은 동문 수문장인 곡정이라고 했는데 거지 몰골이었다. 진막 바닥에 엎드린 그가 때에 절은 얼굴을 들고 소리쳐 보고를 마치고는 어깨를 떨며 울었다. 연개소문이 머리를 끄덕였다. 대승이다. 진막에 모인 장수들은 흥분으로 얼굴이 상기되었고 호흡이 가빠졌지만 아직 아무도 입을 열지 못했다. 찬사(讚辭) 제1성은 응당 대막리지의 몫이었기 때문이다. 진막 안은 열에 뜬 채로 괴이한 정적에 덮여졌다. 이윽고 연개소문이 입을 열었다.

"그, 활이 좋았던 모양이다."

진막 안에 갑자기 숨소리도 그쳐졌다. 양만춘은 연개소문의 전횡에 반발하여 충성 서약서도 내지 않은 사람이다. 연개소문이 허리를 틀더니 왼쪽에 찬 검을 풀어 전령에게 내밀었다. 진막 안은 어둑했으나 손잡이의 칠보가 휘황한 광채를 뿜었다.

"이제는 내가 이 검을 줄 테니 성주한테 수어라. 대막리지의 검이며, 내가 죽으면 허리에 차라고 하라."

안시성의 승전 소식이 기벌포에 전해진 것은 그로부터 열흘 뒤였다. 연개소문의 사신은 열흘에 2천 리를 달려 내려온 것이다. 그때까지 기벌포의 행궁에서 머물고 있던 의자왕은 얼굴을 활짝 펴고 웃었다. 사신의 주위에 모여 앉은 대신들도 자국(自國)의 승전 소식인 양 기뻐했다.

"이세민이 눈알 한 쪽이 뽑힌 채 도망치고 있다니 수나라 양제보다 더 비참한 몰골이 되었다."

의자왕의 밝은 목소리가 청을 울렸다.

"이제 곧 천하는 고구려와 백제 양국으로 배분될 것이다."

다음 날 아침 기벌포 포구에 가득 들어 찬 군선에 군사들이 승선하기 시작했다. 하늘은 맑았고 바람은 북서풍이어서 항해에도 적당한 날씨였다. 포구가 내려다보이는 언덕 위에 의자왕과 계백은 나란히 서 있었다. 그들의 뒤쪽으로 위사장 교진이 위사들과 함께 멀찍이 떨어져 있다.

"사흘 뒤에는 출항 할 수 있습니다. 전하."

계백이 말하자 왕이 머리를 끄덕였다. 백제군은 내해를 곧장 가로질러 백제령 연무군에 닿을 것이다. 그곳에서 서진(西進)할 것이니 당 태종을 쫓아 북에서 남진(南進)해 오는 고구려군과 중원에서 만나게 된다.

"계백, 왜국에 두고 온 아들을 만났느냐?"

불쑥 왕이 물었으므로 계백이 머리를 들었다.

"예, 전하. 사신을 따라 왔었습니다."

그리고 사신과 함께 닷새 전에 돌아갔다. 그러나 계백승과 함께 있었던 열흘간이 계백의 가슴을 든든하게 채워 주었다. 눈물을 글썽이며 떠났지만 계백승도 아비를 가슴에 깊게 새겨 놓았을 것이었다.

"계백, 너는 내 아들과 같다."

포구를 바라보며 왕이 혼잣소리처럼 말했다.

"내 뜻을 실현하는 내 분신이다."

요동성이 70리 거리로 다가왔을 때 행군중인 연개소문 앞으로 기마군 일대가 달려왔다. 앞장선 장수는 선봉대장 오화걸이어서 연개소문이 긴장했다. 말을 멈춘 연개소문 앞으로 다가온 오화걸이 소리치듯 말했다.

"대막리지, 신라 사신을 잡았소이다."

그가 두 눈을 번득이며 웃었다.

"천방지축 도망쳐 가는 것을 척후대가 잡았소이다."

"신라 사신이라니? 무슨 말이냐?"

"같이 도망치다가 뒤로 처졌다고 하오."

그리고는 곧 부하들을 시켜 사신 세 명을 연개소문 앞 땅바닥에 꿇렸는데 몰골이 말이 아니다. 연개소문이 혀를 찼다.

"모두 거지새끼 몰골이다. 어느 놈이 정사(正使)냐?"

"이놈이 이찬 김성지라고 합니다."

오화걸이 가리킨 사내는 봉두난발에 옷이 찢긴 데다 신발은 한쪽만 신었다. 연개소문의 시선을 받은 김성지가 어금니를 물었다.

"네가 이찬 김성지냐?"

"그렇소이다."

"김춘추하고는 어떻게 되느냐?"

"6촌이 됩니다."

"모두 비슷한 놈들이다."

연개소문이 수염 끝을 비틀며 웃었다.

그는 아직 말에서 내리지도 않았다. 주위의 장수들도 모두 말고삐를 쥔 채로 입을 다물고 있었다.

"당군 진지에는 무슨 일로 갔느냐?"

"여왕의 사신으로 갔소이다."

이제 각오를 한 모양인지 김성지가 상체를 펴고 눈을 똑바로 떴다.

"비록 고구려에 간 사신은 아니나 이렇게 짐승 취급을 하다니 도의에 어긋나는 행동올시다. 예의를 갖춰주시기 바라오."

"너는 당의 대군이 패퇴하고 있는 것을 네 두 눈을 똑똑히 보았을 것이다."

연개소문의 목소리가 주위를 울렸다.

"고구려와 백제 때문에 조공할 길이 막혔다면서 당군의 출병을 애걸하는 걸사표를 보냈던 너희들이야. 이 결과를 보아라."

말고삐를 잡아 챈 연개소문이 오화걸에게 뱉듯이 말했다.

"이놈들에게 고구려 군사의 옷을 입혀 따르게 하라. 물론 보군(步軍)이다."

요택(遼澤)에 이르렀을 때 당군의 숫자는 50만이었다. 그동안의 싸움에서 군사를 잃은 데다 특히 안시성의 싸움에서는 7만 가까운 병력손실을 입었으나 아직도 대군이다. 요택은 늪지로 폭이 2백 리였고 길이는 그 이상이어서 수 양제의 대군이 패퇴할 때에도 이곳에서 고구려의 추격군에게 몰살당한 곳이다. 이곳을 5월에 건널 적에도 당군은 흙과 나무로 길을 만들면서 전진했으니 지금은 10월이다. 추위가 심해진 데다 땅은 더 질어서 대군은 하루에 5리도 나아가지 못했다. 황제의 마차 옆으로 장손무기가 다가왔다. 온몸에 진흙이 묻어 있었다.

"폐하, 양만춘의 기마군이 30리 밖으로 다가왔습니다."

그는 한쪽 눈만 겨우 뜬 이세민의 시선을 받지 않았다.

"폐하, 마차는 무거워 하루에 5리를 나아가기도 어렵습니다. 말을 타시는 것이……."

"알았다."

머리를 끄덕인 이세민이 마차에서 내리자 곧 가죽신이 진흙 속으로 발목까지 빠졌다. 당황한 어람군 사령이 부축하려고 다가왔으나 그는 뿌리치고 말고삐를 잡았다.

"연개소문은 어디에 있느냐?"

"양만춘 부대의 뒤쪽에 있을 것입니다."

자신 없게 장손무기가 말했으므로 이세민은 혀를 찼다. 그들을 막으려고 대총관 이세적과 부대총관 도종은 후위가 되어 뒤를 따르는 중이었다. 패군(敗軍)이다. 군사들은 한 발짝을 뗄 때마다 마른 풀과 나무를 베어 길에 깔았으나 무릎까지 빠지는 진흙탕 길이었다. 어느 부분은 허리까지 빠지는 데다가 밤에는 강추위와 함께 꼭 눈이 쏟아졌다. 오늘 아침에 점검했을 때 진흙 속에 빠진 채로 얼어죽은 군사만도 5천이었다. 이세민이 말에 박차를 넣었으나 말은 서너 걸음을 걷다가 멈춰섰다.

"서둘러라."

말에서 내린 이세민이 칼을 빼 들었다. 그는 옆쪽의 마른 나무를 베더니 진흙 속에 던졌다.

"요택을 빠져나가면 모두에게 비단 한 필을 상으로 내리겠다."

"당군은 요택 안으로 20리밖에 진출하지 못했소이다."

속보로 달리는 기마군 대열 속이어서 한경모가 소리치듯 말했다. 그는 누런 이를 드러내고 웃었다.

"요택은 이번 여름의 요하 홍수로 더 질어졌습니다. 장군."

양만춘은 대답대신 가슴만 폈다. 그가 이끈 기마군단은 들판을 거침없이 달려나갔다. 오골 성주 추정국이 기마군 2만을 이끌고 합류해 왔기 때문에 기마군만 5만이다. 들판은 지진이 난 것처럼 진동했고 군사들의 사기는 하늘을 찔렀다. 양만춘은 허리에 찬 칼이 흔들렸으므로 고쳐 찼다. 무겁기 때문이다. 대막리지는 손잡이와 칼집에 보석을 너무 많이 붙였다.

기벌포를 떠난 대선단(大船團)은 사흘째 되는 날에는 내해(內海) 깊숙이 들어섰다. 군선 6백여 척의 위용은 가히 바다를 매울 정도였는데 선두에는 전선(戰船) 50척이 늘어섰고 군사를 실은 군선 2백 척은 중심부분에 위치했다. 그 뒤를 말과 장비를 실은 3백 척이 따랐으며 뒤쪽은 후위를 맡은 군선 50척이다. 또한 선단 속을 수십 척의 소형 쾌선이 오가며 연락을 하고 물자를 나르거나 사람을 이동시켰으니 이것도 장관이었다. 중심부분에 위치한 대장선(大將船)은 길이가 2백 자에 넓이가 50자나 되는 데다 돛대가 세 개나 섰다. 60자 높이에 3층 누각까지 세워져서 사방이 내려다보였는데 배 안에는 포차도 다섯 대나 설치되었다. 의자왕이 특별히 제작한 대장선이다. 대장선의 누각 2층에는 원정군의 장수들이 모두 모였다. 첫 선상회의가 열린 것이다. 상석에는 출정 직전에 달솔로 품위가 오른 계백이 앉아 있었는데 그의 직책은 근위군 장령이다. 계백의 좌우에 갈라 앉은 네 명의 부장(副將)은 화청과 선고, 목기대와 연부로서 모두 덕솔 관등이었고 앞쪽에 나솔 관등으로 품위가 오른 각대상과 마자청이 앉았으며 선단 지휘관인 덕솔 유서한마와 등고는 옆쪽에 앉았다. 계백이 입을 열었다.

"당의 수군사령 장량이 아직 요하 어귀에서 이세민을 기다리고 있다면 우리는 엿새 후에 덕산군의 포구에 닿을 것이다. 하나 당의 수군을 만나면 차질이 있다."

계백의 시선을 받은 유서한마가 입을 열었다.

"장량의 선단은 4백여 척이나 모두 앞이 넓은 평선(平船)으로 전선(戰船)은 50여 척밖에 안 됩니다. 장량의 전선을 만나면 우리 전선이 가로막을 터이니 장령께선 염려하지 마십시오."

"내가 선단사령 말을 믿겠다."

머리를 끄덕인 계백이 좌우를 둘러보았다.

"쾌선이 가져온 전갈을 들으니 이세민이 요택으로 들어간다고 했다. 우리는 덕산군에서 곧장 북진해 간다면 당군의 퇴각로를 완전히 봉쇄할 수 있을 것이다."

계백의 목소리가 방을 울렸다.

"대막리지의 고구려군이 임유관에서 당군을 다시 습격할 테니 이로서 이세민은 살아나갈 길이 없을 것이다."

의자왕 5년 10월이었다.

제6장 요택, 그 깊고 긴 늪

　요택(遼澤), 수양제의 대군이 패퇴시에 수나라군은 수십만 군사의 시체를 이곳에 남기고 갔다. 아직도 해골이 즐비한 요택에 다시 당군의 시체가 쌓이기 시작했다.

　"폐하, 준비가 끝났소이다."

　어림군 사령인 강소가 진막 안으로 들어선 것은 술시가 지날 무렵이다. 깊은 밤이어서 황제의 진막에는 대황초 십여 개가 타오르고 있었는데 이세민은 아직도 갑옷 차림이다. 대총관 이세적이 허리를 굽힌 채 아뢰었다.

　"폐하, 어서 수레에 오르시기를……."

　"아아, 내가 장졸들을 두고 먼저 떠나야 한단 말인가?"

　탄식하듯 이세민이 말하자 강하왕 도종이 눈물을 떨구었다. 진막 밖에는 말 여섯 필이 끄는 수레가 놓여져 있었는데 바퀴 대신 진흙뻘에 잘 미끄러지도록 썰매를 달았다. 이것을 만들어 낸 행군 도위 탁정빈은 중랑장의 관작을 받고 수레대장이 되었다. 수레에 오른 이세민에게 이세적이 다가가 섰다.

"폐하, 요택 입구의 후황성에 닿으시면 장검이 10만 군사를 이끌고 폐하를 모실 것입니다. 부디……."

이세적이 말을 잇지 못했으므로 이세민도 마침내 눈물을 흘렸다.

"내가 부덕한 탓이다."

고르고 고른 어림군 2만의 호위를 받으며 이세민의 수레는 진흙뻘을 헤쳐가기 시작했다. 이미 10월말이어서 밤이면 눈이 꼭 내렸고 살을 깎는 듯한 강풍이 불어 사방에는 모닥불 천지였다. 군사들은 모닥불 주위로 새까맣게 모여 있었지만 발목은 진흙 속에 묻혀 있는 것이다. 당군 50만은 요택의 중심부에 있었으니 앞으로 70여 리를 더 나아가야 마른 땅이다. 수레의 옆을 따르는 장손무기에게 이세민이 소리쳐 물었다.

"고구려군이 요택 안으로 얼마나 들어왔느냐?"

"30리가 조금 넘었다고 합니다."

"물이나 불보다 무서운 것이 진흙수렁이로다."

이세민이 다시 탄식했다. 요택 1백여 리를 전진해 오는데 십여일이 걸렸고 그동안 얼어 죽고, 지쳐 죽은 군사만 7, 8만이다. 그러나 이쪽은 땅에 흙을 뿌리고 나무와 풀잎을 덮어 길을 만들며 나가는 반면에 추격해 오는 고구려군은 이쪽이 만들어 놓은 길을 따라온다. 추격 속도가 세 배나 빠른 것이다. 수나라 대군도 이런 상황에서 고구려군에게 몰사당하다시피 했던 것이다. 이세민의 수레는 꺼진 모닥불 옆을 지나갔다. 나뭇가지도 모자라 밤에는 무구(武具)도 태웠는데 이쪽은 그것도 없는 모양이었다.

"어허, 이 일을 어이할꼬."

이세민이 눈을 치켜 뜨고 모닥불 주위를 바라보았다. 흰 연기만 오르는 모닥불 주위에는 이삼십 명의 군사들이 쪼그리고 앉아 있었던 것이다. 눈에 덮인 군사들의 몸이 둥근 눈덩이로 보이는 것이 이미 얼어 죽은 것 같았다. 장손무기가 말을 채찍질하여 이세민의 시야를 가렸다.

"폐하, 바람이 매섭습니다. 수레의 덮개를 내리소서."

이세민은 수레의 덮개를 내렸다. 비단 금침이 깔린 수레 안에는 등불까지 켜져 있어서 아늑했다. 그러나 이세민의 귀에는 아까부터 곡성이 들리고 있었다. 수십만의 처자가 내지르는 곡성이었는데 물론 환청이다.

"무엇이? 곡지명이 죽었어?"

이세적이 수염 끝을 떨며 전령을 바라보았다.

"그렇다면 부장 오평은 어디에 있느냐?"

"늪의 좌측으로 군사를 돌려 고구려군의 측면을 친다고 했소이다. 그런데……."

전령이 머리를 숙였다.

"소인이 오면서 들었는데 부장도 전사했다고 합니다."

"알았다. 너는 쉬어라."

지친 데다 얼어서 곧 죽을 것 같은 전령을 내보내자 진막 안은 숨소리도 들리지 않았다. 황제를 떠나 보낸 지 두 식경도 되지 않아 후위를 맡았던 요동 병마부절도사 곡지명의 전사 소식이 온 것이다. 거기에다 부장의 행방도 알 수 없게 되었으니 후위의 3만 군사는 궤멸당한 것이나 마찬가지였다. 깊은 밤이어서 진막 밖도 깊은 정적에 덮여 있었다. 그러나 이제 고구려군은 15리 밖으로 다가왔다.

고구려군은 밤에도 진격해 오는 것이다.

"할 수 없다. 놈들을 이곳에서 막는 수밖에."

이세적이 결심한 듯 말했다.

"폐하를 조금이라도 더 멀리 가시게 해야 한다."

고구려군의 선봉은 양만춘의 부장 한경모였다. 그가 이끈 5천 기마군은 당군의 후위 곡지명의 3만 군사를 한 식경도 되기 전에 궤멸 시켰다. 이미 당군의 전의(戰意)는 상실되어 있었던 것이다.

"곧 이세민의 본진이다!"

그의 목소리가 쩌렁이며 늪지를 울렸다.

"떨어진 물건은 돌아갈 때 주워라!"

다시 그가 소리치자 주위의 장수들이 웃었다. 당군은 이제 전리품을 버리기 시작했던 것이다. 모두 고구려 땅에서 노략질한 갖가지 물건들이 사방에 산더미처럼 쌓여 있었는데 이제 목숨만이라도 건지려고 무기까지 내던졌다.

"장군, 당의 본진에 불이 환하게 밝혀져 있소!"

앞쪽에서 달려온 전령이 소리쳐 보고했다. 고구려군은 든든한 방한복을 입었으며 모두 경장(輕裝) 차림이다. 더욱이 당군이 닦아놓은 길로 쫓아온 데다 무엇보다도 중요한 사기가 충천했다. 분기를 일으킨 한경모가 소리쳤다.

"오냐! 오늘 밤에 이세민을 죽여 당을 멸망시키리라!"

"요택은 숨어 기습할 곳도, 밀고 내려갈 언덕도 없다. 선봉에 바짝 붙어라!"

양만춘이 소리치고는 말에 박차를 넣었다.

요택은 죽음의 늪이다. 수나라의 장수 요문개는 그가 거느렸던 5만 군사와 함께 고구려군에게 몰사당하기 직전에 요택의 늪을 거미줄로 비유했다. 자신과 군사들을 거미줄에 달라붙은 벌레로 표현했던 것이다. 사방 2백여 리에 펼쳐진 늪은 겨울에도 살얼음만 낄 뿐 얼지도 않는다. 군데군데 퍼져 있는 마른 흙을 깔아야 마차가 굴렀으므로 당군은 요택에 들어선 지 하루만에 모든 마차를 버렸다. 그래서 나흘째 되는 날부터 식량이 떨어지기 시작했는데 오늘이 보름째였다. 따라서 동사자와 함께 아사자가 무더기로 생겨났다. 양만춘의 옆으로 오골성주 추정국이 다가왔다.

"장군, 이세민은 곧장 후황성으로 도망칠 것이오. 우리가 당군을 너무 급하게 몰아붙이는 것이 아닐까요?"

"대막리지가 북쪽에서 내려오실 테니 이세민은 후황성에 닿기 전에 잡힐 것이오."

양만춘이 자신 있게 대답했다. 연개소문이 이끈 30만 군사는 두 대(隊)로 나뉘어졌다. 막리지 양성덕이 이끈 10만은 양만춘의 뒤쪽을 따르고 있었지만 연개소문의 15만 군사는 요택의 북쪽에서 남쪽으로 내려오고 있는 것이다. 요택에 들어온 당군의 측면을 치려는 작전이었으니 마치 짐승몰이와 같다. 앞쪽에서 지르는 함성이 밤하늘을 울렸다. 한경모의 선봉군이 당군과 부딪친 것이다.

"밀고 나가라! 고구려군은 우리의 십분의 일도 안 된다!"

행군 부총관 마급이 악을 썼으나 군사들의 이탈은 더욱 심해졌다. 마급이 옆에 선 독전대 사령 요문을 쏘아보았다.

"독전대는 뭘 하고 있는 거요!"

요문은 이십대 후반으로 병부시랑 요재양의 아들이다. 마급의 질책을 받은 그가 얼굴을 굳히더니 몸을 돌려 횃불 사이로 사라졌다. 북과 고각이 쉴새없이 울렸고 화살이 쏟아졌다. 이쪽이 대낮같이 횃불을 밝히고 있는 바람에 표적이 된 것이다.

"장군, 군사들이 도망치고 있소이다!"

얼굴이 피투성이가 된 장수 하나가 달려와 소리쳤다. 벌써 세 번째로 받는 보고였다. 함성이 더욱 가까워졌고 이제는 횃불의 좌우는 쏟아지듯 도망치는 당군으로 뒤덮였다.

"이놈, 요문!"

눈을 부릅뜬 마급이 소리내어 이를 갈았다. 쳐들어온 고구려군보다 독전대 사령 요문을 쳐죽이고 싶은 충동이 일어난 것이다. 요문은 도망친 것이 틀림없었다.

"여기 하동도 군사는 믿을 만하다."

강하왕 도종이 달래듯이 말하자 요문이 머리를 들었다. 고구려군의 함성이 점점 가까워지고 있었다.

"소인에게 독전대를 맡겨 주십시오. 이곳에서만은 적을 막겠소이다."

"뜻이 가상하다."

도종이 머리를 끄덕였다. 요문은 행군 부총관 독전대 사령으로 대군의 후위를 맡고 있었으나 조금 전에 마급의 5만 군사가 지리멸렬 상태가 되자 중군으로 달려온 것이다. 전령은 조금 전에 마급의 전사를 알려왔다. 도종의 시선이 옆쪽에 선 장수에게로 옮겨졌다.

"중랑장이 요 도위를 데려가도록 하라."

"알겠소이다."

선뜻 대답한 중랑장은 도종의 심복인 황웅이다. 그가 요문에게로 한 걸음 다가섰다.

"요 도위, 내 부대에는 독전대가 필요없네. 마침 보군대장 자리가 비었으니 맡아주게."

그러고는 요문의 소매를 잡아끌었다.

"서두르게. 적이 가까이 왔어."

황웅에게 요문이 끌려 나가자 도종이 쓴웃음을 지은 얼굴로 진막에 모인 장수들을 둘러보았다.

"차라리 전사하는 것이 아비에게 누가 되지 않을 것이야."

그는 요문의 독전대도 팽개치고 도망쳐 온 것을 알고 있는 것이다. 도종이 길게 탄식했다.

"밤인 데다 사기가 땅으로 떨어진 군사들이어서 열에 아홉은 도망친다. 항우가 선두에 선다고 해도 승산이 없다."

"시간은 벌 수 있소이다."

뱉듯이 말한 장수는 강남군을 이끌고 온 강남 태수 현선이다.

"고구려군은 우리가 닦아놓은 길을 따라올 테니 후군이 남아 길을 다시 허물어뜨리는 것이오."

그러자 진막 안은 다시 조용해졌다. 요택에 들어섰을 때부터 그것을 여러 차례 논의했으나 이세민에 의하여 거부되었다. 닦아놓은 길을 허무는 작업도 쉽지 않을 뿐만 아니라 바짝 다가온 고구려군의 제물이 될 것이 틀림없었기 때문이다.

"그 일을 누가 맡겠는가?"

이미 이세민은 떠난 데다 고구려군 저지는 강하왕 도종의 책임이다. 도종이 묻자 현선이 얼굴에 웃음을 띠었다.

"소장이 강남군을 이끌고 남겠소이다."

다음날 아침 중군 20만을 이끌고 요택의 1백30리 지점까지 나가있던 당의 태자첨사좌위솔이며 요동행군 대총관 이세적은 선잠에서 깨어났다. 어젯밤은 그의 짧지 않은 인생에서 가장 가혹하고 길었던 밤이었다. 20리 뒤쪽을 따르고 있는 부대총관 강하왕 도종은 양만춘의 고구려군을 맞아 20만 군사 중에서 10여 만을 잃은 채 겨우 한숨을 돌린 상황이었다. 예상은 했지만 참혹한 결과였다. 군사들은 싸우지도 않고 도망쳤으며 독전대도 마찬가지였다. 어젯밤 늦게 고구려군의 공격이 끝났을 때 도종에게 다녀온 덕한 유수 사마정은 이세적에게 보고하면서 울었다. 황제가 떠난 제국군

(帝國軍)은 야적의 무리보다도 못했던 것이다. 이제 남은 군시는 30만 남짓이다. 70만이 넘는 군사로 출정하여 반도 안 남은 것이다. 그러나 이것은 시작에 지나지 않았다. 요택은 아직 70여 리나 남은 데다 연개소문의 대군이 뒤를 바짝 쫓을 테니 이세적의 바람이라면 황제가 무사히 장안으로 돌아가는 것 하나뿐이었다.

"당군의 본진이 틀림없습니다."

척후장 성초의 목소리는 흥분으로 떨렸다. 그는 직접 자신의 눈으로 당군의 진지를 확인하고 온 것이다.

"늪에 진막이 가득 펼쳐져 있었는데 군사는 30만도 넘어 보였습니다."

"제대로 온 것이다."

연개소문이 수염 끝을 비틀며 웃었다. 진시 무렵이었다. 그가 진막에 모인 장수들을 둘러보았다.

"어젯밤 안시성주가 당군의 뒤를 쳤다. 이제는 우리가 옆구리를 칠 차례다."

요택은 지난번 수와의 전쟁 때부터 침입자의 숨통을 마지막으로 끊는 곳이었다. 요택의 지형을 샅샅이 알고 있는 고구려군에게는 늪지가 결코 악조건이 아니었다. 마른 땅을 골라 디디며 준비해 온 장비로 늪을 건너는 고구려군의 진군 속도는 하루에 20리가 넘었으니 당군보다 세 배나 빨랐다. 연개소문이 자리에서 일어섰다.

"결코 수양제의 전철을 밟지 않겠다고 이세민이 호언했다지만 결국은 똑 같은 종말이다. 자, 나가라!"

고구려군이 함성과 함께 쳐들어왔을 때 이세적의 당군은 마악 아침을 마치고 출발하려는 참이었다. 어젯밤의 숙영지에서 둥글게 원진을 치고 있었던지라 대오를 만들려는 각 부대는 어수선했다. 고구려군은 동쪽의 두 방면에서 동시에 엄습해 왔는데 기세가 흉폭했다. 북과 고각소리에 맞춰 지르는 함성으로 천지가 울렸다.

"대오를 정비하라!"

이세적의 부장(副將)이며 요동군 안무사 위서황은 용장이었다. 대도를 치켜들고 휘하의 5만 군사를 정비하려고 악을 썼다. 이윽고 그는 가까스로 4, 5천 기마군을 이끌고 고구려군을 향해 돌진했다. 그가 3백여 보쯤 전진했을 때였다. 고구려군은 1백여 보 앞으로 다가왔고 뒤쪽 요동군의 군세는 차츰 정비되어 가고 있었는데 말이 곤두박질을 치면서 진흙 속에 위서황을 메다꽂았다. 천하의 용장 위서황이 진흙 범벅이 된 모습으로 일어섰을 때는 이미 장수로서의 운이 끊어진 상태였다. 다가온 고구려 선봉군의 병사가 내지른 창날에 배가 뚫린 위서황은 진흙에 박혀서 넘어지지도 못했다. 그래서 스쳐가는 다른 병사에게 다시 칼을 맞았다. 이름도 없는 군사들이었고 그들은 자신이 찌르고 벤 진흙덩어리 사내가 당의 용장 위서황이라는 사실을 알지도 못했다.

"대총관! 어서 이쪽으로!"

하북 병마절도사이며 번국공인 채전이 아우성치듯 소리쳤다. 이미 고구려군은 중군을 유린하고 다시 되돌아오는 참이다. 이세적은 이를 악물었으나 턱이 흔들리면서 이가 부딪는 소리가 심하게 났다.

"대총관! 어서 서두르시오!"

"어허!"

이세적은 말고삐를 틀었다. 이것은 싸움도 아니다. 우리에 갇힌 짐승을 도살하는 것이나 다름없었다. 당군은 고구려군의 함성이 울렸을 때부터 전의를 잃었고 풍우처럼 몰려오는 적을 보자 등을 보였다. 무기도 내버린 채 도망치는 군사들을 독전대가 따라가 베었으나 곧 독전대도 도망병에 휩쓸려버린 것이다. 이세적의 말고삐를 호위장 진번이 쥐고는 잡아끌었다. 체전의 직속군인 기마군 7천이 북쪽으로 혈로(血路)를 뚫고 있는 것이다. 고구려군은 이미 30만 당군을 사분오열시켜 놓았다. 사방에서 울리는 북과 함성들은 모두 고구려군의 것이었고 이제 당군은 깃발도 세워져 있지 않았다. 이세적이 말에 박차를 넣으면서 어깨를 떨며 울었다. 당 제국의 깃발을 휘날리며 대소 수십 번의 전쟁에 참여했으나 이렇게 처참한 패퇴는 처음이다. 화살이 날아와 말 엉덩이에 꽂혔으므로 놀란 말이 펄쩍 뛰었으나 다행히 이세적은 떨어지지 않았다.

"대총관 나리, 어서 바꿔 타십시오."

호위장 진번이 병사가 타고 있던 말을 빼앗아 끌고 왔다. 그러고는 서두르듯 말했다.

"그리고 그 투구와 어깨갑옷을 벗어 던지십시오."

금박을 입힌 투구와 어깨갑옷이었다.

그가 투구와 갑옷을 벗어 던졌을 때 일대의 고구려군이 왼쪽에서 몰려왔다.

"저놈들은 소장이 맡겠소이다. 어서."

진번이 주위의 기마군을 이끌고 왼쪽으로 말머리를 틀었다. 함성이 크게 일어났다. 물론 고구려군이 지르는 함성이다.

계백이 발해만 서쪽의 서주 땅에 진입한 것은 기벌포를 떠난 지 열흘 뒤였다. 기마군 4만의 백제군은 곧장 요동으로 북진해 올라갔는데 기세가 하늘을 찔렀다. 백제국의 붉은 색 깃발을 펄럭이며 4만 기마군이 내달리는 위용은 1년 전에 이세민이 70만 대군을 이끌고 같은 길을 지날 때보다 떨어지지 않았다. 대륙을 사흘째 북상한 날 점심 무렵이었다. 척후대는 1백여 리 앞쪽으로 나가 있었다.

"장령, 요택 입구의 후황성 근처에 당군 10만이 있습니다."

한쪽 무릎을 꿇은 부장이 헐떡이며 말했다.

"아직 이세민은 요택을 빠져나오지 못한 것 같습니다."

"이세민을 기다리는 것 같소이다."

옆에 선 화청의 목소리가 생기에 찼다. 때맞추어 대륙에 닿은 것이다. 고구려군이 이세민을 요택에서 궤멸시키지 못하면 나머지는 백제군이 맡는다. 다시 행군의 북소리가 울렸고 기마군이 전진했다. 대륙으로 들어갈수록 기온이 떨어지면서 한풍이 휘몰아쳤으나 이미 든든하게 월동장비를 갖춘 백제군이다.

"고구려군도 곧 요택을 나올 것이다."

말에 박차를 넣으면서 계백이 혼잣소리처럼 말했다.

"후황성 앞에서 당군과 첫 싸움을 하게 되었구나."

이틀 뒤에 백제군은 후황성이 아스라이 보이는 벌판으로 들어섰는데 저녁 무렵이었다. 아침부터 말을 걸리기만 하면서 원기(元氣)를 허비하지 않고 다가온 백제군은 곧 들판에서 진용을 정비했다. 이미 장검이 거느리는 당군 10만도 백제군을 맞아 넓게 진을 펼친 상태였다. 기마군 5만에 보군 5만의 정예군으로 고구려 땅 깊숙이 들어가 갖은 고초를 겪은 군사와는 달리 그의 군사는 큰 싸움 한 번 겪지 않았다.

"장검은 영주 도덕을 지낸 자인데 당의 수군총사령 장량의 동생입니다."

옆으로 다가선 화청이 말했다.

"천성이 교활해서 제 상전을 죽이고 일찍부터 이세민 일파에게 붙었지요, 당의 개국공신입니다."

눈을 가늘게 뜬 계백이 적진을 바라보았다. 후황성도 본래 고구려 성이었으나 당의 수중에 떨어졌다. 비록 당군이 패퇴중이라고는 하나 성 앞 들판에 진을 친 장검의 군사는 대군이며 기세도 사나웠다. 소부대가 수시로 오가며 깃발을 흔들었고 북과 고각으로 연락을 했는데 벌써부터 들판이 진동을 했다.

"해가 곧 질 것 같소이다."

석양을 바라본 화청이 말했다.

"야습을 대비하여 장검은 보군과 기마군을 적절히 섞고 있소이다."

"장검이 한 치도 물러서지 않는 걸 보면 이곳에서 결판을 낼 모양이오."

"이세민이 아직 요택을 빠져나오지 못했다는 증거올시다."

붉은 해가 서산 뒤쪽으로 가라앉고 있었다.

그날 밤 술시가 되었을 때 장검의 진막으로 우람한 체격의 장수가 들어섰다. 그는 요택 입구에 주둔한 형주 도위 문소경이었다.

"장군, 폐하께서 20리 밖 지점까지 오셨소이다."

털썩 걸상에 앉은 그가 추운 날씨인 데도 땀으로 젖은 얼굴을 들었다.

"연개소문이 대총관의 본진을 기습해서 겨우 2만 군사가 살아 모였소이다."

"무엇이?"

장검이 벌떡 걸상에서 일어섰다가 도로 앉았다. 얼굴이 돌처럼 굳어져서 입술만을 겨우 움직여 물었다.

"그럼 부대총관의 군사는 어떻게 되었나?"

"후위가 되어 양만춘의 군사를 맞았으나 연락이 끊겼소이다."

"어허, 이 일을 어이할꼬."

눈을 치켜 뜬 장검이 문소경을 바라보았다.

"그럼 곧 연개소문의 군사가 이곳으로 올 것 아닌가?"

"백제군과 양쪽에서 협공해 올 계책이오."

"70만 대군이 이렇게 되다니!"

혼잣소리처럼 말한 장검은 아직도 넋이 반쯤 나간 모습이었다.

"폐하가 위험하시다."

"폐하께서는 어림군 1만을 겨우 이끌고 계십니다. 허나 연개소문의 병력은 30만이 넘습니다."

문소경이 핏발 선 눈으로 그를 바라보았다. 패주하는 군사는 적의 군세가 더 크게 보이는 법이다. 장검이 길게 숨을 뱉었을 때 함성이 일어났다. 너무나 갑작스런 일이어서 두 사람은 벌떡 일어섰다. 그 순간 진막 안으로 장수 하나가 뛰어들었다.

"장군! 백제군의 기습이오!"

1만기를 이끈 화청은 대도를 휘두르며 선봉에 섰다. 30년 전 태원유수 이연 휘하의 막장으로 돌궐족과의 싸움에서 용명을 날렸던 화청이다. 이연이 둘째 아들 이세민의 선동을 받아 난을 일으키자 화청은 태원 땅을 떠났다. 강도에 있던 수 양제는 그의 밀고를 받고도 속수무책이었던 것이다.

"쳐라! 이세민은 이제 백제군의 칼에 목이 잘릴 것이다!"

마치 아수라처럼 외치며 내닫는 그의 기세는 흉폭하기보다 처절했다. 오십대 중반으로 처자식을 모두 이세민에게 잃고 백제로 망명하여 30년 세월을 보낸 것이다. 그가 입버릇처럼 말해 온 소원은 이세민의 앞에서 크게 이름을 외치며 죽는 것이었으니 이제 기회가 가까워졌다. 함성과 북소리가 천지를 진동하듯 일어나면서 백제군은 당군의 진지로 돌입했다. 당군과의 첫 접전이다. 장졸들은 사기가 충천되어 있었으므로 앞을 다투었다. 계백은 중군 2만 기를 이끌고 장검의 본진을 공격했는데 선봉 화청의 군세를 좌측에 두었다. 또한 후위 1만 기를 이끈 선고의 부대는 우측에서 공격

하도록 했으니 백제군은 세 부대로 나뉘어 세 곳으로 치고 들어왔다.

"백제군이여! 너희는 천하무적이다!"

칼을 치켜든 계백의 고함이 함성을 뚫고 울렸다.

"쳐죽여라!"

백제군은 수십 번의 대소 전투를 치른 정예군이다. 부역으로 징집된 군사 중에서 추린 강군이었고 전법에 대한 훈련이 잘되어 있었다. 계백의 뒤에 바짝 붙은 군사들은 풍우처럼 적진을 향해 돌진했다.

우측군을 이끈 선고는 칼을 휘둘러 당군 하나를 베어 넘어뜨리고는 소리쳤다.

"요택의 입구로 직진한다! 따르라!"

비슷한 규모의 당의 기마군이 그들을 맞았으므로 양군은 혼전중이었다. 말고삐를 채어 선고가 좌측으로 빠지자 옆에 붙어 서 있던 위사들이 목청껏 따라 소리쳤고 북이 울렸다.

"요택으로! 가서 이세민을 잡는다!"

"안 된다! 놈들을 막아야 한다!"

전령의 보고를 받은 장검이 대경실색을 했다. 그는 마악 휘하의 기마군 2만과 보군에게 총동원령을 내리려던 참이었다. 백제군 일부가 요택의 입구 쪽으로 방향을 틀었다는 것은 황제를 치려는 것이다.

"전군을 뒤로 물려 요택 입구를 막아라!"

앞에 늘어섰던 전령들이 제각기 말고삐를 채고는 어둠 속으로 달려갔다. 함성과 북소리는 그치지 않았고 들판은 이미 격렬한 싸움터가 되었다. 일대의 기마군이 중군의 바로 옆쪽을 지나갔으나 누구 휘하인지 분간할 수도 없다.

"장군!"

고함소리와 함께 안남 도독 팽도가 달려왔다. 그의 목소리는 쇠가 긁히는 소리여서 멀리서도 들렸다.

말고삐를 사납게 채어 그의 앞에 멈춰 선 팽도가 다시 소리쳤다.

"장군, 전군을 뒤로 물리시면 안 됩니다! 군사들이 등을 보이게되면 사기가 일시에 떨어지는 것을 모르신단 말이오!"

"닥쳐라!"

장검도 목청껏 소리쳤다.

"놈들이 요택으로 들어가 폐하를 앞뒤에서 공격하려는데 어찌 이곳 들판의 싸움만 가지고 떠드느냐!"

"백제군은 4만이오! 군사를 돌리지 않아도 능히 잡을 수가 있소!"

"네 말은 듣지 않겠다."

상섬이 채석을 늘어 팽도를 가리켰다.

"폐하가 요택 30리 안에 계시다. 지금은 전군을 희생해서라도 폐하를 모시고 나와야 할 때인 것을 모르는가?"

잘못하면 역적으로 몰릴 수도 있는 일이다. 말머리를 돌린 팽도가 어둠 속으로 모습을 감추었고 장검이 말에 박차를 넣었다. 요택의 입구로 물러나는 것이다.

"당군이 물러갑니다!"

중군의 부장(副將) 바자청이 소리치며 다가왔다. 싸움이 시작된지 한 식경쯤이 지났을 때였으니 어두운 들판은 양군의 함성과 말굽 소리로 가득 차 있었다.

"요택의 입구를 지키려는 것이오! 우리 계략에 넘어갔소이다!"

바자청은 신중한 성품의 무장이었으나 목소리가 떨렸다. 덕솔 선고가 이끄는 1만 기를 요택 입구로 향하게 한 것은 백제군의 계략이었던 것이다. 계백이 소리쳤다.

"북을 울려라! 물러가는 당군의 뒤를 바짝 쫓아라!"

수십 개의 북이 울렸고 3대로 나뉘어졌던 백제군이 한 덩어리로 뭉치면서 당군을 쫓기 시작했다. 이미 당군은 요택 입구로 후퇴하라는 영을 받은 순간부터 허물어지는 중이었다. 백제군의 함성은 더욱 높아졌다.

사분오열이 된 당군은 창자루를 끌며 요택 입구로 천방지축 뛰었는데 이미 들판은 전쟁터가 아니었다. 쫓고 쫓기는 무리들이 모두 요택 쪽으로만 달렸으니 짙은 어둠 속이다. 쫓는 백제군은 아군의 기세가 서너 배 증가된 것처럼 느껴졌고 쫓기는 당군은 같이 달리는 당군까지 백제군으로 착각했다. 먼저 뒤쪽에 처졌던 하남의 보군이 지리멸렬해 궤멸되었고 뒤를 이어서 낙양성에서 모은 정예 보군이 장수들을 잃고 사방으로 흩어졌다.

"아아, 장검 이놈!"

기마군을 이끌고 후위를 달리던 안남 도독 팽도가 부서질 듯 이를 갈더니 말고삐를 당기며 소리쳤다.

"안남군은 돌아서 놈들을 친다!"

벽력같이 고함을 지르자 주위의 장수들이 멈춰 섰다.

"장군, 사령의 지시를 어기실 것입니까?"

누군가가 소리쳤으므로 팽도가 소리내어 웃었다.

"장검 그놈은 요택에서 곧 죽을 것이다. 우리 안남군은 마른 땅에서 죽는다!"

다음날 묘시 무렵, 영주 도덕 장검과 형주 도위 문소경은 요택 안 30리 지점에서 숙영하고 있는 당 태종 이세민의 진막으로 들어섰다. 밤을 꼬박

새워 진흙길을 헤치고 온 그들의 몰골은 처참했다. 두 눈을 치켜 뜬 이세민이 잠자코 그들을 보았으므로 옆에 선 장손무기가 물었다.

"요택의 입구에 있어야 할 사람들이 이곳에는 웬일인가?"

"백제군이 공격해 왔소이다."

진막 안 땅바닥에 엎드린 장검이 어깨를 떨며 울었다.

"폐하, 백제군이 요택 안으로 진입해 들어오려고 해서 소신이 먼저 왔소이다."

"백제군의 군세는 얼마인가?"

장손무기가 묻자 장검이 힐끗 문소경을 보았다.

"대략 6, 7만쯤 되어 보였소이다."

보료에 기대앉은 이세민의 입에서 가늘게 신음소리가 뱉어졌다. 그는 상처 난 왼쪽 눈에 흰 천을 감아 붙이고 있었으므로 성한 눈이 피로한지 눈을 감았다가 떴다.

"그렇다면 요택의 하구로 빠져나간다. 그곳에 하북 병마절도사 저보가 기다리고 있을 것이다."

장손무기가 잠자코 머리를 숙였다.

요택의 하구는 밑쪽으로 내려가는 길이니 60리가 남았다. 연개소문의 군사가 이미 이세적의 중군을 몰사시키고 20리 뒤쪽으로 다가와 있는 상황이었다.

이제는 황제의 목숨만이라도 건져야 하는 것이다.

"백제군의 대총관은 누구냐?"

문득 이세민이 물었으므로 이번 대답은 문소경이 했다.

"예, 폐하. 백제 근위군 장령 계백이란 자이옵니다."

"음, 계백이라."

이세민이 눈을 감았으므로 장수들은 서둘러 진막을 나갔다. 서둘러야 하는 것이다.

　말발굽이 튀겨 낸 진흙으로 연개소문의 갑옷은 온통 진흙투성이였다.
"이세민의 본진은 10리 앞입니다. 대막리지."
　중군대장 오화걸이 소리쳐 말하자 연개소문이 머리를 끄덕였다. 이세적의 30만 대군은 요택의 늪에 묻혀 흔적도 없이 사라졌다. 한때 천하를 호령했던 태자첨사좌위솔이며 요동행군 총관 이세적은 그야말로 명성에 진흙 칠을 하고는 늪 속으로 사라졌으니 수 양제의 대군보다 더 참혹한 패전이었다.
"계백의 백제군이 장검을 요택 안으로 밀어 넣었다니 장하다."
　연개소문의 굵은 목소리가 주위를 울렸다. 그들은 늪 복판을 전진하고 있었는데 얼어붙은 진흙이 깨지면서 얼음조각과 진흙덩이가 함께 튀겨 올라왔다. 군데군데 늪 속에 시커먼 나무둥치 같은 것이 박혀 있는 것은 밤 사이에 얼어 죽은 당군이다. 뒤쪽에서 대열이 갈라지더니 역시 진흙 범벅이 된 기마군이 달려왔다. 소리쳐 길을 여는 것을 보면 전령이다. 그가 연개소문의 옆으로 다가오더니 말에서 뛰어내렸다.
"대막리지께 아뢰오. 막리지 양성덕의 전령 고천만올시다."
"그러냐. 말하라."
"막리지께서는 안시성주 양만춘과 오골성주 추정국과 함께 서쪽 20리 지점에 닿았소이다. 내일이면 대막리지를 뵈온다고 합니다."
"알았다."
　연개소문이 얼굴에 웃음을 띠었다. 당의 부대총관인 강하왕 도종은 20만 군사와 함께 후위로 남았다가 양만춘과 추정국, 양성덕의 군사에게 궤멸되었다. 당군은 요택에 이미 50만 군사를 묻었다. 5월에 요택을 건널 적에 호기를 부리며 수나라 군사들의 해골을 걷어 장사를 지내주던 당 태종 이세민이다. 그는 이제 당군 50만의 해골을 요택에 남겼다. 그리고 이제는 자신의 목숨도 경각에 달려 있는 것이다.

무릎까지 빠지는 진흙뻘이었으니 말 여섯 필이 끄는 수레였지만 1리도 못 가서 쉬어야 했다.

"내가 내리겠다."

이세민이 수레에서 뛰어내리자 장손무기가 소매로 눈물을 닦았다. 오시 무렵이었으나 요택의 늪 속은 찬바람이 휘몰아쳤고 진흙뻘은 얼음 속같이 찼다.

"폐하, 어서 수레에 오르십시오."

"아니다. 나도 돕겠다."

이세민이 허리에 찼던 칼을 뽑아 근처의 잡초를 후려쳐 베더니 말의 앞쪽에 던졌다. 그리고는 수레를 앞쪽으로 밀었다.

"자, 가자."

어림군 사령 강소가 말에서 뛰어내리더니 수레를 밀었고 장손무기와 장검이 달려들었다.

"어떻게든 이곳을 빠져나가야 된다."

온몸이 진흙투성이가 된 이세민이 헐떡이며 수레를 밀면서 말을 했다.

"이대로 죽을 수는 없다."

이미 대총관 이세적과 부대총관 도종의 생사는 알 길이 없고 그들이 거느렸던 50만 군사는 늪 속에 묻혔다. 또한 요택 밖의 후황성 앞에서 기다리던 영주 도덕 장검의 10만 군사도 백제군에 쫓겨 사분오열되었으니 이제 남은 군사는 어림군 6천여 명뿐이다. 수레를 밀던 이세민의 한쪽 눈에 눈물이 고였다. 수나라 사직이 겨우 3대 39년 만에 멸망한 것을 비웃었으나 당은 30년도 못 되어 황제가 진흙탕 속에서 죽게 될지도 모르는 일이었다. 그렇게 되면 당 제국은 2대 27년 만에 멸망하게 될 것이다. 재작년에 셋째아들 이치(李治)를 황태자로 세웠지만 고구려와 백제 연합군의 위력 앞에서는 태풍 앞의 등잔불이다.

"폐하, 어서 수레에 오르소서."

장손무기가 다시 간곡하게 권하였으므로 이세민은 얼음덩어리가 된 발을 겨우 빼어 수레 위로 올랐다.

연개소문이 계백을 만난 것은 그로부터 열흘 뒤였다. 요택에서 당 태종 이세민을 잡지 못해 화가 나 있던 그는 백제군과 계백을 보자 찌푸렸던 얼굴을 폈다. 마상에서 예를 드리는 계백도 웃는 얼굴이었다.

"고구려의 대승을 축하드립니다."

계백이 말하자 연개소문이 소리내어 웃었다. 그들은 후황성 앞 들판에 서 있었는데 양국(兩國) 장수들이 다 모였다.

"허나 이세민의 목을 떼지는 못했네. 그놈은 요택의 아래쪽으로 빠져나갔어."

아쉬운 듯 말한 연개소문이 채찍을 들어 서쪽을 가리켰다.

"요서 땅으로 진격하세. 천하가 곧 고구려와 백제군의 말발굽 아래 놓일 것이야."

그들은 후황성에 나란히 입성했는데 후황성을 지키던 당의 유주 도위 형문이 사흘 전에 군사와 함께 도망쳤기 때문이다. 이세민은 겨우 2천여 명의 군사를 이끌고 하북 땅에 들어갔다고 했다. 후황성은 본래 요동 서변의 고구려 성이다. 당군이 백성 대부분을 노역(勞役)으로 끌고 갔으므로 성은 비어 있었다. 잠자코 말을 몰던 연개소문이 옆을 따르는 계백에게 말했다.

"서부군(西部軍)이 이틀 뒤에는 요택을 나올 것이야. 그러면 사흘 동안 대오를 정비한 다음 요서와 하북으로 진군한다."

"백제군도 곧 중원군을 보낼 것입니다."

"산해관까지는 쉽게 점령할 수 있을 것이네."

산해관은 요서 땅의 경계로 중원(中原) 땅이 바로 아래쪽에 있다. 그들은 곧 성의 정청으로 들어섰다. 오시 무렵이었다. 바람이 찼고 눈발이 흩날리는 흐린 날씨였으나 성 안에 가득 들어찬 고구려와 백제군의 사기는 충천했다. 성 밖의 들판에도 20만 가까운 양국 군사들이 포진해 있는 것이다. 게다가 이틀 뒤면 양만춘과 양성덕이 이끄는 고구려군 10여 만이 요택을 나온다. 연개소문이 흥이 나는 듯 소리쳤다.

"오늘은 양국 군사들을 실컷 먹이고 취하도록 마시게 하라! 우리는 수나라 대군에 이어서 당의 대군도 몰사시켰다!"

이세민이 70만 군사를 이끌고 호호탕탕 진군해 온 것이 10달 전이다. 그는 수의 양제가 당했던 것과 똑 같은 전철을 밟았으니 살아 돌아간 장졸은 70만 대군에서 2천여 명뿐이었다. 참혹한 패전인 것이다.

닷새 뒤에 백제군은 진로를 서남(西南)으로 잡아 발해만 서쪽을 향해 진군했고 연개소문이 이끄는 고구려군 30만은 곧장 서진(西進)했다. 백제의 동성대왕은 백여 년 전에 남제(南帝)와 연합하여 대륙의 동쪽을 완전히 장악했는데 위의 문제(文帝)는 백제군에게 대패하여 멸망했던 것이다. 대륙 동쪽이라면 당의 하북, 하남성은 말할 것도 없고 남쪽의 소주에 이르는 광대한 영토다. 요서 땅도 본래 백제령이었던 것이다. 계백의 백제군은 동성군(郡)의 위쪽을 지나 서진했다. 이미 고구려의 영토를 벗어나 당의 땅을 밟고 나아가는 것이다.

"장령, 동성군에서 해용이란 자가 왔소이다."

당의 영토로 진군한 지 사흘째 되는 날 저녁 무렵, 계백의 진막으로 후진을 맡고 있는 덕솔 선고가 들어서며 말했다.

그의 뒤를 갑옷 차림의 사내 하나가 따랐는데 계백을 보자 털썩 무릎을 꿇었다.

"소인은 동성군의 전(前) 오석성주였던 해용이라고 합니다."

"여기까지 웬일인가?"

계백이 묻자 사내가 수염투성이의 얼굴을 들었다. 삼십대 중반쯤의 건장한 체격의 사내였으나 갑옷이 낡았고 바지는 헤어졌다.

"장령께서 허락하신다면 소인이 동성군에 흩어져 있는 백제인과 말갈인으로 군사를 모으겠소이다."

그가 쉰 목소리로 말을 이었다.

"당의 대군이 패퇴했다는 소문이 퍼지자 동성군에 남아 있던 당군도 도망치고 있소이다. 이 기회에 잃었던 영토를 하루 속히 찾아야 될 것입니다."

"내가 덕솔 목기대에게 군사들을 모으라고 했으니 그 휘하에 들면 될 것이야."

"하오나 장령, 덕솔을 만났으나 소인의 청을 거절하셨소이다."

"거절을 하다니?"

"첩자가 끼어 있을지도 모르는 데다 서둘 필요가 없다고 하십니다."

계백의 시선이 옆쪽에 서 있는 선고에게로 옮겨졌다. 덕솔 목기대는 백제군을 모으려고 동성군으로 보내졌던 것이다.

"그대는 군사를 얼마나 모을 수 있는가?"

"한 달 안에 5만은 모을 수가 있소이다. 무기만 쥐어 주면 바로 싸움터에 보낼 수 있는 장정들이오."

"그대가 성주를 지냈다니 지금부터 내 부장(副將) 가운데 하나로 삼겠다. 힘껏 군사를 모으도록 하라."

"장령께 목숨을 바치리다."

목이 메인 해용이 두 손으로 땅바닥을 짚고는 머리를 숙였다. 해용이 진막을 나가자 계백이 선고를 바라보았다.

"목 덕솔이 서둘 필요가 없다고 했다니, 그대는 어떻게 생각하오?"

"진의는 더 알아봐야 하겠으나 만일 그 말이 사실이라면 목기대는 이번 싸움에 의욕을 잃은 것입니다. 중책을 맡기시면 안 될 것입니다."

눈을 치켜 뜬 선고가 이 사이로 말했다.

"소장은 목기대가 원정군 부장으로 보내진 것부터 탐탁지 않게 생각하고 있었소이다."

목기대는 대성 8족 목(木) 씨 가문의 일원으로 좌평 목정복의 친척이다. 계백이 문 옆에 선 하도리에게로 시선을 돌렸다.

"목 달솔이 지금쯤 동성군의 반풍성 근처에 있을 것이다. 네가 믿을 만한 군사를 보내 은밀히 사정을 알아보도록 하라."

하도리가 잠자코 머리를 숙이자 계백이 길게 숨을 뱉었다.

"자원해 오는 백제인 장졸을 받지 않다니, 적을 이롭게 하는 것과 같다."

계백이 당군과 마주친 것은 다음날 오후였다. 하북성 태음현의 홍천산 근처에서 하북성 병마도감 윤서가 이끄는 5만 군사를 만난 것이다. 이제 당은 침략에 대항하는 수비군이 되었고 백제군은 원정군이다. 화청이 계백에게 말했다.

"5만 군사라 하나 기마군 1만에 보군은 근처의 농민들을 모아 창과 칼을 쥐어 주었을 뿐이오. 단숨에 짓밟아 버립시다."

계백이 보아도 당군은 깃발도 어수선했고 대오도 무질서했다. 후황성 앞에서 만난 장검의 군사와는 비교도 할 수 없을 정도로 산만한 진용이었다. 계백이 머리를 끄덕였다.

"고구려군은 이미 산해관을 점령하여 대륙 동북쪽을 석권했다. 우리는 이곳에서 진용을 재정비하여 구토(舊土)를 회복한다."

신시부터 시작된 양군의 싸움은 유시가 되기 전에 끝났다. 백제 기마군 3만이 세 방면으로 공격해 가자 당군은 물 한 그릇 마실 시간도 안 되어 밀리기 시작했던 것이다. 처음부터 사기가 떨어져 있던 당군인 데다 백제군은 기마군으로만 3만이다. 병마도감 윤서는 뒤쪽의 중군에서 발돋움을 하여 전장을 보다가 당군이 밀리자 말머리를 돌려 달아났다.

백제군은 말 5천여 필과 포로 3천여 명을 잡았는데 보군 포로 2만여 명은 무기만 뺏고 모두 돌려보냈다. 대부분이 근처의 농군이었던 것이다. 두 번째 대승이었고 지난 번 후황성 싸움에서 전리품으로 얻은 말이 1만여 필이었으니 백제군은 여분의 말도 충분히 가지게 되었다. 또한 발해만의 영토는 이번 싸움으로 완전히 굳어졌다. 의자왕 6년, 1월이었다.

의자왕은 궁성의 대왕전에 앉아 있었는데 백관(百官)이 모두 모였다. 내외(內外) 22부사 장리는 물론이고 좌평 다섯과 다섯 방령이 한 사람도 빠지지 않고 도열해 서 있었다. 관산성 싸움에서 성왕(聖王)이 패사한 이후 쇠락했던 왕권이 무왕(武王) 대에 이르러 강화되기 시작해서 의자왕 집권 뒤에는 최전성기를 맞았다. 신라와의 싸움에서 이미 대야주를 빼앗았고 당항성과 미후성을 함락시켰으며 작년 9월에는 서변의 7개 성을 점령했다. 의자왕 즉위 5년 동안에만 50개가 넘는 신라의 성을 정복한 것이다. 더욱이 왜국의 고토쿠(皇極) 왜왕은 동생이 되니 왜국과는 피로 맺은 혈맹국 사이였으며 고구려와는 동맹국으로 대륙에 원정군을 보낸 관계다. 당의 대군이 궤멸되어 당 태종 이세민이 겨우 2천여 명의 군사와 함께 도주한 지금 천하는 곧 백제와 고구려에 의해 양분될 것이었다.

왕이 단하의 신하들을 둘러보았다.

"계백은 요서와 하북의 구 영토를 회복한 데다 고구려는 산해관 동쪽의 광대한 땅을 장악했다. 이제 당은 대륙 서쪽에 박혀 잔명을 보존하고 있을 뿐이다."

전 안의 백여 명이 넘는 백관들은 기침소리 한 번 내지 않았다. 의자왕 6년, 2월이다. 백제군을 이끈 계백은 요서 땅 동성군에 기치를 꽂고 발해만 안쪽의 영토를 장악하고 있었는데 당과는 휴전 상태였다. 처참한 몰골로 장안성으로 돌아온 당 태종 이세민은 동쪽과 북쪽의 영토를 회복할 여력이 없었던 것이다.

왕이 말을 이었다.

"이번 당과의 싸움으로 고구려는 군사들이 많이 상했고 주민의 피해가 심해 당분간 싸움을 그치고 양병(養兵)에 진력하기로 했다. 따라서 우리도 양병과 내치에 진력해야 할 것이다."

왕의 목소리에는 자신감과 위엄이 배어 있었다. 첫째 열에 서 있던 좌평 성충이 입을 열었다.

"전하, 이번에 회복한 동성군에 태수를 시급히 봉하셔서 안정시키도록 하소서."

"그곳에 누가 적임일꼬?"

왕이 묻자 남방 방령 윤충이 한 걸음 나섰다.

"근위군 장령 계백만한 적임자가 없소이다. 동성군에 주둔하고 있는 계백을 태수로 봉하소서."

"지당하신 말씀이오."

동방 방령 의직의 목소리가 전을 울렸다.

"장령 계백은 그만한 공을 세운 데다가 덕을 갖춘 인품입니다. 동성군 태수에 전혀 부족함이 없소이다."

왕의 시선을 받은 좌평 성충과 사은상이 동시에 대답했다.

"소신들은 의견도 같소이다."

"경들의 의견이 모두 같으니 계백을 동성군 태수로 봉하겠다."

왕이 만족한 듯 얼굴을 펴고 웃었다.

"내 예상대로 되어 가는군."

목정복이 뱉듯이 말하고는 연임자를 바라보았다. 궁성 뒤쪽의 전내부 청사 안이었다. 대왕전을 물러나온 그들은 곧장 이곳으로 온것이다. 전내부의 장리인 연임자가 웃기만 했으므로 목정복이 이맛살을 찌푸렸다. 청에 마주앉자 목정복이 퉁명스럽게 물었다.

"장리는 알고 계시겠지. 계백의 부장(副將)으로 출진했던 내 사촌 목기대가 한직으로 밀려난 것을 말이오."

"한직으로 밀려나다니오?"

연임자가 눈을 둥그렇게 뜨자 목정복이 혀를 찼다.

"지난 달에 원정군의 수리창장이 되었소. 부장으로 부대를 지휘해야 할 덕솔급 무장이 병기를 수리하는 인부를 감독하고 있단 말이오."

"허어."

"계백은 목기대가 모병(募兵)에 적극적이지 못하다고 부장 권한을 박탈했는데 그럴 수가 있는 것이오?"

"원정군 장령은 그럴 권한이 있소이다. 더욱이 대왕 전하의 영검(令劍)을 받은 터라 벨 수도 있소."

"안하무인이 되겠군."

목정복이 길게 숨을 뱉었다.

"이러다간 우리 목 씨 가문이 멸문이 되겠소."

그리고는 정색한 얼굴로 연임자를 바라보았다.

"당신네 연 씨 가문도 마찬가지오. 백제국을 일으켰던 대성 8족이 이제는 타성(他姓)에 밀려 곧 흔적도 없이 사라질 것이오."

"그럴 리가 있겠습니까? 대왕께선 공평하십니다."

쓴웃음을 지은 연임자가 말했으나 목정복이 머리를 저었다.

"왕권이 강해질수록 우리 대성(大姓)을 밀려났소. 동성왕 시절에도 그랬고 성왕 때도 그랬소. 우리 대성은 왕권을 강화시키기 위한 도구로 이용만 당했을 뿐이오."

대륙을 정복하던 동성왕은 미처 웅지를 다 펴기도 전에 위사 좌평 백가(苩加)에 의해 살해되었다. 37살 나이에 죽은 것이다. 대륙에 영지를 넓힐수록 토착호족인 대성 8족의 영향력은 줄어드는 것이 당연한 일이다.

동성왕은 가림성주로 밀려난 백가의 기습을 받고 죽었다. 또한 성왕은 한수유역을 회복하여 왕권을 강화시켰으나 신라군의 기습으로 살해되었다. 그러나 그가 죽은 후에 백제의 대성 8족은 위덕왕에게 귀족의 말을 잘 듣겠다는 약속을 받아 낸 다음에 그를 왕위에 오르게 했던 것이다. 주위를 둘러본 목정복이 목소리를 낮췄다.

"나는 자꾸 걱정이 되는구려. 영토를 넓히는 것은 좋으나 뿌리 없는 나무가 어디 있단 말이오? 대왕께선 우리 대성 가문들이 백제국의 뿌리라는 것을 잊고 계시는 것 같소."

일선의 치켜 뜬 두 눈에서 푸른 광채가 났고 입에서는 숨이 넘어가는 듯한 신음소리가 뱉어졌다. 흰 치마저고리를 펄럭이며 뛰어올랐다가 내려서면서 그녀는 두 손에 쥔 은방울을 쉴새없이 흔들었다. 상 위에 켜 놓은 두 자루의 촛불이 커다랗게 일렁이고 있었다. 해시가 넘었으니 깊은 밤이다. 궁성의 별당 안은 깊은 적막에 덮여 있었으므로 외딴 방에서 비치는 불빛과 기괴한 소음은 주위 분위기를 더욱 스산하게 만들었다. 일선의 상기된 얼굴에서는 물을 뒤집어 쓴 것처럼 땀이 흐르고 있었다. 이윽고 일선은 가쁜 숨을 뱉으며 허물어지듯이 방바닥에 앉았다. 두 손에 움켜쥐었던 방울을 내려놓은 그녀는 상 위에 놓았던 종이를 집어 촛불 끝에 대고는 불을 붙였다. 곧 불길이 일어나면서 종이가 타올랐다. 그때였다. 방문이 벌컥 열렸으므로 일선은 몸을 돌렸다. 그러고는 다음 순간 온몸을 굳혔다. 대왕이 서 있는 것이다. 왕은 차가운 시선으로 일선을 훑어보았다. 그러고는 아직도 상 위에서 연기를 내며 타오르는 종이와 방안을 둘러보았다.

"네 년은 누구냐?"

왕이 신발을 신은 채로 방으로 들어서며 물었다. 열린 방문 뒤쪽으로 위사장 교진의 모습이 드러났다. 일선이 납작 엎드리자 왕이 바짝 다가섰다.

"지금 무슨 굿을 했느냐?"

일선이 머리를 들었다. 땀으로 범벅이 된 얼굴인 데다가 두 볼과 눈가가 붉었고 아직도 숨결이 고르지 않았다.

"대왕마마, 죽여 주시옵소서."

"오냐, 죽여 줄 테니 말하라."

차갑게 대답한 왕이 눈을 치켜 떴다.

"네 년은 누구며 무슨 굿을 했느냐?"

"소녀는 왕비전의 무녀 일선이라고 하옵고 태자마마의 장수를 빌었습니다."

"왕비전의 무녀라. 그리고······."

말을 그친 왕이 입술 끝을 비틀고 웃었다.

"태자의 장수를 빌어?"

"예, 대왕마마."

머리를 돌린 왕이 문 밖에 선 교진을 바라보았다.

"이년을 옥에 가두고 사지를 비틀어 자백을 받아 내라."

"예, 전하."

교진이 방으로 들어서자 일선의 얼굴이 새파랗게 질렸다.

"대왕마마, 살려주옵시오."

"언제는 죽여 달라더니, 교활한 년."

몸을 돌린 왕이 방을 나왔다. 미복으로 도성의 민생을 살피고 궁으로 돌아오는 길이었다. 별당 앞을 지나온 것은 4년 전에 섬으로 귀양을 보낸 왕자 충승이 생각났기 때문이다. 충승은 별당에 애첩 교기를 두었다. 그러나 왕비의 시녀였던 교기는 신라의 첩자였던 것이다. 어두운 마당으로 나온 왕은 길게 숨을 뱉었다. 별당에서 만난 요녀 또한 왕비의 무녀였던 것이다. 우연치고는 개운치 않은 데다 태자 효의 장수를 기원했다는 말도 믿기지가 않았다. 태자 효는 왕비 은고가 낳은 자식이 아닌 것이다.

다음날 저녁 왕은 왕비전에서 저녁상을 받았다. 왕은 술을 즐겼으나 음식의 낭비는 엄격하게 금하였으므로 왕의 저녁상에 놓인 것은 밥과 세 가지 나물, 그리고 장을 발라 구운 생선이 전부였다. 왕은 왕비의 시중을 받으며 밥그릇을 깨끗이 비웠다. 사십대 후반의 나이였으나 왕의 체력은 아직도 이십대 무장에 뒤지지 않았는데 하루도 빠지지 않고 아침마다 활터에서 활을 쏘아 단련시켜 온 때문이다. 상을 물렸을 때 왕비가 조심스런 시선으로 왕을 보았다.

"대왕, 어젯밤 무녀 일선을 잡아 가두셨다고 들었습니다."

부드러운 목소리였고 표정도 평온했다.

"베실 작정이십니까?"

"요녀였소."

던지듯이 말한 왕이 왕비를 똑바로 바라보았다.

"왕궁의 위사 10여 명과 통정을 한 데다 후궁부의 관리 하나는 그년한테 온갖 패물을 다 주었더군."

긴장한 왕비가 시선을 내렸으나 왕이 말투는 더 엄격해졌다.

"태자의 장수를 비는 굿을 했다고 했으나 곧 자백을 했소. 태자가 급사하라는 굿을 한 것이오."

"그럴 리가 없습니다."

얼굴이 하얗게 질린 왕비가 머리를 저었다.

"매질에 못 이겨 거짓 자백을 한 것입니다."

"왕비가 시키지는 않았다고 했소. 허나 이심전심이지. 아마 그년이 왕비의 마음을 읽었는지도 모르오."

"전하, 너무하시옵니다."

이를 악문 왕비가 눈물을 떨어뜨렸다.

"20년을 넘게 전하와 동고동락(同苦同樂)해 온 몸입니다. 제가 그토록 악독한 성품입니까?"

"그년은 1년도 넘게 궁중을 휘젓고 다녔으나 모두 쉬쉬하며 피했소. 모두 왕비를 두려워했던 것이오."

"……."

"내가 우연히 찾아내지 않았다면 백제국 왕실은 안에서부터 썩어갈 뻔했소."

왕이 옷자락을 젖히면서 일어섰으므로 왕비가 눈물에 젖은 얼굴을 들었다.

"전하, 모두 백제국의 번성을 위한 일이었습니다. 저는 억울하옵니다."

"백제국의 번성과 왕실의 보전을 위해서 그대는 근신해야겠소. 그리고 그년은 내일 아침 죄상을 낱낱이 적은 푯말과 함께 서문 앞에 목이 매달려 있을 것이오."

문을 열고 왕이 나가자 왕비는 방바닥에 엎드려 울었다. 시녀들이 그것을 보았으나 감히 들어올 엄두도 내지 못했다.

제7장 대륙 정벌

　동성군은 발해만 안쪽의 옛 백제 영토인 낙랑, 대방, 조선, 광양군의 네 곳 땅을 이번에 되찾아 새롭게 백제령으로 만든 곳으로, 남북이 3백여 리에 동서가 7백 리에 이르는 대군(大郡)이다. 또한 성이 80여 개에 주민이 2백만 가깝게 되었으므로 태수가 된 계백은 제도를 정비하는 한편으로 내치에 힘을 기울였다. 또한 군사를 모병하고 조련하는 일을 게을리 하지 않아서 상비군이 15만이나 되었다.

　동성군 내륙 쪽으로 흑수(黑水)가 동서로 흐르고 있었는데 주변의 땅이 기름져서 농사가 잘되었다. 이곳은 동성왕 시절에 백제가 뿌리를 내린 땅이어서 백제인이 많았고 대부분이 부농들이었다. 의자왕 8년(648년) 여름, 동성군 태수 계백은 말 위에 올라 강가를 걷고 있었다. 그의 옆에는 금박을 입힌 화려한 비단옷 차림의 사내가 따랐다. 오랜만에 찾아온 왜상 혜이찌였다. 그는 이제 백발이 희끗한 중년으로 대선단을 거느린 데다 안남의 섬에 소왕국(小王國)을 가진 거부다. 그가 부드러운 시선으로 계백을 보았다.

"주인, 신라의 김춘추는 김유신과 함께 정권과 병마권을 잡았습니다. 그러니 조심해야 될 것입니다."

"대왕께서도 몇 년 전부터 그렇게 예측하고 계셨다."

장마로 불어난 흑수를 바라보며 계백은 말을 세웠다. 작년인 의자왕 7년 정월에 신라는 여왕 덕만이 세상을 떠나자 상대등 비담이 염종 등과 함께 반란을 일으켰던 것이다. 비담은 유력한 왕위 계승 후보였으니 그 기회에 왕위에 오르려고 했던 것이다. 그러나 김유신의 무력 기반을 배경으로 한 김춘추가 반란을 진압하고 여왕의 사촌 여동생인 김승만(金勝曼)을 여왕으로 옹립했다. 김춘추는 당의 반대에도 불구하고 다시 후사가 없는 여왕을 옹립함으로서 차기 왕위가 거의 확실시되었다. 치밀한 성품의 김춘추는 당장 왕관을 쓰지 않고 때가 무르익기를 기다리려는 것이었다.

"신라가 당의 힘을 빌어 겨우 명맥을 유지해 왔지만 곧 멸망할 것이다."

"대륙의 동변에 치우친 3국이 진즉 힘을 모았다면 대륙은 이미 석권되었을 것이오."

"네 말이 옳다."

커다랗게 머리를 끄덕인 계백이 얼굴에 웃음을 띠었다.

"백제와 고구려, 신라는 같은 말을 쓰는 한 뿌리다. 비록 시조가 다르지만 우리는 같은 뿌리에서 태어났다."

"소인도 이제는 백제인이올시다."

헤이찌가 따라 웃었다.

"백제가 대륙을 정복하면 소인에게 안남 성의 섬 몇 개만 떼어주시오. 지금의 섬은 너무 작소이다."

헤이찌가 돌아간 열흘 뒤에 발해만에 당군의 적선들이 나타났으니 곧 당의 청구도행군 도총관 설만철 휘하의 전선 1백여 척이었다. 설만철은 당 태종 이세민의 영을 받고 내주를 출발하였는데 전선을 2개 대(隊)로 나누었다. 본대는 내해 동쪽의 고구려 영토를 공격하도록 했고 부장(副將) 배형방에게는 덕산군을 맡긴 것이다. 3년 전의 전쟁에서 거우 목숨만을 건져 장안성에 돌아온 당 태종 이세민은 한때 고구려 출병을 뼈에 사무치도록 후회했으나 치욕감을 씻을 수가 없었다. 천하를 호령하던 황제의 체면은 땅에 떨어졌으며 요서와 요동은 물론이고 발해만 지역을 모두 고구려와 백제군에게 점령당했으니 국력도 위축되었다. 이세민이 수군 위주로 공격해 온 것은 제국과 황제의 권위를 세우려는 허장성세였지 빼앗긴 영토를 회복하겠다는 의지가 모자랐다. 그것을 장수들도 안다. 작년에도 발해만을 떠다니던 당의 수군은 백제군의 전선을 보자 깃발을 어지럽게 흔들면서 도망질을 쳤던 것이다.

"태수께 아뢰오. 적선(敵船)이 재산포 쪽으로 향하고 있소이다."

수군에서 보낸 전령이 세 번째로 왔다. 당의 전선은 동성군의 주성(主城)이 있는 모당포를 지나 동쪽으로 나아가고 있었다. 전령이 말을 이었다.

"수군 사령은 해안을 끼고 따라가겠다고 했소이다."

백제군 전선은 해상 싸움을 피하고 당군이 상륙하면 수륙 양면에서 협공하려는 것이다. 지난 해 고구려군은 이 전술로 당의 전선 1백여 척을 불태우고 군사 5천을 포로로 잡았다.

"당군은 전의(戰意)가 없소이다."

서변의 10여 개 성을 지휘하고 있는 화청이 불쑥 말했으므로 청안에 둘러앉은 장수들의 시선이 모아졌다.

"당의 전선들은 바다 위만 떠돌다가 돌아갈지도 모릅니다."

계백의 시선이 전령으로 온 무장에게로 옮겨졌다.

"사령에게 선공(先攻)은 하지 말라고 일러라. 그리고 고구려 쪽에도 긴밀하게 연락을 해야 될 것이야."

"예, 고구려에도 전령이 갔소이다."

평양성으로 돌아간 연개소문도 내치에 주력하고 있었는데 백제와 고구려의 관계는 어느 때보다도 우호적이었다. 당이 자꾸 수군을 보냈지만 동맹군의 전력은 더욱 강화되고 있을 뿐이었다.

당의 정관(貞觀) 22년 12월, 당 태종 이세민은 옥좌에 앉아 단하에 서 있는 수백의 신하들을 굽어보았다. 이제 나이 50이 되었고 황제의 위에 오른지 22년이다. 한때 정관의 치(治)라고 불리울 만큼 제도를 정비하고 인재를 등용하여 선정을 베풀었던 이세민이다. 그러나 3년 전 고구려 원정에서 돌아온 뒤로 이세민은 무력감에 빠져들었는데 자연히 국사(國事)에 소홀해졌다. 태자 치(治)에게 자주 국정을 맡긴 것도 이 때문이다. 겨울이어서 사방의 문을 닫은 황궁의 청안에는 코를 찌르는 단청 냄새가 났다. 며칠 전에 금박을 입힌 청의 기둥과 천장이 습한 기운을 내려뿜고 있었기 때문이다. 이세민이 이윽고 입을 열었다.

"어디, 신라의 사신을 보자."

신라에서 사신이 와 있었던 것이다. 이세민은 그들을 닷새 동안이나 만나지 않았는데 사신들은 매일 아침 궁 안의 예부 대기소에서 황제의 부름을 기다렸다가 돌아갔다. 청안의 백관들이 긴장으로 술렁거렸다. 황제의 심기를 알고 있기 때문이다. 곧 예부시랑의 뒤를 따라 신라 사신 일행이 들어섰는데 앞장 선 정사(正使)는 김춘추였다. 그는 아들 문왕(文王)을 데리고 왔으므로 백관의 시선이 모여졌다. 김춘추와 사신들이 엎드려 황제에게 절을 했다.

"신(臣) 김춘추가 황제 폐하를 우러러 뵙습니다."

꿇어 엎드린 채 김춘추가 이세민을 올려다보았다.

"용안을 뵙게 되었으니 신은 이제 여한이 없소이다."

"용안이라."

이세민이 입술 끝만 비틀고 웃었다.

"한쪽 눈알이 빠진 용안을 본 감상이 어떠하냐?"

순간 청안에는 숨소리도 나지 않았고 김춘추의 얼굴도 하얗게 질렸다. 그러나 그가 머리를 들었다.

"폐하, 소신은 감격할 뿐이옵니다."

이세민이 용상에 등을 기댔다. 그의 한쪽 눈에는 비단 천이 덮여져 있었는데 치장이 교묘했다. 마치 머리에 쓴 관의 장식이 내려져 눈을 가린 것 같다.

"네가 나에게 할 말이 있느냐?"

"폐하, 신라 관리들에게 대당(大唐)의 관복을 입도록 허락해 주옵소서. 이는 신라가 대당의 속국임을 나타내는 것이오니 허락해 주옵소서."

"……."

"또한 소신의 아들 문왕을 데리고 온 것은 폐하를 옆에서 모시도록 하기 위해서입니다. 부디 종으로 부려주옵소서."

이세민의 시선이 김춘추의 뒤에 엎드린 문왕에게로 옮겨졌다. 그의 시선이 조금 부드러워져 있었다.

"여왕은 잘 있느냐?"

"예, 매일 폐하의 건승하심을 기원하고 계십니다."

"너희 3만 군사는 고구려를 치는 시늉만 하다가 돌아갔다. 아주 교활한 수작이었다."

이세민의 목소리가 다시 엄격해졌다.

"내가 대군으로 고구려를 친 것은 너희들의 걸사표를 받고 망해가는 너희를 구해주려 했음인데도 말이다."

"백제군이 가로막았기 때문이옵니다."

"너희 왕족들의 정권다툼 때문이었어."

자르듯 말한 이세민이 손으로 김춘추를 가리켰다.

"너와 비담의 세력 싸움이었다. 그렇지 않느냐?"

그러자 김춘추가 머리를 숙였고 이세민이 목소리를 높였다.

"그래, 네가 다시 여자를 왕위에 올려놓은 것은 다음 번에 네가 왕위에 오르기 위한 준비 작업인가?"

"아니옵니다. 폐하."

머리를 든 김춘추의 얼굴에서 땀이 흘러내렸다.

"소신은 왕위에 미련이 없소이다."

"네가 아들을 나에게 인질로 두고 가겠다는 것은 신라왕으로서의 처신이다."

이세민이 하나밖에 없는 눈을 부릅떴다.

"하찮은 소국의 관리가 어찌 제 아들을 내 곁에 인질로 두겠다고 할 수 있단 말이냐?"

"……."

"너는 그것으로 나에게 다음 왕위의 승낙 여부를 측정하려고 했다. 내가 받아들인다면 황제에게 아들을 맡긴 네 위상이 신라에서 높아질 것이고, 너는 마음놓고 왕위에 오를 수 있을 것이다. 그렇지 않느냐?"

온몸이 땀투성이가 된 김춘추가 머리를 다시 들었다.

"폐하, 소신은 폐하께 두 마음이 없다는 것을 증명해 보이고 싶었을 따름이옵니다."

"신라왕이 되어서 말이지?"

김춘추가 대답하지 않자 이세민이 용상에 등을 기댔다.

"앞으로는 다시는 백제와 고구려에 길이 막혀 조공을 못하고 있다는 얄팍한 수작을 부리지 말라. 당 제국은 너희들의 한 줌밖에 안 되는 조공에는 관심도 없다. 그러니 수시로 백제와 고구려의 정세나 정탐하여 보내도록 하라."

"명심하겠소이다. 폐하."

"너에게 특진(特進) 벼슬을 내리겠다. 그리고 네 아들 문왕에게는 좌무위 장군을 주마."

"성은이 망극하옵니다."

"대당의 관복을 입는다니 허락한다. 하나 관등 구분을 엄격히 하여 신라 왕은 정이품(正二品) 관복을 입도록 하라."

김춘추가 머리를 청 바닥에 대었다.

"성은이 망극하옵니다."

"이제 되었다."

숙소로 돌아와 내실의 걸상에 앉았을 때 김춘추가 처음으로 뱉은 말이다. 문왕도 한어에 능숙해서 당 태종 이세민과 김춘추의 대화를 모두 들었다. 그래서 분위기가 가라앉아 있었다. 김춘추가 앞에 앉은 문왕을 보았다. 웃음 띤 얼굴이었다.

"과연 이세민은 영특하다. 그가 천하를 장악한 이유를 이제야 알았다."

"아버님, 폐하께 백제를 징벌해 달라는 말씀을 하지 않으셨습니다."

문왕이 조심스럽게 말하자 김춘추가 빙긋 웃었다.

"우리가 당의 관복을 입고, 나와 네가 당의 관직까지 얻었으니 당에 온 목적은 달성되었다. 이제는 이세민이 우리의 요청에 의해서가 아니라 제 자존심 때문에라도 백제와 고구려를 징벌하게 될 것이야. 왜냐하면 우리를 치는 것은 당을 치는 것이나 마찬가지가 될테니까."

그가 부드러운 시선으로 문왕을 바라보았다.

"너를 시위로 받아들이고 너에게 관직까지 준 것은 다음 왕위를 나에게 주겠다는 뜻이다."

그리고는 다시 웃었다.

"이세민이 잘 맞췄다. 소국의 신하가 어찌 인질을 맡길 수가 있겠느냐?"

"아버님, 그럼 소자는 이곳에 남습니까?"

"당분간이다. 내가 곧 인문(仁問)으로 바꿔주마."

김인문 또한 김춘추의 아들이었다. 자리를 고쳐 앉은 김춘추가 정색을 했다.

"잘 들어라. 약육강식의 세상이며 저마다 이해(利害)가 있다. 고구려와 백제의 연합군에 밀린 당은 그만큼 신라의 힘이 필요한 것이야. 만일 신라까지 고구려와 백제에게 병합되면 당의 천하도 위태로워질 것이다. 그러니 신라와 당도 상부상조하는 게다."

"알고 있습니다."

"관복이 대수냐? 입고 벗은 의관은 중요하지 않다. 나에겐 신라 사직이 중요하다."

결연한 표정의 김춘추가 말을 이었다.

"당이 고구려와 백제를 멸망시키면 나는 그 영토를 되찾을 것이다. 당은 그들과의 싸움에서 국력이 크게 소진되어 있을 테니 나는 어부지리로 얻게 될 것이야."

신라 여왕 승만 2년(648년)이었다.

계백이 당 태종 이세민의 죽음을 들은 것은 다음 해 4월이었다. 이세민은 정관 23년(649년)에 51세의 나이로 죽었으니 28세에 제위에 오른 지 23년째였다. 따라서 태자 치(治)가 황제의 위에 올랐는데 간질병이 있다는 소문이 났다.

"어쨌거나 이세민은 영걸이었다."

동성군의 주성(主城)인 하양성의 청에 앉은 계백의 얼굴이 상기 되었다. 이세민의 죽음은 대륙의 판도에 큰 영향을 미칠 것이었다. 계백은 이제 32세로 전장을 누빈 지 10여 년이다. 굵은 눈썹과 형형한 눈빛이 주위를 압도했고 기력이 출중하여 하루 종일 말을 타고 달려도 지치지 않았다. 근위대장 하도리가 단하에서 그를 올려다보았다.

"태수께 아뢰오. 본국으로 보낼 전령이 왔소이다."

그의 뒤쪽에 갑옷 차림이 무장 두 명이 서 있다가 계백의 시선을 받고는 무릎을 꿇었다. 계백이 머리를 끄덕였다.

"나는 듯이 달려 대왕께 가도록 하라."

그가 옆에 놓인 밀서를 내밀었다. 당의 정세에 관한 상세한 보고서였다.

연개소문은 사흘쯤 뒤에 그 소식을 들었는데 평양성과 장안성의 거리로 보아서 빠른 편이었다.

"침상에서 죽다니 운이 좋은 놈이다."

쓴웃음을 지은 연개소문이 앞쪽에 앉은 동생 연정토를 보았다.

"이치는 간질병 환자에다 능력이 제 아비의 반에도 미치지 못하지만 아직도 명신(名臣)이 많다. 방심할 수는 없어."

동성군의 주성인 하양성에서 10리밖에 떨어지지 않은 모당포에 무역선 한 척이 도착했을 때는 오시 무렵이었다. 모당포는 선창이 3라나 되었으므로 한꺼번에 무역선 1백여 척이 닻을 내릴 수 있는 큰 포구였다. 그래서 군의 전선(戰船)들도 20여 척이 정박하고 있었는데 기찰이 심했다. 당의 전선들이 올해에도 두 번이나 먼쪽 앞바다를 동쪽으로 지나갔던 것이다.

"이것 봐. 증표를 보여라."

포구의 기찰군사 하나가 무역선에서 나온 사내에게 손을 내밀었다. 사내는 흰색 바지저고리를 입었는데 허리에 칼을 찼고 등에 묵직한 짐을 메었다.

"증표는 없소."

사내가 퉁명스럽게 대답하자 옆쪽에 모여 섰던 군사들이 일제히 그를 보았다.

"허어. 증표가 없다고? 그럼 배 안으로 다시 들어가라. 밖으로 나와서는 안 된다."

군사가 눈을 부라렸을 때 사내의 뒤에서 소년 하나가 나섰다. 15, 6세 가량 되어 보이는 체격에 이목구비가 뚜렷한 용모였다.

"난, 계백 태수의 아들 계백승이다. 증표는 백제방을 들리지 않아 못 받았다."

맑은 목소리로 말하자 군사들은 눈만 크게 떴고 뒤쪽에서 갑옷에 흰 색 띠를 두른 무장 하나가 군사들을 헤치고 다가섰다.

"누구라고 하셨소?"

"계백 태수의 아들 계백승이야."

어깨를 편 소년이 무장을 바라보았다.

"그대는 아버님의 부하일 것이다. 나를 아버님께 안내하라."

계백에게 엎드려 절을 하고 난 계백승이 일어섰다. 청에는 계백 부자와 하도리, 그리고 왜국에서 따라온 계백승의 시종무사 신조까지 네 사람뿐이었다.

"잘왔다."

계백이 부드러운 시선으로 계백승을 바라보았다.

"어머니는 안녕하시냐?"

"예, 건강하십니다."

"외숙도 무고하시고?"

"예, 아버님."

계백승은 이제 열네 살이 되었고 5년 만의 부자 상봉이었다. 5년전 계백 승이 아홉 살 때 그들 부자는 기벌포에서 나흘을 같이 지낸 다음 헤어졌다. 계백은 대륙으로 출정을 했고 계백승은 다시 왜국으로 돌아갔던 것이다. 계백이 계백승의 몸을 훑어보았다. 그가 계백승을 이곳으로 부른 것이다.

"말은 타느냐?"

"예, 열 살 때부터 탔습니다."

"궁술은?"

"2백 보 거리에서 10발 중 7, 8중은 합니다."

"검술은?"

"귀화한 백제인 스승으로부터 익혔습니다."

"나는 열 살 때 산속의 스승에게 보내졌다."

가라앉은 목소리로 계백이 말을 이었다.

"이제부터 너는 이곳에서 아비와 함께 지낸다."

14년 동안 같이 지낸 시간이 나흘밖에 되지 않는 부자간이다.

계백승이 머리를 숙였다.

"예, 아버님."

계백승의 뒤를 따라 방에 들어선 하도리가 입을 열었다.

"아침 묘시에는 일어나 활터에 가셔야 합니다. 아버님께서도 나오실 것 이오."

"알았다."

조금 시무룩한 계백승을 본 척도 하지 않고 하도리가 말을 이었다.

"아버님과 식사를 같이 드시고 나면 공자님은 두 분 스승을 번갈아 모시고 학문과 무술을 연마하셔야 합니다."

"……."

"곧 당과의 전쟁이 일어날지 모릅니다. 그러면 아버님께서는 군사를 이끌고 출진하시게 됩니다."

그러자 계백승이 머리를 들었다.

"나도 궁술과 검술은 웬만큼 한다. 뛰는 말도 잡아 탈 수 있고. 아버님을 따라갈 수 있겠느냐?"

"모르겠소이다."

간단히 머리를 저은 하도리가 계백승을 똑바로 바라보았다.

"전장에선 공자님 시중을 들어줄 사람이 없소이다. 공자님께선 그걸 잘 아셔야 하오."

의자왕이 좌평 목정복을 노려보았다.

"이미 신라는 영토의 반을 우리에게 빼앗긴 상황이다. 그렇지 않은가?"

"전하, 지당하신 말씀입니다. 허나 신라는 아직도 20만 군사를 거느리고 있으며 김유신과 알천이 이끄는 정예군도 만만치 않습니다. 서둘지 마옵소서."

목정복은 물러서지 않았다. 작년인 의자왕 8년에 동방 방령 의직은 5만 군사를 거느리고 신라 서변의 요거성 등 10개 성을 공취했다. 의자왕 8년 동안 신라의 성을 60여 개나 빼앗았으니 신라는 크게 위축되었다. 무왕 대에 공취한 성까지 포함하면 1백여 개가 되는 것이다. 실로 신라의 운명은 바람 앞에 등불이었고 백제의 기세는 하늘을 찌르고 있었다.

목정복이 말을 이었다.

"전하, 대륙 정벌을 조금 늦추시고 먼저 신라를 굴복시켜 기반을 굳건히 하소서. 당은 간질병자 이치(李治)가 즉위하였으니 가만 기다리면 사방에서 반란이 일어날 것입니다."

의자왕의 시선이 옆쪽에 선 홍수에게로 옮겨졌다.

"좌평은 어떻게 생각하는가?"

"병관 좌평의 말에도 일리가 있습니다. 그러나 대륙 정벌의 호기를 놓칠 수도 없으니 대왕께서는 계백으로 하여금 당을 공격하게 하시되 중원군을 보내시는 것은 보류하심이 나을 것 같소이다."

한동안 눈만 끔벅이던 왕이 이윽고 머리를 끄덕였다.

"그렇게 하겠다. 중원군은 보내지 않는다. 그러나……."

왕의 시선이 목정복에게로 다시 옮겨졌다.

"목 좌평은 군사를 이끌고 신라를 공격하도록 하라. 그대에게 중방의 군사 2만을 떼어 줄 것이다."

긴장한 목정복이 머리를 숙이자 왕의 말이 이어졌다.

"또한 좌평 사은상도 3만 군사를 이끌고 양면에서 신라를 공격한다. 이번에는 신라 서변의 석토성을 점령하도록 하라."

좌평 사은상이 놀란 듯 머리를 들었다가 힘차게 대답했다.

"전하, 꼭 점령해 보이겠소이다."

"목 좌평이 사 좌평의 부장(副將)이 되었으니 진용이 단단해졌소."

의직이 말하자 성충이 머리를 한쪽으로 기울였다.

"양군(兩軍)으로 나뉘어졌으니 부장이랄 것도 없지. 석토성(石吐城)은 요지요. 게다가 김유신의 군사가 근처에 있소."

그들은 대왕전을 나와 마방으로 가는 길이었다. 여름이어서 궁성 안의 나무 숲에서 매미가 울고 있었다. 성충이 말했다.

"목 좌평이 원정군 출정에 반대했다가 신라 공격군의 부장을 맡게 되었으니 내심 놀라는 것 같았소."

그러자 의직이 이를 드러내고 웃었다.

"대성 8족이랍시고 대를 이어 좌평을 세습해 온 사람이오. 게다가 병관 좌평까지 맡아 군권을 휘둘렀으니 이제 칼을 들고 앞장서 달릴 때도 되었소."

"대왕께서 짓궂으시오."

목소리를 낮춘 성충도 따라 웃었다. 그들은 대성 8족이 아니다.

"그러고 보니 이번 신라 공격군의 주장(主將)과 부장이 모두 대성 8족이구려."

작년에 의직은 신라의 요거성 등 7개 성을 공취하면서 화살을 어깨에 맞아 난 상처가 다 낫지 않았다. 이번에 신라 서변의 석토성 공격도 그의 동방군이 맡아야 할 지역이었으나 사은상과 목정복이 중방군을 이끌고 가게 된 것이다. 의직이 정색한 얼굴로 성충을 바라보았다.

"목 좌평은 계략이 뛰어난 사람이나 김유신과는 한 번도 싸워 본 일이 없소. 나는 그것이 걱정이오."

"사 좌평이 있지 않소? 5년 전에 사 좌평은 김유신을 맞아 열흘간을 싸워 승부를 내지 못했소. 대왕께서는 그래서 사 좌평을 주장으로 삼으신 것 같소."

마방에 들어서자 의직이 혼잣소리처럼 말했다.

"이번에 석토성과 그 주변성들을 점령하면 신라는 더 이상 일어날 힘을 잃을 것이오. 신라 정복도 눈앞에 다가왔소."

술잔을 내려놓은 의자왕이 태자 효(孝)를 바라보았다. 술시 무렵의 대왕궁 안은 언제나처럼 깊은 정적에 덮여 있었다.

"40년이 넘도록 계속된 전쟁으로 전답은 황폐해졌고 주민이 줄어들었다. 하나 이 전쟁은 곧 끝날 것이다."

정색한 왕이 말을 이었다.

"잘 들어라. 백제국은 부여 씨 왕국이다. 그 동안 대성 8족의 도움으로 사직이 이어진 점도 없지는 않지만 위대한 네 조상들의 힘이 원천이었다."

"알고 있사옵니다. 아바마마."

태자가 공손히 대답했다. 태자는 이미 24세의 나이였으니 왕자도 둘이나 두었다. 자신의 이름처럼 효성이 지극한 태자여서 왕뿐만이 아니라 친모가 아닌 왕비 은고에게도 매일 아침 문안 인사를 올린다.

"이제 대성 8족의 시대는 갔다."

낮은 목소리로 말한 왕이 술잔을 들었다. 대왕궁의 내실 안에는 왕과 태자 두 사람뿐이었다. 긴장한 태자의 시선을 잡은 왕이 빙긋 웃었다.

"대성 8족은 제각기 한성 도읍기부터 웅진성, 그리고 이곳 사비도성으로 옮겨오기까지 지역기반을 잡은 토호가문들이었다. 그들은 오직 자신의 가문 영달에만 관심이 있을 뿐 대국(大局)을 위하여 희생하려 들지는 않는다."

"진즉부터 가슴에 새기고 있었습니다."

"그래서 나는 신진세력을 키워 왔고 이제 요직의 반 수 이상이 오직 왕실과 백제국에 충성하는 세력들로 바뀌어졌다."

왕의 목소리가 더욱 낮아졌다.

"너는 내 말을 뼈에 새겨두어라. 백제국은 중흥하면서 새롭게 태어난다. 대성 8족의 지역기반을 모두 없앨 것이고 인재는 가리지 않고 등용해야 될 것이다."

"뼈에 새겨두겠소이다. 아바마마."

그러자 왕이 크게 머리를 끄덕였다.

"신라는 국력이 반으로 줄었으나 김춘추를 중심으로 권력이 집중 되어 간다. 결코 방심해서는 안 될 것이다."

6월, 계백이 이끄는 보기(步騎) 15만은 발해만을 따라 남진했다. 북쪽 산해관에 주둔하고 있던 고구려군의 막리지 양성덕은 보기 25만을 이끌고 서진(西進)했는데 목표는 하남, 하북지방을 석권하려는 것이다. 고구려는 이미 3년 전 패주하는 당군을 추격하여 하북성 북쪽을 석권했고 백제군은 하북성 남쪽의 발해 만과 하남성 일부를 백제령으로 귀속시켰다. 호호탕탕 남진하던 백제군이 연무군과 덕산군의 백제군(軍) 10만을 만난 것은 열흘 뒤였다. 덕산 태수 진범이 양군(兩軍)의 연합군을 이끌고 있었는데 진범은 진포의 아들이다. 연무 태수가 되었던 아비 진포가 5년 전에 죽은 뒤로 진범은 연무 태수를 겸하고 있다. 계백과 진범은 마상에서 예를 한 다음 말에서 내려 서로의 손을 잡았다. 진범은 34세였으니 계백보다 연상이었으나 백제군의 주장(主將)은 계백이다. 진범이 웃음 띤 얼굴로 말했다.

"장령, 10여 년 만에 뵙소이다."

"다시 전장에서 뵙게 되었소이다."

계백도 반갑게 말을 받았다. 연무 태수 부여광이 반란으로 일으켰을때 계백은 진포를 도와 반란을 진압했던 것이다. 백제군은 하북성 화영현에 진을 쳤는데 군세가 25만이었다. 사방 20리에 걸쳐 무수한 깃발이 휘날렸고 기마전령이 쉴새없이 달렸는데 위용이 하늘을 찔렀다. 중군의 진막에 진범과 마주앉자 계백이 입을 열었다.

"하북 병마절도사 위개원의 군세가 30만에다 하동의 지원군 20만이 북상하고 있다고 들었소이다. 하동군이 합류하기 전에 위개원의 하북군을 격멸해야 될 것이오."

진범이 머리를 끄덕였다.

"이때를 기다리고 있었소이다. 대군을 이끌고 서진(西進)하는 것이 부친의 소원이셨소."

하북 병마절도사 위개원은 본래 이세민의 막장으로 현무문(玄武門)의 난에서 큰 공을 세워 중용되었다. 사십대 중반의 나이였으나 아직도 기력이 출중한 그는 교하(交河)를 지나 천도현에 이르자 군사를 멈추고 대오를 정비했다. 보기 30만의 정병으로 기마군만 10만이다.

"장군, 백제군이 화영현을 함락시켰소이다."

진막 안으로 도위 장윤이 들어서며 말했다. 그러자 곧 갑옷 차림의 장수가 따라 들어와 무릎을 꿇었다.

"소인은 화영현의 교위 최연승올시다."

"화연 현령은 어디에 있느냐?"

어깨갑옷을 벗으며 위개원이 묻자 교위는 두 손으로 진막 바닥을 짚었다.

"현령 모상교는 닷새 전에 죽었소이다."

"백제군의 군세는?"

"소인이 본 바로는 백제군은 30만이 넘는 대군이었소이다."

"패자는 상대편 군세를 크게 늘리는 법이지."

뱉듯이 말한 위개원이 이어 물었다.

"네가 장군기(將軍旗)를 보았느냐?"

"예, 적진 중심에 장령기(旗)가 하나 있었소이다."

"하나가 분명하냐?"

"예, 소인의 눈으로 똑똑히 보았소이다."

그러자 위개원이 진막에 모인 장수들을 둘러보았다.

"계백이 백제군을 지휘하게 되었군."

그는 백제군이 계백과 진범의 2개 군단으로 나눠지기를 바랐던 것이다. 교위가 진막을 나가자 장윤이 말했다.

"장군, 화영현의 서쪽은 내해(內海)이고 남쪽은 산줄기가 가로로 뻗어 있소이다. 우리 군세로 북쪽과 동쪽에서 밀고 나가면 백제군은 바다로 몰릴 것이오."

장윤은 중앙의 금오위 도위로 감군(監軍) 역할이다. 그가 말을 이었다.

"장군께서 소장에게 기마군 5만을 주시면 북쪽으로 돌아 백제군을 위에서 치고 내려오겠소이다."

"그대가 계백을 아는가?"

위개원이 불쑥 묻자 장윤이 눈을 치켜 떴다.

"소국(小國)의 장수에 대해 어찌 다 알 수 있겠습니까? 그자가 후황성 근처에서 영주 도덕 장검 공의 군사를 깨뜨렸다는 것은 들었소이다."

"대소(大小) 접전을 수없이 치른 무장이야. 만만히 보아서는 안된다."

"소장도 돌궐과의 싸움에서부터 고구려의 싸움까지 수십 번이나 전장을 달렸소이다."

장윤은 삼십대 초반으로 이번에 황제가 된 이치의 측근이다. 죽은 이세민의 측근이었던 하북 병마절도사 위개원이 어금니를 물었다가 풀었다.

"그대에게 기마군 5만을 줄 테니 신성(新城) 아래쪽까지 북진했다가 갑천을 건너 남진하라."

"내일 아침 일찍 떠나겠소이다."

턱을 치켜든 장윤이 어깨를 폈다.

"소장이 데려온 금오위는 군사도 데려가겠소이다."

깊은 밤이다. 진막 밖을 순시하는 위사들의 발소리만 들릴 뿐 주위는 조용했다. 진막 기둥에 매달린 등불 두 개가 진막 안에 앉아 있는 두 사내의 얼굴을 흐릿하게 비추었다. 상석에 앉은 위개원이 입을 열었다.

"고구려 원정에 실패한 이후로 당의 운명은 30년 전 수의 모양과 꼭 같다. 이번 싸움에서 패퇴한다면 사방에서 반란이 일어날 것이다."

그가 길게 숨을 뱉었다.

"이치는 황제의 그릇이 아니야. 천성이 유약하고 간질병까지 있어서 사직을 이어갈지 걱정이다."

"백제군과 고구려군을 끌어내는 수밖에 없습니다."

이렇게 대답한 사내는 그의 심복인 중랑장 서양천이다. 그가 낮은 목소리로 말을 이었다.

"그들의 군세를 합하면 50만이 넘지만 치중대가 적습니다. 길게 늘어서서 중원(中原)으로 들어온다면 지난 번 당군이 고구려 땅 깊숙이 들어간 것과 같은 결과가 될 것입니다."

"치중대가 적은 것은 긴 거리를 이동하지 않겠다는 것이야. 놈들은 쥐가 곡식을 파먹듯이 조금씩 영토를 늘려가려는 것이다."

이맛살을 찌푸린 위개원이 입술을 비틀고 웃었다.

"놈들은 수와 당군이 어떻게 당했는지를 알고 있단 말이다."

진막 안에 한동안 정적이 덮여졌다. 이세민은 죽기 전에 장손무기(長孫無忌)와 저수량(楮遂良)에게 후사를 부탁하였으나 아직 황제의 권위가 세워지지 않았다. 또한 중신들의 충성심도 자주를 잃어 흔들리는 실정인 것이다. 이윽고 위개원이 한숨과 함께 말했다.

"놈들이 끌려 나오지 않는다면 하북과 하남 땅을 내주는 수밖에 없다."

그러고는 다시 쓰게 웃었다.

"그렇군. 장윤은 백제군을 끌어내는 미끼가 되겠다."

이른 아침 계백은 말에 박차를 넣어 들판을 달렸다. 화영현은 땅이 기름진 데다 작은 개울이 도처에 흐르고 있어서 천혜의 농경지였다. 추수가 끝난 들판에는 백제군 진막이 끝도 없이 세워져 있었으므로 한 식경이 지나서야 시야가 트였다. 서쪽을 향해 달린 것이다. 말을 멈춘 계백이 머리를

돌려 옆쪽에 선 계백승을 바라보았다. 밤색 말위에 앉은 계백승은 조금 큰
듯한 군사의 가죽갑옷을 입었는데 머리에는 가죽두건을 썼고 허리에는 칼
도 찼다. 아침의 찬 공기를 맞은 뺨이 붉게 달아올라 있었으나 입술은 야
무지게 닫혀 있다.

"장안성은 저쪽이다."

불쑥 말한 계백이 턱으로 앞쪽을 가리켰다. 들판 끝쪽에 아스라한 안개
에 덮인 산줄기의 윗부분만이 드러나 있었다.

"천하(天下)가 저곳이다. 승아."

천하를 지배하는 자는 곧 천자(天子)였고 황제였다. 숨을 들이마신 계백
승이 앞쪽을 바라보았다. 맑은 눈빛이다. 그는 아비가 황제를 치려는 백제
군의 장군이라는 것을 안다. 그리고는 황제는 저쪽에 있다.

"아비는 대왕의 뜻을 받들어 백제국의 천하를 만들려는 것이다."

이제는 앞쪽을 본 채 계백이 말했다.

"너도 이어서 대왕께 충성하거라."

계백승이 머리를 끄덕였다.

"명심하겠습니다."

"2백 년쯤 전에 백제국의 동성대왕은 이미 이곳에 계셨다. 그리고 아마
나처럼 저쪽을 바라보셨을 것이다."

"제 조상도 이곳에 계셨습니까?"

"그렇다. 그때 네 조상은 기마군의 십장이셨다."

그때도 백제국은 대성 8족이 주요 관직을 독차지했고 타성(他姓)은 배척
되었다. 그러다 결국 동성왕은 위사 좌평 해구에 의하여 살해 되었던 것이
다. 뒤쪽에서 말굽소리가 들리더니 하도리가 땀으로 흠뻑 젖은 전령과 함
께 달려왔다.

"장령, 청로현에서 전령이 왔소이다."

전령이 말에서 뛰어내려 무릎을 꿇었다.

"아뢰오. 당의 기마군 5만여 기가 신성 근처에서 내려오고 있소이다."

"위개원이 북쪽으로 군사를 보냈구나."

머리를 끄덕인 계백이 말고삐를 채어 말머리를 돌렸다.

"사북 양면에서 공격해 올 모양이다."

전령이 연달아 왔으므로 당군의 윤곽은 뚜렷하게 드러났다. 대장기(大將旗)에 금오위(金吾衛) 도위(都尉) 장윤이라고 커다랗게 수가 놓여져 있었던 것이다.

"중앙의 금오위 군사가 섞여 있는데 대오가 정연하고 말들이 씩씩했습니다. 하루에 60리씩 남진해 오는 걸 보면 위개원의 본대와 보조를 맞추려는 것 같습니다."

이번에도 선봉장을 자원한 화청이 손수 3백 리 앞 장윤의 기마군을 정찰하고 온 것이다. 진막 안에는 덕산 태수 진범을 비롯한 백제군의 장수가 모두 모여 있었다.

화청이 말을 이었다.

"따라서 아군도 두 대로 나누어 적을 맞아야 합니다. 소장에게 장윤을 맡겨 주십시오."

"기마군만 5만이니 당군의 별동대이지 주력군은 아니야."

진범이 화청의 말을 받았다. 그가 계백을 바라보았다.

"우리 백제군을 유인해 내려는 것 같습니다. 이곳에서 기다리고 있다가 위개원과 장윤의 군사를 한꺼번에 맞아 치는 것이 좋을 것이오."

계백이 머리를 끄덕였다. 진범은 신중하고 철저한 성품이어서 그가 거느린 덕산, 연무 양군(郡)의 군사는 군율이 엄했다. 계백의 시선이 화청에게로 옮겨졌다.

"그대에게 기마군 5만을 줄 터이니 화영현 북방 30리 지점으로 진출하여 장윤을 맞아라."

"알겠소이다."

"장윤은 그대 몫이다."

자르듯 말한 계백이 장수들을 둘러보았다.

"위개원의 본대가 동진하고 있으니 닷새 뒤면 이곳에 닿는다. 분발하라."

이 싸움의 결말에 의하여 양국의 운명이 결정되는 것이다. 당군이 패하면 황하를 따라 하동 땅으로 진입할 수가 있고 장안성이 더욱 가까워진다. 북쪽에서 남진해 올 고구려군과 연합하면 당의 운명은 풍전등화가 될 것이었다.

그날 밤 화영현의 30리 북방 산기슭에 진을 친 화청의 진막으로 두 사람이 들어섰다. 앞장 선 사내는 계백의 위사장 하도리였다. 허리갑옷만 걸친 화청이 놀란 듯 그를 맞았다.

"고덕, 웬일인가?"

하도리는 그동안 품계가 올라 9품 고덕(固德)이 되었다. 화청의 시선이 하도리의 뒤에 선 소년에게로 옮겨졌다.

"아니, 너는 승이 아니냐?"

계백승이 잠자코 머리만을 숙이자 하도리가 입을 열었다.

"장군, 장령께서 당군을 기습공격하라는 영을 내리셨소."

"그러면 그렇지."

화청이 두어 대 빠진 이를 드러내고 웃었다.

"장령께서 소극전술을 쓰실 분이 아니신데 나도 꺼림칙했네."

"장윤의 군사가 곧 비산현의 들판으로 나올 것입니다. 그곳이 기습에 적당하다고 하셨습니다."

"들판이 좁고 도처에 작은 개울이 있어서 기마군의 운용이 힘든 곳이지."

화청이 만족한 듯 머리를 끄덕였다. 비신현은 백제군이 남진해 올 때 지나온 곳이다. 다시 화청의 시선이 계백승에게 옮겨졌다.

"승이는 왜 데려왔나?"

"장령께서 장군께 공자를 맡기셨소. 곁에 두시고 심부름을 시키라고 하셨습니다."

"허어. 난 시동이 필요없다."

이렇게 말하더니 화청이 퍼뜩 머리를 들었다.

"싸움터에 데리고 가란 말씀인가?"

그러자 계백승이 대답했다.

"아버님께선 싸우는 법은 장군께 배우라고 하셨습니다."

"너는 몇 살이냐?"

"열네 살입니다."

어깨를 편 계백승이 똑바로 화청을 바라보았다.

"하나 검술과 궁술은 남 못지 않습니다. 마술도 4년이나 익혔습니다."

화청의 굳게 닫힌 입에서 낮게 잃는 소리가 뱉어졌다. 무사에게 첫 출진은 평생 동안 소중한 기억으로 남는 법이다. 그래서 첫 출진을 인도한 상관은 스승이나 다름없이 여겨졌다. 그는 자신에 대한 계백의 신뢰를 재확인한 것이다. 이윽고 화청이 머리를 끄덕였다.

"내 곁에 붙어서 떨어지지 말아라."

"예, 장군."

"너는 계백의 아들이다. 부친의 이름을 욕되게 하지 말아야 될 것이다."

"명심하고 있습니다."

하도리가 한 걸음 나섰는데 굳어진 분위기를 풀려는 듯 웃는 얼굴이다.

"공자는 특히 말을 잘 탑니다. 전령으로 쓰시면 유익할 것이오."

장윤의 5만 기마군은 그야말로 물밀듯이 남진했는데 백제군의 소수 병력이 주둔해 있는 6, 7개의 현을 순식간에 탈환했다. 뺏고 뺏기는 싸움이었으니 백제군이 열흘 전에 점령했던 군현(郡縣)들이 다시 당군 수중에 떨어진 것이다. 청로현의 현성(縣城)에는 백제군이 성문을 열어 놓은 채 퇴각해 당군은 무혈입성한 셈이었다.

"장군, 백제 기마군 5만여 명이 화영현 북방 30리 지점의 산기슭에 진을 치고 있소이다."

부장 현광이 청으로 들어서며 말했다. 현광은 삼십대 초반으로 7척의 키에 솔잎 같은 수염이 뻗쳐졌고 입을 벌리면 밥그릇이 들어갔다. 힘이 장사여서 두 자루의 도끼를 나무젓가락처럼 썼는데 그의 무용은 토번국까지 알려졌다.

"아마 우리를 상대하려고 떼어 보낸 군사 같소이다."

"이틀 뒤면 부딪치겠다."

걸상에 앉은 장윤이 얼굴을 펴고 웃었다.

"위 병마사는 이미 전의(戰意)를 잃었다. 우리가 기선을 잡아 승리하면 황제께서 곧 병마사를 교체하실 것이다."

장윤은 이미 장안성의 허경종에게 밀서를 보낸 것이다. 허경종은 그와 뜻을 같이하는 황제의 총신으로 측근에서 모시고 있다. 이세민의 측근이었던 병마사 위개원은 장손무기의 일파로 도태되어야 할 인물인 것이다. 이세민의 정관(貞觀)의 치(治)라고 불리는 시대에 문무(文武)의 여러 인재가 있었는데 방현량, 두여회, 이정, 위징, 왕규, 재주, 유계 등으로 모두 제국의 간성들이었다. 이들 가운데는 비천한 출신도 있었고 어떤 인물은 멸망한 수의 신하였으며, 소수민족 출신에다 적군의 대장도 등용하여 요직에 앉혔다. 그러나 세월이 흐르면서 중신들은 여럿이 죽었고 이치가 즉위하고 나서는 기반이 흔들렸다. 첫째가 장손무기와 저수량 등 후사를 위임받은 중신에 대한 다른 세력의 반발이다. 장윤은 그 반발세력의 중심(中心)인 허경종의 오른팔이었다. 정색한 장윤이 현광을 바라보았다.

"내일 일찍 출발하여 전속력으로 비산현으로 진입한다. 그곳이 요지(要地)니 먼저 차지해 놓고 볼 일이다."

다음날 오시 무렵, 얕은 개울을 건너 당군의 선봉 3천여 기가 비산현으로 들어섰다. 선봉군과 5리쯤의 거리를 두고 중군 4만여 기가 노도처럼 달려왔고 그 뒤를 5, 6천 기의 후위가 따르고 있다. 선봉군의 대장은 금오위 소속의 낭장 채석이었는데 붉은 색 갑옷에 은투구를 쓴 위풍이 당당한 차림이었다. 그리고 멀리서도 햇살에 반사된 투구가 번쩍였다. 선봉군은 모두 금오위 소속으로 산남과 경조부 출신이다. 특히 장안성 중심의 경조부 출신은 멋과 풍류에 익숙해서 허리에는 오색 띠를 매었고 갑옷에 번쩍이는 쇳조각도 붙었다. 건조한 날씨였으므로 먼지가 자욱하게 일어났다. 지진이 일어난 듯 땅이 흔들렸는데 추수가 끝난 들판에는 이미 주민들이 모두 피난해 간 뒤여서 놀란 짐승들만 뛰었다.

"저쪽 산기슭까지 곧장 나가라!"

채성이 손을 들어 앞쪽의 높은 산줄기를 가리켰다. 전장에서 장수의 분위기는 순식간에 휘하 무장에게 옮겨지는 법이다. 채석은 공명심으로 피가 끓었으며 백제군과 부딪치기를 조급하게 기다리고 있었다.

"오늘 이곳을 확보하고 내일은 결전이다!"

"중군이 안으로 들어올 때까지 기다려라."

산중턱의 나무 밑에 선 화청이 가늘게 뜬 눈으로 아래쪽을 바라보며 말했다.

"대오가 정연하다. 과연 당의 정예군이다."

"장군, 선봉은 곧장 이쪽으로 옵니다."

옆에 선 부장 구재천이 초조한 듯 말했다.

"이미 중군의 반 이상이 들판으로 들어왔소."

"하늘이여, 보소서!"

화청이 허리에 찬 장검을 쓰윽 빼 들고 소리치듯 말했으므로 주위의 시선이 일제히 모여졌다. 뒤쪽에 선 계백승은 침을 삼켰다.

"백제군이 당을 격멸한다!"

칼끝을 높게 치켜든 화청이 이어서 소리쳤다.

"북을 쳐라! 고각을 힘껏 불어라!"

뒤쪽에 늘어선 10여 명의 고수가 소가죽 북을 치자 산이 울렸고 메아리가 말발굽 소리를 덮었다. 하늘을 찢듯이 고각이 울리면서 산에 박혀 있던 백제군이 목청껏 함성으로 대답했다. 화청은 말에 박차를 넣어 산을 달려 내려갔다.

현광이 도끼를 휘두르며 백제군 진중으로 돌입했다. 굴곡이 심한 넓은 들판은 전쟁터가 되어 있었다. 사방에서 백제 기마군이 쏟아져 나왔으나 당군의 대오는 흐트러지지 않았다. 비슷한 군세의 양군인데다 구릉이 많고 개울이 여러 가닥으로 뻗쳐져서 백제군의 기습 효과는 반감된 것이다.

"이놈들! 동쪽의 오랑캐 놈들이 감히!"

수수깡처럼 휘두르는 현광의 도끼에 백제군의 말머리가 찍혔고 등판이 찍힌 군사가 나가 떨어졌다. 함성을 지르면서 당군이 현광의 뒤를 따랐는데 백제군은 좌우로 갈라졌다. 눈이 부실 듯한 활약이었다. 백제군의 장수 하나가 긴 창을 휘두르며 대적했으나 현광의 도끼에 창자루가 걸리면서 다른 쪽 도끼날에 어깨를 찍혀 엎어졌다.

"산기슭까지 밀고 나가라고 전하라!"

낮은 구릉 위에 임시 본진을 세운 장윤이 마상에서 소리쳤다. 영을 받은 고수가 북을 울려 신호를 했고 뒤쪽에 늘어선 있던 전령 하나가 흰 색 영기를 받아 쥐고 달려갔다. 양군이 엉킨 지 한 식경이 겨우 되어 가고 있어서 장윤으로서도 아직 전황을 모른다.

"난전입니다."

부장 호대경이 말을 몰아 구릉을 올라오더니 소리쳤다.

"군세가 비슷하니 기세와 체력 싸움이 되겠소이다."

"현광이 적중을 갈라놓을 것이다."

장윤이 이 사이로 말하고는 다시 아래쪽을 내려다보았다. 그러나 시야는 1리쯤 앞에서 다른 구릉에 가로막혔다. 앞쪽 개울 복판에서 양쪽 기마군이 격렬하게 부딪쳤다가 갈라져 갔다. 이쪽은 교위급 장수가 이끄는 3백 기 정도였고 백제군도 비슷한 숫자였다. 아래쪽에서 전령이 기를 쓰고 달려왔다. 어깨에 화살 한 대가 꺾어진 채 박혀 있었다.

"장군, 우측의 방산 현령이 군사를 지원해 달라고 합니다! 백제군 2천의 공격을 받고 있소이다!"

"뒤쪽에 낭장 이유택의 군사가 있다. 지원군 없이 견디라고 하라!"

자르듯 말한 장윤이 다시 앞쪽을 보았다. 그의 중군 2만은 구릉 주위로 포진해 있었는데 아직 칼 한 번 휘두르지 않았다. 백제군은 소부대로 사방에서 달려들었으나 아직 본진의 대군은 나타나지 않았다.

"계백, 너는 기습을 했다고 생각하겠지만 이미 내 계략에 말려들었다."

장윤이 혼잣소리처럼 말하고는 앞쪽 구릉 건너편 산기슭을 바라보았다.

"백제군의 본진으로 공격한다."

"장윤이 본진의 군사를 아끼는군."

화청이 웃는 얼굴로 말했다. 그는 이미 전장의 한복판에 나와 있었는데 따르는 군사는 5천 기뿐이다. 그가 힐끗 계백승을 보았다.

"장윤의 부장 현광과 싸우는 장덕 조마천에게 전하라. 즉시 서쪽 산골짜기로 물러나라고."

"예, 장군."

소리쳐 대답한 계백승이 붉은 색 영기를 받아들고 말을 달렸다. 그 뒤를 왜국에서부터 따라온 시종무사 신조가 따른다. 화청이 말에 박차를 넣어 나아가자 대열은 다시 전진했다. 사방 20리 정도의 전장에는 차츰 양군의 윤곽이 드러났는데 당군은 화살촉 모양으로 선봉이 앞에 섰고 좌우에 두꺼운 벽을 쌓은 채 앞으로 나아갔다. 이것은 당의 장군 이정이 돌궐의 대군을 깨뜨릴 때의 전법으로 화살형 진용은 두 개로 이어졌다. 그만큼 장윤이 용의주도한 성격이었던 것이다. 그는 두 번째 진용의 한복판에서 전진했는데 앞쪽 진용의 최선봉을 현광이 맡아 길을 뚫었다. 그에 비하면 백제군은 사방에서 10여 개의 소부대로 습격해 왔다가 돌에 부딪친 과일 형국이 되어 깨뜨려지거나 적진을 뚫고 나갔다가 되돌아왔다. 그러고는 곧 당군의 진로를 따라 같이 이동하면서 차츰 앞쪽으로 모였다. 백제군의 주력은 정면에 있었기 때문이고 장윤은 그것을 간파하고 군사를 분산시키지 않았던 것이다. 북소리가 더욱 거칠고 빠르게 울렸다. 양군이 서로 두드린 데다 함성까지 섞여져서 얼른 구분이 안 되었다. 싸움이 시작된 지 두 식경이 되어 가고 있었다.

"물러가라!"

계백승의 전갈을 받자마자 장덕 조마천은 목청껏 소리치고는 자신부터 말머리를 돌렸다. 그는 3천 군사를 거느리고 있었는데 이미 그가 서 있는

2백 보 앞까지 현광이 밀고 들어왔다. 무서운 기세여서 백제군의 사기가 꺾여 가고 있던 참이다. 본진이 말머리를 돌리자 순식간에 진용이 흐트러 졌다. 말머리를 돌리려다 칼을 맞았고 당군의 함성이 더욱 높아졌다.

"쫓아라!"

피칠을 해서 마치 붉은 색 도끼를 들고 있는 것 같은 현광이 악을 쓰듯 외쳤다. 세 개의 소부대를 깨뜨리고 난 다음 마주친 백제군 정면의 대부대 가 패주하기 시작하는 것이다. 당군은 함성을 지르며 그의 뒤를 따랐다.

"바짝 쫓아라!"

장윤도 거침없이 소리쳤다. 싸움에서 기세가 제일이고 그 다음이 기회 이다. 기회를 놓치면 안 되는 것이다. 옆쪽으로 흩어진 1만의 군사를 제외 한 4만 기마군이 일제히 내달렸고 함성이 하늘을 찔렀다. 중군을 달리는 장윤의 눈에도 백제군의 등이 보였다. 이겼다.

화청의 5천 기마군은 조마천의 뒤쪽 3리 지점에 있었는데 조마천의 기 마군이 몰려오자 먼저 말머리를 돌렸다. 그리고는 자욱한 먼지를 일으키며 내달렸다. 그래서 같이 패주하는 것처럼 보였다.

장윤의 본진 좌측에서 4천 기마군을 이끌고 따르던 낭장 이유택은 옆쪽 으로 달려가는 백제 기마군의 숫자가 점점 적어진다고 생각했다. 구릉과 낮은 골짜기가 많아 가려질 수도 있지만 꺼림칙했다. 그래서 옆을 달리는 전령에게 소리쳤다.

"장군께 알려라! 백제군이 뒤로 빠지는 것 같다!"

전령이 말에 채찍을 넣더니 본진으로 달려갔다.

"말을 잘 타는구나."

장덕 조마천이 흰 이를 드러내고 웃었다. 말굽소리가 천지를 뒤덮고 있었으므로 그가 소리쳐 말을 이었다.

"저 골짜기만 지나면 된다."

계백승은 그가 눈으로 가리키는 앞쪽 골짜기를 보았다. 골짜기라야 두 개의 구릉 사이의 꽤 넓은 평지였고 마른 풀만 덮여진 구릉의 높이는 1백 자 정도였다. 화살이 날아왔다. 당군이 쫓아오면서 쏘는 것이다. 계백승은 조마천의 부드러운 시선을 받자 뭔가 말을 해야겠다고 생각했다. 그러나 할 말이 떠오르지 않았다.

"나도 너만한 아들이 있다."

조마천이 다시 소리치고는 말에 채찍을 때려 조금 앞서 갔다. 골짜기 바로 앞이다.

당군의 진용은 두 개의 화살촉이 바짝 붙어 있는 모양이 되었고 백제군은 여덟 8(八) 자 대형으로 패주했다. 물론 당군의 화살촉 끝은 백제군의 본진을 겨누고 있다. 그것이 구릉으로 빨려 들어가자 위에서 보면 마치 활에 화살이 걸쳐진 모양이 되었다.

현광이 골짜기를 벗어나 다시 넓은 평지로 나왔을 때였다. 함성이 일어났는데 이제까지 들은 것보다 몇 배나 컸다. 그러고는 화살이 쏟아졌다. 하늘이 어두워질 만큼 날아온 화살이 그의 어깨에도 한 대 꽂혔다.

"아뿔싸!"

눈을 부릅뜬 현광이 이를 갈았다. 달아나던 백제군이 말머리를 돌려 달려들고 있는 것이다. 그러나 그것으로 그가 몸을 굳힌 것은 아니다. 앞쪽에 넓게 퍼져 달려오는 백제 기마군은 1, 2만이 아니었다. 전장에 익숙한 그의 눈에는 군세가 5만도 넘었다. 그렇다면 백제군은 5만 군이 아니라 적어도 7, 8만이다.

"물러서지 마라!"

장윤이 처음으로 칼을 빼 든 이유는 물러서는 당군을 위협하기 위해서였으니 분했다. 그러나 중과부적(衆寡不敵)이요, 역부족(力不足)이다. 백제군은 앞뒤에서 공격해 왔는데 군세는 당군의 두 배 가깝게 되는 것 같았다. 눈을 부릅뜬 장윤은 다시 악을 썼다.

"앞으로 나아가라! 앞으로!"

신시 무렵 당의 금오위 도위이며 하북성군 부총관 장윤은 백제군 군사 복동이에게 창에 찔린 다음 역시 군사 오만에 의하여 목이 잘려졌다. 부장 현광은 화살로만 30여 발을 맞고 말 위에서 죽었는데 화살이 너무 많이 박혀 군사들은 목을 베지도 않았다. 백제군의 대승이다. 금오위군이 주축이 된 장윤의 5만 기마군은 3만여 명이 죽고 1만여 명이 포로로 잡혔으니 도주한 군사는 1만도 안 되었다. 저녁 무렵, 가장 격렬한 전쟁터였던 들판이 보이는 구릉에 장령의 진막이 임시로 세워졌다. 진막 안에는 계백과 화청이 수하 장수들과 둘러앉아 있었다. 계백이 2만 기마군을 이끌고 지원군으로 왔던 것이다. 화청이 입을 열었다.

"아군도 장수가 여럿 죽었습니다. 칼을 맞은 장덕 조마천도 조금 전에 죽었습니다."

승전의 분위기에 아직도 달아오른 진막 안에 그의 목소리가 이어졌다.

"아군 사상자는 1만 명이 조금 못 됩니다. 대승이올시다. 장령."

머리를 끄덕인 계백의 시선이 말석에 서 있는 계백승의 얼굴을 스치고 지나갔다. 이마에 피를 묻히고 있었으나 다친 상처는 아니었다. 칼에 맞은 조마천을 도와 싸우다가 피가 튀긴 것이다.

"이곳을 지킨다."

위개원이 시선을 들지 않고 말했으므로 장수들은 서로의 얼굴을 돌아보았다. 진막 안에는 잠시 정적이 덮여졌으나 선뜻 입을 여는 장수는 없다. 조금 전에 장윤의 패사(敗死) 소식이 전해져 온 것이다. 이윽고 위개원이 머리를 들었다.

"백제군은 서쪽으로 이동해 오지 않을 것이야. 만일 우리가 밀고 들어갔다가 부총관처럼 함정에 빠지기라도 한다면 낙양성은 물론이고 중원(中原)이 위험하다."

장수들은 잠자코 그의 말을 들었다. 맞는 말이었다. 뒤쪽에 지원군 20여만이 오고는 있었으나 보름 뒤에나 도착할 것이었고 대오를 정비하는 데도 시일이 걸린다. 어깨를 늘어뜨린 장수들이 진막을 나가자 중랑장 서양천이 위개원에게 다가가 섰다. 진막 안에는 그들 둘뿐이다.

"고구려군도 하북 지역에 닷새째 멈추고 있습니다."

"끌려 들어오지 않아."

뱉듯이 말한 위개원이 길게 숨을 뱉었다. 고구려군을 맡은 하동도 순찰사 이유세는 40여 만의 군사를 이끌고 은산(銀山)에 닿아 있었다. 그리고 그도 더 이상 북상하지 않았다. 위개원이 혼잣소리처럼 말했다.

"이로써 당제국의 북방과 동방은 고구려와 백제에게 장악되었다."

제8장 대성(大姓)의 배신

좌평 사은상이 석토성(石吐城)을 함락시킨 것은 8월이었다. 그의 3만 군사는 여세를 몰아 주변의 6개 성을 공략하여 열흘이 되기도 전에 백제령으로 만들었다. 작년인 의자왕 8년에도 의직이 성 10개를 빼앗았으니 신라의 서변 영토는 크게 위축되었다. 석토성 안 누각에는 사은상과 목정복이 마주앉아 있었는데 밝은 분위기였다. 앞에는 술상이 놓여졌고 이미 서너 잔씩 미주를 마신 참이다.

"김유신이 도살성(道薩城) 근처까지 와 있지만 이미 때가 늦었소. 빼앗긴 일곱 성을 회복할 수는 없을 것이오."

사은상이 웃음 띤 얼굴로 말했다.

"우리의 양동(兩動) 작전이 성공했소이다."

사은상과 목정복은 각각 3만과 2만 군사를 거느리고 두 갈래 길로 신라를 공격했던 것이다. 김유신은 조금 앞서간 목정복의 군사를 맞으려고 오계성 앞 들판에 진을 쳤다가 허탕을 쳤다. 그 사이에 사은상이 석토성을 함락시켰던 것이다. 속은 것을 깨달은 김유신이 황급히 군사를 돌렸으나 목정복의 군사에 가로막혀 네 번이나 대접전을 치렀고 그동안 사은상은 일곱 성을 함락시켰다. 술잔을 든 사은상이 목정복을 바라보았다.

"좌평, 왕명이 내려왔소. 대왕께서는 도성으로 좌평을 부르셨소."

"무슨 일입니까?"

"그건 나도 모릅니다."

한모금 술을 삼킨 사은상이 정색을 했다.

"좌평 휘하의 군사 지휘관을 달솔 부여복신이 인계받을 것이오."

"그렇습니까?"

목정복이 천천히 머리를 끄덕이더니 술잔을 들었다.

"김유신이 가깝게 있지만 부여복신이라면 믿을 만하지요."

"이미 목 좌평의 혁혁한 무공은 천하에 알려졌소. 대왕께서는 좌평의 안위가 걱정되신 것이오."

"실로 황공한 처분이시오."

머리를 숙였다가 든 목정복이 얼굴에 웃음을 띠었다.

"김유신과 네 번 접전했으나 김유신의 얼굴은 보지 못했소. 그것이 유감이구려."

그날 밤 대장군 겸 갑독주 군주이며 신라군의 총사령인 김유신은 넓은 진막에 혼자 앉아 있었다. 이미 오십대 중반의 나이여서 환수염이 가슴까지 덮여졌고 머리도 하얗게 세었으나 허리가 곧고 두눈에는 정기가 흘렀다. 기름등 아래에서 지도를 내려다보던 김유신이 인기척에 머리를 들었다. 장군 진춘(陳春)이 들어섰기 때문이다. 진춘의 얼굴은 딱딱하게 굳어져 있었다.

"대장군 괴이한 일이 생겼소이다."

"무슨 일인가?"

"목정복의 아들이란 자가 지금 진막 밖에 있소이다."

"백제국 목정복이 말인가?"

"그렇소이다. 농사꾼 복색을 하고 있으나 아비를 따라 출정해 왔다고 하오."

목정복이라면 이번에 자신과 접전을 치러 석토성을 함락시키게 한 백제군의 부장(副將)이며 좌평이다. 김유신이 긴장으로 얼굴을 굳혔다.

"들여 보내라."

곧 진춘의 안내로 이십대 후반쯤의 사내가 진막 안에 들어섰는데 옷차림은 남루했으나 첫눈에도 귀골(貴骨)이다. 머리만 숙여 절을 한 사내가 김유신을 똑바로 바라보았다.

"그대가 백제국 좌평 목정복의 아들이라고?"

"예, 9품 시덕 관등으로 이번에 후위군의 도사를 맡은 목기연이올시다."

"변복을 하고 신라군 진중에 들어온 이유가 무엇인가?"

"신라 대장군을 뵈러 온 것이오. 이미 순찰 군관에게도 말을 했소이다."

김유신의 시선이 목기연의 뒤에 선 진춘과 부딪쳤다.

"그래, 날 만나서 어쩌려고?"

"아비의 말씀을 전하고 대장군의 뜻을 알아 가려는 것입니다."

"말하라."

"아비는 신라에 귀순하시겠다고 하셨습니다. 그리고 이번에 신라로부터 빼앗은 일곱 성을 들고 가실 것입니다."

"어떻게 말인가?"

"석토성문을 열어드린다고 하셨습니다."

김유신이 헛기침을 했다.

"그대 부친은 백제국의 최고위직인 좌평인 데다 이번에 대공을 세웠다. 갑자기 성을 들고 귀순하겠다는 이유를 알고 싶다."

"대장군께서도 짐작하고 계실 것이라고 하셨소이다. 우리 목 씨 가문은 이제 백제국에서 도태되어 가고 있습니다. 이번에도 아비는 공을 세우셨으나 도성으로 귀환하라는 왕의 영을 받았습니다."

낮게 신음소리를 뱉은 김유신이 다시 입을 떼었다.

"조건이 있을 것이다. 말하라."

"동변의 군주(軍主) 한 곳을 맡게 해주시면 그곳에서 여생을 보내시겠다고 하셨습니다."

"내가 갑독주 군주이다."

허리를 편 김유신이 정색을 했다.

"성이 12개에 주민수가 50만이니 그만하면 대쥬(大州)이다. 내가 갑독주를 넘겨줄 것이고 여왕께서도 기꺼이 받아들이실 것이다."

열흘 뒤에 석토성 남문을 지키던 수문장 용지는 군마의 발굽소리에 성루로 올라갔다. 유시 무렵이어서 주위에는 어둠이 덮여졌다.

"목 좌평께서 늦게 오시는구나."

아래쪽을 굽어보며 혼잣소리처럼 말했을 때 기마인의 윤곽이 드러났다. 앞장 선 사내는 틀림없는 목정복이다.

"이봐라. 수문장, 성문을 열어라!"

"예, 나리."

목정복은 군사의 지휘권을 부여복신에게 넘긴 다음 갑자기 병을 얻어 진존성에 머물고 있었던 것이다. 두꺼운 통나무에 쇠판을 댄 성문이 열리기 시작했으므로 용지는 성루를 내려갔다. 예의에 엄격한 목 좌평을 빈틈없이 맞으려는 것이다.

함성이 일어났을 때 좌평 사은상은 마악 저녁을 마치고는 침소로 들어

온 참이었다. 문을 열어젖힌 그가 청으로 나왔을 때에도 주위의 시종과 장수들은 이리저리 뛸 뿐 함성의 출처를 말해주지 않았다. 이제는 함성과 함께 어지러운 말굽소리가 섞여 들리고 있었으므로 사은상은 소리쳤다.

"도대체 무슨 일이냐!"

그때 청의 앞마당으로 기마군사 하나가 달려 들어오더니 말에서 뛰어내렸다.

"신라군이 습격해 왔소이다!"

군사가 아우성치듯 다시 소리쳤다.

"이미 외성을 점령하고 이쪽으로 오고 있소이다!"

"어허!"

사은상은 더 이상 묻지 않았다. 시종이 걸쳐 주는 갑옷을 선 채로 입고 있을 때 다시 10여 명의 수하 장수들이 모여들었고 중구난방 신라군의 침입을 알렸다. 신라군이 남문을 통해 들어오고 있다는 것이었으나 왜 남문이 뚫렸는지 말해주는 사람은 없다. 신라 기마군이 마당으로 뛰어든 것은 잠시 뒤였다.

"방심했다."

피를 토하듯 외친 사은상이 허리에 찬 칼을 뽑더니 마당으로 뛰어내렸다. 주위에 몰려 서 있던 20여 명의 시종과 장수들도 일제히 그를 따라 뛰어 내렸으나 함성을 내지르는 사람은 없다.

"이놈!"

사은상은 앞으로 달려온 기마군의 말머리를 칼로 내려치며 처음으로 벽력같은 고함을 쳤다. 청 앞 마당은 순식간에 격렬한 전장으로 변했다.

의자왕이 석토성의 참변을 알게 된 것은 그로부터 이틀 뒤인 저녁 무렵이다. 문독 관등의 기마군 대장이 이틀 밤낮을 한숨도 돌리지 않고 달려왔던 것이다. 왕 앞에 엎드린 그는 온몸을 떨었다.

"대왕께 아뢰오. 석토성을 신라군에 빼앗겼소이다."

왕은 좌평 성충과 같이 있었는데 성충이 대신 물었다.

"자세하게 말하라. 어떻게 빼앗겼단 말이냐?"

"좌평 목정복이 성문을 열어 신라군을 끌어들였소이다."

"무엇이?"

왕이 버럭 소리쳤으므로 청이 울렸다. 어깨를 움츠린 문독이 이를 악물고는 왕을 올려다보았다.

"소인이 신라군과 함께 있는 목 좌평을 보았소이다. 목 좌평은 남문을 열게 한 다음 신라군과 함께 들어왔소이다."

"사 좌평은 어떻게 되었느냐?"

"청의 앞뜰에서 수하 무장들과 함께 전사하셨다고 들었소이다."

"목정복이……."

앞쪽을 노려본 왕이 혼잣소리처럼 말하더니 허탈하게 웃었다.

"그놈이 마침내 본색을 드러내었다. 사직보다 제 가문과 제 놈의 영달만을 바랐던 놈이다."

한 식경쯤이 지난 뒤에 위사장 교진이 청으로 들어섰는데 좀처럼 표정이 없는 그였으나 얼굴이 차갑게 굳어져 있었다. 그가 왕 앞으로 바짝 다가섰다.

"대왕전하, 목정복의 집안이 텅 비었습니다. 닷새 전에 목정복이 병이 났다는 말을 듣고 처자가 모두 진존성으로 떠났다고 합니다."

목소리를 낮춘 그가 이 사이로 말했다.

"또한 목 씨 일문 중에 세 집이 비었습니다. 그자들도 목정복을 따라간 것 같소이다."

머리를 든 왕이 청에 모인 중신들을 둘러보았다. 외경부 장리인 달솔 목반의 모습이 보이지 않았다. 대왕전에는 긴급히 소집된 중신들이 지금도 들어오고 있기는 했다. 왕의 마음을 읽은 듯이 교진이 말을 이었다.

"목반의 일가 20여 명도 닷새 전에 조상의 제사를 올린다면서 모두 떠났습니다. 종 두어 명만 집안에 남아 있소이다."

"성급하셨습니다."

은고가 차갑게 말했으나 잔에 술을 채우는 손길은 조심스러웠다.

"신라를 멸망시키고 대륙을 정복하는 대야망을 이루시기 전에 전하는 내부 기반을 다지셔야 합니다."

술잔을 든 왕이 은고를 바라보았다. 무녀 일선의 사건 이후로 왕은 2년 동안 왕비를 가까이 하지 않았다. 다시 왕비궁에 출입하기 시작한 것은 두 달도 안 되었다.

술시가 넘어가고 있었으니 깊은 밤이다. 왕은 동방 방령 의직에게 사자를 보내었고 좌평 성충과 흥수에게 명하여 목 씨 가문의 연루자를 색출케 했다. 그러나 백제국은 최고위 관등인 좌평 6인 중에서 두 사람을 동시에 잃었다. 탈취했던 7개 성을 되뺏긴 것보다 왕에게는 목정복의 반역이 더 큰 충격이었다. 목정복은 대성 8족 가운데서 두 번째로 큰 가문의 수장(首長)으로 이번에 외경부 장리인 달솔 목반과 덕솔 목신의 일족들을 모아 김유신에게 투항한 것이다. 왕이 술기운으로 붉어진 눈을 들었다.

"내 대성 8족의 뿌리를 뽑을 것이다. 그것이야말로 백제국 중흥의 첫째 사명이다."

피를 토하듯 왕이 말하자 왕비 은고가 머리를 끄덕였다.

"목숨을 바쳐 대왕을 돕겠습니다."

왕비 은고는 대성 8족 출신이 아닌 것이다.

화영현의 백제군 본진은 산중턱에 자리잡았는데 계백의 처소는 그 중심부에 통나무로 만들어졌다. 대륙은 겨울이 빨리 오는 법이어서 열흘 전부터 눈발이 흩날리기 시작하더니 어제부터는 굵은 눈이 내렸다. 하룻동안 쌓인 눈이 말의 무릎까지 찼으므로 군사들은 들판에 길을 만드느라 분주했다. 화청은 온몸에 묻은 눈을 털면서 계백의 처소에 들어섰다. 오시 무렵이었으나 하늘은 어두웠고 집안에는 기름등을 켜 놓았다.

"태수, 눈이 쌓여서 소장이 늦었소이다."

화청의 뒤를 따라 계백승이 들어섰는데 계백을 보자 얼굴에 웃음을 띠었다. 통나무 처소 안쪽에 화덕을 만들어 장작불을 피웠으므로 방 안은 따스했다. 방 안에는 이미 20여 명의 장수들이 둘러앉아 있었는데 덕산 태수 진범의 모습도 보였다. 화청이 옴으로써 백제군(郡)의 연합군 장수들이 모두 모인 셈이다. 술렁이던 분위기가 가라 앉으면서 장수들의 시선이 계백에게로 모여졌다.

계백이 입을 열었다.

"대왕의 영으로 백제군은 회군한다. 그러나 이곳 화영현에는 덕솔 연만을 주장으로 하고 장덕 고성, 길만을 부장으로 하여 군사 3만을 주둔시키기로 했다. 따라서 이곳은 백제령 화영군이 되었으며 태수는 덕솔 연만이다."

그의 시선이 덕솔 연만에게로 옮겨졌다.

"덕솔, 그대에게 중책이 내려졌다. 이곳은 동성군과 연무, 덕산군의 중간 지역이며 중원의 관문이다. 주민을 모으고 성을 쌓아야 할것이다."

연만은 삼십대 후반으로 대성 8족의 연 씨 일족이었으나 1백여 년간 가문이 쇠락하여 조부 때부터 농군이 되었었다. 그가 상기된 얼굴로 대답했다.

"신명을 바쳐 대왕께 보은하겠소이다."

"곧, 동성군과 덕산, 연무군에서 전선에 물자를 실어올 것이다. 또한 전선 10척을 떼어줄 터이니 수군을 키우도록 하라."

계백의 시선이 화청에게로 옮겨졌다.

"그대는 동성군 태수가 되었다. 나는 덕솔 선고와 함께 왕명을 받아 본국으로 돌아간다."

덕산 태수 진범을 제외한 장수들이 술렁거렸다. 계백과 진범은 이미 이야기가 되어 있었던 것이다. 계백의 말이 다시 이어졌다.

"대륙의 백제령군 주장(主將)은 이제부터 이곳에 계신 덕산 태수시다. 대왕의 영이시니 모두 가슴에 새겨두도록 하라."

회의를 마친 계백이 덕산 태수 진범을 배웅하고 돌아왔을 때는 미시가 지날 무렵이었다.

눈발이 더욱 굵어지고 있었으므로 들판에 무수히 솟아 있던 백제군의 진막도 어느덧 눈에 묻혀 구분이 안 되었다. 처소의 나무문이 열리면서 하도리와 함께 화청과 계백승이 들어섰다. 진으로 돌아가는 그들을 하도리가 불러온 것이다.

"그대에게 부탁할 일이 있어서 다시 불렀어."

계백이 앞쪽 걸상에 앉은 화청에게 말했다.

"나는 가까운 덕산군으로 내려가 배를 탈 것이야."

"눈이 굵어지고 있으나 소장은 내일 떠나겠소이다."

머리를 끄덕인 계백의 시선이 뒤쪽에 선 계백승의 얼굴을 스치고 지나갔다.

"그대에게 내 자식을 맡기고 싶네. 저놈에게 진정한 무장의 길을 가르쳐주지 않겠는가?"

"소인이 스승의 자격이 있겠습니까?"

"내가 만난 무장 중에 그대만한 충신이 없었고, 그대만한 장수가 없었어."

화청이 주름진 눈시울을 들더니 한참 동안이나 계백을 바라보았다. 이윽고 그가 입을 열었다.

"소인의 자식처럼 가르치겠소이다."

"이제 안심을 했네."

계백은 얼굴을 펴고 웃으며 뒤쪽에 선 계백승을 바라보았다.

"너를 태수께 맡기게 되어 나는 마음이 놓인다."

화청이 먼저 처소를 나간 것은 계백 부자에게 둘만의 시간을 주려는 의도였다. 계백이 앞에 앉은 계백승을 바라보았다. 모닥불의 열기에 계백승의 두 뺨이 붉게 덥혀졌다.

"본국의 토성에 네 동생 계백충이 있으나 너는 내 장남이다."

부드러운 목소리로 그가 말을 이었다.

"내가 너에게 꼭 해주고 싶었던 말은 가문보다도 먼저 신하로서의 도리를 생각해야 된다는 것이다. 알아듣겠느냐?"

"예, 아버님."

"네 조부는 네 아비를 성만 붙인 계백으로 부르라 하시고는 돌아가셨다. 그것이 무슨 뜻이겠느냐?"

"성과 가문에 집착하지 말라는 뜻입니다."

선뜻 대답한 계백승이 시선을 내렸다.

"어머님께 들었습니다."

계백은 시선을 들었다. 그러고는 오미를 닮아 야무진 입술을 가진 아들을 바라보았다. 오미는 자식을 잘 키웠다.

"그럼 돌아가거라."

상체를 세운 계백이 말하자 자리에서 일어선 계백승이 땅바닥에 무릎을 꿇더니 계백에게 절을 했다. 그리고는 꿇어앉은 채 계백을 올려다보았다.

"아버님, 부디 몸 건강하십시오."

계백승의 두 눈에 물기가 어린 것을 본 계백이 턱을 들었다.

"가거라."

계백이 사비도성에 들어온 날은 다음 해 정월 15일이었다. 의자왕의 치세 10년(650년)이 되는 해였고 신라 여왕 승만 4년이다. 고구려는 보장왕 9년이었으며 당 고종 2년이 되었다. 또한 왜국은 의자왕의 누님이었던 부여보가 고교쿠(황극) 왜왕이 되었다가 의자왕의 동생이며 자신의 동생이기도 한 부여 경 왕자에게 왕위를 넘겨주었으니 그가 곧 고토쿠(효덕) 왜왕이다. 관복으로 갈아입은 계백은 곧장 궁성으로 들어섰다. 달솔 관등으로 근위군의 장령이었으니 자색 옷에 은관을 썼고 허리에는 왕이 하사한 영검(令劍)을 찼다. 대왕전의 입구에서 위사장 교진이 그로서는 좀처럼 드물게 웃는 얼굴로 계백을 맞았다.

"장령, 대왕께서 기다리고 계시오."

"위사장을 오랜만에 뵙소."

그러자 교진이 다시 웃었다.

"장령을 뵈니 든든합니다."

의자왕은 대왕전 옆의 미륵청에 앉아 있었는데 단하에 좌평 성충과 흥수, 의직이 나란히 앉았다. 계백이 들어서자 왕은 얼굴을 펴고 웃었다.

"장령, 먼 길을 왔구나."

"대왕께 신(臣) 계백이 문안드리오."

엎드려 절을 한 계백이 상기된 얼굴을 들었다.

"전하, 부르심을 받고 왔소이다."

"그대의 전공(戰功)에 대한 상이 부족하다."

군신의 주고받는 말이 부드럽기 때문인지 청에 앉은 좌평들의 얼굴에도 웃음기가 번졌다. 이윽고 왕이 정색했다.

"장령, 그대는 작년의 석토성 싸움에 대해 들었느냐?"

"들었습니다."

"좌평 목정복이 칼끝을 돌려 백제군의 등을 찍었다. 알고 있느냐?"

"예, 전하."

긴장한 계백이 몸을 굳혔다. 목정복이 지금 신라 갑독주 군주가 되어 있다는 것도 들은 것이다. 목정복이 신라에 투항한 뒤에 백제국에 남아 있는 목 씨 일족은 된서리를 맞았다. 관직에 있던 목 씨는 모조리 관직에서 물러났으며 조금이라도 목정복과 관계가 있었던 자는 왕궁 수비군에 끌려와 문초를 받았던 것이다.

왕이 말을 이었다.

"백제 왕국의 중흥을 위해서는 대성 8족의 뿌리를 캐내야 할 것이다."

머리만 숙였던 계백은 문득 이 자리에 모인 세 명의 좌평이 모두 대성 8족에 속해 있지 않다는 것을 깨달았다. 그리고 자신도 마찬가지인 것이다.

"먼저 백제 본국(本國)의 기반을 굳혀야 한다. 더 이상 목정복 같은 반역자가 있어서는 안 된다."

"지당하신 말씀이십니다."

"너에게 동방 방령을 맡기기로 했다. 동방 방령이었던 의직은 병관 좌평으로 옮겨졌다."

계백이 잠자코 머리를 숙였다. 동방과 남방은 백제국의 2대(大) 방(方)으로 특히 동방은 북쪽과 동쪽이 고구려와 신라에 접해 있는 백제 제1의 군사적 요충지였다. 주민 수가 1백80만에 상비군이 15만이었으며 방(方) 내의 성이 60여 개다.

왕의 목소리가 다시 울렸다.

"김유신이 신라군의 총사령이 되었고 김춘추는 차기 왕위에 오를 것이야. 이제 신라는 내부 정비가 다 끝났으니 전력을 다해 대항해 올 것이다."

"신이 신명을 바쳐 전하의 뜻을 따를 것이오."

"그대가 돌아와 든든하다."

보료에 등을 기댄 왕이 얼굴에 웃음을 띠었다.

토성은 본채와 바깥채의 기와를 새로 올렸고 종들의 살림집도 다섯 채나 늘어났다. 강줄기를 따라 쌓아진 흙벽의 대부분을 돌벽으로 바꿔 쌓았으니 석성(石城)이라고 불러야 마땅했으나 사람들은 그냥 토성이라고 불렀다.

바람결에 눈발이 섞여 날리는 추운 날씨였다. 그러나 토성은 활기에 차 있었는데 종들이 이리저리 뛰었고 바깥채 마당에는 10여 개의 깃발이 바람에 펄럭였다. 갑옷 차림의 군사 수십 명이 삼삼오오 모여 떠들어댔으므로 토성 안은 소음으로 떠들썩했다.

토성 주인 계백이 온 것이다. 동방 방령으로 부임해 가는 도중에 들린 길이어서 장수들이 바깥채에 들었다. 안채의 청 안이다. 시진과 나란히 앉은 계백은 마악 계백충의 절을 받았다.

계백충은 12살이었으나 계백을 빼다 박은 얼굴이었다. 날카로운 눈빛과 곧은 콧날 밑의 굵고 다부진 입술이 영락없이 계백의 어린 모습과 닮았다. 절을 마친 계백충이 비켜 앉자 8살짜리 계백선이 절을 했는데 분홍색 치마 저고리를 입은 꽃 같은 모습이었다. 계백충의 여동생으로 아비가 무서운지 한 번도 계백과 시선을 마주치지 않는다. 계백이 계백충에게로 시선을 돌렸다.

"말타기는 배우느냐?"

"한 달 전부터 배웁니다."

계백충이 똑바로 계백을 바라보았다.

"하지만 사냥하는 것이 좋습니다."

"스승의 말씀에 따르거라."

자르듯 말한 계백이 계백선에게로 머리를 돌렸다. 부드러운 시선이다.

"넌 아비가 무서우냐?"

계백선이 울상을 짓고는 시진을 바라보았으므로 계백이 쓴웃음을 지었다. 집에 오래 머문 적이 없었던 계백이다. 난세여서 대부분의 무장은 가족과 떨어져 살았으므로 이상한 일은 아니었다.

밤이 깊었다. 내실의 침상에 나란히 누운 계백과 시진은 한동안 입을 열지 않았다. 내일 아침 계백은 다시 동방의 방성(方城)인 득안성으로 떠나야 했으므로 집에 머무는 시간은 만 하루도 되지 않는다. 계백이 입을 열었다.

"곧 충이를 남방의 오성산에 있는 직산사(直山寺)로 보내도록 하시오."

머리를 돌린 시진이 계백의 어깨에 얼굴을 붙였다.

"충이는 꼭 당신을 닮았습니다."

"직산사의 백안거사(居士)께 이미 부탁을 해놓았으니 충을 제자로 받아들일 것이오."

계백이 시진의 어깨를 당겨 안았다.

자신도 열 살 때 토성을 떠나 낯설고 물 다른 북쪽의 산으로 갔다는 말을 시진에게 할 필요는 없었다. 그리고 어머니 협 부인은 5년동안 단 한번도 자신을 찾지 않았다. 계백이 한 치밖에 떨어지지 않은 시진의 눈을 바라보았다.

"승이가 나에게 찾아왔었소. 그놈은 당군과의 싸움에서 전령으로 뛰었소."

"……."

"동성군의 태수가 된 화청에게 승이를 맡기고 왔소. 화청은 좋은 스승이 될 것이오."

계백의 품에 안긴 채 시진은 대답하지 않았다. 생각이 깊은 시진이다. 왜국에 있는 오미와 계백승에게 매년 책과 옷을 보내주었고 오미도 답례를 해오는 사이가 되었다. 시진이 가늘고 긴 숨을 뱉었다.

"언제 모여 살 수 있을까요?"

그해 여름 당의 영휘(永徽) 2년, 고종 이치는 장안성의 궁 안에서 신라 사신을 맞았다. 문무 백관이 즐비하게 늘어선 태조전에 신라 사신 일행이 들어섰을 때 이치는 쓴웃음을 지었다.

신라 사신들이 모두 당의 관복을 입고 있었으므로 처음에는 당의 관리들이 들어오는 것으로 생각했던 것이다. 그들은 10여 보 떨어진 단 아래에서 일제히 무릎을 꿇고 절을 했는데 아직 황제의 말이 떨어지지 않았으므로 모두 입을 다물고 있다. 이치가 짜증난 얼굴로 옆에선 장손무기를 바라보았다.

"어서 끝내도록 하라."

장손무기가 한 걸음 앞으로 나섰다.

"조공은 잘 받았다. 신라 사신은 황제 폐하께 드릴 말씀이 있는가?"

엎드린 사신 중 맨 앞의 사내가 머리를 들었다.

"신 김법민(金法敏)이 황제 폐하께 드릴 신라 여왕의 시를 가져왔소이다."

김법민은 김춘추의 아들이다. 입맛을 다신 고종이 머리를 끄덕이자 장손무기가 말했다.

"여왕이 시를 썼다니 가상하다. 어떤 시인가?"

"여왕 승만은 황제 폐하께 바치려고 손수 비단에 오언시를 수로 놓았소이다."

김법민은 한어가 유창했고 이치도 직접 들었다. 이치가 눈만 끔벅였을 때 김법민은 옆에 놓인 상자에서 흰 색 비단 두루마리를 집어 들었다. 장손무기가 힐끗 이치를 보았다. 그러고는 그가 호기심을 일으킨 것을 눈치채고는 김법민에게 말했다.

"펼쳐 보이고 읽어보도록 하라."

백관들의 시선을 받은 김법민이 꿇어앉은 채로 비단 두루마리를 펼쳤다. 과연 붉은 색 수실로 글귀가 수놓여져 있었다.

太平頌

大唐開洪業　巍巍皇猷昌
止戈戎衣定　修文繼百王
統天崇雨施　理物體含章
深仁諧日月　撫運邁時康
幡旗何赫赫　鉦鼓何鍠鍠
外夷違命者　剪覆被天殃
淳風凝幽顯　遐邇競呈祥
四時和玉燭　七曜巡萬方
維嶽降宰輔　惟帝用忠良
五三成一德　昭我唐家皇

대당이 나라를 세우니 제왕의 큰 업적이 융창하도다.
전쟁을 그치게 하여 천하를 평정하고 문치를 닦아 전대 임금을 이으셨다.
세상을 대자연처럼 다스리고 만물을 땅처럼 포용하시니

깊은 인덕은 해와 달과 같으시며 평안한 국운이 태평시대로 나아간다.

깃발이 번쩍이고 북소리가 웅장하나니.

외이(外夷)로 황제의 명을 거역한 자는 멸망하여 천벌을 받을 것이다.

순후한 풍속이 곳곳에 퍼지니 원근 지방에서 다투어 상서를 바치며,

사시의 기후는 태평을 이루고 칠요의 광명은 만방에 비친다.

산악의 정기는 보필의 재상을 낳고 황제는 어진 인재를 등용하시니,

오제삼황이 하나로 이룩되어 우리 당나라 황도가 밝게 빛나리.

낭랑한 목청으로 김법민이 읽기를 마치자 태조전 안은 잠시 숨소리도 들리지 않았다. 장손무기가 슬쩍 머리를 돌려 이치를 바라보았다. 이치의 시선은 아직 김법민의 손에 든 비단에 가 있었다. 이윽고 이치가 시선을 들었다.

"너도 김춘추의 아들인가?"

직접 물었으므로 김법민이 납작 엎드렸다.

"예, 폐하."

"지금 좌무위장군으로 이곳에 머물고 있는 자는 네 아우인가?"

"예, 폐하. 신의 아우 문왕(文王)이옵니다."

"김춘추가 너를 이곳에 보냈구나."

"예, 폐하."

엉겁결에 그렇게 대답한 김법민이 불안한 듯 이치를 바라보았다.

그러자 이치가 입술을 비틀고 웃었다.

"시가 훌륭하다."

"황공하옵니다. 폐하."

"김춘추의 지혜도 각별하다. 과연 신라왕을 이을 만하다."

다시 불안해진 김법민이 눈만 끔벅이자 금세 이치의 표정이 차가워졌다.

"백제에 밀려 언제 망할지도 모르는 판에 여왕은 밤을 낮 삼아 비단에 수를 놓았구나. 가엾다."

정적에 덮인 태조전에 이치의 목소리가 이어졌다.

"아마 김춘추가 여왕에게 수를 놓아 보내도록 시켰겠지. 순진한 여왕은 수십 번이나 손가락을 바늘에 찔렸을 것이다."

"……."

"돌아가 네 아비에게 전하라. 왕위를 빨리 이어받는 것이 낫다고. 이제 그만하면 되었다. 김춘추는 이미 선제(先帝)로부터 특진 벼슬을 받았으니 신라왕의 자격을 갖추었다."

"황공하옵니다."

진땀을 흘리며 김법민이 다시 엎드리자 이치가 혼잣소리처럼 말했다.

"허나 시는 진정 훌륭하다. 명문(名文)이다."

"폐하께 청이 있사옵니다."

김법민이 필사적인 얼굴로 이치에게 말했다.

"백제의 침략으로 신라 사직이 내일을 기약할 수가 없게 되었습니다. 영토의 대부분을 빼앗긴 데다 백제는 대당과의 교류도 끊어 신라는 고립되고 있습니다. 청하옵건대 백제에 조서를 내리시어 빼앗은 땅을 돌려주게 하옵시고, 만약 듣지 않으면 군사를 보내어 징벌해주옵소서. 신라 군신의 소원이옵니다."

"알았다."

짧게 말한 고종이 머리를 들어 장손무기를 보았다. 장손무기가 김법민에게 말했다.

"신라 사신은 물러가도록 하라."

김법민과 사신 일행이 뒷걸음질로 물러갔다. 용상에서 일어선 이치가 혼잣소리처럼 말했다.

"올해부터 신라가 당의 연호를 쓴다니 하긴 이제 완전히 당의 속국이 되었다. 당연한 청이다."

그러나 옆에 선 장손무기는 대답하지 않았다.

이치는 김법민을 대부경(大府卿)으로 삼아 귀국시켰다. 이로써 김춘추는 당의 특진이며 아들 김법민은 대부경, 문왕은 좌무위장군의 관직을 지니게 되었다.

연임자는 굳어진 얼굴을 들고 성충을 바라보았다. 대왕전 건너편의 외청 안에는 그들 둘뿐이었다.

"외사부(外舍部) 장리 연순이 지난 해에 남방의 군장 3명을 연 씨 일족으로 임관시켰습니다. 부당한 일입니다."

성충이 놀란 듯 눈을 크게 뜨자 연임자가 말을 이었다.

"연순이 소인의 일족이긴 하나 일족의 영달만을 위해 인사를 했으니 죄를 받아야 합니다."

"기특한 일이오."

우선 그렇게 말하고 난 성충이 자리를 고쳐 앉았다. 연임자는 전내부 장리(長吏)이며 달솔 관등으로 왕의 근시와 왕명의 출납을 맡고 있는 요직에 있다. 그는 지금 같은 일족(一族)인 연 씨들을 고발 하고 있는 것이다.

"허나 군장으로 임관된 사람들이 연 씨였다는 것만으로 문제를 삼을 수는 없지 않을까?"

"소인이 알기로는 그자들은 연순에게 뇌물을 주었습니다."

자르듯 말한 연임자가 똑바로 성충을 바라보았다.

"능력도 없으면서 오직 연 씨 일족이라는 이유만으로 요직에 등용 되고 있는 것입니다."

"허어."

마침내 벌렸던 입을 닫은 성충이 커다랗게 머리를 끄덕였다.

"대성 8족이 그대 같은 사고(思考)를 가지고 있다면 백제국은 만세(萬歲)까지 갈 것이오."

"장하다."

성충의 보고를 받은 의자왕이 커다랗게 머리를 끄덕였다.

"연임자는 자신의 살을 떼어내는 심정이었을 것이다."

활을 내린 왕이 앞쪽의 과녁을 노려보았다. 이른 아침이었다. 왕은 1백 사(射)에서 2백 보 거리에 과녁에 75중(中)을 했다. 성충이 조심스런 눈빛으로 왕을 보았다.

"전하, 달솔 연순과 연 씨 일문의 군장 셋은 파직시켜 낙도로 귀양을 보내도록 하심이 옳을 것입니다."

"즉시 시행하라. 그리고……."

활을 시종에게 넘겨준 왕이 수건을 받아 얼굴의 땀을 닦았다.

"연임자도 대성(大姓)인 연 씨 가문이야. 연임자를 내세워 숙정을 시키는 것이 나을 것이야."

"신도 그렇게 생각하고 있었습니다."

왕이 얼굴에 웃음을 띠었다.

"연임자는 진실로 백제국을 생각하는 충신이다."

동방의 방성(方城)인 득안성(得安城)은 의직이 방령이었을 적에 대대적인 증축을 해서 성벽의 높이가 2장이었고 둘레는 15리였다. 득안성은 낮은 산등성이를 깎아 세운 산성이었으나 규모가 커서 아래쪽 산기슭에 쌓은 외성 안에는 주민 수가 3만이 넘었다. 계백이 방령으로 부임한 지 반 년쯤이 지난 초겨울이었다. 덕솔 선고는 방좌(放佐)의 직을 맡아 계백을 보좌했는데 그는 동성군 태수로 남은 화청과 함께 계백의 심복이었다. 남방 복홀군(伏忽郡) 태생으로 사냥꾼의 아들로 태어난 선고는 기마군의 짐 싣는 종으로 시작하여 덕솔에 방좌까지 된 것이다. 삼십대 중반의 선고는 키가 6척에 검술이 뛰어났다. 복홀군의 치암산에 은거했던 백제검의 달인 백오(皆吾)로부터 검법을 전수받은 데다가 수많은 실전을 거치면서 스스로의 검법을 창안해 낸 것이다. 그는 겨우 글을 읽었지만 솔직한 성품에 사심(私心)이 없었으므로 방좌 직무를 훌륭하게 수행했다. 선고가 득안성 서문의 초소 앞에서 말을 세웠을 때는 저녁 무렵이었다.

"방좌 나리, 어서 오십시오."

수문장인 대덕 관등의 무장이 허리를 굽히더니 말고삐를 잡았다.

"어디에 있느냐?"

선고가 묻자 수문장이 손으로 초소 옆 건물을 가리켰다.

"저곳에 잡아두었소이다."

선고와 수문장이 건물 안으로 들어섰을 때 마룻방에 앉아 있던 두 여인이 일어섰다. 부지런한 군사가 마룻방 기둥에 기름등을 켜놓았으므로 여인들의 얼굴이 보였다. 여인들은 다가선 선고의 얼굴을 보더니 제각기 질린 듯 시선을 내렸다. 선고의 볼에는 흉한 상처자욱이 나 있었기 때문이다.

"그대가 왕비궁의 시녀라고 했느냐?"

나이 든 여인에게 선고가 물었으나 시선은 젊은 여인에게 가 있었다. 가죽저고리에 바지 차림이었으나 젊은 여인은 절색이었던 것이었다.

"그렇소이다. 왕비궁의 시녀 옥도라고 하오."

나이 든 여인이 이제는 당당한 시선으로 선고를 보았다.

"증표를 잃었지만 도성의 왕비궁에 알아보시면 될 것이오."

"이곳에는 무슨 일로 왔는가?"

"왕비궁의 시녀를 데려가는 길이오."

선고의 시선이 다시 젊은 여인에게 옮겨졌다.

"왕비궁의 시녀를 어디서 데려가는가?"

"칠산성 근처의 마을입니다."

나이 든 여인이 대답하자 이맛살을 찌푸린 선고가 손끝으로 젊은 여인을 가리켰다.

"너에게 묻는다. 이름이 무엇이냐?"

"아정입니다."

옥이 굴러가는 듯한 목소리였다.

"어떻게 시녀로 뽑혔느냐?"

그러나 여인이 힐끗 나이 든 여인을 보았다.

"이분께서 찾아오셨습니다."

"그것이 무슨 말이냐? 네 아비가 이 사람에게 널 넘겨주었다는 말이냐?"

"소녀가 제 발로 따라갑니다."

입맛을 다신 선고가 여자들을 흘겨보았다.

"이곳은 방성(方城)이다. 왕비궁의 사람이라고 해도 증표 없이 돌아다닐 수는 없다. 방령께서 분부를 내리실 때까지 너희들은 이곳에서 기다려라."

"젊은 여인은 칠산성 근처 마을에 사는 소문난 무녀였습니다. 군사 중에 알아보는 사람이 있었소이다."

선고가 말하자 계백이 쓴웃음을 지었다. 그도 왕비 은고가 무녀를 아낀다는 소문을 들었던 것이다. 몇 해 전에 왕비는 왕궁의 별당에서 무녀에게 굿을 시키다가 대왕께 적발된 일이 있었다. 그래서 무녀는 목이 잘렸고 왕비는 2년간이나 근신했던 것이다. 선고가 계백의 눈치를 보았다.

"방령, 지난 번에도 왕비께서는 왕궁에서 굿을 하시다가 대왕께 벌을 받지 않았습니까?"

그도 지난 번 사건을 알고 있는 것이다. 왕비는 태자를 저주하는 굿을 시켰다가 발각이 되었다고 소문이 났었다. 계백이 자리에서 일어섰다.

"내가 직접 보고 결정을 하겠다."

늦은 저녁이어서 주위는 이미 어두웠다. 그들이 마룻방에 들어섰을 때 여인들은 자리에서 일어섰는데 늙은 시녀의 얼굴은 이제 긴장으로 굳어져 있었다. 그녀가 계백을 모를 리 없다.

"소녀는 왕비궁의 시녀 옥도올습니다."

"앉아라."

부드럽게 말한 계백이 마룻방의 위쪽에 앉았고 선고는 뒤에 섰다. 그가 옥도의 옆쪽에 앉은 젊은 여인을 바라보았다. 계백의 시선을 받은 여인의 눈동자가 등불 빛을 받아 반짝였다.

"네가 무녀인가?"

그 순간 시녀 옥도는 화들짝 놀라 상체를 세웠으나 젊은 여인은 붉은 입술 끝만 조금 치켜올리면서 웃었다.

"예, 제가 무녀 아정입니다."

"널 알아보는 군사들이 많았다."

"제가 어렸을 적에 신에 씌워져서 여러 사람의 길흉화복을 맞춰 주었지요."

맑은 목소리로 말한 아정이 흰 이를 드러내고 웃었다.

"저는 사람의 마음도 읽습니다."

"요물이구나."

말은 그렇게 했지만 계백도 웃는 얼굴이었다.

"신을 받았다면 아직 처녀의 몸이겠다. 그렇지 않느냐?"

"그렇사옵니다."

"나리."

가볍게 헛기침을 한 시녀 옥도가 끼어들었다.

"왕비마마께서 이 아이를 기다리고 계십니다. 한시 바삐 왕궁으로 가야만……."

"이미 밤이다."

자리에서 일어선 계백이 선고를 돌아보았다.

"오늘 밤은 이곳에서 쉬었다가 가거라."

깊은 밤이다. 술시를 알리는 남문의 대고(大鼓)가 울린 지도 한참이 지났다. 별채의 내실에 앉은 계백은 저고리에 바지 차림으로 무릎 위에 두 손을 올려놓아 마치 선(禪)을 하는 자세였다. 방문이 열리고 아정이 들어섰을 때에도 시선만 들었을 뿐 자세를 흐트리지 않았다. 뒤쪽에서 문이 닫히자 아정은 계백의 앞에 한쪽 무릎을 세우고 앉았다. 계백의 시선을 받았으나 눈도 깜박이지 않고 마주보았다. 방안에는 한동안 두 사람의 옅은 숨소리만 들렸다. 먼저 입을 뗀 것은 계백이다.

"네가 사람의 마음을 읽는다니 널 부른 이유를 알 것이다."

"……."

"겁이 나느냐?"

"아닙니다."

아정의 목소리는 또렷했고 맑기까지 했다. 그녀가 이제는 눈을 동그랗게 만들며 웃었다.

"나리께서 마룻방에 오셨을 때 이미 알고 있었습니다."

"무녀 노릇도 오늘 밤으로 끝날 텐데 미련은 없느냐?"

"없습니다."

아정이 저고리 고름을 쥐더니 기둥에 걸린 기름등을 눈으로 가리켰다.

"나리, 불을 켜두시렵니까?"

"방사가 처음일 텐데 도무지 부끄러움이 없는 계집이구나."

"남녀의 화합이 어찌 부끄러운 일입니까? 배고플 때 밥을 먹는 것처럼 자연스런 일입니다."

저고리의 고름을 푼 아정이 저고리를 벗더니 개어서 옆쪽으로 놓았다. 그러고는 일어서서 바지를 벗어 내렸다. 계백은 눈을 치켜 뜨고는 아정을 바라보았다. 곧 속바지를 벗어 내렸으므로 그녀의 눈같이 흰 아랫도리가 바로 눈 앞에 드러났다. 다리 사이의 도톰한 언덕에는 검은 숲이 무성했다. 속저고리까지 벗은 아정은 알몸으로 옆쪽의 침상으로 다가갔다. 그러고는 침상 옆에 서서 계백을 노려보았다.

"나리."

눈빛은 여전히 맑았고 목소리도 또렷했다. 계백은 자리에서 일어섰다. 눈을 치켜 뜬 그는 거칠게 저고리와 바지를 벗어 던졌다.

계백의 몸이 들어섰을 때 아정의 샘은 이미 뜨거운 샘물이 넘쳐났다. 옅은 신음을 뱉은 아정은 계백의 목을 양 팔로 감고는 허리를 번쩍 치켜들었다. 계백은 아정의 샘이 스스로 살아 움직이는 샘물처럼 자신의 몸을 쥐고 비트는 것을 느꼈다. 계백은 아정의 몸에 몰두했다. 아정이 두 다리로 계백의 하반신을 감더니 계백의 몸놀림에 따른다.

"나리, 이제 미련이 없습니다."

띄엄띄엄 말했으나 계백은 들었다. 그리고는 그녀는 숨이 끊어질 듯한 신음을 뱉으면서 몸을 떨었을 때 계백이 분출했다. 얼마나 시간이 지났는지 알 수 없었으나 기름등이 꺼져 있었다. 그러나 방안의 뜨거운 열기는 쉽게 가라앉지 않았다. 계백이 아정의 허리를 끌어 안았다. 방안은 어두웠으나 계백을 올려다보는 아정의 맑은 눈동자가 반짝였다.

"나리께선 무명(武名)을 떨치실 것입니다."

"지금도 신기(神氣)가 남아 있느냐?"

계백이 부드럽게 묻자 아정이 흰 이를 드러내고 웃었다.

"나리의 칼 빛이 보입니다."

계백이 아정의 어깨를 밀었으나 그의 몸에 단단하게 둘러진 두 팔이 쉽게 풀리지 않았다. 아정이 다리까지 벌려 계백의 하반신을 감았다.

"저는 그날만을 기다리고 살겠습니다."

대장군 김유신은 이제 나이가 58세였으나 두 눈에는 정기가 흘렀고 홍안(紅顔)이었다. 경도 저택의 청에 앉은 그가 김춘추를 바라보았다. 오늘은 일찍부터 김춘추가 찾아온 것이다.

"백제왕 의자는 지금 대성 8족 숙정에 여념이 없습니다. 목 씨와 연 씨에 이어서 이제는 국 씨 세력을 차례로 제거하고 있습니다."

김유신이 흰 수염을 쓸어내리며 웃었다.

"수백 년간 뿌리를 내려온 대성(大姓)들이어서 쉽지 않을 것입니다."

"곪아 있던 상처가 드러난 것이오."

김춘추는 담담한 표정이었다. 신라는 이미 5년 전에 상대등 비담의 난을 평정함으로서 오랫동안 끌어왔던 왕족들의 세력다툼을 끝냈다. 진평왕 사후에 첫째딸 덕만이 왕위를 이었다가 난중(亂中)에 죽고 사촌인 승만으로 이어 여왕을 세웠으나 이제 성골의 왕통은 끝난 것이다. 따라서 진골 출신이었으나 김춘추를 대항할 세력은 모두 제거되었다. 김춘추가 입을 열었다.

"의자가 기반을 굳히기 전에 당이 움직여야 하오. 내가 당에 가 있는 인문에게 어제 밀사를 보냈소."

"당 황제도 이제는 자리를 굳혔을 테니 군사를 일으킬 수도 있을 것입니다."

"자신의 목 끝에 칼을 들이대고 있는 상황이니 조금만 충동질을 해도 일어날 것이오."

김춘추가 정색한 얼굴로 김유신을 바라보았다.

"내가 당 황제 이치(李治)를 압니다. 병약한 것 같지만 과격한 성품이오. 자존심에 상처를 받으면 물불을 가리지 않을 것이오."

김인문(金仁問)은 김법민의 아우이며 김춘추의 아들이다. 김춘추는 아들 일곱을 두었는데 그 가운데 문왕(文王)을 태종에게 데려가 보이고 좌무위 장군 벼슬을 받게 했으며 2년 전에는 김법민(金法敏)을 고종에게 보내어 대부경 벼슬을 받도록 했다. 작년에는 아들 김인문을 보내어 궁정 안에서 고종의 시위 노릇을 하게 했으니 김춘추의 지극한 정성은 당 조정 안팎에서 혀를 내두를 정도였다. 김인문이 이의부(李義府)를 만난 것은 저녁 무렵이었다. 이의부는 이치의 측근으로 언제나 웃음 띤 얼굴의 온화한 모습이었으나 김인문은 그의 내면을 간파했다. 신라 조정 안에서 아비 김춘추와 함께 온갖 곡절을 겪은 김인문이다. 그는 이세민의 측근이었던 노신들이 도태되고 이치의 측근인 이의부와 허경종 등의 신진세력이 득세할 것임을 미리 내다보고 있었던 것이다. 장안성 안의 이의부 사택은 호화스러웠다. 내실에 마주앉았을 때 김인문은 들고 온 커다란 상자를 앞쪽으로 밀어놓았다.

"대감, 제 아비가 보낸 선물이올시다."

"허어, 특진께 빈번이 폐를 끼치는구려."

이렇게 말하면서도 이의부는 상자를 당겨 스스럼없는 태도로 뚜껑을 열었다.

"아니, 이건 옥이 아닌가?"

이의부의 눈이 둥그레졌다. 상자 안에는 갖가지 색깔의 옥이 가득차 있었던 것이다. 금값의 세 배 이상이나 되는 옥이 가득 들었으니 엄청난 재물이다.

"내가 이런 귀물을 받아도 되겠소?"

이의부가 김인문을 똑바로 바라보았다. 그러자 김인문이 얼굴에 웃음을 띠었다.

"대감, 이제는 황제의 위엄을 떨치실 때도 되었습니다. 천하에 군림하시는 황제께서 아직도 귀퉁이에 거머리를 달고 계시니 속국 앞에 위엄이 서지 않습니다."

"그런가?"

이의부의 얼굴에 서서히 웃음기가 번져갔다.

"선제께서 고구려 정벌에 실패하신 것이 화근이 되어 돌아가셨는데 다시 전철을 밟으란 말인가?"

"가까운 곳부터 치시는 것입니다. 하북성에 자리잡은 백제령을 깨뜨리시면 적은 군사로 몇 배의 효과를 보실 수가 있습니다."

"……"

미랑은 본래 무미(武媚)라고 불린 태종 이세민의 총희였는데 병주 출신의 나무장사 딸로서 출신이 비천했다. 그러나 이세민이 병상에 누워 있을 적에 병문안을 온 이치의 눈에 들었던 것이다. 아비가 죽은 뒤에 황제의 위에 오른 이치는 미랑을 소의(昭儀)의 자리에 앉혀 총애했으니 아비와 자식이 대를 이어 한 여자를 애첩으로 삼은 꼴이다. 무소의(武昭儀)는 빼어난 절색이었으나 성품이 거칠고 잔혹했다. 그러나 요즘은 황후 왕 씨와 결탁하여 이치의 사랑을 받고있던 소숙비(蕭淑妃)를 모함하여 유폐시킨 다음이라 자숙하고 있는 중이었다. 이의부가 무소의가 거처하는 별궁에 들어선 것은 오시가 조금 지난 한낮이었다. 내실의 보료에 기대앉은 무소의가 반짝이는 눈빛으로 그를 보았다.

"대감께서 웬일로 보자고 하셨소?"

목소리가 맑고 높아서 그녀의 방사중에 지르는 소리를 들은 위사 하나는 머리칼이 곤두선 채로 죽었다는 소문이 났었다. 이의부가 무소의의 앞에 옻칠을 한 나무상자 하나를 밀어놓았다.

"신라 김춘추의 아들 김인문이 소의께 올리는 선물입니다."

그가 웃음 띤 얼굴로 말을 이었다.

"언제라도 불러 주시기를 기다린다고 했습니다."

"신라 사람들은 예의가 밝군요."

시녀가 상자를 안아다가 무소의 앞에서 뚜껑을 열어 젖히자 오색 광채를 내뿜는 옥이 드러났다. 상자 안에 가득 쌓여 있는 것이다. 이미 한 상자를 받은 이의부가 시치미를 떼고 있다가 궁금한 표정을 지어 보였다. 무소의의 얼굴이 환해졌다.

"사흘 뒤에 별채에서 보잔다고 전하세요."

그러고는 순식간에 차가운 표정으로 돌아갔으므로 이의부는 긴장했다. 마음을 놓을 수 없는 여자인 것이다.

"요물이오."

뱉듯이 말한 장손무기가 주위를 둘러보았다. 궁성 안의 태조전에는 장손무기와 저수량 두 사람뿐이었다.

어젯밤에 별궁의 무소의한테 간 황제는 여느 때와 마찬가지로 아침 조례에 나오지 않았다. 아마 내일쯤에야 모습을 드러낼 것이었다. 장손무기가 목소리를 낮췄다.

"내가 그 요물을 잘 압니다. 황후와 함께 소숙비를 모함하여 유폐 시켰으니 다음 차례는 황후가 될 것이오."

"허나 지금 무슨 수가 있겠소? 무소의는 전혀 흠 잡힐 일을 하지 않고 있소이다."

길게 숨을 뱉은 저수량이 흰 수염을 쓸었다. 그들은 태종 이세민의 중신(重臣)들이었으니 당의 개국공신이나 마찬가지였다.

"선제(先帝)께 약속을 했으니 끝까지 보필하다 죽겠소."

"선제께서도 자신이 총애하던 미랑이 지금 대(代)에 소의가 되어 있다는 것을 아신다면 결코 용납하지 않으실 것이오."

이 사이로 말한 장손무기도 긴 숨을 뱉었다. 이세민은 문덕황후로부터 자식을 셋 두었으니 첫째가 이승건(李承乾)으로 일찍 황태자로 책봉이 되었다. 그러나 이승건은 다리 병신으로 보행이 자유롭지 못한 데다 남색(男色)에 빠져 온갖 해괴한 짓을 다했으므로 이세민은 위왕 태(泰)에게 황태자를 넘기려 했다. 그러나 이승건이 태에게 자객을 보내는 사건이 발생했다. 결국 이세민은 셋 중 제일 성품이 모나지 않게 보이는 세 번째 자식 이치(李治)를 황태자로 책봉했던 것이다.

"아아, 황후께서 조금만 오래 살아 계셨더라면……."

장손무기가 혼잣소리처럼 말했다. 문덕황후는 현처의 귀감이었으나 36세에 세상을 떠난 것이다. 황후가 살아 있었다면 황제의 태자 책봉에 조금 더 신중을 기할 수도 있었을 것이고 미랑이라고 불린 무조(武曌)가 감히 황제 옆에 있을 수도 없었다. 저수량도 이제는 입을 열지 않았다. 장손무기는 문덕황후의 친오빠였던 것이다.

당 황제 이치가 내해에 인접한 백제군(郡)의 정벌을 논하라고 했을 때 물론 장손무기와 저수량, 이적(李勣) 등의 원로 중신들은 목소리를 같이하여 반대했다. 백제와 고구려 연합군은 강력하여 오히려 당이 밀린다는 것이 그 첫째 이유였고, 아직 고구려 원정에서 패퇴한 후유증이 가시지 않았다는 것이 그 둘째 이유였으며, 셋째 이유는 내치(內治)가 아직 닦여지지 않았다는 것이다. 원로 대신들의 논리가 한치도 틀린 점이 없었으므로 황제 이치가 입을 다물었을 때 이의부가 나섰다.

"폐하께서 황통을 이으신 지 벌써 4년이 되었으며 천하는 동쪽을 제외하고 평정이 된 지 오래입니다. 또한 근 3년 가깝게 폐하의 천은을 입사와 강남에 풍년이 들어 창고에 수백만 석의 양곡이 쌓인 데다가 거지도 쌀밥에 고깃국만 찾는다고 들었습니다. 이때에 황제께서 친히 영을 내리시어 동쪽의 소국들을 발밑에 꿇리지 않으시면 백제와 고구려를 본받아 북쪽의 돌궐과 서쪽의 토욕혼이 황제의 위엄을 가볍게 볼 것이 틀림없는 일입니다. 부디 황음(皇音) 한 마디로 군사를 보내시어 백제령을 안돈시키소서. 내해에 면한 땅을 차지한 백제인들은 대당의 황성과 가장 근접한 곳에 위치한 역도들이올시다."

이의부의 낭랑한 음성이 그치자 이치가 장손무기를 바라보았다.

장손무기는 그의 외숙부이다.

"백제령은 큰 군사를 일으키지 않아도 될 것이다. 그렇지 않은가?"

"예, 하오나."

"병마대총관에 누가 좋을꼬?"

이치의 시선을 받은 장손무기가 머리를 숙였다. 이미 이치는 마음을 굳히고 있었던 것이다. 이의부와 허경종, 어쩌면 무소의까지 거들었을지도 모른다.

제9장 백제령의 전쟁

동성군 태수 화청이 당군의 발진 소식을 들은 것은 의자왕 13년 정월이었다. 당 황제 이치는 하북성 병마절도사 정탁을 병마대총관으로 삼고 병부시랑 오현종을 부총관으로 삼아 보기 30만을 주었는데 어림군 사령 유천에게 10만 군사를 주어 독전군(督戰軍)으로 응원시켰다. 따라서 40만 군사가 장안성을 출발하여 동북방으로 북상했으니 목표는 동성군이었다. 전령으로부터 보고를 받은 화청이 수염을 쓸며 웃었다.

"간질병 환자가 발작을 일으킨 모양이구나. 하긴 때도 되었다."

동성군의 주성인 하양성의 청 안에는 10여 명의 장수들이 모여 있었는데 계백승도 말석에 끼어 앉았다. 먼길을 달려온 전령은 화청의 반응에 긴장이 풀렸는지 늘어져 버렸으므로 군사들에게 들려 나갔다. 화청이 장수들을 둘러보았다.

"덕산 태수께 전령을 보내라. 그리고 산해관의 성주께도 연락을 해야겠다."

산해관의 성주 양대본은 고구려 안시성주 양만춘의 사촌으로 30만 군사를 이끌고 있다. 화청이 이제는 정색을 했다.

"본국의 대왕께도 보고를 올려야 할 테니 빠른 배를 준비시켜라."

성 안의 분위기가 긴장되었고 소문은 금방 동성군 안팎으로 퍼져 나갔다. 다시 전쟁이 일어나는 것이다.

그날 밤 장수들과 회의를 마친 화청은 내실로 계백승을 불렀다. 계백승은 이제 17세 나이의 어엿한 소년 무장이다. 그가 부드러운 시선으로 앞에 앉은 계백승을 보았다.

"이번 싸움은 지난 번과는 다를 것이다. 당군의 이동 거리가 짧은데다가 목표가 백제군이야. 게다가 이치는 이번 싸움으로 황제의 위엄을 세우려고 할 것이다."

"고구려군이 내려오지 않겠습니까?"

"산해관 건너편에 당군 30만이 있다. 성을 비우고 내려오지는 못할 것이야."

계백승의 시선을 잡은 화청이 빙긋 웃었다.

"덕산군의 백제군(軍)도 북상해 오기 어려울 것 같다. 당군이 통로를 끊을 테니까."

"그러면 동성군 병력만으로 당군과 싸웁니까?"

"전세를 유리하게 이끌면 고구려군과 덕산군의 군사가 북남에서 응원해 올지도 모른다. 본국의 대왕께서도 군사를 보내실 것이고."

정색한 화청이 계백승을 보았다.

"너는 내일 아침 쾌선을 타고 사비도성으로 떠나거라. 장덕 이지선이 대왕께 드리는 밀서를 가지고 떠날 테니 네가 동행하도록 하라."

"……."

"도성에서 부친을 만날 것이니 이렇게 전하거라. 화청은 방령의 은혜를 가슴 깊이 새기고 있다고."

잠자코 시선을 내린 계백승에게 화청이 부드럽게 말을 맺었다.

"3년 동안 나는 너에게 다 가르쳤다. 이젠 떠나도 좋다."

다음날 아침 식사를 마친 화청은 갑옷 차림으로 청을 향해 걸었다. 흐린 날씨여서 진시가 넘었는데도 햇살이 구름에 갇혀 있었다. 그가 군사들의 군례를 받으며 뜰에 들어섰을 때였다. 문득 걸음을 멈춘 화청이 허리를 펴고는 옆쪽을 쏘아보았다. 허리를 굽혔다 편 갑옷 차림의 무장은 계백승이었다. 인사를 마친 계백승이 다가와 섰다.

"스승님, 저는 배를 타지 않았습니다."

"……."

"아버님께서도 스승님을 떠난 제자를 용서하지 않으실 것입니다. 그리고……."

"알았다."

계백승의 말을 자른 화청이 다시 발을 떼었다. 정색한 얼굴이었으나 부릅뜬 눈은 앞쪽만 보았다. 그가 뒤를 따르는 계백승에게 던지듯이 말했다.

"명심하라. 네 부친께서는 조부께 성만 받으셨으나 네 이름은 승으로 지으셨다. 이을 승(承)이란 이름이다."

"이번에 백제군(郡)이 대륙에서 멸망하면 백제의 세력은 반감될 것입니다."

김춘추가 말하자 여왕 승만이 머리를 끄덕였다.

"그랬으면 오죽이나 좋겠소."

"당군의 병력은 40만이니 동성군은 며칠 못 가 함락될 것입니다."

왕궁의 청 안에는 여왕과 김춘추, 김유신 셋이 앉아 있었는데 모처럼 화기에 찬 분위기였다. 여왕 승만이 선덕여왕으로 시호가 지어진 덕만의 뒤를 이어 왕위에 오른 지 7년째였다. 여왕이 그늘진 눈으로 김춘추를 바라보았다.

"이 모든 것이 이찬의 공이오. 당이 백제군을 격파하기를 부처께 빌겠소."

여왕 앞을 물러나온 김춘추와 김유신은 전의 앞에 매어놓은 말에 올랐다. 날씨가 매섭게 찼으므로 말이 품는 흰 김이 길게 뿜어졌다. 말고삐를 채어 말을 걸리면서 김춘추가 김유신을 바라보았다.

"대장군, 실로 풍전등화와 같았던 신라의 운명이었소. 이제까지 30여 년간을 언제 망할지도 모른다는 생각으로 나는 밤잠을 설쳤소이다."

"소장도 마찬가지였습니다."

말머리를 나란히 한 김유신이 흰 수염을 바람에 날리며 웃었다.

"원교근공(遠交近攻)책을 이찬께선 아주 적절하게 쓰셨소이다."

옛적 위나라 범수는 먼 곳의 나라와 우호관계를 맺되 가까운 나라는 정복하라는 계책을 내었으니 김춘추가 행한 방법이 이것과 비슷했다. 김춘추가 따라 웃었다.

"백제왕 의자는 신라를 돌아볼 겨를이 없을 것이오. 대륙의 백제령이 공격을 받는 데다가 대성들을 정리해야 할 테니 말이오."

당에서 백제령 공격 계획이 잡힌 것은 작년 말이다. 그것을 김인문을 통해 김춘추와 김유신은 진작부터 알고 있었던 것이다. 이번에도 신라는 당의 출병을 위해 수단과 방법을 가리지 않았는데 김인문을 통해 당의 신진세력인 이의부와 허경종에게 뇌물을 주었을 뿐만 아니라 이치의 애첩 무소의에게도 보화를 세 번이나 주었다. 이치가 출병을 결심한 것은 출병 반대파인 원로대신 장손무기, 저수량 일파의 주장이 신진세력에게 밀린 것을 뜻했다. 그리고 신진세력의 배후에는 무소의가 있는 것이다.

은고는 아정이 눈을 떴으나 뒤쪽에 앉아 입을 열지 않았다. 방 안에는 왕비 은고와 아정 둘뿐이다. 벽에 붙여놓은 상 위에 갖가지 굿 음식이 쌓여 있었고 부정을 쫓으려고 태운 향 냄새가 코를 찔렀다. 방바닥에 반듯이 누워 있던 아정이 상반신을 일으켰다. 신이 들었다가 나간 바람에 쓰러졌던 것이다. 아정이 땀으로 범벅이 된 얼굴을 수건으로 닦았다. 그리고는 은고를 바라보았다.

"마마, 서쪽에 붉은 기운이 떠 있습니다."

길게 숨을 뱉은 아정이 말을 이었다.

"말이 울고 사람도 울었습니다. 군사들의 칼이 부딪는 소리도 들렸습니다."

"전쟁이다."

가볍게 말한 은고가 차가운 시선으로 아정을 보았다.

"당이 백제령을 공격해 온다니 당연한 일이지. 또 무엇을 보았느냐?"

"땅이 흔들리며 붉은 깃발이 바다에 던져졌습니다."

"바다에?"

은고의 눈썹이 치켜 올라갔다.

"내던져졌다?"

"예, 그리고 금으로 된 투구를 쓴 장수가 울며 역사(力士) 셋을 죽이라고 소리쳤습니다."

"금으로 된 투구라?"

"소녀의 눈에 지금도 생생합니다. 투구 끝 장식에 금으로 된 창날 세 개를 박은 장수였습니다."

"동성대왕이시다."

눈을 둥그렇게 뜬 은고가 헛소리처럼 말했다.

"그리고는?"

그러자 기진한 아정이 어깨를 늘어뜨리고는 머리를 저었다.

"그것으로 소녀는 놀라 깨어났습니다."

"동성대왕은 싸움터에서 금투구를 쓰시지 않았소."

쓴웃음을 지은 의자왕이 술잔을 들었다.

"무거워서 사신들을 맞을 때나 쓰셨다고 하오."

"대왕, 웃으실 일이 아닙니다."

정색한 은고가 왕을 보았다.

"이제까지 아정은 사비수에 빠진 시녀의 시신도 찾아내었고 대왕전 뜰에 박힌 바늘도 찾아내어 흉사를 막았습니다. 아정의 신굿은 들어맞습니다."

"알 수 없는 말만 늘어놓고는 거기에다 말을 맞추란 말인가?"

한모금 술을 삼킨 왕이 머리를 저었다.

"군사들의 사기에 영향이 있을까 걱정되오. 왕비는 아무 말도 입 밖으로 내지 마시오."

백제령 광릉군이 당에 함락된 것은 그로부터 한 달 뒤인 2월이었다. 광릉군은 하상군 아래쪽 소주 땅 인근이었는데 당의 회남도 순찰사 요석에게 어이없이 함락된 것이다. 광릉 태수 협영은 당군이 진입하기 직전에 갑옷 차림으로 청에 앉아 스스로 목을 찔러 죽었다. 그리고 그의 둘째 아들 협보성이 당 황제 이치로부터 위국공(威國公) 겸 광릉 태수로 봉해졌다. 당의 군사를 끌어들인 것이 협보성이었던 것이다. 그는 백제군으로 변복한 당군을 이끌고 백산성에 들어 왔으므로 광릉군의 5만 가까운 백제군(軍)은 무기력하게 무너졌다.

의자왕이 광릉군에서 도망쳐 나온 20여 척의 전선(戰船)을 맞은 것이 그로부터 10여 일 뒤였다. 전선에는 관리와 난민들이 가득 타고 있었는데 그것을 본 왕의 두 눈에 핏발이 섰다.

"협보성, 이놈."

말 위에 앉아 구드레 포구에 가득 찬 전선을 내려다보며 왕이 이 사이로 말했다.

"이놈, 이치(李治)."

그리고는 문득 왕은 머리를 들었다. 아정의 신굿 이야기가 떠올랐기 때문이다. 땅이 흔들리며 붉은 깃발이 바다에 던져진 것은 광릉군이 당에 함락된 것과 비슷한 표현이다. 붉은 깃발은 백제군(軍)의 깃발이었던 것이다. 왕은 어금니를 물었다.

동성대왕이 역사 셋을 죽이라고 소리친 것은 협 씨를 말한 것이었다. 협(劦)이란 글자 안에는 역(力) 자가 셋이 들어 있다. 왕이 부릅뜬 눈으로 옆에 선 위사장 교진을 보았다.

"내가 선대왕의 위업을 깨뜨리게 되다니. 이제 죽기조차 두렵다."

"젖비린내 나는 놈이."

화청이 혼잣소리처럼 말했으나 청 안의 장수들은 다 들었다. 한낮이었다. 화청이 장수들을 둘러보았다.

"호유태가 청안성 앞까지 왔다니. 본대와 꽤 떨어져 있을 것이다. 그놈이 지운산 골짜기를 지날 적에 기습한다."

지운산은 하양성에서 1백 리쯤 남쪽이었다. 광릉군(郡)이 당의 회남군(軍)에 의해 함락되었다는 소식이 전해진 뒤로 군사들의 사기는 침체되어 있었다. 화청은 당군을 끌어들여 싸우려는 계획을 조금 바꾸었다. 앞쪽에 서 있던 성주(城主) 신제말태가 화청을 보았다. 그는 귀화한 왜인이다.

"장군, 호유태의 5만 기마군을 맞으려면 기마군이 3만은 있어야 하오.

본진의 병력에서 떼어내리까?"

"기마군 1만이면 된다."

자르듯 말한 화청이 주름진 얼굴을 펴고 웃었다.

"서전(緖戰)을 치를 군사이니 정예를 골라 뽑고 대장은 내가 맡겠다."

장수들이 제각기 웅성거렸는데 태수가 선봉을 맡을 수는 없다는 내용이다. 그러자 화청이 눈을 부릅떴다.

"내 나이가 이미 60을 넘었다. 당 고조(高祖) 이연의 막장이었다가 그자가 반란을 일으키자 태원 땅을 떠난 지 벌써 35년이다."

그의 시선이 말석에 서 있는 계백승의 얼굴에 잠시 머물렀다가 떼어졌다.

"내가 중원(中原) 땅을 밟아 보지도 못하고 하북성 산골짜기에서 죽을 것 같은가? 나는 이연의 손자 이치에게 내 이름을 외우게 하고야 죽는다."

실로 비장한 표정과 목소리였으므로 장수들은 입을 다물었다. 전장에서 장수가 앞장서는 것보다 군사들의 사기가 올라가는 방법은 없다. 더욱이 총사령인 태수가 선봉에 나선다면 군사들은 죽기를 무릅쓸 것이었다.

"저도 따르겠습니다."

청을 나선 화청의 옆을 따르며 계백승이 말했다.

"허락해주십시오."

"너는 하양성 수비장 신제말태의 부장(副將)이다."

화청이 정색한 얼굴로 계백승을 보았다.

"이번에도 영을 어기면 군율로 다스릴 것이다."

"저를 자꾸 보내시고 빼시려는 이유를 말씀해주십시오."

그러자 걸음을 늦춘 화청이 계백승의 치켜 뜬 두 눈을 보았다. 그러고는 입술 끝으로 웃었다.

"나는 늙었으니 이곳에서 승부를 내겠다. 젊은 너는 때를 기다려라. 너에게 알맞은 기회가 있을 것이다."

호유태는 하북 병마절도사 정탁의 선봉군을 맡은 장수로 낙양 출신이었다. 그는 무장 가문이어서 증조부 때부터 북쥬(北周)와 수, 당에 이르기까지 꾸준히 무장 반열에 올랐으니 시류에 호응해 온 가문이라고 볼 수 있다. 기마군 5만을 거느린 호유태는 아직 삼십대 중반이었으나 관직이 중랑장이었다. 그것은 그가 대도(大刀)를 잘쓰고 힘이 장사이기도 했지만 당 황제 이치의 측근인 허경종의 심복으로 근래에 출세가도를 달렸기 때문이다.

"장군, 땅이 질어서 치중대가 멀어지고 있습니다."

부장이 말하자 호유태는 혀를 찼다.

"치중대에 맞춰 진군하는 군대는 없다. 마차 바퀴를 들고 뛰어서라도 본대와 맞추도록 하라."

말은 그렇게 했지만 호유태는 말의 속도를 늦췄다. 눈 덮인 땅이 녹고 있어서 도로가 진창이었던 것이다. 청안성을 지난 지 이틀째였다. 동성군의 북부 변두리 성인 청안성은 성문을 활짝 열어놓은 채 백제 수비군이 빠져나갔는데 성 안에는 보리 한 톨 남아 있지 않았다. 고구려군이 즐겨쓰는 작전이었다. 오시 무렵이어서 중천에 떠있어야 할 해는 흐린 하늘에 가려 오간 데가 없었고 바람 끝이 찼다.

"장군, 하양성과는 1백30리가 됩니다."

부장은 사십대로, 투항한 돌궐족 장수 출신이다. 그가 힐끗 호유태를 보았다. 백제군을 맞을 준비를 해야 되지 않느냐는 눈치였으므로 호유태는 혀를 찼다.

"내일부터 진용을 펼치고 나아간다. 아직 1백 리도 더 떨어져 있다."

호유태가 서둘고 있는 것은 남쪽의 회남도 순찰사 요석에게 백제령 광릉군이 어이없이 무너졌기 때문이다. 예상치도 못한 일이었다. 요석은 장손무기의 일파로 겨우 10만 군사를 이끌고 광릉군을 함락 시켰다. 그것은 광릉 태수의 아들 협보성이 내통한 때문이었지만 장안에 있는 허경종과 이의부는 주력군(主力軍)의 전과를 기대하고 있었다. 주력군은 모두 그들이 선발한 장수와 군사로 이루어졌기 때문이다.

거칠게 호흡하던 말이 속도를 떨어뜨렸으므로 화청은 고삐를 채어 속보로 달리게 했다. 기마군 1만은 2열 종대로 달리고 있었으므로 길게 늘어선 앞뒤의 끝이 보이지 않았다. 삭풍이 매섭게 불어오고 있었다.

"장군, 곧 어두워집니다. 척후가 올 때가 되었으니 행군을 그치는 것이 낫습니다."

부장 황보가 다가와 소리치듯 말하자 화청이 머리를 끄덕였다.

"저쪽 산기슭까지 가도록 하자."

오시 무렵에 호유태군과의 거리는 70리였다. 양군이 빠른 속도로 다가오고 있었으니 지금은 거리가 반 이상 단축되어 있을 것이었다. 말 배를 붙인 황보가 그를 바라보았다. 황보는 오십대 초반으로 화청을 따라 이역만리 백제 땅까지 들어왔던 심복이었다.

"장군, 너무 서두시는 것이 아니오?"

"그렇게 보이느냐?"

"불안합니다."

"호유태는 우리가 기습해 오리라고는 생각지 못할 것이다."

"척후가 어디 숨어 있는지도 모릅니다."

신중한 황보가 다시 입을 열려다가 닫자 화청은 머리를 저었다.

"앉아서 기다리면 시일은 길게 끌겠지만 결국은 당하게 된다."

"그 사이에 덕산군과 고구려군, 그리고 본국에서도 원병이 올 것 아닙니까?"

"때가 맞아야 한다."

자르듯 말한 화청이 가늘게 뜬 눈으로 앞쪽을 바라보았다.

"호유태의 선봉군만 궤멸시키면 백제군의 사기는 단숨에 올라갈 것이다."

"공자님, 바람이 찹니다."

다가선 신조가 말했으나 계백승은 움직이지 않았다. 하양성의 성루에선 그는 북쪽 산줄기를 바라보는 중이었다. 어둠이 덮이기 시작한 저녁 하늘에서 한두 점씩 눈발이 떨어졌다. 계백승이 머리만을 돌려 신조를 보았다.

"신조, 아버님은 물론이고 스승께서도 대륙 정벌에 한(恨)을 가지고 계신다. 하지만 난 그렇지 못해."

정색한 계백승의 목소리가 낮아졌다.

"왜 그럴까? 나에게 왜인의 피가 조금 섞여 있기 때문일까?"

"공자께선 백제인이시오."

신조가 부드럽게 말했다. 삼십대 초반의 그는 계백승의 외숙부이자 왜국의 실권자가 되어 있는 소가히데키가 딸려 보낸 무사다. 그가 다부진 표정으로 계백승을 보았다.

"공자님의 모친께서도 백제인의 피를 받으신 소가 가문이십니다. 공자께선 계백 장군의 장남이시오."

"나는 아버님처럼 대륙에 대한 야망도 백제대왕에 대한 충성심도 없다. 그것이 부끄럽다."

"공자님께서는 아버님에 대한 존경심은 가지고 계실 것입니다. 그것으로 족합니다."

"백제국 방령 계백 장군은 범상한 분이 아니시다."

갑자기 눈을 치켜 뜬 계백승의 목소리가 떨려 나왔다.

"그런데 나는 범상한 자질에다 야망도 충성심도 없는 반쪽 아들이다."

"공자님, 서둘지 마십시오."

부드럽게 말한 신조가 계백승의 팔을 잡았다.

"아직 공자님에게는 살아 갈 긴 세월이 있소이다. 스승께서도 말씀하시
지 않았습니까?"

"오늘 밤에 승부를 낼 것이다."

투구를 벗은 화청이 머리를 흰 헝겊으로 동여맸다. 진막에 모여앉은 장
수들은 이미 머리에 헝겊을 둘렀다.

"지운산 골짜기에는 잔 나무가 무성해서 말을 달리기가 쉽지 않습니다."

척후로 나갔던 장수가 말했다.

"게다가 남향이어서 이쪽을 보고 두 팔을 벌린 형국입니다. 뒤로 돌아갈
틈이 없습니다."

호유태는 급하게 내려왔지만 전법에 서툰 자가 아니었다. 그는 5만 군을
둥글게 포진시킨 다음 자신이 있는 본진을 골짜기에 두었다. 천혜의 지형
까지 이용하여 본진의 숙영지를 철벽같이 둘러싼 것이다. 화청이 옆에 앉
은 황보를 바라보았다.

"오늘 밤 바람은 북풍인가?"

"겨울이니 당연히 북풍이지요."

무심코 대답했던 황보가 퍼뜩 머리를 들었다.

"장군, 화공(火攻)을 쓰시렵니까?"

"지운산 골짜기를 아궁이로 쓰는 것이야. 우리는 불쏘시개를 가지고 돌
진한다."

그러자 장수들이 서로의 얼굴을 돌아보았다. 거대한 아궁이가 될 것이었다. 그러나 화공만큼 어려운 공격이 없다. 불에 노출되어 이쪽부터 당할 수도 있는 데다 바람을 예측 못해 대부분이 실패한다. 유비의 적벽대전은 화공이 성공한 예였으나 수십 가지 우연이 일치된 것으로 그런 우연을 믿는 장수는 없다. 분위기를 눈치챈 듯 화청이 이를 드러내고 웃었다.

"결사대는 말에 기름을 묻힌 불쏘시개를 싣고 돌진한다. 그러면 풍향이나 불이 번지는 위치쯤은 걱정하지 않아도 될 것이야."

당군의 좌측을 맡고 있는 요척은 본래 당 태종 이세민의 동생 원길의 수하 장수였다. 그는 현무문의 변에서 원길이 죽고 수하 장수들이 모조리 제거되었을 때 다행히 강남 땅에 가 있다가 변을 피했다. 그리고는 세월이 지나자 능력을 인정받아 낭중 벼슬에까지 올랐는데 이번 싸움이 그로서는 재도약을 위한 절호의 기회였다. 술시가 되었을 때 진막 안에서 부장과 함께 앉아 있던 요척은 문득 땅이 울리는 진동을 느꼈다. 진막을 받친 기둥에 달려 있는 기름등이 가늘게 떨면서 불꽃도 흔들렸다.

"기습이다!"

짧게 외친 요척이 퉁기듯이 일어서더니 세워 둔 칼을 찼다. 진막 밖으로 뛰쳐나왔을 때 진동은 더욱 커졌다.

"북을 쳐라! 적의 야습이다!"

그가 악을 쓰듯 소리치자 장수들이 뛰어왔고 북이 울렸다. 전령이 달려온 것은 잠시 뒤였다. 그는 최전방의 척후대에서 보낸 군사였다.

"백제군의 기습이오! 놈들이 우측으로 갑니다!"

우측이라면 본진이 있는 곳이다. 요척은 온 몸에 찬 기운이 덮인 것을 깨닫고는 버럭 소리쳤다.

"모두 말에 올라 대기하라! 서둘 것 없다!"

그가 거느리는 좌군은 기마군 1만이다. 백제군의 군세를 아직 측량할 수도 없는 상황이었다.

중군의 부장 한숙은 이미 말에 올라 백제군을 기다리고 있었는데 휘하에 5천의 기마군을 거느렸다. 그리고 그의 뒤쪽에 현령 장만이 역시 기마군 5천과 함께 호유태의 본진 앞쪽을 막았고 호유태는 1만 군사에 에워싸여 골짜기 안쪽에 자리를 잡았다. 백제 기마군이 정면으로 돌진해 왔을 때 한숙은 말굽소리로만 1천 기 남짓인 것을 알아채고 코웃음을 쳤다. 야습은 때로는 치명적이지만 기마군의 돌진은 말굽소리로 기습 효과가 반감되는 것이다. 허리에 찬 칼을 빼든 한숙이 소리쳤다.

"1진을 막아라!"

그 순간 북이 울리며 앞쪽에 횡대로 늘어 서 있던 기마군 1천이 함성을 지르며 돌진했다. 이미 좌우에서 울리는 북소리가 들렸는데 좌우군이 앞으로 뻗어나가 백제군을 둘러쌀 것이었다. 말굽소리가 더욱 가까워졌다. 곧 이쪽의 1진과 부딪칠 것이다. 그때였다. 드문드문 횃불만 보이던 앞쪽에 십여 개의 큰 불덩이가 보였으므로 한숙은 눈을 치켜 떴다. 불덩이에서 작은 불꽃이 튀어 오르고 있었다.

"아뿔사!"

한숙이 소리쳤을 때 불덩이는 순식간에 두 배 세 배로 늘어나 어느덧 앞쪽은 거대한 불기둥이 늘어선 모양이 되었다. 그리고 불기둥은 빠른 속도로 가까워졌다.

"화공이다!"

소리친 그가 무의식중에 뒤를 돌아보았다. 그리고는 신음소리를 뱉었다.

"장군! 말들이 놀라 흩어지고 있소이다!"

달려온 부장이 말을 겨우 세우고 소리쳤을 때는 이미 한숙의 기마대는 흩어지는 중이었다. 불길에 놀란 말들이 이리저리 뛰었고 말을 진정시키려는 군사들의 고함소리는 비명에 가까웠다. 그때 한숙은 불기둥을 끌고 오는 기마군을 보았다.

"으음."

칼을 치켜든 한숙은 다시 신음했다. 백제군은 제각기 한 아름이나 되는 불덩이를 매달아 끌고 오고 있었다. 말은 미친 듯이 뛰었고 이쪽의 말들은 불길에 놀라 앞다리를 치켜세우거나 옆으로 도망쳤으므로 앞이 뚫렸다. 한숙이 말의 고삐를 조였으나 울며 몸부림을 쳤다.

"말에서 내려 막아라!"

한숙이 악을 쓰듯 소리쳤다. 그 사이에 옆으로 불덩이를 끈 백제 기마군이 십여 명이나 지나갔다.

현령 장만이 불기둥을 본 것은 한숙보다 물론 늦었다. 지운산 골짜기의 입구에 진을 친 그의 부대는 대오를 정비한 채 정연하게 서 있었는데 앞쪽 한숙의 부대가 물 한 그릇 마실 시각도 안 되어 갈라지면서 불덩이 떼가 드러났을 때 동요했다. 사람보다 먼저 놀란 것은 말떼였다. 소리 높여 울며 굽으로 땅을 차던 말떼가 진용을 흐트렸고 불덩이를 끈 백제군이 50여 보 앞으로 다가왔을 때에는 이리저리 뛰기 시작했다.

"아, 북풍이다!"

이미 자욱한 불 냄새를 맡으며 장만이 탄식했다. 앞쪽의 벌판은 이곳저곳에서 거대한 불길이 타오르고 있었는데 타는 냄새가 모두 그쪽으로 몰려왔다. 말고삐를 움켜쥔 그는 힐끗 뒤쪽을 돌아보았다. 골짜기는 아직 짙은 어둠에 덮여 있었으나 그것이 그에게는 더욱 끔찍한 느낌이었다. 그의 앞쪽에서 백제 기마군이 말과 함께 쓰러졌는데 불덩이는 더욱 살았다. 작은 불꽃을 사방으로 던지더니 마른 풀잎과 잔가지에 불이 붙었다. 타고 있던 말이 앞다리를 치켜들고 울었으므로 장만은 그 서슬을 이용하여 옆쪽으로 고삐를 채었다. 말이 주인의 뜻을 알아챈 듯 옆쪽으로 두 다리를 내려놓더니 달리기 시작했다. 이미 주위는 극심한 혼란에 빠져 있어서 제대로 앞쪽을 바라보며 서 있는 군사는 없다. 그의 옆으로 불덩이를 매단 수십 기의 백제군이 골짜기를 달려 들어가고 있었다.

지운산 골짜기는 곧 거대한 불길로 뒤덮였다. 불길은 골짜기 입구에서 거센 바람을 타고 안쪽으로 휘몰려 갔는데 불기둥이 점점 높고 거칠어졌다.

"서둘러 들어갈 것 없다!"

화청이 쉰 목소리로 외치며 옷에 붙은 불을 두드려 껐다. 그는 이미 말을 버리고 한 손에 긴 칼을 쥔 채 서 있었다.

"장군! 이놈을 타십시오!"

군사 하나가 빈 말을 끌고 왔는데 당군의 말이었다. 말에 오른 화청이 흥분한 말을 추스르듯 제자리에서 돌았다.

"불길을 따라 천천히 나아가라!"

불길은 50보쯤 앞에서 골짜기 안쪽으로 휘몰아가는 중이었는데 이미 골짜기 안은 소음으로 가득 찼다. 연기와 불길을 헤치며 입구로 나온 당군들은 미처 정신을 수습하기도 전에 백제군의 칼을 맞았다. 백제군은 골짜기 입구를 완전히 봉쇄하고는 안쪽으로 전진했는데 군세는 3천 가량이다. 다시 한 무리의 당군이 쏟아져 나왔다가 제대로 대항하지도 못한 채 아직도 작은 불길을 피우는 풀숲 위로 쓰러졌다. 칼을 어깨에 걸친 화청이 옆에 따르는 군사를 바라보았다.

"적벽대전이 이야기 책에 남았듯이 지운산 화전과 내 이름도 길게 남을 것이다."

그가 반쯤 탄 턱수염을 들고 웃었다.

"옳지 저기 올라온다."

황보가 눈을 빛내며 말했으나 주위에 엎드린 군사들도 이미 보았다. 자욱한 연기가 몰려오고 있었으므로 그들은 모두 헝겊으로 코를 막았다. 이곳은 지운산의 골짜기가 내려다보이는 산마루인 것이다. 이제 불덩이가 된 지운산 골짜기를 위에서 내려다보면 당군의 모습이 한눈에 들어왔다.

"놓치면 안 된다!"

황보가 손바닥에 침을 뱉고는 칼을 고쳐 쥐었다. 당군이 떼를 지어 이쪽으로 도망쳐 올라오는 것이다. 그리고 그 중심에 호유태의 깃발이 펄럭였다. 산마루를 반월형으로 5천 군사가 둘러싸고 있는지라 빠져나갈 구멍은 없다. 황보는 이제 1백여 보 앞으로 다가온 당군의 무리를 노려보았다. 뒤쪽의 불길을 받아 윤곽이 선명하게 드러났는데 패잔병의 모습이다. 헐떡이면서 반쯤 허리를 굽힌 채 기어오르는 그들은 아직 이쪽을 눈치 채지도 못했다.

앞쪽에서 함성이 울렸을 때 호유태는 눈을 부릅떴다. 그러나 쩍 벌린 입에서는 쇳소리가 났다. 산이 가팔랐기 때문이었다.

"백제군이다!"

군사 하나가 비명처럼 소리를 질렀고 주위의 위사들이 제각기 칼과 창을 고쳐 쥐었을 때 빗발처럼 화살이 쏟아졌다.

"이, 이놈들!"

호유태는 털썩 주저앉는다는 것이 경사가 심한 곳이어서 벌렁 뒤집혔다가 군사의 몸에 걸려 바로 앉았다. 화살이 쏟아지면서 다시 밤하늘을 찢는 듯한 함성이 났다.

"앞으로! 치고 나가라!"

옆쪽의 장수 하나가 칼을 치켜들고 고함을 쳤다. 그리고 다음 순간 목에 화살이 꽂히더니 뒤로 넘어졌다. 뒤쪽의 불길은 아직 3, 4백보 떨어져 있었으나 불기운이 전해져 온다. 뒤로 물러난다면 불에 타 죽는 것이다. 호유태는 후들거리는 다리로 일어섰다.

"장군! 어서 이쪽으로!"

교위 서송이 어깨에 화살이 꽂힌 채로 다가왔다.

"저쪽이 비었소이다!"

호유태는 이것저것 따질 정신이 아니었다. 비틀대며 서송의 뒤를 따라 옆쪽으로 발길을 틀었고 위사들이 뒤를 따랐다. 화살이 계속해서 쏟아져 내렸으므로 당군은 대부분이 풀숲에 엎드려 있었다. 치고 올라가는 군사는 한 명도 없다. 서송의 뒤를 따라 20보쯤 앞으로 나아갔을 때였다. 화살도 뜸해졌으므로 조금 마음이 놓은 호유태가 가쁜 숨을 고르며 입을 닫았다. 정상은 30보쯤 앞이었으니 우선 이 불구덩이를 빠져나가야만 한다. 그때였다. 앞쪽 숲에서 솟아오른 듯 한 무리의 군사가 나타나더니 돌진해 왔다. 칼날을 번쩍이며 지르는 함성에 이쪽 군사는 이미 반쯤은 넋이 나갔다.

"이놈들!"

앞장선 서송이 칼을 휘둘렀으나 곧 허리를 꺾더니 풀숲 위로 쓰러졌다. 칼에 맞은 것이다. 호유태는 쓰라린 눈을 깜박이고는 칼을 고쳐 쥐었다. 이제는 이를 악물었다. 그리고는 와락 덮쳐 온 백제군의 허리를 한 칼로 베었고 옆에서 내려쳐진 칼날을 몸을 틀어 피했다. 그 순간이다. 어깨에 선뜻한 느낌과 함께 곧 격심한 통증이 왔고 다음 순간 목에도 충격이 왔다.

"호유태를 베었다!"

누군가가 옆에서 벽력같이 고함을 질렀는데 호유태는 앞으로 엎어지면서 선명하게 들었다.

"기마군사 종복이 호유태의 목을 쳤다!"

호유태는 그 소리도 들었다.

골짜기의 중간 부근까지 나아갔던 화청은 전진을 멈추고는 앞쪽 산등성
이를 바라보았다. 이것은 마치 짐승몰이와 같아서 사냥꾼 역할은 산등성이
에서 기다리는 황보의 5천 군사인 것이다. 화청이 숯검댕이로 범벅이 된
얼굴을 펴고 웃었다.

"저 새까맣게 산을 기어 올라가는 짐승들을 보아라."

그의 시선이 닿은 골짜기 끝쪽의 산비탈은 당군으로 새까맣게 덮여 있
었던 것이다. 말떼 수백 필이 화염을 헤치며 미친 듯이 이쪽으로 달려왔으
나 말 위에 앉은 군사는 없다. 그들은 불길에 싸여 이미 떨어졌고, 불에
익은 말떼들도 머지않아 죽을 것이었다. 골짜기 우측으로 겨우 몸을 빼낸
당군 수십 명이 반쯤 불에 탄 모습으로 다가오고 있었다. 전진하던 백제군
은 이제 선뜻 달려들지도 않았다. 무기력해진 당군들은 모두 넋이 나갔고
손에 병장기를 들고 있지도 않았기 때문이다.

"아아, 이세민을 이 골짜기에 넣었더라면……."

소리치듯 말한 화청이 치켜 뜬 눈으로 앞쪽을 바라보았다.

"간질병쟁이인 이치(李治)는 내 이름을 알기나 할까?"

그때였다. 말이 앞발을 치켜들며 몸을 세웠으므로 옆을 따르던 대장(隊
長) 조구는 머리를 돌려 화청을 보았다. 그러고는 소리쳤다.

"장군!"

고삐를 놓은 화청이 말에서 떨어졌으므로 조구는 엎어지듯 다가갔다.
그러고는 눈을 부릅뜨고 다시 소리쳤다.

"장군!"

그러나 이미 소용없는 짓이라는 것을 그도 알고 있었다. 화청의 이마 깊숙이 화살이 박혀 있었던 것이다. 화청은 눈을 부릅뜬 채로 서너 번 숨을 몰아쉬다가 사지를 늘어뜨렸다. 이마에 박힌 화살 끝에 붙인 새깃이 불에 타고 없었으니 당군이 불 속에서 쏜 것이었다.

조구는 백제인이다. 그는 몰려선 군사들에게 소리쳤다.

"전진하라!"

그러고는 칼을 휘둘러 화청의 목을 쳤다. 장군의 목을 불구덩이에 두고 갈 수는 없는 것이다.

다음날 저녁, 황보는 6천 군사를 이끌고 하양성에 돌아왔으니 대승(大勝)이다. 그러나 황보를 위시한 장졸들은 모두 머리를 떨구고 어깨를 늘어뜨린 모습이었다. 동성군 태수이며 용장 화청이 전사했기 때문이다. 성 안의 정청에 오르자 황보는 감정을 억제하지 못하고는 어깨를 흔들며 울었다. 그는 오십대 중반이어서 청에 모인 장수들 대부분이 아들뻘이다. 화청을 따라 태원 땅, 당을 도망친 지 35년, 그는 화청만을 의지하며 살아왔다.

"여기 태수의 목이 있소."

그가 자신의 허리갑옷에 싼 화청의 목을 청 위쪽에 놓여진 태수의 의자 위에 올려놓았다. 그러고는 피묻은 보자기 하나를 청 바닥에 던졌다.

"그것은 당의 장수 호유태의 목이오."

장수들 틈에 끼어 서 있던 계백승은 의자 위에 놓인 화청의 목과 바닥에 떨어진 호유태의 목을 번갈아 보았다. 그리고 청 바닥에 엎드려 화청을 바라보며 우는 황보에게로 시선을 돌렸다.

당의 하북성 병마절도사 정탁은 행군을 멈춘 채 사흘째 와공현 근처의 들판에 머물렀다. 백제령 동성군과의 거리는 1백50리 정도였다. 날씨가 풀리기 시작했으므로 언 땅이 녹아 길이 질었고 앞쪽에 가로로 흐르는 흑수(黑水)의 수위도 높아져 있었으나 행군에 지장을 줄 정도는 아니었다. 그러나 선봉군으로 정예 기마군 5만을 이끌고 눈부시게 진군했던 중랑장 호유태는 지운산 골짜기에서 전사했다. 그가 이끌었던 5만 기마군에서 겨우 1만여 기가 돌아왔으니 나머지는 불에 타 죽었거나 벌이 두려워서 도망쳤을 것이다. 정탁이 저녁을 몇 술 뜨는 둥 마는 둥 하고 물렸을 때 부대총관 오현종이 들어섰다. 그의 얼굴은 어두웠다.

"어림군 사령 유천이 내일 이곳에 올 것 같소이다."

앞자리에 앉은 오현종이 정탁을 바라보았다.

"유천에게 뭐라고 하실 생각입니까?"

"그까짓 강남 출신 뱃놈이 무얼 안다고……."

뱉듯이 말한 정탁이 머리를 돌렸다. 어림군 사령 유천은 본래 장강(長江)에서 배를 몰던 사공 출신이다. 강남성의 수군(水軍)에 의해 징발되었다가 여러 번 공을 세워 당 황제 이세민의 눈에 든 다음 어림군의 도위가 되었던 것이다. 그러고는 이치의 심복이 되어 어림군 사령이 되었으니 관운도 타고났다. 정색한 정탁이 오현종에게 말했다.

"곧 이의부 공(公)께서 밀서를 보내 오실 것이오. 그때까지 기다리도록 합시다."

그는 이의부의 측근인 것이다. 오현종은 병부시랑을 겸하고 있는 인물이라 정국(政局)을 안다. 머리를 끄덕인 그가 얼굴에 웃음을 띠었다.

"유천한테는 호유태의 잔군을 수습하는데 시일이 더 걸린다고 하는 게 낫겠소이다."

호유태가 5만 군사를 잃은 상황에서 만일 본대마저 백제군과의 싸움에 패퇴한다면 백제군(郡) 정벌을 주장했던 이의부와 허경종의 입지는 급격히

추락할 것이었다. 원로 대신 장손무기 저수량 등의 반대를 무릅쓰고 군사를 출병시킨 그들이다. 이의부 등 신진세력의 후원을 받고 있는 정탁과 오현종이 갑자기 신중해진 이유가 이것이었다.

말에서 뛰어내린 계백은 땅바닥에 한쪽 무릎을 꿇고 군례를 했다.

"대왕전하를 신 계백이 뵙습니다."

"말에 오르라. 계백."

사비도성 동쪽으로 20리쯤 떨어진 석성 앞이었다. 눈발이 휘날리고는 있었으나 바람 끝은 차지 않았다. 계백이 말에 오르자 왕이 말에 박차를 넣어 말머리를 나란히 했다. 계백은 왕의 부름을 받고 달려온 길이어서 뒤쪽에 동방(東方)의 무장들이 10여 명이나 늘어서 있다. 왕이 입을 열었다.

"이번에 당이 백제군을 공격한 것은 뒤에서 신라가 사주했기 때문이었다. 이틀 전에 고구려 대막리지의 사신이 가져온 밀서에 적혀 있었다."

왕이 계백의 시선을 잡고는 쓰게 웃었다.

"고구려의 간자(間者)가 장손무기의 측근으로부터 직접 들었다는 것이다. 김춘추의 아들 김인문이 이치의 측근세력인 이의부와 허경종뿐만 아니라 애첩 무소의에게도 금은보화를 주었다는 것이다."

"그랬을 것입니다. 김춘추는 당의 내정(內政)을 제 아들들을 통해 손바닥을 보듯이 알고 있을 것입니다."

"광릉 태수의 아들 협보성을 회남도 순찰사 요석에게 안내해 준 것도 김춘추가 보낸 김전이라는 놈이라고 했다."

말고삐를 채어 말을 세운 왕이 치켜 뜬 눈으로 계백을 보았다.

"신라 여왕 승만이 죽으면 곧 김춘추가 왕이 될 것이다. 하나 나는 그놈과 같은 하늘 아래에서 살고 싶지가 않다."

"쳐죽이겠소이다."

어깨를 편 계백이 왕의 시선을 받았다.

"그놈은 간자(間者)의 수괴이며 꼬리 잘 흔드는 개 같은 인물일 뿐입니다. 동쪽 귀퉁이에 박힌 당의 속령 태수에 불과한 놈으로 어찌 대왕과 견줄 수가 있겠소이까?"

"듣기는 시원한 말이나 김춘추는 지모와 담력이 뛰어난 자다. 결코 과소평가해서는 안 된다."

왕이 흰 수염에 묻은 눈가루를 쓸어 내리며 웃었다.

"놈은 당 황제의 발바닥을 핥으며 대군을 동원시켜 신라의 잔명을 이어 왔다. 놈의 입장에서 보면 당을 이용한 것이다."

말고삐를 챈 왕이 말의 발을 떼게 했다.

"당의 관복을 입고 연호를 사용하는 것쯤은 김춘추에게 아무 것도 아니다. 그놈에게 야망이 있다면 첫째가 신라국왕이며 둘째가 당의 힘을 빌어 백제와 고구려를 쳐서 땅을 떼어 받겠다는 것이다."

"소신이 신라를 멸망시키도록 영을 내려 주옵소서."

왕이 박차를 넣어 말 걸음을 빨리 했다.

"당은 이제 백제령도 호락호락하지가 않다는 것을 알았을 것이다. 비록 광릉군은 잃었으나 동성군은 더욱 건고해졌다."

동성군 태수 화청이 당군 5만을 궤멸시키고 죽자 당의 대군은 진군을 멈추더니 10여 일이 지나자 되돌아갔다. 자세한 내막은 알 수 없었으나 당 황제 이치가 군사를 불러들인 것은 확실했다. 왕을 따랐던 계백은 문득 아들 계백승의 모습을 떠올렸다. 계백승은 스승인 화청의 죽음에 충격을 받았는지 시종무사 신조와 함께 왜국으로 돌아간 것이다. 새로 동성군 태수로 부임한 달솔 마도누의 만류도 듣지 않았다고 했다. 계백은 길게 숨을 뱉었다. 난세(亂世)인 것이다. 계백승은 아비와도 오래 떨어져 살았는 데다 이제 스승마저 잃었다. 그리고 아비와는 달리 왜국에서 태어났다. 난세를 겪어 오면서 혼란에 빠질 만한 상황이다. 의자왕 13년 3월이었으니 신라 여왕 승만 7년이요, 고구려 보장왕 12년, 당 황제 이치의 즉위 5년, 그리고 왜국은 의자왕의 동생 부여경이 고토쿠 왜왕으로 즉위한 지 8년 째가 되었다. 서기 653년이다.

제10장 신라왕 김춘추

아정이 눈을 치켜 떴으므로 흰 창이 온통 다 드러났다. 본래 흰 얼굴인 때문에 그녀의 검은 눈동자는 더욱 두드러졌다.

"여우가 좌평의 의자에 앉아 길게 울었습니다. 그러나 방문이 닫혀 있어서 아무도 들어오지 못했습니다."

"그것은 무슨 징조냐?"

다급하게 왕비 은고가 물었으나 아정이 지친 표정으로 머리를 저었다.

"소녀는 모릅니다."

"좌평 방에 의자가 여섯 개 있다. 어느 의자에 앉아 울었느냐?"

"좌평 방 안이었습니다. 어느 의자인지는 보이지 않았습니다."

"답답하구나."

길게 숨을 뱉은 은고가 옆에 앉은 시녀를 돌아보았다.

"이 애의 수족을 주물러 주도록 하라. 너무 오랫동안 굿을 했다."

왕비가 방을 나가자 아정은 쓰러지듯 방바닥에 누웠다. 그러고는 눈을 감더니 앓는 소리를 냈다.

"무녀 아씨, 다리를 뻗으시오. 주물러 드릴 테니."

시녀가 다가앉으며 말하자 아정이 머리를 저었다.

"혼자 있고 싶으니 나가 계시오."

"그럼 시키실 일이 있으면 부르시오."

선선히 대답한 시녀가 굿방을 나갔다. 가을이었다. 가뭄이 심하여 땅이 갈라지고 들불까지 번져 왕은 창고에 쌓인 양곡을 각 방(方)으로 보내어 주린 백성들을 먹였는데 점구부에서 작성한 호구 수에 맞춰 균등하게 배분되었다. 방바닥이 차가웠으므로 아정의 달아오른 몸은 곧 식었다. 유시가 되어 가는 시각이어서 문틈으로 들어온 저녁 공기에 밥짓는 냄새가 맡아졌다. 이윽고 아정이 눈을 떴다. 그러나 아직 반듯이 누운 채로 있다.

"이보오, 궁중 아씨."

아정이 시녀를 부르자 금방 문이 열리더니 나이 든 시녀가 얼굴만 디밀었다.

"부르셨수? 이제 주물러 드리리까?"

"난 오늘 밤은 쉴 테니 왕비마마께 돌아가시오. 굿은 내일 다시 하겠소."

"그러시구려. 마마께 그렇게 전하리다."

시녀가 문을 닫자 아정은 다시 눈을 감았다. 얼굴에 화색이 돌아오고 있었다.

마굿간에 매어놓은 말을 끌고 노창서가 다가왔다. 주위는 짙은 어둠에 덮여 있었고 벽에 드문드문 걸린 등불 빛만 희미하게 빛날 뿐이다. 계백이 말에 오르자 주종(主從) 두 사람은 말머리를 나란히 하여 궁성을 나왔다. 별빛이 선명하게 빛나는 밤이었다. 부소산 위에 세워진 궁성의 불빛도 그들이 내리막길을 내려올수록 별빛과 가까워졌다. 계백이 문득 입을 열었다.

"네 아비를 신라군이 죽였다고 했느냐?"

"예, 주인."

굵은 목소리로 대답한 노창서가 힐끗 눈치를 보았다.

"아비가 칼을 들고 휘둘렀으나 당해 내지 못했습니다요."

노창서는 동방의 옥천 출신이니 신라와의 싸움이 잦은 곳이다. 군역을 마치고 농군으로 돌아갔던 그의 아비는 신라군이 쳐들어오자 집 앞에서 싸우다가 죽었다. 그가 여섯 살 때의 일이었으니 30년 전이었으나 아직도 기억에 생생했다. 계백은 잠자코 말을 몰았다. 왜국에서부터 데려온 시종 하도리는 이제 8품 시덕이 되어 동방(東方)군의 방성(方城)인 득안성의 기마군 대장이다. 하도리가 부하 군사였던 노창서를 계백의 시종으로 추천한 것은 그의 우직함과 용맹성을 겪어 보았기 때문일 것이다. 그들이 상부(上部) 중항(中港)에 있는 계백의 도성 사저에 들어섰을 때는 술시가 되었을 무렵이다. 계백의 말고삐를 잡은 사저의 집사가 말했다.

"나리, 궁성에서 손님이 와 계십니다요."

"누구냐?"

"왕비마마께서 보내셨다고 하는데요."

집사가 목소리를 낮추었다.

"시녀 같습니다요."

"왕비께서……."

긴장한 계백이 별채로 들어섰을 때 마룻방 안쪽의 의자에 앉아있던 여인이 일어섰다. 등불에 비친 흰 얼굴의 여인은 아정이었다. 득안성에서 본 뒤로 3년 만이었는데 아정의 자태는 더욱 요염해졌다. 놀란 듯 눈만 치켜뜬 계백이 앞쪽 의자에 앉자 아정이 붉은 입술을 벌리며 웃었다.

"나리, 용서하십시오. 집사에게 왕비마마의 시녀라고 속였습니다."

"밤늦게 무슨 일로 왔느냐?"

계백의 표정은 차가웠다. 아정은 이제 왕비 은고의 신임을 한몸에 받고 있는 무녀였다. 그리고 놀랍게도 왕도 그녀의 신점(神占)을 믿는 것이다. 아정이 반짝이는 눈으로 그를 바라보았다.

"나리, 저녁에 신굿을 했는데 좌평 방의 의자에 여우가 앉아 울었습니다."

"괴이한 말로 현혹시키지 말라."

"나리, 소녀의 신점은 맞습니다."

"내가 네 몸을 더럽혔는데도 영험이 있단 말인가?"

"더럽히셨습니까?"

아정이 눈을 치켜 뜨고는 흰 이를 드러내고 웃었다. 어느덧 눈가와 두 볼이 달아올라 있어서 사람을 홀릴 듯한 자태였다.

"소녀의 신기(神氣)는 더욱 영험을 얻었습니다. 그것은 나리의 맑은 기운을 빨아들였기 때문입니다."

"요망한 것 같으니."

계백이 눈을 부릅떴으나 목소리는 낮췄다.

"군중을 혼탁하게 한다면 내가 자진하는 한이 있더라도 네 년의 목을 벨 것이다. 함부로 혀를 놀리지 말 것이다."

"나리."

이제 아정의 목소리가 가늘게 떨렸다. 눈빛이 광채를 잃으면서 금방 습기를 머금었고 붉은 입술이 조금 앞으로 내밀어졌다.

"소녀는 나리께 신점을 알려 드리려고 온 것입니다. 그것은 나리와 궁중을 위한 일이기도 하기 때문입니다."

"나는 부처를 믿는다."

"나리, 해가 바뀌면 동쪽에서 붉은 기운이 일어납니다. 왕비께는 말씀드리지 않았으나 여우는 그 붉은 기운을 보고 울었습니다."

계백의 시선이 아정과 마주쳤다. 그러자 아정의 눈에서 눈물이 흘러내렸다.

"나리, 소녀를 한 번만 안아주십시오."

그러자 계백이 차고 있던 칼을 쓱 뽑더니 탁자 위에 올려놓았다. 칼몸이 등빛을 받아 희게 빛났고 방안에는 칼몸처럼 차가운 기운이 덮여졌다.

"나는 백제국 장군 계백이다."

계백의 눈에 칼빛이 부딪쳐 반짝였다.

"요녀에 현혹당할 것 같으냐?"

"나리도 소녀를 원하고 계십니다. 허물을 벗어주십시오."

그러자 계백이 자리에서 일어났다. 눈은 치켜 떴으나 입술로만 웃는 얼굴이었다.

"잘 보았다. 허나 그 순간이 되었을 때에는 내 칼이 네 목을 칠 것이야."

왕은 웃었으나 금방 얼굴의 표정이 굳어져 버렸다. 나물 반찬 세 가지에 사비수에서 잡은 잉어 조림과 잡곡밥으로 왕은 마악 아침을 마친 참이었다.

"여우가 좌평 의자에 앉아서 울어?"

왕비 은고를 바라보며 혼잣소리처럼 말하자 은고가 바짝 다가앉았다.

"아정이 풀이는 하지 못했으나 좌평 중에 역심(逆心)을 품고 있는 자가 있을지도 모릅니다."

"그건 당치 않는 소리오."

자르듯 말한 왕이 자리에서 일어섰다.

"좌평 여섯은 모두 내 손으로 뽑은 사람들이야. 백제국 중흥의 공신들이오."

따라 일어선 은고는 대꾸하지 않았다. 엄청난 일이기도 했고 왕의 말이 맞기도 했기 때문이었다. 여섯 좌평은 상좌평 성충을 수장으로 흥수와 의직, 윤충과 사택지적 다섯 명으로 구성되어 있다. 사은상이 죽고 목정복의 배신으로 두 자리가 빈 것을 사은상의 동생 사택지적을 좌평에 임명했기 때문이다. 내실을 나가면서 왕이 정색한 얼굴로 은고를 바라보았다.

"다시는 그런 말을 입 밖에 내지 말도록 하시오. 만일 그런 말이 나왔을 때는 지난 번 일선의 전철을 밟게 될 것이오."

의자왕은 내치(內治)에 심혈을 기울였는데 목정복의 배신이 그 원인이었다. 대성 8족은 백제국 존립의 기반이 되어 왔던 것이다. 한성시대에는 해(解) 씨와 진(眞) 씨가 왕비족으로 왕성했으며 웅진시대에는 백(苩) 씨와 협(劦) 씨가, 그리고 사비시대에 이르러서 사(沙), 목(木), 국(國), 연(燕) 씨가 세력을 확장하게 되었으니 그것은 왕권과의 제휴를 의미한다. 곧 왕은 대성 중의 몇을 이용하여 왕권을 유지 또는 강화시켜 왔던 것이다.

대왕전에 오른 왕의 심기는 편치 않았다. 수백 년을 이어온 대성 8족의 세력은 때로는 국난을 헤쳐 나가는데 큰 도움이 되었으나 왕권이 강화될수록 반발이 커진다는 것을 요즘은 뼈저리게 느끼고 있는 것이다. 상좌평 성충이 왕이 용상에 앉기를 기다려 입을 열었다.

"전하, 좌평 방(房)에서 궐석인 좌평 한 사람을 만장일치로 뽑았소이다."

머리를 끄덕인 왕이 전에 모인 중신들을 둘러보았다. 각부의 장리와 방령, 좌평들이 모두 전 안은 조용했다.

"말하라. 누군가?"

"전내부 장리(長史)로 있는 달솔 연임자를 좌평으로 천거하옵니다. 허락해 주소서."

왕이 얼굴에 웃음을 띠었다. 이미 성충과 흥수 등으로부터 들어 알고 있었던 것이다.

"허락한다. 연임자를 좌평으로 승진시켜 내신좌평에 봉한다."

"황공하옵니다."

대답은 성충이 했으나 중신들은 일제히 허리를 굽혀 사례했다. 왕의 시선이 왼쪽에서 허리를 굽힌 연임자에게로 향해졌다. 그는 대성 8족의 연(燕) 씨였으나 성충 등과 합심하여 대성세력의 제거에 앞장서 왔다. 지난번 목정복의 투항 이후로 목 씨 세력뿐만 아니라 자신의 성 씨인 연 씨도 가차없이 숙정했으며 지금의 대상은 국 씨이다. 대성들의 원성의 대상이 되어 있을 연임자와 시선이 마주치자 왕은 머리를 끄덕여 보였다.

다음 해인 의자왕14년(654년) 3월, 신라 여왕 승만(勝曼)이 재위 8년에 세상을 떠나니 시호를 진덕이라 했다. 진덕여왕이다. 진덕여왕의 뒤를 이어 이찬 김춘추가 왕위에 오름으로써 신라왕의 성골(聖骨) 계통은 끝이 나고 진골(眞骨)이 왕통으로 이어졌다. 김춘추는 진평왕의 셋째딸 천명의 아들이며 부인은 김유신의 동생으로 문명(文明)이다. 진골 왕족으로 태어나 왕위를 이을 가능성이 적었으나 각고의 노력과 천부의 자질을 발휘하여 마침내 왕좌에 오른 것이다. 또한 진평왕의 후사가 딸 셋으로 끝났다는 천운도 따랐다. 이미 선덕여왕 때부터 자신의 세력기반을 닦아 오던 김춘추는 비담의 난을 제압함으로서 세력을 완전히 장악하고는 진덕여왕을 옹립했다. 그리고는 8년 동안 여왕을 전면에 내세우고 내부의 반대세력을 제거하는 한편으로 대외관계에 주력했다. 실로 용의주도한 처신이었고 그가 왕위에 오른 순간 신라는 일시에 전혀 다른 모습의 왕국이 되었다. 한때 당 태종으로부터 여자가 왕위에 있으니 주위 나라로부터 무시를 받는 것이라면 왕족 한 명을 보내 줄 테니 신라왕으로 삼아 모시라는 말까지 들었던 신라국이었다. 김춘추는 여왕 둘을 허수아비로 더욱 격하시키면서 자신의 입지와 명분까지 쌓았던 것이다.

"김춘추가 왕이 되었다."

쓴웃음을 지은 연개소문이 앞에 앉은 중신(重臣)들을 바라보았다. 평양성 안의 대막리지 저택은 곧 고구려의 국정(國政)을 결정하는 장소다. 연개소문이 남부대인 유연부에게 물었다.

"신라군(軍)의 북부 상황은 어떠한가?"

"알천은 이미 늙어 은퇴한 상태이고 김유신이 총괄하게 되었소이다. 따라서 김유신의 심복인 품일과 김전이 10만 가까운 군사를 거느리고 북부방비를 맡고 있소이다."

"먼저 신라를 멸하고 대륙으로 나가겠다."

연개소문이 반백의 수염을 손으로 쓸어 내렸다. 정색한 얼굴이다.

"그 간교한 김춘추 놈이 미련한 당나라 이 씨 부자를 꼬여 고구려와 백제를 치게 했다. 단숨에 짓밟아 버릴 테다."

"백제국과 먼저 협의하심이 나을 것 같소이다."

막리지 양성덕이 말하자 연개소문이 머리를 끄덕였다.

"당연한 일이야. 백제는 신라와 배를 맞댄 형국인 데다 의자왕과 김춘추는 아비 대(代)부터 앙숙이다. 우리보다 더 격해 있을 것이다."

영류왕을 죽이고 고구려를 장악한 지 어느덧 13년째가 되어 가고 있었다. 그동안 당 태종의 대군을 궤멸시키고 당의 서북지방까지 석권하여 영토를 확장시킨 연개소문이다. 그가 문득 머리를 들어 양성덕을 보았다.

"막리지, 13년 전 겨울에 김춘추가 왔을 적에 죽였어야 했다. 내 불찰이다."

왕이 부드러운 시선으로 김유신을 보았다.

"대장군께 청을 드릴 일이 있소."

왕궁의 내실 안에는 왕과 김유신 두 사람뿐이었다.

"대왕께서 소신에게 청을 하시다니오? 황공한 말씀입니다."

김유신은 정중했다. 이미 나이가 60이 되어서 눈 같은 흰 수염이 가슴까지 덮였으나 눈빛이 맑고 강했다. 김춘추는 김유신보다 8살 아래인 데다 매제(妹弟)이다. 김유신의 둘째 여동생 문희(文姬)가 지금은 문명부인(文明夫人)으로 왕후가 되어 법민(法敏), 인문(仁問), 문왕(文王), 노단(老旦), 지경(智鏡), 개원(愷元) 등의 아들을 낳아 이제 모두 장성했다.

왕이 어색한 표정으로 웃었다.

"대장군, 나에게 딸이 있소."

알고 있는 일이었으므로 김유신이 잠자코 왕을 바라보았다. 왕은 서출로도 다섯 자식을 더 두었는데 딸이 셋이었다. 왕이 다시 입을 열었다.

"대장군께 지소(智炤) 공주를 드리고 싶소."

"대왕, 소신은 이미 나이가 60입니다."

김유신이 대뜸 머리를 젓자 왕이 정색을 했다.

"내 딸을 드리는 이유를 대장군은 모르신단 말씀이오?"

"알고 있사옵니다. 하나 세상 사람들이 웃을 것입니다."

지소 공주의 나이는 18세로 자색이 고운 데다 총명하다고 소문이 났다. 김유신이 두 손으로 방바닥을 짚고 왕을 올려다보았다.

"대왕, 부디 청을 거두어 주시옵소서. 신은 몸둘 바를 모르겠사오이다."

"데려가셔야 하오."

왕의 표정이 엄격했다.

"내 뜻을 아신다면 더욱 그렇소."

그러자 한동안 방바닥을 바라보던 김유신이 길게 숨을 뱉었다.

"신은 대왕의 뜻을 따르겠소이다."

"고맙소. 대장군."

김춘추의 얼굴이 활짝 펴졌다. 왕이 신하의 매제가 되어 있는 상황인 데다 곧 법민으로 왕위가 이어질 것이었다. 그러게 되면 김유신은 왕의 외숙부가 된다. 그러나 이제 왕의 서출 딸인 지소 공주가 김유신의 아내가 되면 김유신은 왕의 사위가 될 것이고 법민의 매제가 되었다. 왕은 김유신의 매제이며 동시에 장인인 것이다. 궁궐을 나온 김유신은 말을 몰아가면서 한동안 입을 열지 않았다. 40년이 넘도록 왕이 된 김춘추와 생사고락을 함께 해온 김유신이다. 그는 왕의 입장을 이해하면서도 가슴이 허전했다. 그리고 그것을 의식한 순간 쓴웃음을 지었다. 다시 한 번 왕과 자신의 차이를 발견한 것이다. 역시 자신은 무장(武將)이었다.

계백충이 토성에 돌아온 것은 여름이었다. 늙은 덕조가 눈물을 글썽이며 먼저 그를 맞았다. 남방의 오성산에서 계백충은 5년 동안 수련하고 돌아온 것이다.

"공자님은 이젠 어른이 되셨소."

"영감은 아녀자처럼 눈물이 많아."

계백충이 혀를 찼지만 그의 표정은 밝았다. 저녁 무렵이었다. 일하러 나갔던 종들도 모두 돌아와 있어서 토성 안은 떠들썩해졌고 계백충은 곧 안채로 들어섰다.

기다리고 있던 시진이 눈이 부신 듯이 가늘게 눈을 뜨고 계백충을 올려보았다.

"이제 오느냐?"

"어머님, 그동안 조금도 변하지 않으셨습니다."

방바닥에 넙죽 엎드려 절을 한 계백충이 꿇어앉은 채 시진을 바라보며 웃었다. 시진이 따라 웃었다.

"넌 어른이 되어 돌아왔구나."

계백충은 이제 열입곱이니 군역(軍役)에 나갈 나이였다. 성인(成人)인 것이다.

"토성에서 조금 쉬었다가 아버님께 가겠습니다. 동방군의 장수가 되겠습니다."

시원스럽게 계백충이 말했고 시진이 머리를 끄덕였다.

"네 아버지도 반기실 것이다."

모자간의 대화에 격을 따지지 않는 것은 모두 부드러운 시진의 영향이다. 계백과 혼인하기 전에 아비인 연무 태수 부여광이 반란을 일으킨 때문에 갖은 풍상을 겪었으나 어릴 적의 시진은 태수의 딸로 자유분방하게 자랐던 것이다. 방문이 열리더니 계백선이 들어섰다.

분홍색 치마저고리를 입은 계백선의 자태는 시진의 어렸을 때 모습과 꼭 같다.

"오라버니."

불렀다가 조금 부끄러운지 계백선이 볼을 붉히더니 시진의 옆에 숨듯이 몸을 기울이며 앉았다. 계백충의 눈이 둥그래졌다.

"5년 동안 넌 색시가 다 되었구나."

"선이도 이제 열다섯이다."

시진이 웃으며 말했다.

"몇 년만 더 있으면 혼인을 해야 될 것이다."

얼굴을 붉힌 채 계백선은 웃기만 했으므로 계백충도 소리내어 웃었다.

"지금이라도 하고 싶은 모양입니다."

단란한 분위기였다. 5년 만에 다시 모인 가족이었고 항상 계백이 토성을 비웠지만 시진은 자식들을 밝게 키웠다.

"군사들에게 양곡은 잘 지급되더냐?"

계백이 묻자 앞에 엎드린 사내가 머리를 들었다.

"예, 아침과 저녁 두 끼씩을 주었습니다. 그쪽 땅은 가물지 않아서 굶주리는 사람을 거의 보지 못했습니다."

"어디 네가 그려 온 지도를 보자."

그러자 사내가 품에서 얇은 가죽 두루마리를 꺼내더니 두 손으로 내밀었다. 계백이 두루마리를 펼치자 상세하게 그린 지도가 드러났다. 신라의 성과 산과 강이 빼곡하게 그려졌고 깨알 같은 글씨가 쓰여 있다. 득안성 중심부에 있는 방령 저택 밀실에는 계백과 사내 그리고 하도리와 노창서 넷뿐이다. 이윽고 계백이 머리를 들었다.

"고생했다."

그러고는 뒤쪽의 하도리에게 눈짓을 했다. 하도리가 목침 덩어리만한 가죽주머니를 들고 와 사내 앞에 놓았다.

"그건 금이다. 너에게 상으로 주는 것이다."

계백이 부드럽게 말했다.

"네 관직도 좌군으로 올리겠다."

"소인은 첩자이니 관직은 소용이 없습니다."

머리를 든 사내가 눈으로만 웃었다.

"허나 이 금은 소인의 노부모와 처자식 여섯의 여생을 위해 요긴하게 쓰일 것입니다."

사내는 계백이 고용한 첩자로 이름이 안종이다. 본래 범 사냥꾼으로 10여 년간을 신라는 물론 고구려 땅까지 산줄기를 타고 넘나들던 사내여서 첩자로는 적격이었다. 그는 두 달간 신라 북방의 요지들을 염탐하고 돌아온 것이다. 김춘추는 왕위에 오른 뒤에 죄수를 방면했고 아버지 김용춘을 문흥대왕(文興大王)으로 어머니 천명(天明)을 문정태후(文貞太后)로 추봉했다. 당 황제 이치는 김춘추를 개부의동삼사(開府儀同三司) 신라왕(新羅王)으로 즉각 책봉함으로써 안팎의 기반과 안정이 다져졌다. 안종이 조심스럽게 입을 열었다.

"나리, 소인이 소문을 들었소이다."

"말하라."

"동초성 안에서 들은 소문인데 곧 백제군이 침입해 올 것이라고 했습니다. 그래서인지 창고에 군량을 가득 쌓아 둔 데다가 군사들의 기찰이 심했소이다."

"언제는 안 그랬느냐?"

"나리께서 주장(主將)이 되어 침입해 오신다고 했소이다."

"내가 가장 가까운 곳에 있기 때문일 테지."

가볍게 대답했으나 계백의 표정이 조금 굳어졌다.

"언제 온다고는 안 하더냐?"

"곧 오신다고 했습니다."

"그렇다면 곧 가야겠구나."

안종의 시선을 받은 계백이 얼굴에 웃음을 띠었다.

"김춘추가 변방의 군사들에게 경계심을 심어 주려는 것이다. 그놈의 얄팍한 계략이다."

다음날 저녁 무렵, 의자왕은 동방 방령 계백이 보낸 서신을 내려놓고 앞에 앉은 성충과 연임자를 바라보았다.

"김춘추가 동방군이 침입해 올 것이라고 했다는군. 신라 북변의 동초성에 그 소문이 퍼져 있다는 게야."

"그렇다면 서둘러야 하지 않겠습니까?"

그렇게 말한 것은 내신좌평 연임자다.

"이미 동방군의 출정 준비는 마쳤습니다. 전하."

"서둘 것이 없다고 생각합니다."

대좌평 성충의 말에 연임자가 눈을 껌벅이며 그를 보았다. 성충이 말을 이었다.

"소문은 근거가 없을 수도 있으나 기밀이 새나갔을지도 모릅니다. 그러니 조금 기다렸다가 군사를 출진시켜도 해가 되지 않을 것입니다."

"대좌평의 말이 옳다."

왕의 결단은 빠르다. 왕이 연임자에게로 머리를 돌렸다.

"수십 년을 기다렸는데 이쯤이야 아무 것도 아니다. 신라 실정을 조금 더 알아 본 다음 군사를 보내도록 하자."

저녁에 돌아온 연임자를 맞은 것은 집사 조미곤이다.

"나리, 바깥채에서 국안 나리께서 기다리고 계십니다."

퍼뜩 시선을 들었던 연임자가 잠자코 말고삐를 조미곤에게 넘겨주었다. 바깥채의 마룻방 앉아 있던 국안이 연임자가 들어서자 의자에서 일어났다. 오십대 초반의 국안은 달솔 관등으로 두 달 전까지만 해도 국정 인사를 담당하는 외사부(外舍部)의 장리(長吏)였던 것이다.

"달솔께서 웬일이십니까?"

인사를 마치고 자리에 앉자 연임자가 부드럽게 물었다. 국안은 국 씨 가문의 수장 노릇을 했다. 그는 국 씨 일족에 대한 숙정이 시작되자 스스로 자리에서 물러났는데 인품과 덕을 갖춘 사람이어서 왕도 두 번이나 만류를 했으나 끝내 고집을 꺾지 않았다.

"내가 좌평께 드릴 말씀이 있소."

"말씀하십시오."

"동방의 영풍군장 국소가 파작된다고 들었소. 그것이 사실입니까?"

국안의 시선을 받은 연임자가 입술로만 웃었다. 국안은 연임자가 7품 장덕 벼슬을 살았을 때 외사부의 도사로서 3품 은솔이었다. 국안에게 신세를 입은 적도 많았던 것이다.

"예, 국소는 군량을 허가 없이 축내었습니다."

"그것은 굶주린 주민을 구제하려고 5백 석을 내놓은 것이오. 거기에다 국소는 사재(私財)로 2백 석을 더 보태었소."

"이유는 납득이 되나 군량은 방령의 허가를 받아야 내줄 수 있는 것입니다."

"방령 계백은 군성(郡城)의 군량은 군장이 임의로 사용하되 추후에 보고하라고 했다는 것이오."

"허나, 계백은 그런 말을 한 적이 없다고 하니 참으로 딱한 일입니다."

"허어."

놀란 듯 입을 쩍 벌렸던 국안이 이윽고 길게 숨을 뱉었다.

"그렇다면 국소는 함정에 빠졌구려."

혼잣소리처럼 말한 국안이 연임자를 바라보았다. 강한 시선이다.

"좌평, 급하게 물을 마셔도 체하는 법이오. 좌평은 자중하시기 바라오."

"명심하겠습니다."

머리를 숙였다 든 연임자가 안타까운 표정으로 말했다.

"저도 좌불안석입니다. 그저 험한 물살에 떠내려가는 것만 같습니다."

"국안은 계백에게 확인하지 못할 것입니다."

조미곤이 소근대듯 말하고는 얼굴을 주름투성이로 만들면서 소리 내어 웃었다.

"계백은 국 씨 세력의 원한을 사게 되겠지만 무장인 데다 대왕전하의 신임을 받고 있는 터라 두려워 상소도 할 수 없을 것입니다."

내실의 방 안에는 연임자와 조미곤 두 사람뿐이었다. 국안이 떠난 뒤에 조금 걱정이 된 연임자가 조미곤을 부른 것이다.

연임자가 길게 숨을 뱉었다.

"내가 국안의 말대로 너무 서두는 것이 아닌지 모르겠다."

"모두 백제국과 대왕을 위해서 하신 일입니다. 그리고 이런 일은 단숨에 끝을 내야지 미적이면 후유증이 길게 갈 뿐만 아니라 반발 세력이 기회를 얻게 되는 것입니다."

"네 말이 옳다."

머리를 끄덕인 연임자가 쓴웃음을 지었다.

"국안은 계백의 이름을 듣자 곧 물러났다. 그런 자들에겐 계백 같은 무장이 천적(天敵)일 것이야."

대성의 사정을 책임진 연임자다. 연임자 또한 대성인 연(燕) 씨 일족이었으므로 그만한 적임자가 없는 데다 그는 자신의 가문인 연 씨 일족도 가차 없이 파직시키거나 옥에 가두었다. 그런 만큼 왕의 신임이 쌓여 가는 것은 당연한 일이다. 연임자가 문득 조미곤을 쳐다보았다.

"네가 관직을 가지고 있다면 내가 일하기가 훨씬 수월할 텐데 내가 대왕께 청원해 볼까?"

"싫소이다."

질색한 조미곤이 손까지 저었다.

"소인은 나라의 집사로 만족합니다. 그리고 소인의 전력이 알려지면 나리께 크게 불리해지실 것이오."

조미곤은 10여 년 전, 신라의 대야주 함락 때 포로로 잡힌 신라의 관리였다. 문관(文官)으로 현령이었던 조미곤은 성품이 착실한 데다 기지가 출중하여 오래지 않아 집사가 되었다. 그리고 지금은 국사(國事)를 의논하는 상대인 것이다. 왕의 신뢰를 받은 연임자의 사전 계획은 조미곤과의 합작품이라고 해도 과언이 아니었다.

"왔느냐?"

절을 마친 계백충이 일어서자 계백이 표정 없는 시선으로 그를 바라보았다.

"백안거사는 안녕하시냐?"

"예, 아버님께 안부를 전하라 하셨습니다."

"수련은 모두 마쳤느냐?"

"예, 스승께서 떠나라고 하셨습니다."

계백충은 키가 6척에 어깨도 넓었고 부리부리한 두 눈에서는 정기가 흘렀다. 계백을 빼어 닮은 모습이다. 계백승과 체격이 비슷했으나 계백충의 분위기가 더 밝았다. 모계의 영향도 있었겠으나 계백승은 아비가 백제에서 가정을 꾸리고 살아간다는 것을 알고 자란 때문인지 신중한 반면에 분위기가 그늘졌다.

시선은 든 계백이 뒤쪽에 서 있는 하도리의 웃음 띤 얼굴을 보고는 입맛을 다셨다.

"하도리, 이 애를 네 부대의 척후로 삼아라."

놀란 듯 눈만 끔벅이는 하도리에게 그가 덮어 누르듯 말했다.

"물론 기마 척후군사다. 알았느냐?"

"예, 주인, 하오나……."

그들만 있을 때는 하도리는 계백을 주인으로 부른다. 하도리가 한 걸음 다가섰다.

"주인, 방령의 자제가 말단 군사들 틈에 끼어 있게 되면 군사들이 오히려 거북해 할 것입니다. 그러니 기마군사 열 명을 붙여 척후 십장(什長)으로 삼는 것이 이치에 맞습니다."

한동안 하도리를 바라보던 계백이 머리를 끄덕였다.

"네가 군율을 혹독하게 가르쳐라. 그렇지 못하면 너를 벌할 것이다."

"예, 주인."

시선을 들어올린 계백은 입맛을 다셨다. 계백충이 얼굴에 웃음을 띠고 있었던 것이다.

당 태종 이세민의 참담한 패전 이후 당의 패잔군을 쫓아 하북의 신해관까지 진출한 고구려와 발해만 안쪽을 확보한 백제 양국은 아직 중원(中原)으로 진출하지 못했다. 그동안 이세민이 죽고 셋째 아들 이치가 황제의 위에 올랐으며 그 혼란을 틈타 고구려와 백제 양국의 대군이 각각 서쪽과 남쪽으로 진출하여 교두보를 굳혔으나 당은 아직 건재했다. 오직 동쪽의 백제, 고구려만 제외한 대륙을 거의 석권한 상태였던 것이다. 수에 이어 대륙을 통일한 당의 인구는 가장 전성기였던 수 문제(文帝) 시기의 호구조사를 참조하더라도 8백90여만 호에 4천6백만 남짓이다. 그러나 백제의 인구는 내륙의 인구만 76만 여 호에 6백20만으로 제일 많았으며 고구려가 그 다음이었고 신라는 제일 적었으나 3국의 인구를 합하면 2천만 남짓이다. 당과 거의 절반의 인구를 가진 3국이었으며 거기에다 당은 이민족의 집합국가다. 백제와 고구려의 수뇌는 대륙 정복의 승산이 충분하다고 믿고 있었던 것이다. 대륙의 북쪽과 동쪽, 그리고 중앙에 포진한 고구려와 백제, 당의 3국은 4년 동안 소강 상태를 유지했다. 그러나 그동안 3국은 혼신의 힘을 다하여 국력을 재정비했는데 당은 무소의를 중심으로 신진세력인 이의부, 허경종 일파가 득세하기 시작했다. 고구려는 연개소문의 철권통치가 더욱 굳어져 갔고 백제는 의자왕을 중심으로 신진세력이 대성 8족의 기반을 빠르게 허무는 중이었다. 좌평 목정복의 배신이 기폭제가 되었던 것이다. 의자왕은 시선을 내국(內國)으로 돌려 동성왕의 전철을 결코 밟지 않을 작정이었고 대륙 정벌을 서둘지 않았다. 목정복의 투항이 그에게 엄청난 충격과 자성의 기회를 주었던 것이다.

"국소가 파직되었어?"

말을 세운 계백이 선고를 바라보았다. 득안성 북쪽 외성(外城)을 순시하러 가는 중에 방좌(方左)의 선고가 말을 달려온 것이다. 선고가 가쁜 숨을 가누었다.

"이번에 국 씨 일족의 사정에 꼬투리가 잡힌 것 같소이다."

"파직의 이유는 무엇이오?"

"소인도 모릅니다."

말 배를 붙인 선고가 목소리를 낮추었다.

"대왕의 뜻이니 방령께선 내색하지 않는 것이 나을 것 같소이다."

"허나 국소는 군장(郡將)으로 군을 잘 다스렸다. 영풍군의 군사는 동방에서 제일 강했다."

계백이 가늘게 뜬 눈으로 앞쪽의 산줄기를 바라보았다. 늦가을이어서 들판의 마른 잡초가 바람에 흔들리고 있었다.

"대왕의 뜻이 아닐 것이다."

이윽고 계백이 혼잣소리처럼 말했다.

"설령 대왕의 뜻이라 하더라도 나는 대왕을 뵙고 말씀을 드려야겠다."

말고비를 잡아 챈 계백이 말머리를 돌리자 선고가 급히 그의 뒤로 따라 붙었다.

"방령, 이미 국소는 파직이 되어 새 군장이 오고 있다고 합니다."

"상관없다."

말에 박차를 넣은 계백이 정색을 했다.

"국소는 청렴하고 곧은 사람이다. 나는 꼭 국소가 파직당한 이유를 알아야겠다."

다음날 신시 무렵, 계백은 궁성 안에 있는 병관 좌평 의직의 집무소에 들어섰다. 청에서 사군부 장리와 함께 있던 의직이 놀라 그를 맞았다.

"방령, 갑자기 웬일인가?"

"먼저 좌평께 말씀을 올리고 대왕을 뵈려고 합니다."

"마치 전장에 나가는 사람 같은 기색일세, 그려."

의직의 나이는 이미 오십대 초반이다. 완급(緩急)을 조절하는 경륜이 노장(老將)의 몸에 배어 있었다. 그가 계백을 데리고 들어간 곳은 청 옆쪽의 작은 방이었다. 탁자를 사이에 두고 마주앉자 그가 빙그레 웃었다.

"영풍군장 국소 때문인가?"

"그렇습니다. 소인은 수하 군장이 파직된 이유도 모릅니다."

"명목은 국소가 군량 5백 석을 임의로 굶주린 주민에게 내 주었다는 것이야. 방령의 허락도 받지 않고 말이네."

"소인은 허락을 했습니다. 더욱이 국소는 사재까지 털어 냈소이다."

"내가 명목이라고 하지 않았는가? 실제 이유는 국소의 세 형제가 모두 덕솔 관등으로 둘이나 군장으로 있다는 것이야. 나머지 하나는 중방의 방좌(方佐)일세."

의직이 목소리를 낮췄다.

"또한 국 씨 가문의 수장인 국안은 관직에서 물러났으나 아직도 내외관들에게 큰 영향력이 있어. 이번에 자르지 않으면 기회가 없네."

"대성(大姓) 가운데도 충신이 많소이다. 국소가 그런 인물입니다."

"이제 백제국에 대성은 없어. 능력과 충성심만 있다면 중용(重用) 될 것이네."

의직이 정색했다.

"방령, 돌아가게. 국소가 그렇게 아깝다면 다음에 또 기회가 있을걸세."

"대왕의 뜻입니까?"

문득 계백이 묻자 의직이 쓴웃음을 지었다.

"상좌평과 나, 그리고 연 좌평 셋이 주도했고 대왕께선 국소가 군량을 축낸 것으로만 아시네."

"연 좌평의 짓이군요."

혼잣소리처럼 말한 계백의 얼굴을 본 의직이 입맛을 다셨다.

"방령, 연 좌평은 자신의 살을 베어내고 있는 사람이야. 대왕께 그만한 충신이 없어."

"대왕을 뵙겠소이다."

계백이 말하자 의직이 머리를 저었다.

"방령, 돌아가게. 대왕께 말씀드려서 다시 국소를 부를 텐가? 그렇게 된다면 연 좌평은 단숨에 궁지에 몰리게 되고 사방에서 물끓듯 상소가 올라오게 되지 않겠는가? 사정의 핵인 연 좌평을 보호해 줘야 할 방령 아닌가? 길게 끌지 않을 테니 돌아가 있게."

의직의 표정과 말이 간곡했으므로 계백은 길게 숨을 뱉었다. 대성 8족은 백제국 중흥의 걸림돌이긴 했던 것이다.

연임자가 막 저녁상을 물렸을 때였다. 방으로 조미곤이 서둘러 들어섰는데 얼굴색이 파랬다.

"나리, 방령 계백이 왔습니다요."

낮게 말한다는 것이 목소리가 떨리는 바람에 딸꾹질을 했다.

"지금 바깥채에서 기다리고 있습니다."

"계백이?"

연임자도 얼굴이 굳어졌다. 엉거주춤 일어 선 그가 조미곤을 바라보았다.

"국소 때문이로군."

"그런 것 같습니다."

조미곤이 바짝 다가섰다.

"나리, 만나시겠습니까?"

"집에까지 찾아왔는데 그냥 보내란 말이냐?"

짜증을 낸 연임자는 방을 나섰다. 계백은 달솔이며 방령이다. 그리고 무엇보다도 왕의 신임을 한몸에 받고 있는 장군으로 대륙 정벌의 주장(主將)이 될 인물이다. 비록 자신이 좌평이나 계백의 위치는 자신보다 낮지 않았다. 계백은 바깥채의 마룻방에 혼자 앉아 있었는데 들어서는 연임자를 보자 일어섰다. 굳은 얼굴이었다.

"방령, 어서 오시오."

연임자는 얼굴을 펴고 웃었다. 그는 계백보다 7, 8세 연상이었으나 머리통 하나만큼 키가 작았고 가는 체격이었다. 서로 마주보고 앉았을 때 계백이 불쑥 입을 열었다. 여전히 굳어진 표정이다.

"연 좌평께선 대왕의 뜻을 모두 알고 계시리라 믿습니다. 그래서 소인이 찾아왔소이다."

"무슨 일입니까?"

연임자는 여전히 웃는 얼굴이었다.

"방령께서 말씀하시면 듣겠소."

"좌평께서 영풍군장 국소를 파직시키신 방법은 대왕의 뜻에 어긋난 것 같소이다."

"그렇습니까?"

"대왕께선 대성 8족을 모두 없애라고는 하지 않으셨을 것이오. 국소는 청렴하고 강직한 무장으로 군민의 존경을 받고 있소이다. 그런 그를 대왕의 이름으로 파직시켰으니 좌평께서는 대왕의 뜻에 어긋났을 뿐만 아니라 군민들의 대왕에 대한 신뢰에도 금이 가게 하셨소."

차츰 연임자의 얼굴이 굳어졌으나 계백은 말을 이었다.

"또한 유능한 장수 국소를 잃음으로써 백제군 전력에 손실을 보았소이다. 좌평께서는 어떻게 생각하십니까?"

그러자 연임자는 눈을 감았다가 잠시 뒤에 떴다. 그리고 웃었다.

"오물만 걷어낼 수는 없지요. 오물에 깔린 깨끗한 흙도 같이 버려야 합니다."

그가 부드러운 시선으로 계백을 보았다.

"그리고 나는 이미 내 손에 오물을 묻혔으니 냄새가 진동을 하오. 그러니 방령 같은 분의 충고를 귀담아 듣겠소이다."

"……."

"대왕께 누가 되지 않도록 애를 쓰고 있습니다. 그래서 이번 국소의 파직 내용도 말씀 드리지 않았지요. 동방에 돌아가시면 연임자의 간계에 걸려 국소가 파직되었다고 말해 주십시오."

계백은 가늘게 신음했다. 연임자는 그 나름으로 충신 노릇을 하고 있는 것이다.

계백을 배웅하고 돌아온 연임자가 조미곤을 보았다. 그들은 안채의 청에 서로 마주보며 서 있었다.

"계백이 찾아오다니, 국소를 그렇게까지 아끼고 있을 줄은 몰랐다."

혼잣소리처럼 말한 연임자가 쓴웃음을 지었다.

"목정복의 전철을 밟지 않으려고 나는 너무 급하게 처신한 것 같다. 적을 너무 많이 만들었다."

"대왕이 계시지 않습니까?"

조심스럽게 조미곤이 말하자 연임자는 머리를 저었다.

"악역을 맡기신 이상 대왕께 누가 되어서는 안 된다. 계백의 말이 옳다."

도성 안의 사저에 돌아온 계백은 심사가 편치 않았으므로 술잔을 기울였다. 자작으로 술 한 병을 다 비웠을 때였다. 문 밖에서 인기척이 들리더니 오황서가 말했다.

"주인, 궁에서 손님이 오셨소이다."

깊은 밤인 때문인지 그의 목소리는 잔뜩 가라앉았다.

"바깥채에서 기다리고 계시는데요."

바깥채 마룻방에 들어선 계백은 자리에서 일어서는 아정을 쏘아보았다. 아정은 흰색 저고리에 바지 차림이었는데 머리에 쓰는 장옷은 벗어서 옆에 놓았다. 계백의 시선을 받은 아정이 눈으로만 웃었다.

"도성에 오신 것을 알고 있었습니다."

"신점(神占)을 쳤느냐?"

"아닙니다. 나리께서 궁성에 들어오셨다고 누가 말해주었습니다."

깊은 밤이어서 주위는 조용했다. 장옷을 걸쳐 눈만을 내놓고 왔겠지만 집안의 종들은 궁에서 왔다는 여자 손님의 출현에 긴장하고 있을 것이었다. 다소곳한 자세로 앉은 아정이 계백을 바라보았다.

"소녀는 얼마 전에 끝도 없는 대륙의 벌판으로 대군을 이끌고 달려가시는 나리의 꿈을 꾸었습니다."

계백은 쓴웃음만 지었고 아정이 말을 이었다.

"붉은 깃발이 펄럭였고 군사들은 함성을 질렀습니다. 그러나 나리의 앞에는 적이 보이지 않았습니다."

"현혹시키지 말라. 요망한 것."

차갑게 말한 계백이 정색을 했다.

"날 찾아온 이유를 말하라."

"나리를 사모하고 있기 때문입니다."

아정의 열기 띤 시선이 똑바로 계백에게 향해졌다. 두 볼은 붉게 달아올랐고 꼭 다문 입술 끝이 가늘게 떨렸다가 다시 벌어졌다.

"나리, 물을 조심하십시오. 나리께서 물을 보고 우시는 꿈을 꾸었습니다."

"그따위 말을 들을 것 같으냐?"

상체를 세운 계백이 아정을 쏘아보았다.

"너는 왕비께도 꿈 이야기를 해드렸다고 들었다. 요즘 일어난 대성(大姓)의 숙정은 네 꿈대로 이루어지는 것이 아니냐?"

그러자 아정은 길게 숨을 뱉더니 대답하지 않았다. 아정은 왕비의 절대적인 신임을 받고 있었다. 또한 여러 번 신점이 맞았으므로 왕비는 대신들의 점을 치게 했는데 장리(長吏) 몇 명은 그 때문에 파직이 되었다는 소문도 났다. 계백이 아정을 똑바로 바라보았다. 궁으로 간다는 무녀의 신통력을 없애려고 아정의 몸을 취했던 것인데 일이 뜻대로 풀리지 않은 데다 오히려 아정의 사모하는 마음만 불러일으킨 결과가 되었다.

"조정을 혼란시키지 말라. 만일 요사스런 짓을 한다면 내가 널 벨 것이다."

"기다리고 있습니다."

다시 시선을 든 아정이 처연한 표정으로 조용히 웃더니 자리에서 일어섰다.

"나리, 소녀가 다시 찾아뵙겠습니다."

"저곳이 보은성이오."

군사가 창끝으로 앞쪽의 산줄기를 가리켰다. 눈발이 흩날리는 초 겨울의 오후였다. 계백충은 산줄기를 따라 쌓여진 성벽을 바라보았다. 거리는 1리 정도였으므로 성벽 위에 서 있는 신라 군사의 모습도 보였다. 이곳은 신라와의 접경지대인 것이다.

"성이 가파르기 때문에 기마군으로는 접근하지 못합니다."

나이 든 군사가 창끝으로 왼쪽을 가리켰다.

"저쪽 산굽이를 돌면 성의 대문이 나옵니다. 비탈길을 다시 올라가야 하지요."

보은성은 신라 북변 영토의 백제쪽 관문이나 마찬가지였다. 그래서 김춘추는 지난 달에 자신의 친척 아찬(阿湌) 김용성에게 1만 군사를 주어 성으로 보냈으니 성의 수비군만 1만5천이다. 계백충이 말고삐를 당기면서 군사들을 보았다.

"그렇다면 성의 대문까지 보고 가겠다."

"십장, 성에서 활을 쏠 것이오."

군사가 말했으나 이미 박차를 받은 계백충의 말이 달려가기 시작했다. 나이 든 군사가 뒤를 따르자 뒤에 섰던 기마군도 달렸다. 계백충은 적전(敵前) 정찰을 나온 것이다. 시덕(施德) 하도리가 이끄는 국경 수비군의 척후 십장이 된 그는 오늘 보은성 주위를 염탐하는 중이다.

10기의 백제 기마군이 들판을 가로질러 산기슭으로 다가왔으나 보은성 쪽에서는 반응이 없었다. 자주 있는 일이긴 했으나 계백충의 옆에 붙어 선 나이 든 군사가 소리쳐 경고했다.

"십장, 몸을 낮추시오. 숲속의 사수가 숨어 있을지도 모릅니다."

"화살쯤은 피한다."

계백충의 기마술은 출중했다. 말과 일체가 되어 달려나갔으므로 10여 년 기마군 생활을 하고 있는 군사들도 따라잡기 힘들었다. 한 덩어리가 된 백제 척후대는 곧 산굽이를 꺾었다.

"아얏! 적이오!"

그 순간 나이 든 군사가 소리쳤으나 계백충은 물론이고 뒤에 붙은 군사들도 보았다. 앞쪽에서 10여 기의 기마군이 달려오고 있었던 것이다.

성벽에 서서 그들을 바라보던 신라군이 신호를 보냈을 것이다. 계백충은 순간 눈을 치켜 떴으나 대뜸 안장에 매어놓은 활을 꺼내 들었다. 놀랄 만한 반사작용이었다.

"놈들은 10여 기밖에 되지 않는다!"

버럭 소리친 계백충은 말의 달리는 속도를 늦추지 않은 채로 활에 살을 재었다. 그러고는 힘껏 시위를 당겼다가 앞장 선 신라군을 향해 살을 날렸다. 2백 보가 조금 넘는 거리였으나 쌍방이 서로 달려왔으므로 거리는 순식간에 가까워졌다.

계백충은 첫 살이 나는 동안 두 번째 살을 끼었고 다시 쏘았다. 이제 거리는 1백여 보가 되었고 계백충이 세 번째 살을 쏘았을 때 신라군의 앞장선 군사가 두 팔을 벌리며 말에서 떨어졌다. 살에 맞은 것이다.

"와앗!"

저도 모르게 백제 기마군이 함성을 질렀을 때 옆쪽의 신라군 하나가 다시 떨어졌고 이어서 세 번째는 말과 함께 딩굴었다. 활을 던진 계백충은 칼을 빼 들었다. 뒤를 따르는 백제군의 함성이 산을 울리고 있었다. 양쪽 기마군이 부딪쳤다. 신라군의 전의는 반쯤 꺾여 있어서 계백충이 군사 하나를 베었을 때 뒤쪽의 신라군은 말머리를 비틀고 있었다.

"쳐라!"

다시 신라군의 말머리를 칼로 내려친 계백충이 소리치자 백제군은 더욱 기세를 탔다. 계백충의 갑옷은 신라군의 피가 튀어 얼룩이 졌다.

"대승이오!"

나이 든 군사가 누런 이를 드러내고 웃었다. 그들은 이제 보은성을 뒤로 하고 벌판을 달려가는 중이었다. 뒤쫓는 신라군은 없다.

"신라군 열 명을 베었소이다!"

그리고 이쪽은 군사 두 명이 부상을 입었을 뿐이다. 게다가 신라군이 탔던 말 일곱 필을 전리품으로 끌고 가는 중이다. 군사가 감탄 어린 시선으로 계백충을 보았다.

"십장 나리께선 다섯을 잡으셨소."

그로부터 나리 소리는 처음 들었으므로 계백충이 밝게 웃었다.

하도리는 국경 수비군의 대장(隊長)으로 3천 기마군을 지휘하고 있었으니 계백충의 까마득한 상전이다. 그러나 그가 왜인의 종으로 계백충의 부친 계백을 따라 백제로 건너온 다음 귀화하여 시덕에까지 올랐다는 것을 모르는 장수는 없다. 그리고 계백충으로서는 하도리가 지금도 사석에서 계백을 주인으로 부르며 얼마 전까지 자신에게 공자님이라고 부르는 사이였던 것이다.

그러나 진막의 상석에 앉은 하도리의 표정은 차가웠다. 따라서 모여 선 10여 명의 무장들도 긴장하고 있었는데 이윽고 그가 계백충을 바라보았다.

"초병을 한두 명 5백 보쯤 앞으로 세워놓고 적진에 들어갔어야 했다. 네가 한 행동은 만용이다."

그의 목소리가 숨을 죽이고 있는 무장들의 위로 덮여졌다.

"전과는 올렸으나 운이 좋았을 뿐이다. 앞으로는 각별히 조심하여 처신하라."

"예, 나리."

이외로 계백충의 표정과 목소리가 밝았으므로 무장들이 어깨를 늘어뜨렸다. 계백충이 맑은 눈으로 하도리를 보았다.

"나리, 전리품으로 잡은 말을 군사들에게 나눠주고 싶습니다. 허락해 주십시오."

"허락한다."

짧게 대답한 하도리가 머리를 돌렸으므로 계백충은 머리를 숙여 보이고는 진막을 나갔다.

그 순간 하도리의 어깨가 조금 처진 것을 진막 안에 있던 무장들 가운데 본 사람은 아무도 없다.

계백이 계백충의 전공(戰功)을 들은 것은 그로부터 사흘 뒤였다. 방성에 들린 하도리로부터 보고를 받은 것이다. 청에 둘이만 있을 때였으므로 계백은 쓴웃음을 지었다.

"필부의 만용이나 같다. 물론 호되게 꾸짖어 주었겠지?"

"예, 앞에 초병을 세우지 않은 것을 나무랐습니다. 하지만⋯⋯."

"하지만 무엇이냐?"

"뛰어난 무공입니다. 게다가 노획한 말들을 모두 군사들에게 나눠주어서 군사들이 따릅니다."

"방령의 자식이라고 위세를 떨지는 않더냐?"

"군사들과 같이 먹고 잡니다. 공자님은 스승께 잘 배우셨습니다."

그러자 계백이 다시 웃었다.

"수하 십장을 공자님이라고 부르는 장수가 어디 있느냐?"

"주인과 둘만 있는 곳이니 당연히 그렇게 불러야 맞습니다."

하도리가 따라 웃었다.

"공자님은 천성이 밝고 꾸밈이 없습니다. 승 공자님과는⋯⋯."

말을 그친 하도리가 힐끗 계백의 눈치를 보았다. 성격이 전혀 다르다고 말하려던 참이었다. 계백이 머리를 끄덕였다. 그도 알고 있었던 것이다. 그리고 그 원인도 짐작하고 있었다. 계백승은 아비에게 버림 받았다는 감정이 남아 있을지도 모른다.

"승이는 아스카의 경비대 부장(副將)이 되었다. 제 외숙이 요직에 앉힌 것이야."

"그럴 리가 없습니다. 소인이 들은 바로는 승 공자께서는 동성군에 게실 적에 무장의 자질을 충분히 보여 주셨다고 합니다."

계백은 더 이상 말을 잇지 않았다. 계백승은 화청이 죽은 다음 왜국으로 돌아갔다. 그러고는 아직 계백에게 서신 한 통도 보내 오지 않는 것이다. 그것을 하도리도 알고 있었으므로 청 안에는 정적이 흘렀다.

제11장 신라는 멸망하는가?

　의자왕 15년(655년) 2월, 왕은 태자 효(孝)를 위하여 태자궁을 증축했다. 본래 자신이 무왕의 왕자로 묵던 궁(宮)이었고 무왕 33년에 이르러서야 태자가 되었으니 온갖 감회가 다 서려 있는 곳이었다. 정사암회의에서 대성 8족인 좌평급 대신들에 의하여 왕이 결정되어왔고 무왕 또한 예외가 아니었던 것이다. 태자가 되기까지 왕자 의자는 대성 8족의 신뢰를 받도록 노력했고 왕자들과의 우의에 각별한 신경을 써야만 했다. 그러나 왕권을 차츰 강화시킨 무왕은 33년에 의자를 태자로 봉했다. 정사암회의를 소집시키지도 않은 것이다. 그러나 의자왕은 즉위 4년 만에 장자 효(孝)를 태자로 봉했다. 그리고는 이제 다른 왕자궁보다도 나을 바가 없는 태자궁을 화려하게 증축 시킨 것이다.

　저녁 무렵, 태자궁의 청안에는 왕을 비롯한 태자와 좌평들이 모두 모였다. 태자궁의 낙성연이 열리고 있는 것이다. 왕이 술기운에 붉어진 얼굴로 태자를 보았다.

　"태자, 너는 태자궁을 증축한 이유를 아느냐?"

"예, 아바마마."

태자가 공손한 표정으로 왕을 보았다. 부전자전이어서 태자는 부모에게 효성스런 자식이었고 아우들을 우애로써 보살폈다. 또한 조정의 신하들을 겸손하게 대했으므로 인망이 높았다. 왕이 왕자 시절 해동증자(海東曾子)라 고 불렀던 것과 꼭 같은 모습이다.

"백제국 왕권을 더욱 강화시키겠다는 대왕의 의지를 보이신 것입니다."

그러자 왕이 빙그레 웃었고 둘러앉은 좌평들의 얼굴에도 웃음이 떠올랐 다. 상좌평 성충과 병관 좌평 의직, 내신좌평 연임자와 홍수, 사택지적 다 섯 좌평들은 모두 왕과 뜻을 같이 하는 심복들이다. 이미 호암사에서 열렸 던 정사암회의는 사라진 지 오래였다.

왕이 손수 술병을 들어 태자의 잔을 채웠다. 청안에는 술을 따르는 시녀 를 모두 물렸으므로 왕 부자와 좌평들뿐이다.

"또 다른 뜻도 있다. 잘 들어라."

정색한 왕이 말을 이었다.

"이제 내국이 불안요소를 어느 정도 정리했으니 다시 밖으로 나아 갈 것 이다."

"예, 아바마마."

"그러기 위해선 먼저 신라를 정벌해야만 한다. 이제는 신라를 두고 대륙 으로 나서지는 않겠다."

긴장한 태자가 잠자코 왕을 보았다. 좌평들은 이미 왕과 뜻을 맞추고 있 는지 태연한 표정들이다. 왕의 목소리가 굵어졌다.

"올해는 신라를 쳐서 김춘추의 무릎을 꿇릴 것이야. 너는 백제국의 태자 이니 내 뒤를 이을 몸, 내가 대륙으로 출정하면 아비를 대신하여 본국을 맡아야 할 것이다."

그리고는 얼굴에 웃음을 띠었다.

"물론 신라 땅까지 포함해서 말이다."

이것으로 태자궁의 증축 이유는 분명해졌다. 태자에게 본국의 통치를 맡길 터이니 위상을 높여 주려는 것이다.

"백제군은 북방으로 침입해 올 것이야."

김유신이 동초성 성루에 서서 앞쪽의 산줄기를 바라보며 말했다.

"따라서 이곳이 주(主) 결전장이 될 걸세."

"이번에는 녹녹하게 당하지 않을 것입니다. 이미 우리도 준비가 끝났지 않습니까?"

옆에 선 김전은 파진찬이며 신라 북변의 군지휘관으로 동초성 성주를 맡고 있었다. 사십대 초반의 그는 백제와 수십 번 전투를 치른 역전의 용장이다.

"보은성에서부터 백제군은 전력을 깎이게 될 것입니다. 이곳까지 오려면 다섯 곳의 험지를 지나야만 합니다."

"상대는 계백이야."

저녁 바람에 흰 수염을 날리며 김유신이 김전을 바라보았다.

"이미 첩자를 수없이 놓아 이쪽의 허실을 정탐해 놓았을 것이야."

"계백이 기습전의 명수라고는 들었으나 당하지는 않을 것입니다."

"하북성에서 당의 대군과도 전면전을 치렀어. 왜국의 영주가 되어서 왜국에서도 전쟁 경험을 쌓았고."

김유신이 바람에 흩어진 수염을 모아 쥐고는 웃었다.

"나는 그자가 두렵네. 지피지기(知彼知己) 할수록 그자는 점점 벅찬 상대가 된단 말일세."

"대장군께선 너무 겸손하십니다."

이맛살을 찌푸린 김전이 목소리를 낮췄다. 김유신은 그의 우상과 같은 존재였으나 계백에 대한 평가가 과하다고 생각했다.

"그렇다면 계백을 쳐죽인다면 백제군의 기세는 단숨에 무너지겠습니다. 그렇지 않습니까?"

"그대의 담력과 무용으로는 그자와 견줄 만하겠지."

김유신이 정색한 얼굴로 김전을 바라보았다.

"허나 방심하면 안 되네."

"대장군께서 옆에 계신데 어찌 함부로 마음을 놓겠습니까?"

기분이 풀린 듯 김전이 어깨를 폈다. 김유신이 머리를 들어 멀리 하늘을 바라보았다.

"당의 정국이 곧 안정이 될 테니 그것도 다행이군."

당 황제 이치는 마침내 무소의를 황후로 책봉했다. 무소의는 황후와 함께 소숙비를 모함하여 유폐시킨 다음 칼끝을 황후에게로 돌렸던 것이다. 그녀는 자신이 낳은 딸을 질식시켜 죽이고는 그 죄를 황후에게 뒤집어 씌웠다. 포악하고 간교한 기질을 여지없이 드러내었지만 이치는 무소의의 말을 믿었다. 설마 자기 자식을 제 손으로 죽였으리라고는 꿈에도 생각하지 않았던 것이다. 그리고 이의부와 허경종 등 신진세력이 무소의의 배후에 있었기 때문에 이치의 귀를 어둡게 했다. 마침내 황후도 유폐되었고 몇 년이 지난 다음 무소의가 그 자리에 올랐다. 이것은 곧 신진세력의 승리였다. 무소의는 신구(新舊)세력의 갈등을 적절하게 이용한 것이다.

이의부와 허경종 일파는 무소의의 황후 책봉과 함께 세력기반을 굳혔으며 황후 책봉에 반대했던 장손무기와 저수량 등 구신(舊臣)들은 몰락했다. 이세민의 유지를 받들어 이치를 보좌했던 그들의 말로는 비참했다.

무소의는 한때 황제 이치의 외숙부인 장손무기에게 황후 책봉을 도와달라고 부탁했다가 단호하게 거절당했던 적이 있다. 그후로 무소의는 끊임없이 이치에게 장손무기를 모함했다. 마침내 장손무기는 금주로 유배되었고 저수량은 남방으로 좌천되어 버린 것이다. 이제 무후(武后)의 시대가 온 것이다.

서신을 내려놓은 왕이 온 얼굴에 웃음을 띠었다.

"무후가 인문이를 불러 그동안의 노고를 치하했다는구나. 잘된일이다."

"무후는 포악하고 교활한데다 머리가 명석하고 결단성이 강합니다. 아마 당 황제는 곧 무후의 손에 놀아날 것입니다."

법민이 말하자 왕이 머리를 끄덕였다. 왕궁의 내실에는 왕과 장자법민 두 사람뿐이다.

"이번에 조공을 보낼 적에 꼭 무후 몫을 따로 챙겨야 할 것이다. 인문이 말을 들으면 무후는 옥(玉)을 좋아한다는구나."

"이미 세 상자나 준비해 두었습니다."

"아비의 총희를 황후로 삼다니, 대국의 황제로서 인륜에 어긋난 짓을 했다."

그러자 법민이 쓴웃음을 지었다.

"황제는 곧 천자(天子)이니 사람이 행하는 인륜의 법도는 무시해도 좋다고 생각하는 것 같습니다."

그러나 왕은 김인문을 시켜 끊임없이 무후와 신진세력과의 유대를 강화시켰다. 이미 왕은 장손무기와 저수량 등의 구신(舊臣)들이 신진세력과 무소의에게 밀려날 것을 예상하고 있었던 것이다. 왕이 피로한 듯 보료에 등을 기대었다.

"의자가 대성 8족 정비를 어느 정도 마친 것 같다. 이제 곧 군사를 일으킬 것이야."

그가 정색한 얼굴로 법민을 보았다.

"그자가 이번에는 대륙 정벌을 나서기 전에 먼저 신라를 멸하려고 할 것이다. 목정복의 투항이 그자에게 대성 8족 숙정과 선(先) 신라정벌의 구실을 주었을 것이다."

그래서 대장군 김유신을 북방의 동초성으로 보낸 것이다. 이미 무왕 때부터 신라는 백제의 공격을 받아 1백여 개의 성을 빼앗겼다. 국토의 3할 이상이 백제에 흡수된 것이다. 길게 숨을 뱉었다.

"허나 당이 이제 무후의 책봉과 함께 정국이 안정될 테니 우리에겐 다행이다. 서둘러 경축사절을 보내도록 하자."

연개소문은 백제의 사신 부여복신이 절을 하자 활짝 웃었다. 그와는 구면인 것이다. 도성 안의 저택에는 고구려의 대신들이 모두 모여 있었는데 부여복신에 대한 예우가 정중했다. 그가 백제왕의 사촌이기도 하지만 동맹국의 사신인 까닭이다. 부여복신은 의자왕의 서신을 올리고는 청의 복판에 마련된 보료 위에 앉았다. 연개소문과 마주보는 위치였다. 화창한 봄날의 오시 무렵이라 사방의 문을 열어 젖힌 청안으로 옅은 꽃냄새가 풍겨 왔다. 연개소문이 붉은 색 비단으로 겉을 싼 백제왕의 서신을 펴 들고는 꼼꼼하게 읽었다. 그는 금박을 입힌 대막리지의 관복 차림이었는데 칼은 두 자루만 찼다. 기침 소리 한 번 들리지 않는 한동안이 지나 이윽고 연개소문이 서신을 내려놓았다. 그가 정색한 얼굴로 부여복신을 바라보았다.

"이미 우리도 준비를 마쳤소. 남부군(南部軍) 3만과 말갈군 2만을 인솔하고 장군 복진이 남하할 것이오."

"백제는 동방군 7만으로 동진(東進)할 것입니다."

그러자 연개소문이 눈을 빛내며 물었다.

"백제군의 사령은 계백인가?"

"예, 동방 장령 계백이 정벌군의 사령을 맡았소이다."

"내 아우를 만난 지도 꽤 오래되었다."

보료에 한쪽 팔을 기대고 앉은 연개소문이 얼굴에 웃음을 띠었다.

"대륙 정벌이 계속 되었다면 우리는 지금쯤 중원 땅 어디쯤에서 만나 한 족 기녀를 끼고 앉아 술잔을 기울일 수도 있었을 텐데."

"이제부터 시작이라고 대왕께서 말씀하셨소이다."

"지랄쟁이 당 황제 이치가 제 아비의 첩을 황후로 삼아 천자라고 떠벌리는 세상이야. 천하에 격문을 띄우고 고구려, 백제 연합군이 밀고 나가면 각지의 호족들도 봉기할 것일세."

"먼저 신라를 정벌하여 후환을 없애야 한다고 대왕께서 말씀하셨습니다."

그러자 연개소문이 머리를 끄덕였다.

"당에 붙어 고구려와 백제의 등을 치는 신라는 진즉 멸망시켰어야했어. 이번에 신라의 북변을 석권하면 신라는 함정에 빠진 여우 꼴이 될 것이야. 그 김춘추가 말이지."

연개소문이 손바닥으로 보료의 팔걸이를 세차게 두드렸다.

"그 여우. 김춘추를 함정에 넣은 채로 묻어버릴 것이다."

계백이 이끈 보기(步騎) 7만의 동방군이 출정한 것은 5월 중순이다. 그는 군사를 2개 부대로 나누어 두 방향으로 진군시켰는데 덕솔선고가 이끈 3만 군사가 먼저 보은성 밑을 지났다. 계백이 이끄는 4만은 북쪽의 속구성을 그대로 지나 신라 땅으로 들어섰다. 신라가 예상치 못했던 방법이었다. 보은 성주 김용성은 백제군의 멀어져 가는 후미를 바라보면서 혀를 찼다.

"배후를 드러내며 나가다니, 후속군이 있단 말인가?"

주위에 서 있던 장수들은 눈만 굴릴 뿐 대답하지 않았다. 김용성이 다시 혀를 찼다.

"뒤를 쫓아 치는 수밖에 없다."

"놈들이 그러기를 기다리고 있을지도 모릅니다."

제감(弟監) 박서군이 다가서서 말했다. 그는 기마군 5천을 지휘하는 김용성의 부장(部將)이다.

"마덕성 앞은 그냥 지나가지 못할 테니 그때 나가도 늦지 않습니다."

그의 말에 일리가 있었으므로 김용성은 불끈거리는 심정을 억눌렀다. 마덕성은 동쪽으로 50리쯤 떨어진 신라의 성으로 수비군이 7천이다. 그곳은 평지의 복판에 세워진 평성이어서 백제군은 성을 뚫고 지나야 앞으로 나아갈 수 있는 것이다. 돌아갈 길은 없다. 수십기의 전령이 사방으로 뛰었고 닫힌 성문 앞에서 문을 열어 달라고 아우성을 치는 난민들로 성은 혼란에 빠져 있었다. 전쟁인 것이다.

"보군과 속도를 맞춰야 한다."

진막을 나서는 장수들에게 선고가 마지막으로 다짐하듯 말했다. 저녁 무렵이어서 그의 3만 군사는 산비탈을 뒤로 하고 숙영 준비에 들어가는 중이었다. 보은성에서 15리쯤 동쪽으로 진출한 지점이다. 기마군 대장 하도리가 나가다가 돌아왔다.

"장군, 동초성 부근에 척후대 2개 조를 증원시켰습니다."

"잘했어. 그러면 다섯 조가 나가 있는 셈인가?"

"그렇습니다. 50기를 다섯 곳으로 나누어 보냈습니다."

만족한 듯 선고가 머리를 끄덕였다. 하도리는 기마군 3천으로 선봉을 맡고 있었으니 척후도 그의 소관이다. 그는 하도리를 신임하고 있었다. 하도리가 한 걸음 다가와 섰다.

"장군, 계백충이 척후를 자원했소이다."

"그런가?"

선고가 덤덤한 표정으로 머리를 끄덕였다.

"무공이 뛰어나다고 들었지만 큰 싸움은 처음일 텐데 잘 해낼까?"

"선봉대가 보낸 다섯 십장 중에 제일 낫습니다. 잘 해낼 것이오."

선고는 계백의 심복으로 고락을 함께 해온 무장이다. 그가 다시 머리를 끄덕였다.

"당연히 그래야지."

그의 부대는 앞쪽 벌판에 세워진 마덕성을 우회하여 곧장 전진해 갈 것이다. 마덕성에서 군사가 나와 싸움을 걸어온다면 그것은 이쪽에서 바라는 바였다. 그러나 성안의 신라군을 공성(攻城)할 계획은 없다. 선고가 혼잣소리처럼 말했다.

"우리가 마덕성까지 우회하여 지나간다면 늙은 김유신은 괴이하게 생각하겠군. 우리가 일부러 함정 안에 빠진 셈이 되었으니 말이야."

"백제군의 목표는 이곳 동초성이다."

김유신은 결연한 표정으로 청에 모인 장수들을 둘러보았다.

"두 방향으로 갈라섰으나 회령들에서 합류할 것이다."

회령들은 좌우로 산줄기가 세로로 펼쳐진 들판으로 동초성과는 30리 거리였다. 자갈과 모래가 많은 척박한 땅이어서 들판에는 짐승들만 산다. 김유신의 목소리가 다시 청을 울렸다.

"계백은 우리 군을 둘로 쪼갤 계획이었으나 뜻대로 안 되어 당황할 것이야."

동초성 주위에는 귀당과 보기당, 대당의 8만 정예군이 있었으니 신라는 이미 만반의 결전 준비를 갖추었다. 게다가 백제군의 진출 통로에는 20여 개의 성이 있었고 그곳의 상비군만 10만이 넘는다. 동초성주인 파진찬 김전이 입을 열었다.

"대장군, 백제군이 지나온 성에서 군사를 내어 퇴로를 끊는 것이 어떻겠습니까? 보은성주가 추적군을 자원하고 있습니다."

그러자 김유신이 머리를 저었다.

"백제군의 계략에 말려들지도 모르네. 지금 백제군의 진군대형을 보면 뒤를 드러낸 결사의 진형이나 군사들이 성을 나오면 뒤로 돌아 갈 수도 있어. 회령들까지 오기를 기다렸다가 성의 군사들을 내보내는 것이 상책이야."

구구절절 이치에 맞는 소리였으므로 김전이 커다랗게 머리를 끄덕였다.

"그때는 기마군만으로 뒤를 치도록 하지요. 기마군 2만5천을 모을 수 있습니다."

첩자의 보고에 의하면 2개 대의 백제군 병력은 보기 7만이다. 기마군 3만에 보군 4만의 배열로써 보기가 한 무리가 되어 진군해 오고 있었다. 그래서 하루의 진군 속도는 40리 정도였으니 회령들까지 닿으려면 나흘쯤 후가 될 것이었다. 김유신이 영을 내렸다.

"회령들에 나가 먼저 놈들을 기다린다."

이쪽은 기마군 3만5천에 보군4만5천의 배열이다. 백제 침입군보다 우세한 전력인 데다 백제군 배후에는 성의 수비군이 있다. 장수들은 활기 찬 걸음으로 청을 나갔다.

"대열을 정비하는 걸 보면 이동하는 것 같습니다."

나이 든 군사의 이름은 지석이다. 종 출신이어서 성이 없었는데 보통 혼인하여 자식을 낳고 나서야 성을 만들었다. 하지만 지석은 나이 40이 되었으나 아직 미혼이었으니 성을 만들 필요가 없었다. 그가 잔 나뭇가지 사이로 손을 뻗어 한쪽을 가리켰다.

"저것 보시오. 대장군의 영기가 움직이고 있소."

흰 바탕에 붉은 색 글씨로 대장군(大將軍)이라 쓰여진 거대한 영기였다. 김유신의 영기인 것이다. 거리는 2리도 넘었으나 산중턱에 숨은 그들에게는 모든 것이 환하게 드러났다. 계백충이 반쯤 몸을 일으켰다.

"백제군을 나아가 맞을 모양이다."

"비가 올 것 같소이다."

진시 무렵의 아침이었으나 짙은 구름에 덮인 하늘은 어두웠다.

"산을 돌아서 앞질러 가도록 하자."

따라 일어선 지석이 뒤쪽에 엎드려 있는 군사들을 손짓으로 불렀다. 사흘 밤낮을 산 속에서 마른 고기를 씹으며 지냈어도 군사들은 일사불란하게 움직였다. 그들은 곧 일열 종대로 산을 달려 내려가기 시작했다. 모두 말 몸에 바짝 몸을 붙인 채 말을 달리는 뛰어난 기마술이다.

회령들에서 50리쯤 떨어진 개울가에서 계백의 본대는 정지하여 숙영 준비에 들어섰다. 아침부터 내리기 시작한 빗줄기는 조금 가늘어지고 있었다. 계백의 진막 안으로 부장(副將)인 덕솔 각대상이 들어섰다.

"방령, 신라군이 서쪽으로 이동하고 있습니다. 금방 척후대의 보고를 받았습니다."

그가 빗물에 젖은 투구를 벗더니 겨드랑이에 끼었다.

"김유신의 대장기가 중심에 있다고 합니다."

"예상했던 대로 회령들이야."

계백이 오랜 심복인 각대상을 바라보며 웃었다.

"김유신은 신중하다. 아마 우리 뒤쪽 성의 수비군에게 우리가 회령들에 들어섰을 때 성에서 나오라고 했을 것이다."

"고구려군이 남진해 올 줄은 예상하지 못했겠지요."

각대상이 따라 웃었다. 고구려군 장수 복진은 고구려와 말갈의 기마군 5만을 이끌고 풍우처럼 달려오는 중이었다. 보군 2만은 아직 고구려 남부의 주성(主城)인 백산성 근처에 집결하고 있었으니 신라 첩자의 눈을 속이려는 것이다.

"이틀 후면 김유신과 결전이다."

정색한 계백이 진막의 젖혀진 휘장 사이로 비에 젖은 밖을 내다보며 말했다.

"이것으로 신라와의 마지막 싸움이 될 것이다."

회령들은 사방 넓이가 15리쯤 되는 장방형 불모지였다. 주위에 낮은 산줄기들이 가로세로로 뻗쳐져 있었으나 수비에 적당한 위치가 아니어서 회령들은 농민에게도, 군 전략상으로도 중요한 땅이 되지 못했다. 그러나 지금은 백제와 신라 양국의 대군이 회령들을 바라보며 진군해 오는 중이다. 회령들이 결전의 전장으로 마땅한 장소였기 때문이다. 회령들에 먼저 도착한 부대는 김유신의 선봉군인 기마군 5천이다. 창을 세운 기마군의 정연한 대오를 바라보던 계백충이 얼굴에 웃음을 띠었다.

"제법 대오를 맞추고 있군."

"강군(强軍)이오."

지석이 젊은 십장에게 경각심을 일깨워 주려는 듯 조심스럽게 말했다.

"김유신이 직접 단련시킨 정예군들입니다."

"김유신의 허명(虛名)에 현혹되어서는 안 돼. 그자는 이제 칼을 들어올릴 기력도 없어."

정색한 계백충이 얼굴에 흐르는 빗물을 손바닥으로 씻었다.

"이제 회령들이 김유신의 무덤이 될지도 모른다."

빗발이 세워져서 낮은 풀숲에 엎드린 척후대의 몸은 흠뻑 젖어 있었다. 김유신의 선봉대가 3리 거리로 다가오자 계백승이 상반신을 일으켰다.

"지석, 선봉장께 군사 두 사람을 보내라. 회령들에 김유신의 기마군이 진입했다고 알려라."

지석이 뒤로 기어 물러가자 계백층은 하늘을 보았다. 오시 무렵이었으나 하늘은 어두웠다.

김유신이 고구려군의 남진을 보고 받은 것은 회령들에 마악 들어섰을 때였다. 말을 탄 채로 전령의 다급한 보고를 들은 김유신이 눈을 치켜떴다.

"그랬구나. 백제는 고구려군에게 뒤를 맡겼다."

신음처럼 말을 뱉은 김유신이 파진찬 김전에게로 머리를 돌렸다. 결연한 표정이었다.

"결전이다. 고구려군이 사흘 안에 동초성 북방으로 다가올 테니 성의 수비군을 모아 백제군의 뒤를 친다."

"예, 그럼 누구에게 지휘를 맡기리까?"

"보은성주 아찬 김용성이다. 각 성의 정예군을 뽑으면 보기 5만은 될 것이야."

"알겠소이다."

"고구려군은 10만이라 하지만 전령이 과장했을 수도 있다. 그대는 본진의 군사를 떼어 동초성으로 회군하라."

"그 그러면 대장군께서는……."

당황한 김전이 말까지 더듬자 김유신이 빗물에 젖은 수염을 쓸어 물을 털었다.

"나는 이곳에서 계백의 군사를 맞는다. 김용성의 군사가 제때에 뒤만 쳐준다면 승산이 있다."

신라군의 본진이 분주해졌다. 전령이 사방으로 달려나갔고 아직 진막도 쳐지지 않은 빗속에서 장수들이 모여 섰다. 신시 무렵이었으나 검은 구름에 싸인 주위는 어두웠고 빗줄기는 그치지 않았다. 그러나 잘 훈련된 정예군들이다. 한 식경쯤이 지났을 때 신라군 8만은 정연하게 2개 부대로 나뉘어졌다. 비 때문에 북은 덮어놓았으므로 고각소리가 하늘을 울렸고 김전이 이끈 기마군 1만5천과 보군 2만이 오던 길로 되돌아갔다. 김유신의 본대는 이제 기마군 2만에 보군 2만5천이 남아 회령들 서쪽에 진을 쳤다.

다음날 아침, 비는 개었지만 땅이 진창이었다. 하도리는 3천 기마군을 이끌고 빠른 속도로 전진하는 중이었다. 회령들과의 거리는 20리가 조금 넘었다.

"장군, 척후조가 왔습니다."

옆을 따르던 장수가 말했을 때 앞쪽에서 달려오는 5, 6기의 기마군이 보였다. 그리고 앞장선 군사는 계백충이다. 하도리의 앞에서 말을 멈춘 계백충이 군례를 하고는 말머리를 돌려 나란히 나아갔다. 그는 사흘 동안 적정을 살피고 돌아와 몰골이 말이 아니다.

"장군, 회령들에서 신라군이 두 대로 쪼개졌습니다. 김유신은 회령들에 남았는데 기마군 2만에 보군이 3만5천 가량입니다."

"조금 전에 왔던 척후는 김유신의 기마군이 3만이라고 했다."

하도리가 말하자 계백충이 머리를 저었다.

"네 번이나 세었소이다. 기마군은 2만 정도입니다."

"네 말을 믿겠다."

하도리는 부드러운 시선으로 계백충을 보았다.

"군사를 데리고 후위로 빠져라. 수고했다."

계백충이 머리를 숙여 보이더니 뒤쪽으로 물러갔다. 절도 있는 행동이었다.

"김유신이 고구려군의 남진을 알아 챈 것이야."

선고는 하도리의 선봉군 뒤쪽으로 5리 거리를 두고 따라가는 중이었다.

그는 방금 하도리와 계백이 보낸 전령 두 사람을 만난 참이었다. 그가 이끄는 3만 군사는 산기슭 아래에서 진군을 멈추고 있었다. 선고가 옆쪽에 둘러선 부하 장수들을 바라보았다.

"고잔성 앞쪽 산줄기가 성에서 나온 신라군을 맞기에 좋을 것이다. 돌아간다."

장수들이 군말 없이 말고삐를 채더니 부대로 되돌아갔다. 이로써 백제군과 고구려 연합군은 세 군단으로 나뉘어졌으며 신라군도 재빠르게 세 군단이 되었다. 김유신의 용병(用兵)도 능란했으나 계백의 백제군은 미리 이렇게 될 줄을 예측하고 침입해 온 것이다. 계백은 선고에게 전령을 보내어 회령들 서쪽에서 모여들 신라군을 막으라고 했던 것이다. 이로써 복진이 이끄는 고구려, 말갈의 기마군 5만은 신라의 파진찬 김전의 상대가 되었고 백제군 덕솔 선고의 3만 군사는 보은성주 김용성이 이끌고 올 각 성의 연합군과 부딪치게 되었다. 그리고 계백과 김유신은 제각기 회령들을 향해 진군해 오는 중이다. 결전이다. 세 곳 싸움 모두가 공성(攻城), 수성(守城) 상태가 아닌 야전(野戰)이었다. 양측 모두 필사의 정공법으로 부딪치려는 것이다.

회령들이 10리쯤 앞으로 다가왔을 때 계백의 선봉군은 이미 신라군의 척후대와 마주쳤다. 1백 기 정도의 기마 척후대는 선봉군을 보자 곧 말머리를 돌려 사라졌는데 신라군이 회령들에 먼저 포진해 있었기 때문이다. 계백의 본진은 기마군과 보군이 각각 2만으로 천천히 진군했다. 보군을 3방(三方)에서 기마군이 싸안은 대형으로 전진해 나갔으므로 속도는 느렸으나 보기(步騎)를 적절하게 활용하여 금방이라도 전투를 벌일 수 있는 대형이다. 며칠 동안 내리던 비도 어제부터 그쳐 하늘은 청명했다. 백제군이 회령들의 서쪽으로 완전히 들어섰을 때는 이미 미시 무렵이어서 해가 중천에서 조금 떨어졌다.

"방령, 김유신과 정면에서 부딪치게 되었습니다."

부장 각대상이 짙은 수염 속의 입을 벌리며 웃었다.

"군세가 우리와 엇비슷하니 한판 승부로 김유신의 허명(虛名)을 벗겨 주겠습니다."

양군이 서로 북을 치고 고각을 불었으며 함성을 질렀으므로 들판이 진동했다. 양군의 거리는 4리 정도였으나 오가는 말도 보였고 깃발수도 셀수 있을 정도였다. 가늘게 눈을 뜬 계백이 마상에서 앞쪽을 바라보았다. 김유신의 대장군기가 보였다. 물론 그쪽도 자신의 방령기(方領旗)를 볼 것이었다.

"계백인가?"

마상에서 김유신이 앞쪽을 바라보며 얼굴에 웃음을 띠었다. 백제군은 진용을 펼치기 시작했는데 북과 고각을 울리며 절도 있게 움직였다.

"기마군과 보군이 각각 2만 정도 되겠습니다."

옆에 서 있던 보기당 대감(大監) 박용이 말했다.

"계백은 중군(中軍)을 두텁게 하지 않는다더니 정말 그렇습니다."

그대신 중군 앞에 별동군(別動軍)을 더 두는 것이 계백의 전술이었다. 김유신이 시선을 들어 하늘을 보았다.

"내일도 맑을 것 같구나."

고구려 장군 복진은 말갈의 수장(首長) 외구트와 나란히 말을 달리고 있었다. 이곳은 본진이어서 그들을 둘러싼 근위병과 전령, 고수와 기수들이 한 덩이로 뭉쳐서 달리는 중이다. 본진의 기마군은 3만기였으니 그들이 지나간 자리의 잡초는 다 죽었고 논밭은 금세 길이 되었다.

"동초성에서 신라군을 맞을 것 같소."

복진이 소리쳐 말하자 외구트가 얼굴을 피고 웃었다. 수염이 바람에 뒤쪽으로 흩날렸다.

"신라군과는 처음 싸움이니 돌아가면 이야깃거리가 될 것이오."

말갈족은 고구려의 연방군 역할을 하고 있었으니 본래 북방의 기마술이 뛰어난 민족이다. 민족성이 호방하고 무예를 숭상하여 유목 생활을 하다가 고구려에 동화된 것이다. 당과의 전쟁을 치를 적에도 고구려는 말갈군 수만 명을 동원하여 선봉으로 내세웠다. 전령이 화살처럼 달려오더니 그들의 옆으로 붙었다.

"장군, 10리쯤 앞쪽에 신라군 척후가 나와 있소이다."

"선봉군에게 전령을 보내라!"

복진이 대뜸 소리쳤다.

"척후를 치고 그대로 진격한다! 놈들에게 정신 차릴 틈을 주지 말라고 일러라!"

외구트가 복진을 바라보았다.

"장군, 나는 선봉에 붙겠소!"

"좋소, 어서 이야깃거리를 만드시오!"

말굽소리가 천지를 울리고 있었으므로 그들은 서로 고함치듯 말을 주고받았다.

뒤로 돌았던 선고의 백제군 3만이 처음 부딪친 신라군은 고잔성과 유원성에서 나온 보기(步騎) 1만5천 남짓이었다. 그들은 기마군 5천을 앞세우고 백제군을 가로막는데 사기가 높았다. 북을 치며 악을 쓰듯 함성을 지르며 돌진해 왔다. 이쪽은 농경지여서 아직 푸른 벼가 논에 덮여 있었으나 신라군은 거침없이 논을 달려 땅을 파헤쳤다. 그들을 제일 먼저 맞아야 할 백제군 선봉장 하도리는 아직 칼도 뽑지 않았다. 신라군과의 거리는 2리 정도였는데 전속력으로 달려왔으므로 거리는 빠르게 좁혀지고 있었다.

"기세만으로 싸우는 것이 아니다."

짧게 말한 하도리가 허리에 찬 칼을 빼 들었다. 선봉 기마군 3천은 정연히 늘어 선 채 아직 북도 울리지 않았다. 거리는 1리(500m)로 가까워졌고 신라군의 말발굽으로 땅이 흔들렸다. 하도리가 힐끗 옆에 선 계백충을 바라보았다. 계백충은 중군(中軍)의 별동대 십장으로 직이 옮겨져 있었다.

"3리 가깝게 전속력으로 달려왔으니 신라군의 말들은 곧 지칠 것이야."

그때 신라군은 3백 보쯤 앞으로 다가왔고 말의 울음소리까지 들렸다. 함성이 더욱 높아졌다. 그 순간 하도리가 칼을 휘저었다.

"갈라서라!"

그의 외침과 함께 백제 기마군은 좌우로 갈라서며 달렸다. 그러자 순식간에 뒤쪽이 드러났다. 뒤쪽에는 10열로 늘어 선 궁수 3천여 명이 숨어 있었던 것이다.

"쏘아라!"

보군대장의 외침과 함께 화살이 날았다. 맑고 푸른 하늘이 금방 어두워질 정도로 무수한 화살이다. 이미 2백 보로 다가온 신라군이다. 한 덩이가 되어 있던 신라 기마군은 곧 아수라장이 되었다.

"쏘아라!"

보군대장이 연거푸 외쳤고 3천여 명의 궁수는 넓은 과녁을 향해 쉴새없이 활을 쏘았다. 말이 쓰러졌고 군사들이 땅바닥에 떨어졌다. 선두의 기마군이 50여 보 앞에까지 다가왔으나 가까운 과녁이어서 고슴도치처럼 살이 박혀 딩굴었다. 궁수들이 제각기 다섯 발쯤을 쏘았을 때 신라 기마군 5천 기는 이미 반 이상이 쓰러졌고 나머지는 쓰러진 말과 군사들의 시체에 길이 막혀 허둥대었다. 이미 돌진해올 전의를 잃은 것이다. 그때였다. 좌우로 갈라섰던 백제 기마군이 말머리를 돌리더니 신라군의 양측 측면을 쳤다. 계백충은 칼을 치켜들고 군사들과 함께 함성을 지르며 돌진했다.

"나는 신라국 길사(吉士) 문석이다!"

양군이 대치한 들판으로 신라군 장수 하나가 말을 달려나오며 소리쳤다. 그는 긴 창을 휘두르고 있었는데 창자루가 보이지 않을 정도였다.

"겁쟁이, 백제놈들아! 내 상대가 될 놈도 없단 말이냐?"

신라 무장은 목소리도 우렁찼으므로 중군에 서 있던 계백도 들었다. 신라군이 일제히 함성을 질러 길사 문석을 응원했다. 계백이 쓴웃음을 지었다. 도전을 받아 주는 것이 전장(前場)에서의 관습이었고 무사에 대한 예의로 전해져 왔다. 그러나 근래에 들어 이런 경우는 드물었던 것이다. 속전속결(速戰速決)식 기습 또는 야습으로 대개의 싸움이 결정되었는데 김유신은 여유를 보이고 있다. 문석이 이제는 백제왕을 욕하고 있었다.

"방령, 장수 하나를 내보낼까요?"

옆에 서 있던 덕솔 우찬길이 참을 수 없다는 듯 물었으므로 계백이 머리를 저었다.

"김유신의 놀이 상대는 되지 않겠다. 양측 기마군을 돌진시켜라. 중앙은 속보로 전진한다."

우찬길이 소리쳐 전령을 불렀고 고수들에게도 손짓을 했다. 곧 전령이 흩어지면서 북이 울렸다. 소가죽 대고(大鼓)는 지름이 2자가 넘었는데 고수는 말안장 좌우로 두 개씩 매달고 있다. 십여 명의 고수가 일제히 북을 두드렸고 곧 백제군이 전진했다. 좌우의 각각 3천 기의 기마군이 앞으로 돌진해 가면서 함성을 질렀다. 계백이 앞쪽을 보았으나 소리지르던 신라 장수 문석은 어디론가 사라져서 보이지 않았다.

"좌우의 기마군을 내보내라!"

김유신이 소리치자 곧 전령이 뛰었고 북이 울렸다. 계백의 기마군은 기마군으로 막을 것이었다. 밝은 날씨였고 적진은 손바닥을 보듯이 알고 있었다. 계백의 기습전은 통하지가 않을 것이다. 김유신은 중군과 함께 천천히 진군했다. 비슷한 숫자의 백제군이다. 눈을 치켜 뜬 김유신은 다시 손을 들었다.

"중군의 기마군으로 정면공격이다!"

전면전이다. 그리고 오늘 중으로 승부가 날 것이었다.

백제군의 좌측 기마군 대장인 장덕 기웅은 신라군의 중앙까지 치고 들어갔다가 창에 찔려 죽었다. 부장(副將)인 고덕 종무진이 그를 구하려고 뛰어들었다가 칼을 맞고 죽은 다음 좌측군은 흩어졌다. 따라서 백제군은 좌측 날개가 빠진 새 모양이 되었는데 곧 보군이 그 자리를 채웠다. 우측의 기마군은 신라군과 일진 일퇴의 혼전을 치르는 중이어서 본진이 조금 앞서 갔다. 신라군 본진을 맞으려고 이쪽은 원군을 내지 않았고 신라 쪽도 마찬가지였다. 본진끼리 부딪친 것은 싸움이 시작된 지 한 식경쯤이 지난 후였다. 계백은 칼을 빼 들고 있었는데 흑마(黑馬)는 한숨에 한 걸음씩 겨우 전진했다. 앞쪽에서 격렬한 혼전이 벌어지고 있었기 때문이다.

"방령! 별동군을 풀어 신라군 우측을 쳐야 합니다!"

옆을 따르던 우찬길이 소리쳤다. 백제군 별동군인 기마군 5천이 뒤를 따르고 있는 것이다.

"기다려라."

머리를 저은 계백이 칼을 휘두르며 소리쳤다.

"백제군이여! 오늘 싸움으로 신라를 멸하자!"

'와악!' 하는 함성과 함께 말이 한숨에 세 발짝이나 나아갔다.

"백제군이여! 이미 신라는 망했노라!"

악을 쓰던 계백은 문득 무수한 창날과 칼빛 사이로 김유신의 대장기가 흔들리는 것을 보았다.

김유신은 본대의 뒤를 따르던 별동군을 옆쪽으로 뽑아냈던 것이다. 기마군 5천의 별동군은 즉각 좌우로 갈라서며 옆쪽 빈 공간으로 달려나갔다. 그리고는 2리쯤 달리다가 제각기 좌우로 방향을 틀고 내려왔으니 백제군 본진을 좌우에서 압박하겠다는 전술이다. 칼을 치켜든 김유신이 고함을 쳤다.

"신라군이여! 김유신이 여기 있다!"

주위를 에워싼 신라군이 목이 터질 듯한 함성으로 대답했다. 중군(中軍)의 본진이 서서히 앞쪽으로 전진하고는 있었으나 이미 3백보쯤 앞은 격렬한 혼전이 벌어지고 있다. 이것은 마치 양쪽에서 부딪치는 물결과도 같아서 부딪친 부분은 산산이 흩어지면서 피아의 구분 없이 뒤섞여 퍼지는 것이다. 김유신은 자신이 흘러가는 물결 위에 떠 있는 것처럼 느껴졌으므로 쓴웃음을 지었다. 백전노장인 그였지만 이때의 분위기는 언제나 참을 수 없을 정도로 초조하고 불안한 것이다. 계백이 정공법(正攻法)을 써 오리라고는 뜻밖이었다. 그래서 이쪽도 4만 군사의 보기(步騎)를 배합시켜 정면으로 부딪치게 했다. 그러나 예외는 있다. 이미 백제 중군을 좌우에서 치도록 본대에서 뽑아 낸 5천 기마군이다. 이번에는 자신이 별동군을 움직였던 것이다. 주위는 함성과 북소리, 고함소리로 귀청이 터질 듯했고 화살도 가끔 날아왔다. 이제 백제군과는 1백여 보밖에 되지 않는다. 따라서 전장은 회령들 전체로 퍼져 나갔다. 부딪친 양쪽 물살이 퍼지는 형국이다.

"밀고 나가라!"

계백이 칼을 휘두르며 소리쳤다. 본진을 뚫고 들어온 전령에게 신라 기마군이 좌우로 치고 온다는 보고를 받은 그가 소리친 것이다.

"이제 이겼다!"

그가 목청껏 다시 소리치자 중군이 불끈 힘을 냈다. 1만 기 가까운 기마군이 서로 말을 붙이며 나아가는 것이다. 선봉의 덕솔 각대상은 뒤를 받치는 아군의 힘을 피부로 느낄 수가 있었다.

"이놈들! 늙어 꼬부라진 김유신이 나오너라!"

이미 온몸에 피칠갑을 한 각대상이 쌍도끼를 휘두르며 설치는 모습은 야차요, 악귀였다. 장수가 길을 뚫으면 수하들은 힘이 배로 솟는 법이다. 백제군은 전진 속도가 빨라졌다. 그것은 이쪽 물결의 비중이 더 높고 두텁다는 뜻이다. 장수와 군사 개개인의 무용(武勇)은 큰 물결 속에서 춤추는 가랑잎과 같다. 백제군 1만 기는 김유신의 본진 5천여 기를 금방 삼켰다. 김유신이 좌우로 뽑아 백제군의 양 측면을 공격시킨 기마군 5천이 마악 백제군에 닿았을 때였다.

"아뿔싸!"

김유신이 탄식했다. 군사들이 밀려나고 있는 것이다. 백제군은 50여 보 앞으로 다가왔고 신라군은 뒤로 밀려서 말머리가 옆으로 젖혀지거나 뒷걸음질을 치다가 넘어졌다. 그것은 금방 그가 서 있는 곳까지 영향을 끼쳐 앞에 선 근위군의 말꼬리가 그가 탄 말의 머리에 닿았다.

"계백, 그놈이 끝까지 정공법을 썼다."

뱉듯이 말한 김유신이 옆에 선 부장(副將)에게 소리쳤다.

"고각을 불어라! 좌우로 흩어져라!"

물결을 정면으로 받지 않으려는 그의 능란한 전술이다. 고각이 날카롭게 울리자 밀리면서 영(令)만을 기다리던 신라군 장수들이 일제히 소리쳤고 신라 기마군은 좌우로 말머리를 돌렸다. 일사불란한 움직임이다.

"좌우로 갈라서 쫓아라!"

계백이 소리치자 고각과 북이 함께 울렸고 백제군은 함성과 함께 돌진했다. 이긴 것이다. 신라군은 패퇴하고 있다. 백제군의 좌우에서 부딪쳤던 신라군 5천은 거의 칼 한 번 휘두르지 않고 다시 좌우로 갈라섰으니 신라는 기마군 5천을 헛 썼다. 그러나 김유신이 끝까지 밀어붙였다면 그의 본진은 궤멸되었을 것이고 그 여세로 백제군은 좌우에 붙은 기마군까지 격멸시켰을 것이다. 본진이 무너졌는데 별동군의 전의가 있을 턱이 없기 때문이다. 백제군의 사기는 충천했다. 쫓는 입장이 되자 힘이 배로 솟아오른 백제군의 함성만이 회령들을 채웠다. 계백은 별동군 5천을 본진에 그대로 붙여 두텁게 밀고 나간 것이 승기(勝機)가 되었다. 그로서는 드문 정공법이었고 김유신은 그와 반대로 별동군을 빼낸 것이 패인이다. 본진을 정비하고 진군하던 계백이 옆에 따라붙은 덕솔 각대상과 우찬길을 바라보며 웃었다.

"김유신이 불안했던 것이다. 내가 오늘은 그의 정공법을 썼다."

선고(宣高)의 백제군과 아찬 김용성이 이끄는 신라군 4만여 명이 마주친 곳은 마덕성 앞 벌판이다. 마덕성은 평지에 세워진 평성(平城)이었는데 닷새 전에 선고는 성을 우회하여 지나갔던 것이다. 이제 되돌아와 오히려 동쪽에서 서쪽의 신라군을 바라보는 상황이 되었다.

"우리가 지나온 서쪽의 성들에서 군사를 뽑아 왔을 테니 저놈들만 쳐부수면 성들은 익은 감을 떼듯 할 것이오."

마상에서 마덕성을 바라보는 선고의 옆으로 장덕 구한이 다가와 말했다. 그러나 고잔성과 유원성의 신라군 1만5천을 깨뜨린 것이 어제였으므로 백제군의 전상자도 5천 가깝게 되었다. 군사들의 사기는 충천하고 있었으나 며칠간의 휴식이 필요한 것이다. 선고가 구한에게 물었다.

"회령들에 보낸 전령은 아직 오지 않았는가?"

"예, 한 식경쯤 전에 두 조(組)를 더 보냈습니다."

벌써 다섯 조가 회령들로 간 것이다. 아침에 달려온 전령의 보고로는 백제군과 신라군이 10리 거리를 두고 대치하고 있다는 것이었고 오시 무렵에 돌라온 전령은 양군이 움직인다고 했다. 백제군 방령 계백과 신라 대장군 김유신의 전면전(全面戰)이다. 고구려, 말갈군과 신라 파진찬 김전의 군사가 부딪치고 선고는 아찬 김용성과 싸울 것이지만 주력군(主力軍)끼리의 승패가 전세를 좌우할 것이었다. 저녁 무렵이었다. 신라군과의 거리는 20리 정도였으므로 선고는 군사를 더 이상 이동시키지 않고 숙영시키기로 결심했다. 주위는 굴곡이 심한 평지였으나 마침 개울도 여러 가닥 흐르고 있다.

"선봉장을 부르라!"

숙영 지시를 하고 난 선고가 지시했다. 회령들은 80리쯤 떨어져 있었으니 잘 달리는 기마전령이라면 반나절이면 올 수 있는 거리였다. 아침에 싸움을 시작했다면 지금쯤 결말이 났을 것이었다. 방령이 패하리라고는 생각조차 하기 싫었지만 최악의 경우에 대비해야만 했다. 진막을 치고 마악 들어가 앉았을 때 선봉장 하도리가 들어섰다. 그도 초조한 얼굴이었고 눈동자가 불안하게 흔들렸다. 하도리와 계백의 특별한 관계를 아는지라 선고는 짐짓 표정을 굳혔다.

"시덕, 선봉군의 전력은 어떠한가?"

"기마군 2천 남짓입니다."

지난번 싸움에서 1천 가량의 전상자가 생긴 것이다. 싸움에서는 언제나 선봉군의 피해가 큰 법이다. 선고가 머리를 끄덕였다.

"내가 중군과 후군에서 기마군 2천을 보강시켜 줄 테니 그대는 5리 앞으로 더 진출하여 진을 쳐라.”

“알겠소이다. 그렇다면 제 부대는 선봉이 아니라 독립부대가 되겠습
니다.”

“그렇다. 군사들이 지쳤다.”

“신라군이 온다면 이리저리 끌고 다니며 시간을 끌지요.”

“길게 끌 것 없다. 그땐 곧 우리가 갈 테니.”

하도리와는 손발이 맞는 데다 같이 계백의 수족으로 지내온 그들이다.
선고가 길게 숨을 뱉었으므로 하도리도 정색했다.

“장군, 회령들에서 곧 전령이 올 것입니다. 걱정하지 마십시오.”

“벌써 다섯 조나 보냈어.”

“지금쯤이면 싸움이 끝났을 테니 해시나 자시 무렵이면 알 수 있을 것입
니다.”

“그럴 리는 없겠지만 만일의 경우에 내가 회령들로 진군할 때는 시덕이
앞쪽 신라군을 맡게나.”

그러자 하도리가 눈을 부릅떴다. 눈의 핏발까지 다 보였다.

“그땐 대장을 바꿔주십시오. 그렇게 해주시지 않는다면 소인은 단기로
김유신을 치러 가겠소이다.”

선고가 혀를 찼으나 꾸짖지는 않았다. 하도리는 백제국보다 계백에게
충성하는 사내인 것이다.

자시가 조금 넘었을 때 하도리는 급한 말발굽소리에 벌떡 자리에서 일
어났다. 이 시각에 본진 가까운 곳까지 말을 달려오는 것은 전령뿐이다.
갑옷을 입은 채로 기다리고 있었던 하도리였다. 그는 또한 진막으로 계백
충을 불러 모처럼 같이 식사를 했고 그날 밤을 묵도록 했으므로 긴장한
계백충도 따라 일어섰다. 짐작했던 대로 진막 안으로 전령이 들어섰다. 선

고의 본진에서 보낸 전령이었다.

"본진의 덕솔께서 시덕께 알려 드리라고 했소이다."

군례를 하며 소리치듯 말한 전령은 가쁜 숨을 골랐다.

"방령께서는 회령들에서 대승을 거두셨다고 하오."

그러자 하도리는 어깨를 떨어뜨리며 신음소리를 뱉었다. 그리고는 눈을 부릅떴는데 눈에 가득 눈물이 고였다.

"말하라."

"김유신은 패잔군을 이끌고 지금도 남쪽으로 도주하고 있소이다."

전령의 목소리도 떠서 억양이 높았다.

"백제군은 신라군 포로 3천여 인을 잡았고 포획한 말이 5천 필이 넘습니다. 김유신은 겨우 1만여 인을 이끌고 패주하는 중이라고 하오."

"대승이로다."

하도리가 발을 구르며 소리치더니 계백충을 보았다. 눈에서 마침내 눈물이 흘러내렸다.

"공자님, 들으셨소?"

계백충이 겨우 머리를 끄덕이더니 손등으로 눈물을 씻었다. 그도 회령들의 싸움이 얼마나 중요한가를 알고 있는 것이다.

"이제 이겼다!"

하도리의 외침이 진막 밖으로도 퍼져 나갔다. 그리고 얼마 지나지 않아 깊은 밤의 적막을 깨고 백제군이 지르는 함성이 산야를 울렸다. 북도 치고 고각까지 불며 악을 쓰듯 함성을 질렀으므로 15리 앞쪽의 신라군이 놀라 횃불의 수가 갑자기 늘어났다.

다음날 아침, 보은성주 아찬 김용성은 기마군 1만을 앞세우고 진군해 왔다. 그는 이미 김유신의 패퇴를 알고 있었으나 서쪽에 박힌 그의 처지로는 동으로 뚫고 나오는 길만이 유일한 활로였기 때문이다. 다시 군사를 흐트러 성으로 보낼 수는 없는 노릇인 것이다. 또한 그는 강직한 성품의 무장으로 신라왕 김춘추의 6촌 동생이다. 그는 군사들을 독려하여 빠른 속도로 백제군을 향해 다가왔다. 물론 앞을 가로막듯 펼쳐져 있는 부대는 하도리의 기마군 4천이다.

"부대를 8대로 나눈다."

하도리가 소리치듯 말했으나 표정이 밝았다. 전혀 두려운 기색이 없었으므로 모여 선 장수들의 분위기도 활기 찼다.

"적진 깊숙이 들어갈 필요는 없다. 치고 돌아오는 수단을 반복한다."

장수들의 시선을 받은 하도리가 얼굴에 웃음을 띠었다.

"내가 왜국에 있을 적에 배웠던 수단이다."

"적진을 흩트리기만 하는 것이오?"

나이 든 장수 하나가 묻자 하도리가 머리를 끄덕였다.

"그렇소. 우리가 이틀만 시간을 끌 수 있다면 본대의 장졸들이 기력을 찾을 것이고 그때는 회령들의 방령께서도 도착하실 것이오."

"그쯤이야 못하겠습니까?"

하도리의 작전을 깨달은 나이 든 장수가 큰소리를 쳤으나 아무도 맞장구치지는 않았다. 김용성은 4만 대군이다. 기마군 1만의 뒤로 다시 기마군 1만과 보군 2만이 따르고 있는 것이다. 부대를 떼어받아 장수들이 썰물 빠지듯이 진막을 나갔을 때 계백충이 다가와 섰다. 진막 안에는 그들 둘뿐이다.

"저에게도 군사를 떼어 주십시오."

"그대는 내 곁에 있는다."

그러자 계백충이 흰 이를 드러내고 웃었다.

"계백승 형님은 저보다도 두 살 어렸을 때 대륙에서 첫 싸움을 했다고 들었습니다. 보내 주십시오."

하도리가 계백충을 쏘아보았다. 대륙에서 계백승은 동성군 태수 화청의
부대에서 용감하게 싸웠다. 그러나 지금은 왜국의 신하가 되어 있는 것이
다. 이윽고 그가 머리를 끄덕였다.

"대덕 기동선이 지휘하는 제5부대 백인장(百人長)을 맡아라. 내가 전령과
함께 보내주겠다."

"허어, 시덕께서 이 기동선을 어떻게 보고 있는가를 이제 알았다."

계백충과 함께 온 전령의 전갈을 듣자마자 기동선이 한 말이다.

"내가 매사에 앞장서지 않았고 쉴 때는 제일 먼저 쉬었다. 허나 지금부
터는 그러지 않을 것이야."

기동선이 부릅뜬 눈으로 계백충을 보았다가 입을 벌렸다. 계백충이 웃
고 있었던 것이다.

"그대는 왜 웃는가?"

"대덕께서는 그러지 않으신다니 소인이 기뻐서 웃었습니다."

"내가 뭘 그러지 않았다고?"

그때 북과 고각이 함께 울렸으므로 그들은 제각기 정신들을 차렸다. 본
진에서 출동 신호를 보낸 것이다. 기동선이 뱉듯이 말했다.

"그대는 좌측 끝의 기마대를 맡아라. 서둘러라."

군례를 한 계백충은 말 위로 뛰어올랐다. 신라군은 이미 7, 8리 앞으로
다가왔고 그쪽의 북소리도 점점 크게 울렸다.

선고 부대를 향해 서진(西進)해 오던 계백의 본군에 고구려군 전령이 도
착한 것은 한낮인 오시 무렵이었다. 고구려군 전령 둘은 투구에 꿩의 꽁지
털을 서너 개씩 붙이고 있어서 유별났다. 계백 앞에 무릎을 꿇은 그들 중

에 하나가 소리쳐 말했다.

"백제국 계백 장군께 고구려 장군 복진의 전갈을 말씀드리오. 고구려와 말갈군은 신라군을 궤멸시켰소이다."

"허어."

계백의 얼굴에 웃음이 떠올랐고 둘러 선 장수들 중에는 소리쳐 환호하는 사람도 있다. 전령이 말을 이었다.

"신라군 대장 파진찬 김전은 말갈군 수장 외구트의 부하 준거에게 창에 찔려 죽었습니다."

"장하다."

계백이 칭찬하자 전령의 목소리가 높아졌다.

"고구려, 말갈군은 신라군 8천의 목을 베었으며 포로를 7천 명 잡았고 포획한 말이 5천여 필이 되었소이다. 도망친 신라군은 모두 남쪽으로 내려 갔습니다."

"고구려, 말갈군도 대승이다."

계백이 옆에 선 위사장 노창서에게 말했다.

"이 전령들에게 상으로 옥(玉)을 열 개씩 주어라."

진중이 떠들썩해졌고 소식을 전해 들은 군사들이 환호성을 질렀다. 계백이 옆에 선 덕솔 각대상을 바라보았다.

"덕솔, 서둘러야겠어. 남은 건 서쪽이야."

8방에서 치고 빠지는 백제 기마군들의 파상공세에 신라의 선봉은 한동안 넓게 흩어져 있었다. 당연히 진군이 멈춰졌고 지휘 전달이 제대로 되지 않아 우군끼리 부딪치기도 했다. 그러나 두 식경쯤이 지났을 때 신라군은 다시 대오를 정비했다. 충격이 크지 않았고 이쪽의 군세와 전술을 알았기 때문에 본진을 두텁게 하고는 주위에 기동대를 두었다. 그리고는 거의 같은 군세의 기동대로 백제군의 소부대를 요격하기 시작했다. 하도리도 역시 5백의 기마군을 이끌고 있었는데 대장기는 말아 넣고 고수와 고각수만 따르게 했다. 신라군의 우측을 달리던 그가 고각수에게 소리쳤다.

"우측 부대들을 불러라. 함께 우측을 뚫는다!"

고각수가 힘껏 고각을 불자 조금 후에 2대의 기마군이 방향을 같이 하여 달려왔다. 소부대가 뭉치는 것이다.

신라 선봉군의 대장은 김용성의 부장인 제감(弟監) 박서군이다. 그는 우측에서 백제군이 밀집대형으로 뚫고 들어오자 쓴웃음을 지었다.

"이놈들이 본대를 보호하려고 기를 쓰는군."

그는 백제군의 의도를 간파하고 있었던 것이다. 그의 1만 기마군은 다시 앞으로 진군하는 중이다.

"좌측과 우측의 2천 기씩이 백제군을 맡아라! 본대는 전속력으로 앞으로 나아간다!"

곧 신라군은 좌우의 기동대만 남고 중앙의 본진이 앞으로 빠져나가기 시작했다.

5대 대장인 기동선은 말은 그렇게 했으나 역시 신중하게 움직였다. 그는 5백 군사를 이끌고 좌측에서 우측으로 이동하면서 신라군의 앞쪽을 비스듬히 지나가는 중이었는데 신라군의 진군이 갑자기 빨라지는 바람에 부대의 허리가 온통 노출되었다.

"빌어먹을!"

혀를 찬 기동선이 소리쳤다.

"돌아서라! 정면을 뚫고 뒤측으로 돌아간다!"

최상의 방법이었다. 같은 방향으로 달리면 5백 군사는 순식간에 짓밟힌다. 백제군은 일제히 말머리를 돌려 다시 좌측으로 내달렸다. 그러나 뒤쪽 2백 기 정도는 이미 신라군 속에 묻혔고 3백 기 정도가 빠져나왔다. 70여 기 정도 남은 부하들을 이끈 계백충은 기동선의 뒤를 따라 달렸다. 그들의 뒤쪽에서 화살이 날아왔으나 이미 신라군의 방향이 틀어졌다. 위협적이 아니었다.

"나리, 앞쪽에서 신라군이오!"

바짝 옆에 붙어 달리던 지석이 소리쳤다. 그는 10인장일 때부터 부하였는데 하도리가 시종으로 붙었다. 그리고 뒤를 따르는 이름 모를 군사도 하도리가 붙여 준 경호병이다. 앞쪽에서 신라군 기동대가 달려왔는데 1천 기 가깝게 되었다.

"쳐라!"

칼을 빼든 기동선이 악을 쓰듯 소리쳤다. 그쪽에서는 이쪽을 바라보며 정면으로 달려오는 터라 비켜갈 수도 없는 것이다. 앞쪽은 얕은 개울이었다. 기동선이 이끈 1백여 명의 백제군은 이미 개울을 건너 신라군과 부딪쳤고 계백충의 부대가 개울에 들어섰을 때 일단의 신라군도 개울로 물보라를 일으키며 뛰어들었다. 계백충은 눈을 빛내며 칼을 치켜들었다. 그리고는 금방 부딪쳐 온 신라군 무장의 칼을 받아치면서 반동을 이용하여 밑으로 그었다.

"으아악!"

목에서 가슴까지 찢긴 무장이 개울로 곤두박질쳐 떨어졌다. 옆에서 신라군이 내지른 창을 지석이 창자루를 잘라 버렸다. 뒤를 따르던 경호무사는 이제 좌측에 붙어 있었다. 계백충은 다시 다가온 신라 군사의 허리를 찔러 떨어뜨렸다. 개울 위에서 난전이 벌어졌다. 물보라가 튀었고 비명과 기합, 말 울음소리까지 겹쳐 이수라장이다. 계백충이 소리쳤다.

"개울 위로 나가라!"

그리고는 앞에서 칼을 내리친 신라군의 칼을 막으면서 팔을 뻗어 먹살을 잡아 개울로 떨어뜨렸다. 그때였다. 말이 갑자기 앞다리를 꿇으며 넘어졌으므로 계백충은 앞쪽의 개울로 내팽개쳐졌다.

"아앗!"

옆에 서 있던 경호무사가 소리치며 말에 박차를 넣었으나 앞을 가로막은 신라군의 말에 걸렸다. 그가 칼을 휘둘러 신라군을 떨어뜨리자 앞이 보였다. 계백충은 마악 일어나고 있었다. 손에는 칼도 들었다. 얼굴은 물에 씻겨 깨끗했고 눈에는 초점도 또렷했다. 그 순간이었다. 어지럽게 얽힌 기마군 사이에서 불쑥 내질러진 창이 계백충의 가슴을 꿰뚫었다.

"으윽."

계백충은 앞쪽으로 빠져나온 창날을 향해 칼을 휘둘렀지만 헛칼질이 되고 말았다.

"아아아!"

옆쪽에서 지석이 미친 사람처럼 고함을 지르더니 말에서 뛰어내려 계백충에게 다가가려 했으나 말발굽에 채여 엎어졌다. 경호무사도 말에서 뛰어내렸다. 그때 계백충은 다시 엎어졌다.

"안 되오!"

마침내 경호무사가 소리치며 칼을 휘둘러 앞을 가로막는 말을 베었다. 그 순간 계백충이 물속에서 다시 머리를 들었다. 그리고는 소리쳤다.

"아버님!"

깨끗한 얼굴이었으나 이미 눈에는 초점이 없었고 곧 계백충은 물 속으로 다시 잠겼다.

대덕(對德) 기동선은 1백여 기를 이끌고 겨우 신라군의 무리에서 빠져 나왔으나 계백충의 부대가 갇혀 있는 것을 보았다. 그는 말고삐를 채어 돌아섰다.

"돌격!"

칼을 앞으로 내뻗으며 소리친 기동선은 선두에 서서 돌격했다. 백제군은 함성과 함께 신라군을 향해 돌진했고 잠시 후 그들도 신라군에 묻혔다. 난전(亂戰)이다. 개울물은 이미 시뻘겋게 피로 물들어 적수(赤水)가 되어서 사람과 말이 일으키는 물보라도 핏물이었다.

"깊숙이 들어가라! 들어가 죽어라!"

하도리가 허공에 칼을 휘두르며 악을 썼다. 고각이 날카롭게 울렸으며 좌우의 신라 기동대와 어울렸던 백제군이 말머리를 일제히 돌려 신라 중군을 향해 돌진했다. 좌우에서 치고 들어오는 백제군을 신라 기동대가 쫓았고 따라서 군세가 두 배가 되었다. 기동대까지 백제군의 공격에 가담한 형국이 되었으므로 신라군 본대는 금방 허리가 끊어졌다. 그러니 선봉장 박서군으로서도 앞으로만 군사를 내올 형편이 아니었다. 이를 악문 그가 소리쳤다.

"전진을 멈추고 우선 이놈들을 격멸하라!"

그러자 전장 전체가 난전이 되었다. 양국의 기마군은 온통 흐트러져서 제각기 소단위 부대로 쫓고 쫓기는 대혼전이 일어났다. 백제군 4천에 신라군 1만의 비율에 백제군은 이미 1천 기 정도의 사상(死傷)을 입은 상황이다. 그러나 신라군은 세 배의 군사력으로 백제군에게 저지당한 상황이었다. 박서군은 손수 근위군만을 거느리고 백제군의 뒤를 쫓았다.

"파리떼 같은 놈들!"

한 식경이면 백제군을 몰살시킬 것이다. 그러나 그는 초조했다. 전진이 멈췄고 서쪽에서는 김용성의 본대가 오는 중이었으며 동쪽에는 백제군 본대가 있다. 그때였다. 한 무리의 신라군이 동쪽에서부터 내달아 왔다. 앞쪽에 백제군이 없는 걸 보니 박서군은 직감적으로 쫓기고 있다는 것을 알았다. 그 순간 전장을 뒤흔드는 함성이 났다. 소단위 부대의 것이 아닌 수천이 함께 지르는 함성이다.

"아뿔싸!"

박서군은 치켜들었던 칼을 내렸다. 백제군 원군이 먼저 도착한 것이다. 백제군이 빨랐다.

선고가 이끈 보기(步騎) 2만5천이 기마군 8천을 앞세우고 전장에 뛰어든 순간부터 전세가 뒤집혀졌다. 신라군이 서쪽으로 밀려나기 시작한 것이다. 그 뒤를 따르던 신라 기마군 1만과 보군 2만이 대오를 정비하여 쫓겨오는 신라군을 막으면서 전열을 정비하려 애를 썼다. 군사들의 사기가 떨어져 가고 있었기 때문이다. 이제 회령들의 패전소식은 신라군 진중에 다 퍼져 있었다. 그들이 하늘같이 의지했던 김유신이 목숨만을 건져 남으로 도주했다는 것도 다 아는 것이다. 양국은 혼전이 일어났던 전장(戰場)에서 훨씬 서쪽 지점에 정지하여 대오를 정비하기 시작했으니 전장의 전리품은 모두 백제군의 차지가 되었다. 하도리가 지친 몸을 말에서 내렸을 때였다. 제3대를 이끌었던 문독(文督) 우진명이 제일 먼저 달려왔다. 그는 한쪽 팔을 헝겊으로 감싸 목에 걸고 있었다. 얼굴이 온통 피투성이였다. 말에서 구르듯이 내린 우진명이 눈을 치켜 뜨고 하도리를 보았다.

"시덕, 제5대(隊)가 전멸했소이다."

그러자 금방 하도리의 얼굴이 하얗게 굳어졌다. 우진명의 목소리가 떨렸다.

"계백충이 죽었소이다. 그를 구하려고 대덕 기동선도 적진에 뛰어들었다가 죽었다고 하오."

하도리가 입을 열었으나 입술이 심하게 떨릴 뿐 말이 나오지 않았다. 우진명이 길게 숨을 뱉었다.

"살아나온 군사의 이야기를 들어보면 계백충은 장렬하게 죽었다고 하오. 뒤에서 찌른 창이 가슴으로 나왔으나 칼을 휘두르며 아버님을 불렀다고 합니다."

그제야 하도리의 눈에서 눈물이 쏟아졌다.

"이를 어이할꼬. 내가 살아서 방령을 어떻게 뵙는단 말인가?"

그때였다. 다급한 말굽소리가 들리더니 전령이 달려왔다. 그리고는 하도리의 앞에서 나는 듯이 말에서 내렸다.

"시덕! 방령께서 기마군 1만5천을 이끌고 15리 지점까지 오셨다는 전갈이오!"

흥분한 전령의 목소리가 주위를 울렸으므로 군사들이 환호성을 질렀다. 그러나 하도리는 망연한 얼굴로 서 있었다.

기마군만을 이끌고 온 계백이 덕솔 선고의 진막 앞에 닿았을 때는 유시 무렵이었으니 주위는 어둠에 덮여졌다. 선고가 허리를 굽혀 절을 하자 계백이 얼굴을 펴고 웃었다.

"덕솔, 내일이면 싸움이 끝날 것이야. 그동안 잘 싸웠다."

진막 안으로 들어선 계백이 걸상에 앉아 선고를 바라보았다.

"왜 장수들을 모으지 않는가? 치하해 주고 싶으니 불러모아라."

"방령."

선고는 목이 메었으므로 침을 삼켰다. 그는 이제까지 계백의 시선을 받지 않았다.

"방령, 계백충이 전사했소이다. 선봉군의 대덕 기동선의 휘하에 있었으나 개울에서 혼전중에 말이 넘어졌다고 하오. 물속에 빠진 계백충은 뒤에서 창으로 등을 찔렸소이다."

마침내 시선을 든 선고가 눈을 부릅뜨고 계백을 보았다. 계백은 잠자코 그를 보았으나 굳어진 얼굴이다.

"그러나 칼을 휘두르며 아버님을 부르다가 쓰러졌소이다. 장렬한 모습이었다고 합니다."

"……."

"방령, 모두 소인의 불찰입니다. 방령께 소인이 큰 죄를 지었소이다."

"그게 무슨 말인가?"

계백이 마침내 입을 열었다. 담담한 표정이었으나 눈에는 물기가 배어났다.

"일개 십인장의 전사일 뿐이야."

"죽기 전에는 백인장이었소이다."

"허어, 그랬었나?"

마침내 계백이 손등으로 눈물을 씻었다.

"그만한 자격이 있었는가?"

그러자 선고가 눈물을 쏟았다.

"방령, 참으로 죽을 죄를 지었소이다."

정색한 계백이 자리에서 일어섰다.

"장수들을 부르게. 내일 싸움을 위하여 그동안의 선전(善戰)을 치하해 줘야겠어."

진막에 모인 장수들은 계백의 치하와 내일 싸움에 대한 격려를 받았으나 분위기가 가라앉았다. 모두 계백충의 전사를 알고 있었기 때문이다. 그러나 계백은 전혀 내색하지 않고 장수들을 대했다. 장수들이 진막을 나갔을 때는 술시가 되어 가고 있었다. 진막에 계백과 선고, 각대상 등 덕솔급 무장들만 남아 있을 때였다. 진막의 문이 젖혀지더니 하도리가 들어섰다. 그는 장수들의 모임에도 참석하지 않았다. 계백의 시선을 받은 하도리가 한두 걸음 다가오더니 털썩 땅바닥에 무릎을 꿇고는 손에 쥔 자루를 앞에 내려놓았다. 그의 얼굴은 창백했고 시선은 계백의 발에서 올라가지 않았다.

"주인, 여기 계백충의 목을 가져왔소이다."

그가 갈라진 목소리로 말하고는 두 손으로 땅바닥을 짚었다.

"개울에서 찾았습지요."

그의 몸이 온통 젖은 것은 이제까지 개울을 뒤지고 다녔기 때문인 것이다. 그는 장수들의 모임에도 참석하지 않았다. 계백이 머리를 끄덕였다.

"수고했다."

진막에 모인 장수들은 모두 얼어붙은 듯이 선 채로 숨소리도 내지 않았다. 계백이 저고리로 만든 자루를 풀자 곧 계백충의 머리가 드러났다. 머리칼은 깨끗이 빗질이 되어 있었고 두 눈은 감겨져 있었으나 창백했다. 계백이 머리를 다시 덮었다. 그의 시선이 하도리에게로 향해졌다.

"너는 백제국의 8품 시덕 벼슬을 살고 있는 관리로 기마군의 대장이며 덕솔 선고의 수하 막장이다."

그의 목소리가 진막을 울렸다.

"또한 동방 방령인 내 수하 장수이기도 하니 군율과 국법을 엄하게 지켜야 함은 물론 맡은 직분에 충실해야 될 것이야."

하도리의 충혈된 눈이 어지럽게 흔들렸고 계백의 목소리가 더욱 엄격해졌다.

"돌아가 네 군사들을 안돈시켜라. 내일 싸움에 이겨야만 이제까지의 희생이 헛되지 않을 것이다. 물론 여기 놓인 내 아들의 죽음도 마찬가지다."

하도리가 입을 열었다가 딸꾹질을 했고 각대상에게 끌리듯 일어나 나갔으나 얼굴에는 가득히 한(限)이 맺혔다. 진막 밖에 매어놓은 말에 오르고 나서야 그가 소리내어 울었는데 당황한 각대상이 말 궁둥이를 쳐서 뛰게 했다. 그래서 울음소리는 곧 들리지 않았다.

다음날 아침, 백제군이 공격대형으로 일제히 북을 울리며 나아갔을 때 선봉군을 맡은 덕솔 각대상은 눈을 부릅떴다. 앞쪽 신라군 진영에는 무수한 진막만 쳐져 있을 뿐 비어 있었던 것이다.

"도망쳤다."

그가 혼잣소리처럼 말했을 때 척후를 맡은 장수가 전속력으로 말을 달려왔다. 문독 관등의 척후장이니 수하에 8방으로 보낸 1백여 명의 척후를 거느린 대장이 직접 온 것이다.

"덕솔 나리, 신라군이 모두 도망쳤소이다!"

다가온 그가 소리치듯 말했다. 가쁜 숨을 진정하고 말을 이었다.

"어젯밤부터 도망치기 시작한 것 같소이다. 이미 신라군 진지는 모두 비었고 보군들만 사방으로 흩어져 도망치고 있소이다!"

"그럴 만하지."

쓴웃음을 지은 각대상이 머리를 끄덕였다.

"이미 전세는 결정이 되었는데 누가 다 진 싸움에 나서려고 하겠느냐?"

백제군은 북을 울리며 그냥 진군했다. 신라군은 장비를 모두 놓고 도망쳤으므로 여러 곳의 진지에는 군량과 무구(武具)가 산처럼 쌓였고 한참을 더 전진하자 앞쪽의 성문도 열려 있었다. 이미 김유신이 패퇴한 데다 계백이 이끈 백제의 본군이 왔고 이어서 고구려, 말갈 연합 기마군이 올 참이다. 무인지경처럼 앞쪽으로 나아가던 각대상은 길게 숨을 뺄었다.

"이제 신라 정벌은 끝이 났다. 김춘추의 목만 주우면 된다."

백제와 고구려 연합군은 신라 북변의 33개 성을 공취했으니 의자왕

15년(655년) 8월이다. 이로써 백제는 의자왕 대(代)에만 신라 1백 개 가까운 성을 빼앗았으며, 신라는 영토의 반을 잃었다. 빼앗은 성 중에서 고구려는 옛 영토였던 6개 성만을 요구했으므로 백제는 순순히 양보했다. 연개소문은 신라 영토에 연연해하지 않았다.

8월말, 의자왕은 근위군 2만을 거느리고 친히 북방의 새 영토를 순시했다. 이미 그는 오십대 중반의 나이여서 흰 수염이 가슴까지 덮였으나 지금도 말을 달려 사냥을 한다. 동초성 밖 50리 지점까지 왕을 마중 나간 계백은 왕의 행렬이 보이자 군악을 울리게 했다. 수십 개의 북이 울렸고 고각과 피리, 소북 등이 내는 장중한 음악이 대지를 덮었다. 1만 기마군이 정연하게 좌우로 도열한 중앙으로 왕이 백마를 타고 들어섰을 때 군사들은 일제히 '대왕 만세'를 외쳤다. 대왕기가 가을 바람에 펄럭였고 군악 소리와 환호성은 더욱 우렁차게 퍼졌다. 이윽고 왕이 다가서자 계백을 비롯한 1백여 명의 장수가 무릎을 꿇고 절을 했다. 말 위에 앉은 왕이 얼굴을 펴고 웃었다.

"일어나라."

계백과 장수들이 일어섰고 말에서 내린 왕이 거대한 차양 아래에 만들어진 왕좌에 앉았다. 군사들이 정연하게 등을 돌리더니 물러 나갔고 들판에는 정적이 찾아 들었다. 근위군의 말굽소리도 그쳤다. 왕이 계백을 바라보았다.

"방령, 그대의 공이 크다."

"모두 대왕의 성덕이옵니다."

계백이 허리를 굽혀 사례하자 왕이 머리를 저었다. 이제 정색한 얼굴이었다.

"그대와 장졸들의 노고가 없었다면 어찌 내가 이 자리에 앉아 하례를 받을 수 있었겠느냐?"

왕이 손짓을 하자 왕을 수행한 내신좌평 연임자가 나섰다. 그리고는 왕명이 적힌 두루마리를 펴며 소리쳐 장졸들의 공훈에 대한 포상을 시작했다.

계백은 대장군에 봉해졌고 무장들은 모두 한 등씩 승급했다. 그것은 죽은 자도 예외가 아니었는데 마지막에 이르러 계백충의 이름을 부르고 난 연임자는 힐끗 계백을 보고는 헛기침을 했다.

"계백충은 백인장(百人長)으로 죽었으나 용맹했다. 따라서 장덕으로 봉한다."

계백은 죽은 아들 대신으로 머리를 숙여 사례했다. 그리고 문득 부친 계백영이 장덕으로 죽었다는 것을 떠올렸다.

제12장 내분(內紛)

"신라의 김춘추가 모을 수 있는 군사는 20만이 고작이야. 단 한번의 싸움으로 신라 사직은 무너질 것이다."

왕이 말하자 성충이 커다랗게 머리를 끄덕였다. 동초성의 청안이다. 왕은 다섯 좌평을 모두 데려왔는데 지금 대(對) 신라전(戰)의 결정을 내리려는 것이다.

"김유신은 이미 늙어 기력은 물론이고 총명함도 쇠퇴하였습니다. 회령들에서 방령과 부딪친 전황을 들어보니 자신감도 떨어진 것 같습니다."

저녁 무렵이 되어서 청의 주위에는 수십 개의 대황초를 밝혀 놓았다. 왕이 쓴웃음을 지었다.

"내 나이도 50이 넘었다. 김유신이 올해로 몇인가?"

"61세가 되었소이다."

"그럼 김춘추가 53세가 되었구나."

왕은 태자 시절부터 김춘추와 자신을 비교하였으니 곧 선왕(先王)인 무왕이 김춘추의 부친 김용춘을 견제한 것과 같다. 대를 이어 견제의식을 느긴 것은 곧 그들이 신라 진평왕의 둘째와 셋째 사위였기 때문이다. 진평왕의 둘째딸인 선화 공주는 무왕의 왕비였으며 의자왕의 모친이다. 또한 셋째딸 천명은 김용춘의 부인임과 동시에 신라왕 김춘추의 모친이다. 좌평 흥수가 입을 열었다.

"대왕께선 아직 젊으십니다. 고구려 장수왕은 79년을 재위했고 98세까지 살았소이다."

"허어, 살고 죽는 것은 천명이야."

다시 쓴웃음을 지은 왕의 시선이 옆쪽의 계백에게 옮겨졌다.

"방령, 너무 상심하지 말아라. 그대에게는 아들이 하나 더 있지 않은가."

"전하, 심려하지 마십시오. 전장에서 수천 수만의 자식들이 죽습니다. 신의 자식도 그 중 하나일 뿐입니다."

왕이 머리를 끄덕였으나 길게 숨을 뱉었다.

"내 재위 15년간 큰 싸움만 열 번이 넘었다. 이제 신라와의 싸움은 이번이 마지막이 될 것이다."

신라는 북변의 33개 성이 함락됨으로써 실로 절박한 명운이 되었다. 김춘추가 왕이 된 지 2년째의 일이요, 의자왕 15년, 보장왕 14년의 일이다.

신라왕 김춘추는 궁성의 내실에 앉아 대장군 김유신과 둘이서 술을 마셨다. 시녀도 물리친 내실에는 두 사람뿐이다. 술잔을 든 왕이 김유신을 바라보았다.

"대장군, 백제왕 의자가 이번에 빼앗아 간 북변 땅을 순시하고 있소."

그가 쓴웃음을 지었다.

"아마 다음 번 싸움에서 신라를 멸하겠다고 하겠지요."

"모두 소신의 불찰입니다. 죄를 지었으니 벌을 주십시오."

김유신이 침울한 표정으로 말했으나 왕은 머리를 저었다.

"아직 신라는 20만 군사가 남아있소. 그리고 모두 정예군인 데다 대장군이 계시지 않소?"

왕은 올해에 맏아들 법민을 태자로 삼았다. 그는 김유신의 동생이며 자신의 왕비인 문명부인(文明夫人) 문희의 소생이다. 왕은 또한 법민의 동생 문왕과 지경, 노단 등을 각각 이찬과 파진찬 등의 관직을 주어 자신의 주변을 굳혔고 딸 지소 공주를 김유신과 혼인시켰다. 백제의 침략으로 영토를 빼앗겼으나 왕권은 그 어느 때보다도 강화되어 있었던 것이다. 술잔을 내려놓은 왕이 김유신을 바라보았다.

"대장군, 의자가 바라는 것이 무엇인 것 같소?"

"신라의 멸망 아닙니까?"

생각할 것도 없다는 듯이 김유신이 대답하자 왕이 머리를 끄덕였다.

"그렇소. 그러나 그것을 조금 더 세밀하게 말해 보시오. 의자의 심중을 조금 더 들여다보시란 말씀이오."

그러자 김유신도 정색했다.

"의자는 호승심(好勝心)이 강합니다."

"그렇소. 제 아비인 부여장도 그랬소."

"또한 결단력이 있고 신하를 아낀다고 들었소이다."

왕 앞에서 백제왕 의자를 이렇게 말할 수 있는 사람은 김유신밖에 없다. 왕이 다시 머리를 끄덕였다.

"대륙 정벌의 대야망을 품고 있는 자요. 신하들은 의자의 야망을 따르오."

"신라는 동쪽에 치우쳐 백제와 고구려에 막혔습니다. 분한 일이옵니다."

그러자 왕이 다시 술잔을 들었다.

"의자의 아비 부여장은 신라의 왕위까지 넘보았었소. 그리고 그것이 가능했었소."

김유신이 잠자코 시선을 내렸다. 그도 알고 있는 일이었다. 진평왕의 둘째 사위였던 백제왕 부여장은 셋째 사위였던 김춘추의 부친 김용춘보다 왕위에 더욱 가까웠다. 김용춘이 출가했던 첫째딸 덕만공주를 여왕으로 앉히지 않았다면 부여장은 신라 왕족들을 매수하여 왕위를 주장할 수도 있었던 것이다. 김춘추가 말을 이었다.

"의자의 주적(主敵)은 바로 나요. 그 아비 부여장이 내 부친을 원수로 알았듯이 의자는 나를 원수로 알고 있소. 대를 이어 내려온 원한이오."

"……."

"의자의 호승심을 만족시켜 주려고 하오. 나는 그것만이 절박한 이 상황을 헤쳐나갈 유일한 방법으로 믿소."

머리를 든 김유신은 왕의 결연한 표정을 보았다.

"전하, 어찌 하시려고……."

"의자 앞에 무릎을 꿇겠소."

그러자 눈을 부릅뜬 김유신이 술잔을 놓는다는 것이 상에서 미끄러져 떨어졌다.

"전하, 항복하시겠다는 말씀이옵니까?"

"아니오."

왕이 천천히 머리를 저었다.

"의자를 만족시켜 주겠다는 것이오. 태자를 의자에게 보내겠소."

시선이 마주치자 왕이 입술만 비틀고 웃었다.

"그렇지. 내 왕관도 들고 가게 하겠소."

북방에서 돌아온 의자왕은 군신들을 모아 놓고 내년 봄의 신라 정벌을 선언했다. 이제 마지막 숨통을 끊겠다는 의지였다. 오늘도 좌평들은 좌평방에 모여 신라 정벌에 필요한 준비를 상의했는데 화기가 찼다. 성충이 불쑥 말했다.

"내외관(內外官) 22부사에서 대성 8족은 다섯 명도 안 남았소. 목 씨와 국 씨, 연씨는 거의 정리가 되었어."

순간 성충의 시선이 연임자에 멎더니 쓴웃음을 지었다.

"연 좌평께 송구스럽소. 함부로 한 말을 용서하시오."

"아닙니다."

연임자가 부드럽게 웃었다.

"조상께는 죄를 지은 것 같지만 저는 진즉 성씨를 잊었습니다."

"모두 연 좌평의 공이오."

성충의 말에 의직과 흥수가 머리를 끄덕였다. 대성의 하나인 사택지적은 병이 나 좌평 방에 나오지 않았으므로 대성은 연임자 한 명뿐이었다. 연임자가 얼굴에 웃음을 띠었다.

"백제국을 위해 한 일입니다."

그러나 연임자는 고적감을 느꼈다. 대성들이 자신을 어떻게 생각하고 있는지를 아는 것이다. 그들은 자신이 지나가면 뒤에서 침을 뱉었고 같은 연 씨들도 마찬가지였다. 그렇다고 신진세력들이 자신을 공경해 주는 것도 아니다. 어쩌면 경멸하고 있을지도 모른다.

조미곤의 잉어요리는 특별했다. 사비수에서 잡은 두 자나 되는 잉어에 나물과 장을 넣어 끓였는데 국물이 얼큰했고 고기에서 비린내가 나지 않았다.

"네 덕분에 내 식욕이 살아났다."

밥상을 물린 연임자가 치하하자 조미곤이 기쁜 듯 웃었다. 종과 함께 상을 치우고 돌아온 조미곤이 연임자 앞에 무릎을 꿇고 앉았다. 유시 무렵이다. 궁성에서 돌아온 연임자를 위해 조미곤은 직접 저녁상의 잉어국을 끓인 것이다.

"나리께 청을 드릴 일이 있습니다."

조미곤이 말하자 연임자가 머리를 끄덕였다. 조미곤은 종의 신분이지만 이제는 그의 상담인이었고 마음속까지 털어놓을 수 있는 동지였다. 지금까지 대성 8족의 사정을 주도해 온 연임자의 주도면밀한 방책도 조미곤과의 합작품이었던 것이다.

"말해라. 계집종 중에서 마음에 드는 애라도 찾았느냐?"

"나리, 소인이 반 년 전에 한 달간 고향을 다녀온 적이 있지 않습니까?"

정색한 조미곤의 표정을 보자 연임자도 웃음을 거두었다.

"그렇지. 네 어미가 살았는지 보러 가겠다고 했지."

조미곤은 신라인이다. 신라의 현령 노릇까지 하다가 포로로 잡혀 연임자의 종이 되었으니 기구한 운명이다. 그러나 이제는 종 신분이긴 하나 좌평 연임자의 집사가 되었으므로 옛 신분보다 못하지 않았다. 조미곤이 눈을 부릅떴다.

"나리께서 소인을 신임하시어 마치 피를 나눈 형제처럼 대해 주셨으니 차라리 이실직고하고 나리 손에 죽겠습니다."

"허어, 도대체 무슨 일이냐?"

"나리, 한 달간 고향에 다녀왔다는 것은 거짓말이었습니다. 소인은 그때 신라왕을 만나고 돌아왔습니다."

연임자가 놀라 눈을 치켜 떴고 죽기를 각오한 듯 조미곤이 말을 이었다.

"나리, 신라왕은 소인으로부터 나리의 말씀을 듣고 형제의 의를 맺고 싶다는 말씀을 하셨습니다."

"허어, 이런 괴이한……."

겨우 입술만을 달싹이며 말한 연임자의 얼굴이 하얗게 굳어졌다.

"내가 김춘추와 형제의 의를……."

"나리, 도와주십시오."

조미곤이 방바닥에 두 손을 짚고 엎드렸다.

"어제 신라왕은 소인에게 사람을 보냈습니다. 신라의 사직은 곧 무너질 터이니 곧 태자 법민을 이곳 사비도성으로 보낸다고 했습니다. 부디 나리께서 백제국 대왕께 말씀을 드려 신라국의 항복을 받아 주십사 하는 말이었습니다."

"태자 법민을 보내?"

"예, 신라국 왕관까지 들려 보낸다고 했습니다."

"항복한다는 말이냐?"

"예, 나리."

"그런 얕은 꾀에 백제가 넘어갈까?"

"나리, 이미 신라는 전의(戰意)를 잃었소이다. 따라서 백제군이 침입하면 수십만의 무고한 인명만이 살상될 뿐입니다."

조미곤이 이마에 흐르는 땀을 손등으로 닦고는 연임자를 바라보았다. 필사적인 시선이다.

"나리, 이미 나리께선 대성들의 원한을 깊게 사고 계신 데다가 곧 신진 세력들의 기세에 밀려나실 것입니다. 그것은 고사(古史)에도 수없이 반복된 일로써 대성들의 불만을 나리를 제거함으로써 해소시킬 것입니다. 나리, 부디 신라왕의 청을 들어주십시오. 신라왕은 여기에 나리께 신의를 지키겠다는 혈서를 보내왔소이다."

조미곤이 품에서 비단으로 싼 보자기를 꺼내 앞에 놓았다. 신라왕 김춘추가 보낸 혈서라는 것이다.

계백이 들어서자 자리에서 일어선 아정이 엎드려 절을 했다. 장옷을 벗고 흰 색 바지저고리 차림이었는데 파리한 얼굴에는 수심이 끼었다. 도성

안에 있는 계백의 사저 안이다. 술시가 되어 가고 있어서 주위는 조용했고 별채 주위에는 발소리도 들리지 않았다. 계백이 걸상에 앉자 아정도 일어나 앞쪽에 앉았다. 기둥에 걸린 기름등 불꽃이 흔들리면서 아정의 얼굴에도 그림자가 흔들렸다.

계백이 입을 열었다.

"네 신점(神点)이 맞았다. 내 아들은 물에서 죽었다."

계백이 표정 없는 시선으로 아정을 보았다.

"네 신점이 맞았다는 칭찬을 하려고 널 부른 것이 아니다."

알고 있다는 뜻인지 아정이 머리를 더욱 숙였으므로 계백이 말을 이었다.

"넌 요물이다. 나는 내 아들의 목을 보면서 네 생각을 했다. 널 베어야겠다고."

아정이 머리를 들었다.

"소녀는 나리께 죽습니다. 나리를 처음 뵌 순간에 그것을 보았지요. 칼빛을……."

"요망한 년, 왕비마마의 측근에서 어떤 일을 벌이고 있느냐?"

"마마께서 원하시는 신점을 치고 굿도 합니다."

고분고분 대답한 아정이 눈이 부신 듯한 시선으로 계백을 보았다.

"나리, 후생(後生)에서 소녀는 꼭 나리의 부인이 될 것입니다."

"요사하다. 닥쳐라."

그러자 갑자기 아정의 눈에서 눈물이 쏟아졌다. 그러나 또렷한 시선은 계백과 부딪친 채 떨어지지 않는다.

"모두 소녀가 어쩌지 못할 일들입니다. 저는 그냥 떠오른 것들만 볼 뿐입니다."

시선을 먼저 뗀 것은 계백이다. 그러자 자리에서 일어난 아정이 다가와 계백 앞에 무릎을 꿇었다. 그리고는 계백의 옷자락을 쥐었다.

"나리, 소녀는 기다리며 살겠습니다."

"궁중을 흐리게 하지 마라."

옷자락을 떨치고 일어선 계백이 길게 숨을 뱉었다. 시선은 이제 아정의 머리 위에 있었다.

"널 처음 보았을 때 곧 죽였어야 했다."

왕비 은고가 아정을 부른 것은 다음날 오후였다.

"어떠냐? 신점이 나왔느냐?"

아정이 앉자마자 왕비가 초조한 듯 물었다.

"벌써 굿을 한 지 닷새가 되었다. 지금쯤 나왔을 것 아니냐?"

"예, 마마."

창백한 얼굴을 든 아정이 꽃잎 같은 입술을 움직여 말했다.

"왕자님 둘이서 핏물 속에 누워 계셨습니다. 그리고 마마께서 우셨습니다."

"무엇이?"

왕비의 얼굴이 순식간에 굳어졌다. 그러나 곧 냉정을 찾고는 눈을 치켜떴다.

"너는 내 아들 융(隆)과 태(泰)를 말하는 것이렷다?"

"닷새 밤 동안에 그 꿈만 꾸었습니다. 마마."

"굿을 해서 지울 수는 없느냐?"

"지우려고 했으나 그럴수록 핏빛이 더욱 선명해졌습니다."

어깨를 떨어뜨린 아정이 길게 숨을 뱉었다.

"그리고 마마의 울음소리도 더욱 크게 들렸사옵니다."

"시끄럽다. 요망한 것."

마침내 왕비는 외면했다. 내년 봄의 신라 정벌 때 왕자 융과 태가 왕을 대신하여 출정하기로 되어 있었던 것이다. 왕은 군사를 동군과 남군 둘로 나누었는데 동군 총사령관은 융 왕자였고 부사령은 동방 방령 계백이다. 또한 남군 총사령이 왕자 태였으며 부사령이 좌평 윤충인 것이다. 각각 보기(步騎) 15만을 거느린 30만 대군의 출정으로 이번 싸움에 신라 사직이 무너진다는 것을 누구도 의심하지 않았다. 이윽고 왕비가 손을 저었다.

"물러가라."

신라국 태자 김법민이 1백여 인의 수행원을 이끌고 사비도성에 도착한 것은 삭풍이 몰아치는 다음 해 정월이었다. 태자 일행이 백제국의 남방 변성인 오합성 앞에 나타나 사비도성 행(行)을 요청했을때 성주는 간계인 줄만 알고 북을 치며 봉홧불을 올렸었다. 그러나 곧 태자가 직접 왔다는 사실을 알고서는 성에 묵게 한 다음 왕에게 전령을 보냈던 것이다.

남방군(軍) 5백 기(騎)의 호위를 받으며 도성에 도착한 김법민은 우선 사비도성의 웅대함에 놀랐다. 당의 장안성에도 가 보았으나 사비도성도 그보다 뒤지지 않았던 것이다. 전(前), 후(後), 상(上), 중(中), 하(下)의 5부(部)로 나뉘어진 도성은 다시 각 부가 5항(港)으로 나뉘어져 있었다. 거리의 행인은 모두 말쑥한 옷차림이었는데 인마가 붐비고 있었으므로 도심에 들어서자 어디가 어딘지 구분이 안 되었다. 김법민의 안내를 맡은 사람은 객부(客部)의 장리인 달솔 유백이었는데 신라국 태자에 대한 예의를 갖추었다. 왕성 오른쪽의 상부 중항에 세워진 영빈관으로 김법민을 안내한 유백이 말했다.

"대왕께서 접견을 허락하실 때까지 이곳에서 묵으시오."

"고맙소이다."

김법민이 웃음 띤 얼굴로 말했다.

"대왕께 신라국 태자이며 동시에 천명부인(天明夫人)의 손자가 왔다고 전해 주십시오."

신라왕 김춘추의 모친이 천명부인이다. 그리고 의자왕의 모친 선화공주가 천명부인의 언니가 되었으니 의자왕은 김법민의 외가의 숙부뻘인 것이다.

"천명부인의 외손이 왔다고 했느냐?"

의자왕이 되물으며 파안대소했다. 좌우로 벌려 서 있던 좌평들이 따라 웃었고 각부의 장리들도 웃었다.

"하긴 김춘추와 나는 외사촌간이다."

"전하, 김춘추가 신라 공격을 늦추게 하려는 간계올시다."

웃음이 그친 청 안에 성충의 굵은 목소리가 울렸다. 그가 말을 이었다.

"김법민이 어떤 술책을 부리건 간에 그를 잡아 가두고 신라 정벌을 해서야 합니다."

"그렇습니다. 김춘추는 아들이 일곱이나 있으니 태자를 보냈다는 것에 유념하실 필요는 없습니다. 당에도 이미 둘째아들을 보내 놓았지 않습니까?"

좌평 흥수도 성충의 말에 동조했고 의직도 머리를 끄덕였다. 왕이 옥좌에 등을 기대었다. 아직도 얼굴에는 웃음기가 띠어져 있다.

"어디, 김법민을 만나보기부터 하자."

다음날 오전, 사비도성의 왕궁에서는 신라국 태자 김법민이 백제 왕 의자를 뵙는 의식이 치러졌다. 김법민은 당 황제 이치로부터 대부경(大府卿)의 버슬을 받았으나 관직을 표시한 대는 매지 않았다. 그러나 신라국은 6년 전인 선덕여왕 3년부터 당의 의관을 사용하고 있었으므로 김법민을 위시한 수행원들은 모두 당의 관복 차림이다. 대왕전 계단 위의 옥좌에 의자왕이 앉고 좌우로 문무백관이 늘어서 있는 사이를 김법민과 수행원들이 도열해 들어섰다. 그리고는 북이 울리자 객부 장리의 호령으로 왕의 30보 앞청에서 걸음을 멈추었다. 다시 북이 울렸을 때 김법민과 수행원들은 무릎을 꿇고 엎드려 절을 했다. 대왕전 안은 숨소리도 들리지 않았다. 좌우에 둘러선 수백 명의 백제국 관리들은 신라 태자와 수행원들이 백제왕에게 절을 세 번이나 올리는 것을 보았다. 모두 당의 관복 차림이어서 당의 관리들이 절을 하는 것처럼 느껴지기도 했다. 절이 끝나고 김법민과 수행원 20여 명은 청 중앙에 놓여진 보료 위에 앉았다. 김법민이 의자왕을 올려다보며 입을 열었다.

"신라국 태자 김법민이 우러러 백제국 대왕을 뵙습니다."

"잘왔다."

왕이 얼굴에 웃음을 띠었다.

"객사가 불편하지는 않느냐?"

"신(臣)이 당의 장안성에도 가 보았으나 오히려 백제국 객사가 더 나았습니다."

김법민은 자연스럽게 신(臣)이라고 자신을 가리켰으니 충격적인 말이다. 둘러선 관리들이 서로의 얼굴을 바라보았다. 그러나 왕은 머리를 끄덕이며 태연했다.

"그렇다니 다행이다. 그런데 갑자기 네가 이곳까지 온 것은 무엇 때문이냐?"

왕이 똑바로 김법민을 바라보았다.

"내 모친과 네 아비 되는 신라왕 김춘추의 모친과는 동복 형제이며 따라서 내가 네 아비의 외사촌 형님이 되기는 한다. 뒤늦게 혈육의 정을 논하려고 오지는 않았을 것이다."

"제 아비인 신라왕 김춘추는 신라 사직을 백제 대왕께 바친다고 하셨소이다."

김법민이 청 바닥에 두 손을 짚고 엎드렸다. 그리고는 왕의 시선을 받았다.

"대왕, 이미 신라는 영토의 반 이상을 잃어 궁지에 박힌 짐승과 같습니다. 게다가 백성들은 수십 년 계속된 전란으로 자식은 부모를 잃고 늙은이는 자식에게 버림받아 굶어 죽는 수를 헤아릴 수조차 없습니다. 신라의 국력이 다한 것입니다."

시선을 떨군 김법민이 눈물을 흘렸다. 그러자 의자왕이 쓴웃음을 지었다.

"그래서 네 아비는 어떻게 하겠다는 것이냐?"

"신라국을 속령으로 다스려 주시기를 대왕께 청원한다고 하셨습니다. 그래서 신라국 왕관과 함께 태자인 저를 이곳에 보내신 것입니다."

"신라는 이미 당의 속령이 아니냐? 어찌 한 나라를 동시에 두 곳에 넘길 수가 있단 말인고?"

"궁여지책으로 이제까지 당의 도움을 받았으나 대왕께서 허락하신다면 당과의 관계는 끊을 것입니다."

"네 아비는 참으로 바쁜 사람이다."

정색한 왕의 목소리가 굵어졌다.

"허나 그 말을 믿을 사람이 이곳에는 한 사람도 없다."

"백제군(軍)이 침입하면 남아 있는 신라군이 사력을 다할 것이니 이는 양국의 피해만 클 것이옵니다. 신라왕은 신라 장졸들을 안돈시켜 백제국에 복속시킬 시간을 주시면 경도에서 대왕의 입성을 맞겠다고 했습니다."

김법민이 절절한 표정으로 왕을 보았다.

"대왕께서는 일 년만 시간을 주시옵소서. 신라왕 김춘추는 모든 성문을 열고 백제군을 맞을 것이며 기꺼이 대왕의 신하가 될 것입니다."

김법민이 수행원들과 함께 객사로 물러간 후에 왕은 좌평과 방령들만 미륵청에 모았다. 그들의 얼굴은 상기되어 있었는데 김법민의 제의에 대한 진위 여부보다 내용 자체에 흥분했기 때문이다. 예상하고 있었기는 하나 신라국 태자의 항복 선언을 실제로 듣고 나니 온갖 감회가 일었던 것이다.

성충이 왕을 향해 말했다. 그는 흥분하지 않았다.

"이로써 신라가 얼마나 궁지에 몰려 있는가를 증명할 수 있게 되었습니다. 봄에 예정대로 대군을 보내시면 신라는 한숨에 함락될 것입니다."

"김춘추의 간계입니다. 시간을 벌려는 것이지요. 계획했던 대로 신라를 치면 보름 안에 신라를 함락시킬 수 있소이다."

좌평 윤충이 말을 받자 홍수와 의직이 머리를 끄덕였다. 왕이 좌우의 대신들을 둘러보며 웃었다.

"내 생각도 그렇다. 봄에 신라를 친다."

그러자 홍수가 나섰다.

"김법민에게는 고려해 보겠다고 하시고 돌려보내는 것이 나을 것 같소이다. 그러면 김춘추가 방심할 테니 공격에 더욱 유리할 것이옵니다."

방령들도 이의가 없었으므로 왕이 머리를 끄덕였다.

"그것이 낫겠다."

김춘추가 보낸 태자 김법민은 이로써 백제국 조정의 사기만 올려준 셈이 되었다.

토성은 눈속에 덮여 있어서 서너 개의 굴뚝에서 연기가 나는 것으로 겨우 주변의 산과 구분이 되었다. 위사장 노창서와 대여섯 기의 위사만을 거느린 계백이 토성에 들어서자 종들이 이리저리 뛰었지만 활기가 보이지는 않았다. 덕조는 계백충이 죽은 후부터 시름시름 하더니만 이제는 드러누워 죽도 안 먹는 바람에 죽을 날만 기다리고 있었다. 그래서 절름발이 백이가 집사 일을 보고 있었는데 그도 안색이 좋지 않았다. 말에서 내린 계백이 백이에게 던지듯이 물었다.

"덕조는 아직 안 죽었느냐?"

"예, 주인."

퉁기듯이 대답한 백이가 시선을 내렸다.

"주인이 오신다는 기별을 받고 지금 겨우 일어나 앉았소이다."

계백은 바깥채부터 들어섰다. 덕조는 침상에 앉아 있었는데 몸에는 뼈만 남았다. 그러나 계백을 보자 엎드리려다가 마루바닥에 뒹굴었다. 백이의 부축을 받으며 겨우 절을 한 덕조가 눈물부터 쏟았다.

"어이구, 주인."

노창서에게 계백충의 목만 토성으로 들려 보내고 나서 처음 온 것이다. 그동안 계백은 방과 도성만을 오갔다. 계백이 세차게 혀를 찼다.

"늙은 것이 고집으로 음식을 넘기지 않는다니, 호강에 겨웠구나."

"주인, 억울하오."

이제 덕조가 어깨를 흔들며 울었으므로 뒤에 섰던 백이도 소매로 눈을 씻었다.

"주인, 공자님은 사실 수가 있었소이다. 하도리의 선봉군에 왜 보내셨소?"

헐떡이며 덕조가 절규하자 계백이 눈을 부릅떴다.

"이놈, 닥쳐라!"

"공자님은 아버님을 부르고 죽었소이다. 소인의 가슴이 찢어졌소."

덕조가 주먹으로 가슴을 치다가 얼굴이 하얗게 되었으므로 계백의 눈에도 마침내 눈물이 고였다. 계백이 어렸을 적에 덕조는 활쏘기도 가르쳐 주었고 계백과 함께 바다를 건너 연무군에도 갔었다.

"쉬어라."

어깨를 늘어뜨린 계백이 몸을 돌리자 덕조가 소리쳐 말했다.

"이제 주인을 보았으니 여한이 없소. 소인은 먼저 가 공자님의 시중을 들겠소이다."

계백이 혀를 차고는 백이에게 말했다.

"저 영감에게 억지로라도 밥을 먹여라."

계백이 들어서자 시진은 잠자코 칼을 받아 칼걸이에 놓았으며 어깨갑옷을 풀어 받침 위에 걸쳤다. 그러나 아직 시선은 마주치지 않았다. 흰 피부에서 옅은 향냄새가 맡아지는 것은 청에 마련된 계백충의 향로불 때문일 것이다. 시진은 여위었다. 손등에 파란 정맥이 돋아났고 눈 밑에는 푸르스름한 기운이 드러나 있었다. 계백이 자리에 앉았을 때 비로소 시진이 시선을 들어 그를 보았다.

"충이는 아버님 옆에 묻었습니다."

"그대에게 죄를 지은 것 같소."

낮게 계백이 말했고 그들의 시선이 부딪쳤다가 곧 떼어졌다.

"허나 곧 이 땅의 싸움은 끝날 것이오."

"이 땅의 싸움이 끝나면 대륙으로 옮겨가시겠지요."

담담하게 시진이 말을 받았다.

"죽은 시신이 어미나 부인에게 전해지는 것으로 싸움이 끝나는 것입니다."

"그대가 이곳 토성에 있다는 것이 나에게는 단 하나의 위안이었소."

그러자 시진이 멍한 눈빛으로 계백을 보았다.

"요즘에는 왜국에 있는 그분 생각을 자주 합니다. 전에는 그분에게 미안

했는데 요즘은 하나씩 잃어 공평하다는 생각이 들어요."

계백이 가늘게 숨을 뱉었다. 오미는 자신을 만날 수 없는 대신 계백승이 옆에 있다는 것이다. 시진과는 반대 입장이었으니 서로 하나씩 잃은 셈이다. 방문이 열리더니 계백선이 들어섰다. 16세가 된 계백선은 마악 피어나려는 꽃처럼 깨끗하고 화사한 모습이었으나 역시 눈가에 수심이 깃들었다. 계백선의 절을 받은 계백이 다시 길게 숨을 뽑았다.

밤이 깊었다. 가끔씩 뒷산 소나무 가지 위에 쌓여 있던 눈이 떨어지는 소리만 들릴 뿐 토성 안은 짙은 정적에 덮여졌다. 등불을 껐으나 흰 종이를 바른 창으로 바깥의 흰 달빛이 들어왔다. 침상에 누운 계백이 시진의 어깨를 당겨 안았다.

"우리가 난세(亂世)에 태어나지 않았다면 아들딸 여럿 낳고 아침 저녁으로 얼굴을 맞대며 살 수 있었을까?"

그러자 시진이 계백의 가슴 위에서 머리를 저었다.

"우리는 난세여서 만났습니다. 후회도 없고 미련도 없습니다."

"요즘 나는 전장에 나가 싸우는 사내보다 지키며 기다리는 여인이 더 힘들 것이라는 생각을 하오."

계백이 두 팔로 시진을 가득 안았다.

"죽는 것보다 사는 것이 더 어렵다는 것을 깨닫고 있소."

"집안일은 잊으십시오."

더운 숨결을 뱉으면서 시진이 말했다. 어느덧 그녀의 두 팔도 계백의 목을 휘감고 있다.

"뜻을 품은 사내의 바깥일에 부담이 된다면 차라리 집안이 없느니보다 못합니다."

다음날 떠나려던 계백의 일정은 하루 늦춰졌다. 그것은 지난 밤에 덕조가 죽었기 때문이다. 덕조는 누워 있는 것이 거북했던지 벽에 기대앉아 죽었는데 아침에 밥상을 들고 왔던 아들은 살아 있는 줄로 알고 말까지 붙였다. 계백은 덕조의 무덤을 계백층의 밑쪽에 만들었다. 덕조의 무덤 바로 옆에는 도이의 무덤이 있다. 자신을 어릴 적부터 키워 준 종이자 스승들이었다.

김법민이 신라 땅으로 돌아간 지 얼마 지나지 않은 정월 말경이다. 재위 16년(656년)을 맞은 데다 작년에는 신라의 북변 33개 성을 공취했고 신라 태자 김법민이 항복하겠다는 신라왕의 뜻을 전해 온 후라 의자왕은 매사에 활력을 보였다. 이제 오십대 후반으로 들어선 나이였으나 지금도 아침마다 활터에서 활을 2백 사(射)씩 쏘았으며 식사는 잡곡밥과 나물반찬 세 가지에 고기 한 접시로 절제했다. 또한 주색을 밝히지도 않았으므로 체력은 삼십대 못지 않았다. 이틀 동안 내리던 눈이 그쳤으므로 왕은 위사장 교진과 위사 1백여 명만을 수행시킨 채 사비도성을 나와 북쪽으로 말을 달렸다. 사냥을 나온 것이다. 도성 북쪽 30리 지점의 들판은 굴곡이 많은 데다 잣나무 숲이 우거져서 노루와 멧돼지가 많았다. 눈이 내린 후여서 사냥하기에 알맞은 날이었다. 왕의 일행이 들판 입구의 작은 마을 앞을 지나 갈 때였다. 아직 아침이었으나 주민들이 모여 있는 데다 곡성이 낭자하게 울렸으므로 왕은 고삐를 채어 말을 세웠다.

"무슨 일인지 알아보고 오너라."

왕의 영을 받은 위사들이 눈보라를 흩뿌리며 달려가더니 곧 돌아왔다.

"전하, 어젯밤에 마을에서 사내 셋이 죽었다고 합니다."

"무엇이? 도적이 들었단 말이냐?"

놀란 왕이 목소리를 높이자 위사들이 서로의 얼굴을 돌아보았다. 왕이 혀를 챘다.

"이 마을은 상좌평의 식읍(食邑)일터, 어서 상좌평에게 알려주도록 하라."

"전하."

결심한 듯 위사 하나가 입을 열었다.

"실은 상좌평의 집사라는 자들이 세를 밀렸다고 사내들을 베었다고 합니다."

"허어, 그럴 수가."

왕의 얼굴이 굳어졌다. 그러나 식읍의 주민에 대한 생사여탈권은 식읍 소유자인 상좌평 성충에게 있는 것이다. 고삐를 챈 왕이 이 사이로 말했다.

"성충이 이토록 무도한 사람인가?"

사냥을 그만두고 일찍 돌아온 왕은 대왕전에 나가지 않았다. 그래서 조례를 올리려던 백관들은 그냥 돌아갔는데 내신좌평 연임자만 대왕궁의 내실로 불려 갔다. 왕은 보료에 비스듬히 기대어 앉아 있었는데 얼굴에 수심이 덮였다. 연임자가 무릎을 꿇고 앉았으나 왕은 한동안 입을 열지 않았다. 초조해진 연임자가 가볍게 기침을 했을때 왕이 입을 열었다.

"상좌평의 사저가 어디인가?"

"도성 중부 상항에 있소이다."

"식읍은 어디에 있나?"

"소신은 잘 모르옵니다."

"상좌평의 농지와 식읍, 사저의 규모와 식객까지 자세히 알아보라."

긴장한 연임자가 머리만을 숙이자 왕의 목소리가 팽팽해졌다.

"연 좌평만 알고 조사하라는 것이야. 명심하라."

"마마, 알아내었습니다."

겨우 몸을 일으켜 세운 아정이 핏발 선 눈으로 왕비를 바라보았다. 왕비
전의 별채 안이다. 벽쪽에 갖가지 음식이 산처럼 쌓여 있었고 제단에 세운
향로에서는 향기가 자욱하게 뿜어 나왔다. 왕비가 놀란 듯 상체를 세웠다.

"무엇을 말이냐?"

아정은 다시 사흘간의 굿을 끝낸 참이었다. 긴장한 왕비를 향해 아정이
바로 앉았다.

"지난 번 좌평 방에서 여우가 울었다는 꿈을 꾸었지 않습니까?"

"그랬었지. 그런데 너는 여우가 어느 의자에 앉았는가도 기억하지 못
했다."

"여우는 상좌평의 의자에 앉아 있었습니다."

"무엇이라고?"

놀란 왕비의 얼굴이 하얗게 변했다. 상좌평(上佐平)은 성충이다. 좌평의
수장(首長)인 성충의 자리에 여우가 앉아 울었다는 것이다. 아정은 오히려
차분해져 갔다.

"여우는 상좌평의 의자에 앉아 웃는 것 같기도 하고 우는 것 같이도 들
렸는데 세 번을 짓다가 방문을 박차고 나갔습니다."

"상좌평이……."

왕비는 신음같이 말했다. 이제까지 아정의 신점은 어긋난 적이 없다. 더
구나 꿈은 한치도 틀리지 않았다.

성충은 태자 효(孝)의 사부도 맡고 있었으므로 아침이면 태자궁에 들어
가 고전을 강독했다. 오늘은 제갈공명의 여섯 차례에 걸친 북벌을 강독했
는데 스승과 제자가 이야기에 취해 어느덧 오후가 되었다. 성충이 허리를
펴며 웃었다.

"태자 저하, 제갈공명의 신출귀몰한 전법과 수단도 후세에서 꾸민 것이

많습니다. 곧 백제국이 신라를 정벌하면 후세의 이야기꾼도 많은 영웅담을 만들어 낼 것입니다."

태자가 따라 웃었다.

"대부분 백제의 영웅들일 테니 상좌평도 그 중 한 분이 되시겠소."

"망한 왕조의 이야기는 승리자에 의해 대부분 지워지거나 꾸며지지요. 그것이 이제까지의 역사였소이다."

성충이 자리에서 일어섰다.

"저하, 백제국을 이으실 분이니 후대에 교훈이 될 몸가짐을 갖도록 하십시오. 오늘 제가 드리는 말씀입니다."

"삼가 스승의 말씀을 가슴에 새기겠소."

태자가 정중히 머리를 숙였다. 예의 바르고 단정한 모습이었다.

내실에 두 손을 짚고 엎드린 연임자가 결심한 듯 머리를 들었다. 이마에 번진 땀방울이 대황초의 빛에 반사되어 번쩍였다.

"전하, 상좌평은 식읍이 다섯 곳에 2천 호를 갖고 있소이다."

"내가 2백 호를 내렸을 뿐인데 그 열 배로 늘렸단 말인가?"

"또한 사저는 바깥채까지 합하여 다섯 동에 종이 50여 인이옵고 식객이 3백여 명이 됩니다. 그리고."

"말하라."

"위사가 1백여 인이 됩니다."

"궁궐이나 마찬가지구나."

연임자가 손등으로 이마의 땀을 씻었다. 괴로운 표정이었다.

"전하, 또한 남방군의 부사령인 좌평 윤충은 남방의 기천성을 식읍으로 삼았다고 들었소이다."

"기천성이라면 10여 년 전에 폐성(廢城)으로 버려둔 곳이 아닌가?"

"예, 하오나 윤 좌평은 그곳에 새 성벽을 쌓고 망루와 숙사를 지어 군사 5천이 들어갈 수 있는 성으로 만들었다고 하오."

"무엇이라고?"

왕이 눈을 부릅떴다.

"사병(私兵)을 모았단 말인가?"

"주민이 5천여 인이 있는 데다 군사는 2천 가량 되는데 관복은 입고 있지 않다고 들었소이다."

"어허, 형제간이……."

성충과 윤충은 형제간인 것이다. 왕이 태자 시절부터 고락을 함께 해 온 심복으로 두 사람 모두 좌평이었으니 형인 성충은 좌평의 우두머리인 상좌평이었고 동생 윤충은 남방 방령을 지내고 나서 이제 남방군의 실질적인 총수이다. 한동안 천장을 올려다보던 왕이 이윽고 머리를 끄덕였다.

"물러가게."

말고삐를 잡은 조미곤이 연임자를 올려다보았다. 연임자는 평시에 걸을 때면 말고삐를 잡히는 것을 좋아했다. 그러나 왕과 같이 사냥을 나가면 나는 듯이 달린다.

"나리, 대왕께서는 기천성으로 은밀히 사람을 보내실 것입니다. 아마 위사장 교진의 수하 부장(副將)급 장수가 되겠지요."

그저 눈만 껌벅이는 연임자를 향해 그가 말을 이었다.

"나리께서는 마음을 놓으십시오. 소인이 다 알아서 처리하겠소이다."

"어떻게 말이냐?"

연임자가 거칠게 물었으나 조미곤은 빙긋 웃었다. 저녁 무렵이어서 앞에서 다가오던 기마 순찰군이 좌평의 행차에 군례를 하며 비켜갔다.

"나리, 대왕께선 이미 마음이 기울고 계십니다. 성충 형제는 벗어나기 힘들 것입니다."

"잘못하면 내가 죽는다."

"나리의 가문은 대대손손 번창하실 것입니다. 지금보다 몇 배나 더 큰 광명을 지니실 것이오."

다시 순찰군이 왔으므로 그들은 말을 멈췄다. 요즘 도성에는 순찰군이 부쩍 늘었다. 그것은 도성 남쪽에 주둔하기 시작한 남방군 때문이다.

모처럼 곡주를 한 병이나 마신 왕은 왕비궁에 들어서자 시녀부터 꾸짖었다. 관을 빨리 받지 않았다는 이유였다. 왕비도 거들어 왕의 겉옷을 벗겨 보료에 앉히자 시녀들이 서둘러 침전을 나갔다. 왕비가 왕 앞으로 꿀물이 담긴 소반을 조심스럽게 밀어놓았다.

"대왕, 심기가 좋지 않으십니까?"

"그대는 오만하다."

왕이 눈을 부릅뜨고 꾸짖었다.

"심기가 좋지 않은 것을 뻔히 보면서도 그렇게 묻기만 하면 어쩔셈인가?"

그러자 왕비가 웃었다. 사십대 중반이었으나 왕비는 아직도 요염했다.

"그런 사이가 부부 아닙니까? 설령 해결할 수는 없을지라도 깊은 속을 말해주고 들어주면 조금 풀릴 것입니다."

"그대는 나서지 말라."

왕이 비단 겉옷을 거칠게 벗으며 침상으로 다가갔으므로 왕비는 서둘러 일어섰다. 흔들거리던 대황초 불빛이 왕비의 손짓에 쉽게 꺼졌다.

왕과 왕비는 자시를 알리는 왕흥사의 종소리를 들었다. 왕은 조금 자다가 깨었고 왕비는 줄곧 눈을 뜨고 있었던 것이다. 왕의 깨어난 기척을 느긴 왕비가 천장을 보며 낮게 말했다.

"꾸짖으시더라도 말씀드리겠어요. 아정의 신점이 나왔습니다."

"……."

"지난 번 좌평 방의 의자에서 여우가 울었다는 꿈이 내내 마음에 걸렸는데 아정의 이번 꿈에 선명하게 드러났다는군요."

"……."

"상좌평의 의자에 여우가 앉아 있었다고 합니다. 세 번이나 울었다고 합니다."

왕은 몸을 굳힌 채 가만히 있었다.

"이보오, 이 성(城)은 폐성이 된 줄로 알았는데 번듯한 새 성이 되었구려. 새 성주가 오셨소?"

오규가 묻자 사내들이 일제히 소리내어 웃었다.

"새 성주는 없소이다."

그 중 나이 든 사내가 대답하고는 조금 얼빠져 보이는 사내를 가리켰다.

"저 자가 성주요."

사내들이 다시 웃었다. 기천성 안 거리에는 사람이 제법 많았는데 아녀자와 아이들도 있었다. 여느 성과 다른 점이 있다면 군사와 관리들이 보이지 않는다는 것이다. 이번에는 정기진이 통나무를 쪼개는 사내들에게로 다가가 섰다.

"아니, 그렇다면 당신들은 어느 군(郡) 소속이오?"

그러자 사내가 눈을 껌벅이더니 옆쪽 사내에게 물었다.

"이봐, 여기가 어느 군이여?"

"달봉군이지, 아마."

입맛을 다신 정기진이 통나무 위에 앉았다.

"성주도 관리도 군사도 없는 성으로 들어와서 도대체 무얼 하는 것이오?"

"이곳에서 터를 잡고 살려고 하오."

정색한 사내가 정기진을 바라보았다.

"점구부에서 나오셨수?"

"아니오. 행인이오."

"우리는 변경에서 쫓겨 나온 유랑민들이오. 남방 방령 나리께서 우리에게 이 성에서 살라고 하셨소."

"남방 방령께서……."

"고마우신 나리시오. 우리에게 농기구를 나눠주신 데다 양곡도 가구당 석 섬씩이나 주셨소. 게다가 성 주변의 농토를 일구어 살도록 해 주셨소."

사내 말이 떨려 나온 것은 격정 때문일 것이다. 그가 말을 이었다.

"방령께서는 우리들의 기반이 굳어지면 점구부에 알린다고 하셨소. 우리 모두야 방령 나리의 종이 되었으면 했지만 방령께선 거절하셨소이다."

"참으로 덕행(德行)을 크게 쌓으시고 계시다."

정기진이 다시 감탄했다. 그는 장덕으로 왕궁 위사대의 부장(副將)이다. 기천성 밖 산기슭에 매어놓은 말에게로 다가가면서 그가 오규를 돌아보았다.

"대왕께서 들으시면 두 분 좌평 형제분에게 큰 상을 내릴 것이야."

"특히 형님 되시는 상좌평 나리는 강직하시지요."

오규가 맞장구를 쳤다. 그들이 조금 더 깊게 알아본 바에 의하면 상좌평 성충도 윤충을 도와 양곡을 내었던 것이다. 그것을 남이 모르게 했으니 선행은 더욱 빛이 났다. 산기슭에 매어 놓았던 말들은 한가롭게 풀을 뜯고 있었다. 조심하느라고 기천성에서 2리나 떨어진 곳에 말을 매어 놓았고 오

373

규는 멀쩡한 바지에다 흙칠까지 했다. 위사장 교진은 그들에게 기천성에 수상한 자들이 있다고 하니 정탐해 오라고만 했기 때문이다.

"서두르자. 오늘 밤에는 고산성에서 묵어야 한다."

사비도성까지는 꼬박 이틀길이다. 말고삐를 풀던 정기진은 쐐액하는 살 소리를 듣는 순간 본능적으로 목을 움츠렸다. 그리고는 눈을 치켜 떴을 때 옆쪽에 서 있던 오규가 가슴을 움켜쥐고 서 있는 것을 보았다. 가슴에 깊숙이 화살이 박혀졌고 눈을 부릅뜨고 있다. 정기진이 구르듯이 땅바닥에 엎드린 순간이다. 다시 살소리가 들리면서 어깨에 살이 박힌 정기진은 몸을 굴렀다. 그러나 이곳은 평지였고 살은 숲속에서 쏘아진다.

"이런, 망할."

이를 악문 그가 말고삐를 잡으려고 손을 들었을 때였다. 살 소리와 함께 목에 살이 꽂힌 정기진은 이를 악물고 일어섰다. 그리고는 가슴에 다시 살이 꽂히자 말안장을 움켜쥔 채로 매달렸다. 놀란 말이 몇 발자국 뛰어서 그를 떨어뜨린 다음 냅다 내달리기 시작했다.

상좌평 성충이 왕궁 위사들에게 포박을 당한 것은 그로부터 닷새 후였다. 태자궁에서 나오던 그는 불문곡직하고 포박을 당해 곧장 근위군의 감옥으로 호송되었는데 처음에는 놀란 듯 눈을 부릅떴다가 곧 아무 말도 않더라고 했다. 남방 방령이자 신라 정벌군의 부사령인 좌평 윤충은 방금 도착한 남방군 기마군을 점검하고 돌아오는 길에 왕궁 위사들에게 포위되었다. 그는 역전의 무장답게 왕궁 위사들을 호령하며 칼까지 빼 들었는데 따르던 경호군사 수십 명이 일제히 위사들에게 달려들려는 것을 보는 순간 칼을 땅에 던졌다. 그도 즉시 근위군 감옥에 수감되어서 걸린 시간은 한 식경도 되지 않았다.

다음날 아침, 성충은 근위군에 휩싸여 남쪽 바닷가의 고덕도로 유배되었다. 그러나 윤충은 근위군의 감옥에 갇힌 채 일절 외부와의 접근이 차단되었다.

기천성에 남방의 달봉군장인 덕솔 조마선이 군사 5천을 이끌고 입성한 것은 다음날 오시 무렵이다. 조마선의 기마군 2천이 먼저 풍우처럼 달려들어와 살육을 시작했으므로 기천성 안은 곧 아비규환의 지옥이 되었다. 살상을 당하던 성안 사내들이 농기구나 도끼를 꺼내 들고 대항하기 시작하자 군사들은 더욱 흉폭해졌다. 보군 3천이 입성했을 때는 이미 싸움이 끝나가고 있었는데 날이 저물 무렵쯤에 기천성은 불바다가 되었다. 성에서 퇴군해 온 군사들의 말을 들으면 폭도는 남녀노소 2천쯤 되었는데 살아 도망친 사람은 1백 명도 안 되었고 어린아이만 1백여 명 남아 있다고 했다.

아직 추위가 가시지 않은 2월이었는데도 성충의 옷차림은 홑바지에 저고리 차림이었다. 그리고 머리에는 두건도 쓰지 않았다. 오시 무렵이었으나 하늘은 흐렸고 눈발이 드문드문 비치고 있었다.

"이곳이 어디인가?"

성충이 묻자 옆을 따르던 근위군의 부장(副將)이 마지못한 듯 대답했다.

"남방의 풍양군으로 들어섰소."

"그렇다면 오늘은 풍양성에서 쉬나?"

"아니오. 노숙을 하더라도 더 내려가야 하오."

"무엇이 그리 바쁜가?"

그렇게 물었으나 성충이 얼굴을 일그러뜨리며 웃었다. 그리고는 어느덧 두 눈에 눈물이 번져 나왔다.

"아아, 어이 할 거나."

그가 탄식처럼 말을 뱉었을 때였다. 뒤에서 다급한 말발굽소리가 들렸으므로 기마대는 긴장했다. 이쪽은 장덕 관등의 근위군 부장이 인솔하는 기마군 5백 기가 성충을 호송해 가는 중이다.

"기마군이 1백 기는 되겠소"

뒤쪽의 군사 하나가 소리치듯 말했고 이어서 누군가가 더 크게 소리쳤다.

"동방 방령이오!"

"아아, 계백."

성충이 눈을 부릅떴다. 그의 눈에도 붉은 색 동방기가 보였다. 기마군은 순식간에 다가왔는데 앞장 선 장수는 계백이다. 그는 붉은 색 가죽갑옷을 입었으나 투구는 쓰지 않았다. 그래서 머리칼이 흩어져 무서운 형상이다. 급하게 말을 세운 계백에게 근위군 부장이 소리치듯 말했다.

"대왕의 영이시오! 죄인에게는 아무도 다가갈 수 없소이다!"

"닥쳐라!"

계백이 벽력같이 소리치자 부장이 입을 다물었다. 계백이 말을 몰아 성충에게 바짝 붙었다. 그리고 시선을 마주친 둘은 동시에 눈물을 쏟았다.

"상좌평께선 모함을 당하셨습니다."

계백이 말하자 성충이 머리를 끄덕였다.

"적이 내부에 있네. 이제 방령만 믿네."

"사저에 오갈 데 없는 퇴역군사들을 모아 두신 것이 사병이 되었고, 종들을 각지에 자유롭게 살게 하신 것이 식읍으로 계산되었소이다. 황산벌 근처에 식읍에서 사저의 집사들이 사내 셋을 베어 죽였다고 하오."

"내 집사들은 그곳에 가지도 않았어."

쓴웃음을 지은 성충이 계백의 손을 잡았다. 아직도 눈에는 눈물이 맺혀 있다.

"방령, 내가 어찌될지 모르나 신라 정벌은 꼭 이루어져야 하네. 이 모든 것이 신라의 간계이니 이번 기회를 놓치면 기회는 다시 오지 않을 것이야."

"곧 모함이 풀리실 것이오."

계백이 입고 있던 갑옷을 벗어 던지더니 갑옷 밑에 껴입은 두꺼운 저고리를 벗었다.

"나리, 이 옷을 입어 주십시오."

"추웠는데, 고맙네."

계백이 건네준 저고리를 받은 성충이 눈물로 범벅이 된 얼굴로 말했다.

"방령, 전하를 부탁하네."

그리고는 목소리를 낮췄다.

"그리고 태자 저하도."

왕은 좌평 의직과 홍수가 대왕전에 엎드린 지 세 식경이 지나도록 모습을 나타내지 않았다. 저녁 무렵이 되어서 시종들이 대왕전에 등불을 켜기 시작할 때 내신좌평 연임자가 대왕궁에서 나왔다.

"전하께선 두 분 좌평께 돌아가 기다리라고 하셨습니다. 이렇게 오래 계시면 전하의 노여움만 사시게 될 것입니다."

연임자가 조심스럽게 말하고는 길게 숨을 뱉었다.

"모함이 있었다고 제가 말씀을 드렸으나 기천성에 역도들이 있었다는 증거가 확실한 데다 기천성을 탐문하러 보낸 위사 부장이 살해 되었습니다. 더욱이 잡힌 역도는 상좌평이 양곡을 대었다고 자백을 했습니다."

"그 역도라는 놈을 내가 만나야겠어."

눈을 부릅뜬 의직이 소리치듯 말했으나 홍수가 손을 들어 제지했다. 홍수의 얼굴은 창백하게 굳어져 있었다.

"신라의 간계요."

그의 목소리는 떨렸다.

"이미 깊게 박혀서 섣불리 나서면 안 될 것 같소."

그러자 연임자가 머리를 끄덕였다.

"좌평의 말씀이 옳습니다. 대왕의 노여움이 진정되실 때까지 기다리면서 차분히 자초지종을 알아보는 것이 낫습니다."

의자왕 16년(656년) 2월이었다. 신라는 김춘추가 왕위에 오른지 3년째가 되었으며 고구려 보장왕 15년, 그리고 왜국은 의자왕의 누님 부여보가 다시 왕위에 올라 사이메이(齊明) 왜왕이 되었다.

"성충은 식읍의 창고에 양곡을 3만 석이나 쌓아놓고 있었습니다. 오성군의 식읍에 사람을 보내 조사를 하시면 알게 되실 것입니다."

왕비가 말하자 왕이 초췌해진 얼굴을 들었다. 그는 열흘 넘도록 잠을 설쳤다.

"알고 있으니 그만하시오."

"윤충의 남방 사저에는 인부 2백 명이 일하는 대장간이 있습니다. 그곳에서는 갖가지 병장기를 만들고 있었는데 창고에 가득 쌓여 있다고 합니다."

"그것도 알고 있어."

왕이 자리를 차고 일어섰다가 다시 앉았다. 이미 깊은 밤이었던 것이다.

태자 효(孝)는 대왕궁의 청에 앉아 있었다. 태자로 책봉된 지 13년째였으니 이미 태자의 나이도 이십대 후반이다. 청의 옆쪽 문으로 내신좌평 연임자가 들어서더니 허리를 굽혀 절을 했다.

"저하, 대왕께서 태자궁으로 돌아가 계시라고 하셨습니다."

"태자궁으로 오시겠다는 말이신가?"

"아닙니다. 다시 부르시겠다고 하셨소이다."

어깨를 늘어뜨린 태자가 길게 숨을 뱉었다. 이미 그는 왕을 두 번이나 만나 성충과 윤충의 복직을 탄원했던 것이다. 그러나 왕은 들은 척도 하지 않았다. 자리에서 일어선 태자가 연임자를 보았다.

"나는 연 좌평만 믿소. 대왕께 말씀을 꼭 전해 주시오. 두 분 좌평은 모함을 받았다고."

연임자가 다시 허리를 숙였다.

"그렇게 꼭 전하겠소이다."

"연임자가 배후에 있는 것 같네."

뱉듯이 말한 윤충이 눈을 치켜 뜬 얼굴로 웃었다. 선뜻한 느낌이 드는 웃음이었다. 그가 굵은 나무창살 밖에 서 있는 계백을 올려다보았다.

"옥에 갇혀 곰곰이 생각해 보았어. 이토록 치밀하게 우리 형제를 옭아맨 수단은 연임자가 대성들을 숙정한 수단과 비슷하네."

긴장한 계백이 몸을 굳혔다. 근위군의 옥 안은 어두웠고 퀴퀴한 냄새가 진동을 했다. 그러나 옥사장과 옥졸들은 감히 옥 안으로 들어오려고 하지 않았다. 한 때 근위군의 사령으로 근위군을 이끌고 대륙정벌에 나섰던 계백이었으니 모두 그의 휘하 장졸들이었다. 윤충의 가라앉은 목소리가 옥을 울렸다.

"그리고 또 하나의 배후가 있는 것 같네. 바로 왕비야."

"좌평, 그렇다면……."

눈을 치켜 뜬 계백이 창살로 바짝 다가섰다.

"왕비께서 연임자와……."

"내 형인 상좌평은 태자 저하의 사부이셨어. 그리고 후견인이야."

"……."

"왕비는 태자 저하의 후견세력인 우리 형제를 제거함으로써 저하의 입지를 약화시켰어. 다음 순서는 저하가 될지도 모르네."

"있을 수 없는 일이오."

"우리 형제와 내통한 혐의가 간다면 과연 어찌 될 것인가?"

윤충은 무장(武將)이다. 남방군을 이끌고 신라 대야성을 함락시켜 김춘추의 사위 품석과 딸을 죽이고 40여 개의 성을 공취한 백제 제일의 용장인 것이다. 그런 그가 마침내 눈물을 쏟았다.

"대왕께서 이 충심(忠心)을 어찌 모르신단 말인가? 분하네. 내 목숨보다 대왕과 백제국의 안위가 걱정이네."

왕은 오랜만에 활터에 나가 활을 쏘았다. 그러나 언제나처럼 2백 사(射)는 하지 못하고 1백 사만 했다. 겨울의 추위는 가셨으나 아직도 바람 끝이 찬 아침이었다. 왕이 활을 내려놓았을 때 옆쪽이 수선스러워졌다. 위사들이 달려갔고 일부는 왕의 옆으로 몰려왔다. 이맛살을 찌푸린 왕이 옆에 선 위사장 교진에게 물었다.

"무슨 일이냐?"

"동방 방령이 대왕을 뵙겠다고 왔습니다."

"계백이?"

왕이 눈을 치켜 떴다. 이제까지 그는 계백을 만나지 않았다. 좌평 의직과 흥수는 대왕궁으로 불러 한 번 만났으나 듣기만 하고 말은 한마디도 하지 않았었다. 한동안 옆쪽을 노려보던 왕이 머리를 끄덕였다.

"데리고 오도록 하라."

잠시 후에 계백이 활터에 놓인 의자에 앉아 있는 왕 앞에 무릎을 꿇었다.

"전하, 신 계백이 드릴 말씀이 있소이다."

계백이 왕을 똑바로 바라보았다.

"전하께선 역적의 모함을 받아들여 충신들을 가두었소이다. 어떤 자로부터 어떤 말을 들었는지 신께 말씀해 주십시오."

"계백, 무엄하다."

왕이 눈을 부릅떴으나 한 호흡 돌린 다음 말을 이었다.

"몇 번씩 확인한 일이다. 좌평들에게도 말했으니 이미 돌이킬 수 없다."

"전하 측근에 신라의 간자(間者)가 있소이다."

"좌평 의직과 홍수도 그런 말을 했다. 하나 그 말은 추측일 뿐 증거가 없다. 계백, 너만은 냉정해야 될 것이다."

왕이 자리에서 일어서자 계백이 소리치듯 말했다.

"충신을 버리시면 안 됩니다. 전하!"

"닥쳐라!"

왕이 발을 구르더니 계백을 노려보았다. 주름진 눈에 눈물이 맺혀 있었고 곧 그것이 방울져 떨어졌다.

"내 가슴은 오히려 너보다 더 찢어지는구나!"

그로부터 사흘 후에 계백은 동방 방령 직을 박탈당했으며 동방군 부사령 직도 함께 몰수되었다. 이유는 왕명을 어기고 역적 성충과 윤충 형제를 만났다는 것이었는데 동방의 득안성에 찾아와 왕명을 읽던 전내부 장리는 사시나무 떨듯이 몸을 떨었다. 청에 모인 장수들한테서 지독한 살기를 느꼈기 때문이다. 왕명을 듣고 난 계백이 관을 벗어 청 바닥에 내려놓았다. 그리고 무릎을 꿇고 앉은 채로 왕이 준 영검(令劍)을 풀어 옆에 놓았다. 그리고는 머리를 들어 주위의 장수들을 둘러보았다.

"나는 왕명을 어겼으니 대왕의 처분이 당연하다. 동요하지 말고 준비에 힘 쓰라."

계백의 목소리가 이어서 청을 울렸다.

"대백제국의 장래는 너희에게 달렸다."

자리에서 일어선 계백이 서남방의 사비도성 쪽을 향해 절을 세 번 올렸다. 대왕의 명에 복종한다는 표시이며 작별 인사이기도 했다.

2개 군단으로 나뉘어 편성되었던 신라 정벌군은 해체되었다. 각 군단의 실질적인 지휘자인 부사령 두 명이 모두 파직되었기 때문이다. 따라서 군단의 주병력이었던 동방군과 남방군은 본래의 주둔지로 돌아갔다. 왕자 융과 태가 총사령으로 신라 정벌군을 이끌 수 없었던 것은 물론이다.

제13장 황산벌의 혼(魂)

태자궁 안이다. 청에는 태자와 내신좌평 연임자 둘뿐이었는데 가라앉은 분위기였다. 따스한 봄볕이 비치는 바깥마당에도 인기척이 없다. 이윽고 연임자가 입을 열었다.

"저하, 성충의 죄는 명백합니다. 이제 어떤 방법으로도 대왕의 뜻을 돌릴 수는 없을 것 같습니다."

"연 좌평도 상좌평이 결백한 것은 잘 알 것이오."

태자가 길게 숨을 뱉었다.

"상좌평 형제는 충신이오. 구해야 하오."

연임지는 묵묵부답이었는데 태자가 자리를 고쳐 앉았으므로 긴장했다.

"연 좌평, 내가 태자 위를 사양하면 상좌평 형제가 풀려날 수 있겠소?"

그러자 연임자의 얼굴이 하얗게 굳어졌다.

"저하, 무슨 말씀이신지?"

"잘 아시리라고 믿소."

이번에는 태자가 입을 다물었으므로 연임지는 침을 삼켰다. 태자는 이번 사건의 배후에 왕비가 있는 줄로 아는 것이다. 태자의 스승이자 후견인인 성충과 그의 동생 윤충이 제거되면 태자의 세력 기반은 꺾여진다. 연임자가 이마의 땀을 손끝으로 털었다.

"저하, 다시 한 번 생각해 주시기를, 그렇다고 성충 형제가……."

"아니오. 나는 이미 태자의 위에 미련을 버렸소. 융과 태는 자질이 훌륭하니 충분히 대를 이을 수 있을 것이오."

태자가 결심한 듯 목소리가 굵어졌다.

"나는 백제국의 안정을 원하오. 상좌평 형제만 구해 준다면 태자 위는 버리겠소."

"왕비께 가십시오."

서두르듯 말한 조미곤이 말고삐를 잡은 채 멈춰 섰다. 왕궁을 마악 나선 길이었다. 연임자가 마상에서 그에게로 허리를 조금 숙였다.

"왕비께 가다니? 무슨 말이냐?"

"나리께서 태자께 양위를 권하셨다고 하십시오. 그리고 태자께서 승낙하셨다고 말씀하셔야 합니다."

주위를 둘러본 조미곤이 목소리를 낮췄다.

"나리, 왕비를 후원자로 만드실 절호의 기회올시다. 어서 돌아가 왕비를 만나십시오."

아정은 단정한 자세로 별방에 앉아 있었는데 왕비가 보아도 눈이 커질 만큼 요염했다. 자리에 앉은 왕비가 불쑥 말했다.

"아정, 태자가 양위를 하겠다고 한다. 조금 전에 연좌평에게 그랬다는구나."

아정의 잔잔한 시선을 받은 왕비가 입술만으로 웃었다.

"성충과 윤충을 사면시키는 조건으로 걸었다는 것이다. 어떠냐? 대왕께서 받아들이실 것 같으냐?"

"태자 저하는 여우의 입김을 쏘이셨습니다. 그것을 스스로 알고 계십니다."

"대왕께서 승낙하실까?"

"태자 저하께서 직접 대왕께 말씀을 올리셔야 하겠지요."

"네가 백제국의 은인이다."

커다랗게 머리를 끄덕인 왕비가 다시 물었다.

"성충과 윤충은 아직 여우 형제렷다. 그렇지 않느냐?"

아정이 대답하지 않았으나 왕비는 치맛바람을 일으키며 일어섰다.

"연 좌평의 일 처리가 과연 시원스럽구나."

후부(後部) 상항(商港) 거리로 들어선 조미곤은 그제야 어깨를 폈다. 이제 연 좌평의 사저는 모퉁이만 지나면 되었다. 자시가 넘은 깊은 밤이었다. 뒤쪽에서 기마군 서너 명이 빠르게 달려 옆길로 사라졌다. 그가 도시부 장리의 사저 담을 마악 꺾었을 때였다. 앞쪽에서 와락 다가온 검은 그림자를 느낀 순간 그는 허리에 찬 칼을 빼었다. 빛살같이 빠른 동작이었으나 다음 순간 그는 뒷머리에 거센 충격을 받고 헛칼질을 했다. 신라 검법의 달인이라는 칭송을 들었던 조미곤이다. 그는 허물어지듯 땅바닥에 쓰러졌다.

조미곤이 정신을 차렸을 때 눈에 띈 것은 두 사내의 얼굴이었다. 흐려서 잘 보이지 않았으나 곧 사내들이 머리에 두건을 썼고 말쑥한 차림에 허리에 칼을 찬 무사들인 것을 알았다. 그리고 자신은 걸상에 묶인 채 앉아 있었는데 등불을 환하게 밝힌 마룻방 안이었다.

"깨어났군."

사내 하나가 표정 없는 얼굴로 말하더니 한 걸음 다가섰다.

"조미곤, 네가 신라 첩자인 것이 드러났다. 이제까지의 네 행적을 이실 직고한다면 살려서 편히 지내게 해줄 것이다."

사내가 얼굴을 바짝 붙였다.

"네가 연 좌평을 뒤에서 조종했으렷다?"

"보아하니 근위군이나 왕궁 위사들은 아닌 것 같군."

눈을 치켜 뜬 조미곤이 이 사이로 말했다.

"아마 동방이나 남방군의 졸개들이 역모로 잡힌 제 상전의 원수를 갚자 는 것 같군."

"너는 신라국 부산 현령을 지낸 놈으로 한때 신라왕 김춘추가 이찬으로 있을 적에 수행위사였다. 그렇지?"

"닥쳐라. 그런 적 없다."

그러자 뒤쪽에서 인기척이 났다.

"비켜서라. 내가 그 자를 직접 보겠다."

사내들이 좌우로 벌려 섰을 때 그 사이로 모습을 드러낸 것은 계백이었 다. 숨을 들이마신 조미곤이 입술 끝을 비틀고 웃었다.

"전(前) 방령, 전(前) 근위군 사령, 전(前) 동성군 태수 나리가 오셨군."

잠자코 선 계백을 향해 조미곤이 뱉듯이 말했다.

"이미 달은 기울었다. 날 죽여도 어쩔 수가 없다."

"너는 간자(間者)로 막중한 일을 했다. 신라국의 충신으로 길이 이름이 남을 것이다."

계백의 목소리가 정중했으므로 조미곤의 어깨가 늘어졌다. 계백이 말을 이었다.

"이미 연약한 연임자는 너에게 끌려들어 이제는 수렁에서 빠져 나올 수 없게 되었을 것이다."

"죽여라. 말할 것도 없다."

"궁중에 네 동조자가 있느냐?"

그러자 조미곤이 이를 드러내고 웃었다.

"백제왕 의자가 내 동조자다."

그러자 계백이 머리를 끄덕이며 한 걸음 물러섰다.

"이 자를 손가락 하나부터 토막을 내어라. 고통이 심할수록 제 충성심이 더 빛난다고 느낄 테니 오래 걸려서 죽여주어라."

그러자 옆에 서 있던 하도리가 선뜻 칼을 빼 들었다.

"살점도 조금씩 뜯지요. 끼니도 먹이면서 죽이겠소이다."

"무엇이라고?"

의자왕이 눈을 부릅뜨고는 태자를 보았다. 대왕전에는 대신들이 모두 모여 있었는데 숨소리도 내지 않았다. 왕이 팔걸이를 내려쳤다.

"태자를 양위하겠다고? 네 이놈! 태자 위(位)가 무슨 물건이냐?"

"아바마마, 소자는 불민한 데다 불충합니다. 소자의……."

"닥쳐라!"

턱을 든 왕의 흰 수염이 눈에 띄게 떨렸다. 그가 붉게 상기된 얼굴로 대신들을 노려보았다.

"내 분명히 말하거니와 앞으로 태자위에 대하여 말을 꺼내는 자는 고하를 막론하고 참할 것이다. 이것은 대역죄와 똑같다."

왕의 시선과 부딪치자 연임자는 그냥 받았으나 오금이 저렸다. 이미 등에서는 땀방울이 흘러내리고 있다. 전혀 뜻밖의 반응이었던 것이다. 이미 왕비께도 통보를 하였으니 왕과도 충분히 이야기가 된 것으로 믿었었다. 왕의 목소리가 다시 전을 울렸다.

"네 스승이었던 성충이 유배되었다고 너까지 연루될 수는 없다. 너는 내 뒤를 이을 유일한 태자다."

　대왕전을 나온 왕이 막 내전으로 들어설 때 연임자가 뒤따라 붙었다.
　"전하, 아뢸 말씀이 있사옵니다."
　"무엇인가?"
　왕의 기색은 아직도 누그러지지 않았다. 걸음을 옮기며 눈만 치켜 뜬 왕
을 향해 연임자는 머리를 숙였다.
　"전하, 신의 관직을 받아주십시오. 신의 몸이 허약하여 국사를 감당하기
어렵습니다."
　왕이 걸음을 멈췄다. 내전의 복도 복판에서 둘은 마주 보고 섰다.
　"좌평 의직과 홍수가 그대 탓을 하더냐?"
　"아니옵니다."
　연임자가 머리까지 저었으나 시선은 내렸다.
　"신의 허약한 몸 때문이니 부디 허락해 주시옵소서."
　"허락할 수 없다."
　다시 발을 뗀 왕이 앞쪽을 보며 말했다.
　"하긴 좌평 성충의 몸도 약하다. 곧 고덕도로 전내부 장리를 보내어 도
성으로 부르겠다."
　왕이 주춤대는 연임자의 얼굴은 보지 못했다. 그가 말을 이었다.
　"아마 그러면 태자도 안돈될 것이고 조정도 안정이 될 것이야."
　허리를 굽혀 절을 한 연임자가 몸을 돌렸다. 조미곤이 실종된 지 열
흘이다. 시각이 흐를수록 누군가가 목을 죄어 오는 것 같은 불안감에 요
즘은 잠을 제대로 잔 적이 없다. 그래서 왕에게 하소연하듯 말한 것이었
고 왕이 청을 받아들이지 않을 것이라고 이미 짐작하고 있었다. 그러나
말끝이 뜨거웠다. 왕은 심중의 말을 털어놓은 것이겠지만 성충이 돌아온

다는 것이다.

"이미 대왕께선 신라 정벌의 뜻을 굽히셨어. 작년에 김법민이 한 약속을 기다리실 작정이오."

홍수가 말하자 의직이 허탈하게 웃었다.

"대왕께서도 그것이 김춘추의 간계인 줄 알고 계시오."

"그렇게 영민한 분이시라면 왜 상좌평 형제를 투옥하셨단 말이오?"

눈을 치켜 뜬 홍수의 목소리가 커졌다.

"연임자의 간계에 백제국이 흔들리고 있소. 그놈 조미곤을 대왕께 데려가야 했소."

그러자 잠자코 앉아 있던 계백이 머리를 저었다. 좌평 홍수의 사저 안이다.

"조미곤을 대왕께 데려갔다면 오히려 우리가 당했을 것입니다. 그 자는 끝까지 결백을 주장했을 테니 우리는 대왕의 의심을 받게 되었을 것이오."

"방령 말이 옳아."

길게 숨을 뺄은 의직이 말을 받았다.

"그놈은 숨이 끊어지는 순간에도 웃었다고 하더군. 독한 놈이오."

"대왕께서 태자 저하의 양위를 허락지 않으신 것은 당연한 처사였소. 나는 태자께서 양위를 말씀하실 때 숨이 멎는 것 같았소."

말을 돌린 홍수가 목소리를 낮췄다.

"왕비께서 그것을 기다리고 계셨을까?"

의직과 계백이 입을 다물고 대답하지 않았으므로 방안에는 정적이 덮였다.

저녁을 먹고 난 지 세 식경쯤이 지났을때 성충은 문을 두드려 군사를 불렀다. 고덕도는 내륙의 남쪽에서 뱃길로 30리쯤 떨어진 외딴 섬이다. 해남군 태암성 소속의 군사 1백여 명이 13품 무독 벼슬의 수비장의 지휘하에 섬을 지켰는데 주민은 2백 명도 안 되었다.

"부르셨수?"

번을 서던 군사 하나가 불쑥 문을 열고는 얼굴만 들이밀었다. 방안에는 관솔 불을 켜고 있어서 그을음이 가득 낀 데다가 매캐한 냄새로 코가 막혔다.

"이보게, 잠깐 들어오게."

벽에 기대앉은 성충이 손짓으로 부르자 군사는 신발을 신은 채로 들어섰다.

"무슨 일이시오?"

"수비장은 어디 있는가?"

"마을에 내려가 술을 먹고 있을 것이오."

"네가 웅진성 태생이라고 했더냐?"

"그렇소. 왜 또 묻소?"

아직 선 채로 있던 군사가 눈살을 찌푸리며 성충을 내려다보았다.

"어디 아프시우?"

"수비장이 나에게 독약을 먹였다."

놀란 군사가 몸을 굳히자 성충이 어둠 속에서 희미하게 웃었다.

"아마 도성의 누구한테서 약을 받았겠지. 그리고 관등을 올려 주겠다는 약속도 받았을 것이다."

성충이 옆에 놓인 두루마리 두 뭉치를 꺼내 군사에게 내밀었다.

"나는 오늘 밤에 죽는다. 그러니 네가 이것을 가지고 오늘 밤에 도성으로 떠나라."

군사가 한 걸음 물러서자 성충이 다시 웃었다.

"네가 며칠 전에 그랬지 않느냐? 고향에 가서 죽는 것이 소원이라고. 이걸 좌평 의직에게 전해 주면 넌 고향에서 벼슬까지 받아 살게될 것이다."

"나는 죄인으로 평생 이곳에서 군역을 살아야 하오."

"의직은 병관 좌평이다. 네 죄를 없애고 너를 이곳 수비장에 임명 할 수도 있다."

"이곳은 싫소."

군사가 마음을 굳힌 듯이 손을 뻗어 두루마리를 쥐었다.

"병관 좌평 나리께 바치기만 하면 됩니까?"

"이것을 보여주어라. 내 증표다."

성충이 목에 걸었던 가죽 신표를 풀어 주었다.

"물론 내 글도 알아보겠으나 이것은 대왕께서 나에게 주신 신표다."

"그럼, 가겠소이다."

군사가 뒷걸음질로 물러서자 성충이 다시 웃었다.

"좌평 의직과 홍수 그리고 방령 계백에게도 내 말을 전하거라. 결코 대왕을 원망하면 안 된다고. 나는 죽기 전에 북쪽 왕성을 향해 삼 배를 올리고 죽을 것이다."

방문 앞에서 걸음을 멈춘 군사가 물었다.

"옥에 갇히신 동생 좌평 나리껜 하실 말씀이 없으시오?"

"없다. 피를 나눈 형제니 뜻이 통하고 있을 것이다."

군사가 나가자 성충은 벽에 기대앉은 몸을 세웠다. 복부의 통증은 창자를 찢는 듯 심해졌고 입에는 핏물이 고였다. 오늘따라 수비장은 손수 밥상을 들고 왔는데 고깃국이 놓여져 있었다. 고깃국에 독을 넣은 것이다. 신음과 함께 일어선 성충은 더러운 저고리를 여미었다.

"전하, 전하와 함께 대백제를 세우려던 지난날은 신에게 참으로 광영이었소이다."

소리내어 말했으므로 입에서 핏물이 흘렀다. 성충은 북쪽을 향해 엎드려 절을 했다.

"전하, 신 성충은 귀신이 되어 전하를 보호하리다."

다시 일어섰던 성충은 그냥 앞으로 넘어졌고 두 번째 절을 하려는 듯 몸을 굽히려다 사지가 늘어졌다. 숨이 끊어진 것이다.

부여복신은 왕의 사촌으로 병마군사를 담당하는 외관(外椙) 사군부(司軍部)의 장리였다. 그는 성품이 유연하고 박학다식하여 일찍부터 왕을 도왔는데 고구려의 연개소문도 그를 아꼈다. 그러나 그는 투옥된 좌평 윤충과 막역지우여서 감옥으로 세 번이나 윤충을 찾아 갔다는 사실이 발각되었다. 왕은 부여복신을 파직시키고 그 자리에 같은 왕족인 부여선웅을 임명했다.

성충의 밀지를 가져온 군사의 이름은 반돌이었다. 군복을 벗고 평복을 입었으나 거지꼴이 되어 의직의 사저에 들어온 그는 마침 안에 있던 의직을 곧 만났다. 의직이 서둘러 홍수와 계백을 불러 반돌의 이야기를 함께 듣고는 두루마리 밀지를 펴 같이 읽었다.

'신라 정벌이 좌절되면 머지 않아 신라와 당이 군사를 몰아올 것이오. 부디 귀공들은 대왕을 도와 해로(海路)로는 기벌포를 건너오게 하지 말고 육로는 결코 탄현을 넘게 하지 않으면 도성은 무사할 것이오. 그러나 이것은 최후의 방비책이니 그 안에 신라를 정벌해야 하오.'

밀지의 글씨는 그을음을 기름에 섞어 험한 붓으로 쓴 것이라 거칠었다. 그러나 분명 성충의 글씨였다. 글이 계속되었다.

'연임자의 내통이 분명하나 간교한 자라 증거가 없고 왕비궁의 조짐도 수상쩍소. 부디 대왕의 안전을 부탁하오'

밀지를 내려놓은 의직이 아직도 긴장으로 뻣뻣해진 반돌을 보았다.
"상좌평이 곧 돌아가신다고 했느냐?"
"예, 수비장이 그날따라 밥상을 들고 들어가는 것을 보았소이다."
반돌이 열에 뜬 듯 말했다.
"그리고 세 분 나리께 말씀을 전하라고 하셨소이다. 대왕을 원망하지 말라고 하시면서, 상좌평께서는 왕성을 향해 삼 배를 올리고 돌아가시겠다고 했소."
침을 한 번 삼킨 반돌이 의직을 보았다.
"그리고 상좌평께선 병관 좌평 나리께서 소인에게 버슬을 주실 것이라고 하셨소이다. 종이 딸린 집도 주실 것이며, 농지도……."
"알았다."
반돌의 말을 자른 것은 계백이다. 그러고는 계백이 어깨를 흔들며 울었으므로 의직과 흥수도 따라 울었다.

상좌평이던 성충의 죽음이 전해진 것은 이틀 뒤였다. 해남군장 덕솔 사택한이 왕에게 전령을 보냈는데 성충은 과식하여 체증으로 죽었다고 했다. 성충의 시신은 태암성주가 직접 확인하여 섬에 묻었다면서 종이에 싼 머리카락 한 줌을 가져왔다. 전령의 보고가 끝나자 대왕전의 왕좌에 앉아 있던 왕이 계단을 내려와 전령 앞으로 다가갔다. 그러고는 종이를 두 손으로 집어들더니 머리카락을 보면서 눈물을 흘렸다.
"상좌평, 내가 도성으로 모셔오라고 사신을 보냈는데 늦었구려."
주위에 둘러선 대신들이 따라 울었고 흥수와 의직은 이를 악물었으나 눈물을 막지는 못했다. 왕이 종이를 움켜쥐고는 다시 용상에 앉았다. 그러고는 손등으로 눈물을 씻더니 연임자를 보았다.

"상좌평의 혐의는 무(無)로 돌린다. 상좌평의 격에 맞는 장례를 치르도록 하라."

다음 해인 의자왕 17년(657년) 3월, 사비수 건너 왕흥사에 다녀오던 왕이 구드레 포구에 내렸을 때 기다리고 있는 덕솔 관등의 무장을 보았다. 북방 방령인 부여천이 보낸 덕솔급 전령이었으니 중대한 일이다. 왕의 표정을 의식했는지 전령이 서두르듯 말했다.

"전하, 고구려 대막리지 연개소문 공이 열흘 전에 사망했소이다."

"무엇이?"

놀란 왕의 목소리가 높아졌다.

"그것이 사실이냐?"

"예, 고구려 남부대인이 북방의 방령께 사자를 보냈소이다."

"어허."

탄식한 왕이 다그치듯 물었다.

"어찌 된 일이냐?"

"대막리지는 병으로 사망했다고 합니다. 따라서 막리지에 연남생이 추대되었다고 하옵니다."

연개소문은 아들 3형제가 있었는데 연남생, 연남건, 연남산이다. 장남인 연남생이 막리지를 이어받았으니 안심은 되었으나 백제는 외부의 큰 기둥을 잃었다. 연개소문은 고구려의 막강한 지도자임과 동시에 대륙 정벌의 동반자였던 것이다. 왕이 다시 탄식했다.

"연개소문 공이 뜻을 이루지 못했구나. 참으로 안타까운 일이다."

토성에 있던 계백에게 그 소식을 알린 자는 한때 동방군의 장수였던 도성의 하부(下部) 전항(前港)의 항장 윤천이다. 계덕 벼슬의 그는 항장 직무를 팽개친 채 말을 달려 계백에게 그 소식을 전하고는 곧장 돌아갔다. 눈으로 치켜 뜨고만 앉아 있는 계백에게 하도리가 다가와 섰다.

"주인, 병으로 돌아가셨다 하니 천명이오."

"전장에서 죽는 것도 천명이다."

청에서 일어나 마루 끝에 나와 선 계백이 북쪽 하늘을 바라보았다.

봄 하늘은 구름 한 점 없이 맑았고 바람은 따스했다. 연개소문과 의형제를 맺은 지 12년째가 되는 해였다. 당 태종 이세민을 발 아래로 보며 수나라에 이어 당의 대군을 네 번이나 격멸시킨 대국(大國)의 절대자는 웅지를 다 펴지 못하고 죽은 것이다. 고구려는 대륙을 동서로 가른 동방의 강국이었다. 하도리는 계백의 감회를 안다. 방령직을 박탈당한 계백이 야인으로 돌아오자 그도 가차없이 벼슬을 버렸다. 이윽고 시선을 내린 계백이 청 밑에 선 하도리를 바라보았다.

"백제와 고구려는 모두 큰 사람을 잃었다."

"연개소문이 죽었으니 고구려도 반 넘어 힘을 잃었다."

신라왕 김춘추는 얼굴을 펴고 웃었다.

"이제야 호기가 왔다. 백제는 상좌평 성충이 죽은 데다 윤충과 계백이 파직을 당했고 의직은 한직으로 물러났다. 왕비와 연임자가 종횡으로 휘저으니 제아무리 의자가 눈을 치켜 떠도 소용없을 것이다."

왕이 태자 법민을 바라보며 열에 뜬 듯 말했다.

"인고(忍苦)의 세월을 보낸 지 수십 년, 이제 신라국은 떠오르는 달이다."

의자왕은 왕권을 강화시키기 위하여 왕족과 서자 41명을 좌평직에 봉하여 내외관 22부의 장리는 물론이고 방령에도 임명했다. 대성 8족의 기반을 완전히 무너뜨리겠다는 의지였다. 이로써 백제국 1급 관등인 6인 좌평제는 유명무실하게 되었다.

의자왕 20년(660년) 정월, 삭풍이 몰아치는 한낮의 토성으로 가마무사 하나가 살같이 달려왔다. 붉은 색 가죽갑옷에 붉은 두건을 쓴 것을 보면 왕궁 위사였다. 말에서 구르듯이 뛰어내린 위사가 청의 마루 끝에 나온 계백에게 소리쳐 말했다.

"나리! 위사장께서 뵙자고 하시오!"

계백이 위사장 교진의 궁성 밖 숙소에 들어선 것은 술시 무렵이어서 깊은 밤이다. 위사장 교진은 달솔 관직이었고 왕의 최측근이다. 교진은 내실의 의자에 반듯이 앉아 있었는데 갑옷 차림이었다. 그가 계백을 보자 얼굴에 웃음을 띠었다.

"방령을 오랜만에 뵙소."

기름등의 불빛에 비친 교진은 얼굴에서 이미 사색(死色)이 덮여졌다. 계백이 눈을 크게 떴다.

"위사장, 이게 웬일이오?"

"나는 며칠 안에 죽소이다."

교진이 차분하게 말하고는 자세를 바로 했다.

"방령, 위사장은 대왕의 분신이니 그림자같이 지내는 관직이오."

그가 앞자리에 앉은 계백을 똑바로 바라보았다.

"왕자 시절부터 대왕을 모신 지 어언 30년, 이제 그림자가 지워지는 순간이 왔으니 입을 열어야 겠소."

"말씀하시오."

긴장한 계백이 몸을 굳혔다. 교진은 그야말로 대왕의 충복이며 그림자다. 궁성 안의 온갖 기밀을 쥐고 있는 직분인 것이다. 교진이 가쁜 숨을 가누고는 입을 열었다.

"왕비께서 사술에 깊이 빠지셨고 그 사술이 대왕께도 미치고 있소. 대왕은 모르시나 왕비를 통해서 전해지는 온갖 국사(國事)는 요녀로부터 나옵니다."

계백이 신음했다. 그러자 교진이 서두르듯 말했다.

"몇 년 전부터 나는 그 요녀와 연 좌평이 여러 번 은밀하게 만나는 것을 보았소. 그것은 왕비전 안이었고 왕비께서 마련해 준 자리였소."

숨을 가눈 교진이 계백을 보았는데 눈에 가득 눈물이 고여 있었다.

"나로서는 속수무책이었소. 그래서 죽기 전에 방령을 모셔 온 것이오, 이 일을 처리할 분은 방령뿐인 것 같았소."

사흘 뒤인 정월의 깊은 밤이다. 왕궁의 네 곳 문은 굳게 닫혔고 관리들의 통행도 끊겼다. 바람 한 점 없는 날씨였으나 저녁 무렵부터 내리기 시작한 눈이 발목까지 덮였다. 궁성의 서문을 지키던 위사 조장 용무는 서너 명의 사내가 다가오자 긴장했다.

"누구냐?"

그들이 십여 보 앞으로 다가섰을 때 그가 낮은 목소리로 수하했다.

"날세."

용무의 옆에 선 위사가 내민 등불에 앞장선 사내의 얼굴이 드러났다. 전(前) 방령 계백이었다. 용무가 한쪽으로 비키면서 위사에게 말했다.

"쪽문을 열어드려라."

위사가 힐끗 용무를 보았으나 조장의 지시였다. 쪽문이 열렸고 계백과 일행 셋은 곧 궁 안으로 들어섰다.

"조장, 무슨 일입니까?"

쪽문을 닫은 위사가 궁금한 듯 묻자 용무는 길게 숨을 뱉었다.

"나도 모른다. 위사장의 영이었다."

왕비궁 앞에는 위사 십여 명이 늘어서 있었는데 눈을 덮어써서 눈사람처럼 보였다. 계백이 옆에 선 하도리를 바라보았다.

"하도리, 나 혼자 들어가겠다. 너는 뒷문에서 기다려라."

"주인, 소인도 데려가 줍시오."

"번거롭다."

자르듯 말한 계백은 왕비궁 돌담을 끼고 옆쪽으로 돌았다. 달도 없는 깊은 밤이다. 왕비궁 안은 적막에 덮여졌고 불빛도 흘러나오지 않았다. 계백이 어깨를 흔들어 쌓인 눈을 털었다.

"대왕, 신을 용서하소서."

별당문이 벌컥 열렸을 때 왕비 은고와 아정은 함께 주술을 외우고 있었다. 왕비궁 안에서 불이 켜진 곳은 이곳뿐이다.

"웬 놈이냐?"

왕비는 날카롭게 소리쳤으나 아정은 눈을 반짝이며 방안으로 들어선 계백을 보았다. 계백은 아직 허리에 찬 칼도 뽑지 않았다. 그가 왕비에게 말했다.

"마마, 전 방령 계백이 이 요녀를 베겠소이다."

"이놈! 무엄하다!"

왕비의 목청이 궁을 울렸다. 자리에서 일어선 왕비는 조금도 위축되지 않았다. 그녀가 손을 들어 계백을 가리켰다.

"거기 누구 없느냐! 이놈을 잡아라!"

"마마! 비켜주십시오!"

왕비가 아정을 가로막고 있었던 것이다. 늦은 시각에 아정이 왕비와 함께 있을 줄은 예상 밖이다. 그때였다. 뒤쪽에서 다급한 발소리가 들리더니 위사들이 몰려왔다. 왕비는 아직 아정을 가로막고 서 있다.

"에익!"

뒤에서 위사의 칼이 내려쳐졌고 계백이 옆으로 비킨 순간이다. 갑자기 아정이 왕비의 옆으로 빠져 나와 계백에게 다가갔다.

"나리! 어서 죽여줍시오!"

놀란 왕비가 주춤거렸고, 다시 뒤에서 내지른 위사의 칼을 계백이 쳐서 떨어뜨렸다. 위사가 문 밖으로 굴러 떨어졌으므로 방 안에는 셋뿐이다. 계백이 칼을 치켜들었다.

"이 요물, 네가 신라국 첩자렷다!"

"그렇소이다. 신라왕 김춘추가 직접 소녀를 보냈소이다."

맑은 목소리로 말한 아정이 흰 이를 드러내고 웃었다.

"소녀는 이제 할 일을 다 했소. 어서 베시오."

그리고는 계백의 눈을 보며 다시 웃었다.

"나리를 사모했소이다. 나리를 본 순간부터 이 날을 기다리고 살았지요"

계백의 칼이 날아 아정의 목을 쳤다. 피가 튀었으나 왕비는 눈을 부릅뜬 채 하얗게 질린 얼굴로 움직이지 않았다. 계백이 칼을 던지고는 털썩 무릎을 꿇었다.

"어서 나를 묶어라!"

그 시각에 사병(私兵) 1백여 명을 이끌고 연임자의 사저 앞에까지 당도했던 좌평 홍수는 갑자기 사방에서 쏟아져 나온 군사들을 보았다.

"탄로가 났다!"

이를 악문 홍수가 말에 박차를 넣어 대문 앞으로 달려갔으나 화살이 빗발처럼 쏟아졌다. 화살을 맞은 그의 말이 곤두박질쳤고 땅바닥으로 내동댕이쳐진 홍수는 미처 일어서기도 전에 군사들에게 붙들렸다.

"분하다!"

벽력같이 고함을 친 홍수는 다가선 장수를 보았다. 전부(前部)의 부장인 덕솔 복기영이었는데 연임자의 심복이다.

"이놈! 이 역적놈들!"

다시 홍수가 고함을 쳤으나 눈에는 눈물이 맺혔다. 거사는 실패한 것이다.

왕은 이제 나이가 60이어서 머리와 수염이 온통 희었다. 눈을 치켜 뜬 그가 소리치듯 말했다.

"좌평 홍수는 파직하여 고마미지로 유배시킨다. 그리고 달솔 계백은 근위군 감옥에 가두어라."

전내부 장리가 허리만 숙였고 왕의 시선이 옆쪽에 선 내신좌평 연임자에게 머물렀다.

"홍수와 계백은 그대가 신라와 내통한 혐의가 있다고 주장한다. 그러나 뚜렷한 증거가 없고 정황만을 붙일 뿐이다."

"모두 소인의 덕이 부족하고 불민한 때문입니다."

그러자 왕이 길게 숨을 뱉었다.

"그대는 직을 내놓고 쉬도록 하라. 그것이 그대에게도 이로울 것이다."

2월, 당의 측천무후는 수렴 밖에 엎드린 재상 왕주태(王周泰)를 보면서 웃었다.

"그대도 김법민에게 매수되었는가?"

"아니옵니다. 마마."

당황한 왕주태의 얼굴이 벌개졌다. 그가 방바닥에 납작 엎드렸다.

"지금이 백제국을 정벌할 호기라고 생각되었기 때문입니다."

"하긴 백제를 멸망시키면 고구려는 앞뒤가 막히게 되겠다."

정색한 무후의 목소리가 팽팽해졌다.

"남방군을 출정시키도록 하겠으니 김법민에게 전하라. 이번에는 뒤로 빼면 안 된다고."

측천무후는 유약한 황제 이치와는 달리 결단력이 강했고 야망이 컸다. 그녀는 태종 이세민이 이루지 못했던 백제와 고구려의 정벌을 결심한 것이다.

"여부가 있겠습니까?"

감격한 김법민이 방바닥에 엎드리더니 왕주태에게 절을 했다. 그토록 애타게 기다리던 당의 백제 정벌군이 떠나게 된 것이다.

"신라군이 앞장을 서겠소이다."

그가 눈물이 가득 맺힌 눈으로 왕주태를 바라보았다.

"천자(天子)의 군대는 뒤만 받쳐 주십시오."

3월에 당은 좌무위대장군(左武衛大將軍) 소정방을 신구도행군대총관(新丘道行軍大總官)으로 삼고 당에 남아 있던 김춘추의 아들이며 김법민의 동생인 김인문을 부대총관(富大總管)으로 삼아 백제 정벌군을 출정시켰다. 15만 군사를 실은 대선단이 내주(來州)를 출발하자 곧 백제령에서 쾌선이 나는 듯이 백제로 달려갔다.

"15만 군사라고 했느냐?"

되묻는 왕이 소리내어 웃었다. 대왕전에 모인 백관들이 긴장하고 있는 것과는 대조적이다.

"그까짓 군세로 백제국을 정벌하겠다는 것인가? 가소롭다."

"전하."

좌평 의직이 입을 열었다. 그는 서부 방령직에 있었으니 내해 쪽에서 오는 당군을 맡아야 한다.

"신라군도 동쪽에서 공격해 올 것입니다. 당군이 움직인 것은 신라의 거듭된 요청 때문일 것입니다."

"김춘추가……."

왕이 다시 웃었으나 이번에는 일그러진 웃음이었다.

"그, 간교한 놈. 이번에는 내가 사생결단을 내리라."

4년 전 신라 북변의 33개 성을 공취한 뒤로 김법민이 찾아와 항복의 맹세를 했으나 약속은 지켜지지 않았다. 그리고 그동안 백제는 군(軍)의 최고 지휘관들이 파직을 당했으며 성충과 윤충은 이미 죽었다. 왕의 쩌렁이는 목소리가 전을 울렸다.

"각 방(方)의 군사를 정비하여 영을 기다리도록 하라. 신라가 쳐들어온다면 내가 진두에 설 것이다."

무왕 이후로 이제까지 40여 년 동안 신라는 한 번도 백제국 영지를 공격해 온 적이 없다. 모두 백제군이 신라 영지로 들어가 싸움을 벌였던 것이다.

신라왕 김춘추는 5월에 20만 군사를 출전시켰는데 왕 자신은 10만 친위군을 이끌고 국경인 금돌성(今突城)에 나아가 지휘소를 차렸으며 당에서 돌아온 태자 법민에게 5만 수군을 주어 남해를 돌아 당의 소정방과 합류하게 했다.

또한 상대등 김유신으로 하여금 5만 군사를 지휘케 하여 곧장 사비도성을 공격케 하였으니 이 부대가 신라의 최정예군이다. 장군 품일(品日)과 흠춘(欽春)은 각기 좌우대장을 맡아 백제 영토로 진입했으니 신라군의 사기는 충천했다. 왕은 이 날을 위해 이제까지 치욕을 견디어 온 것이다. 의자왕 20년(660년) 5월 26일이며 신라왕 김춘추의 집권 7년이 되는 해였다.

서부 방령 좌평 의직이 왕에게 말했다.

"전하, 당군은 석 달이나 배를 타고 왔으니 지쳐 있을 것입니다. 또한 당군이 주력군(主力軍)으로 당군부터 쳐부수면 신라군은 겁을 먹고 물러갈 것이오. 신에게 동방군을 붙여주십시오."

대왕전에는 각 부의 방령과 좌평들이 모여 있었는데 전략회의였다. 그러자 좌평 상영(常永)이 나섰다.

"전하, 당군은 배에 석 달이나 있었다고 하나 전력을 알 수 없습니다. 그러나 신라군은 백제군에게 연전연패를 당해 온 터라 사기도 낮을 것이니 먼저 힘을 모아 신라를 치는 것이 낫습니다."

그러자 의직이 품에서 두루마리 한 통을 꺼내었다.

"전하, 이것은 4년 전에 죽은 좌평 성충이 죽기 전에 전하께 드린 글이오. 이제까지 소신이 가지고 있었소이다."

왕이 의직이 바친 두루마리를 폈다. 왕이 성충의 글을 읽는 동안 전 안에서는 숨소리도 들리지 않았다. 이윽고 왕이 머리를 들었다.

"상좌평은 당과 신라의 연합공격을 4년 전에 예견하고 있었다. 바다 쪽으로는 기벌포를 건너지 못하게 하고 육로로는 탄현을 넘지 못하게 하면 공격군은 지쳐 물러갈 것이라고 했다."

그러자 연임자가 나섰다. 그는 이번에 다시 내신좌평이 되었으니 그만큼 조정 일을 샅샅이 알고 있는 자가 없었기 때문이다.

"전하, 성충은 충신이나 죽기 전에 가득 원한을 품고 있었을 것입니다.

그런 상황에서 바른 생각이 나왔을 리가 없습니다."

왕이 의직을 바라보았다.

"고마미지에 가 있는 좌평 홍수의 생각을 들어야겠다. 전령을 보내도록 하라."

어금니를 문 의직이 머리를 숙였다.

"전하."

사흘 뒤에 돌아온 전령이 홍수의 글을 바쳤을 때 이미 당군은 덕물도에서 신라의 김법민이 이끈 5만 수군과 합류한 뒤였다. 홍수의 글을 읽고 난 왕이 신하들을 바라보았다.

"홍수 역시 기벌포와 탄현을 막으라고 하는구나."

그러고는 쓴웃음을 지었다.

"그 또한 나에게 원한을 품고 있는 것일까?"

소정방은 치밀한 성격인 대신으로 담력이 작았다. 김법민과 신라군을 선봉으로 내세운 그의 선단이 기벌포로 들어섰을 때 뱃전에 서 있던 그가 머리를 한쪽으로 기울였다.

"요지(要地)다. 배에서 내릴 적에 백제군이 쳐 오면 몰사를 피할 수가 없겠다."

"이미 신라군은 반 넘어 상륙했소이다."

좌효위장군 유백영이 앞쪽을 바라보며 말했다.

"백제군이 이곳을 비워 둔 것이 마음에 걸립니다. 다른 곳에 함정을 파둔 것이 아닐까요?"

"분하다."

의직이 주름진 눈시울을 들고는 달솔 송기전을 바라보았다.

"기벌포를 비워 두었으니 당군은 빠른 속도로 서쪽에서 올라올 것이다."

"신라 김유신은 이미 탄현에 닿았소이다."

송기전이 악문 이 사이로 말했다.

"대왕께선 이제 총기를 잃으셨소이다. 당군과 신라군을 도성 앞으로 끌어들인 셈이 되었습니다."

"우리에겐 아직 30만 군사가 있다. 대왕께선 동방과 남방군을 믿으시는 것이야."

그가 이끈 서방군(西方軍)은 3만뿐이다. 동방과 남방의 군사는 지금 제각기 도성을 향해 진군해 오는 중이다. 의직이 자리에서 일어섰다.

"동방군이 먼저 닿을 것이니 그 군세면 당군을 격멸시킬 수 있다."

동방 방령 조환은 진막으로 들어선 사내를 보자 얼굴에 웃음을 띠었다.

"달솔께서 이곳까지 친히 오셨소"

"급한 일이어서."

붉은 색 갑옷 차림의 사내는 전내부 장리 유선이었다. 걸상에 앉은 유선이 정색을 했다.

"방령, 여기 밀서를 가져왔소"

"허어, 밀서라니?"

긴장한 조환이 상체를 세우자 유선은 품에서 두루마리를 꺼내 내밀었다. 저녁 무렵이어서 진막 안으로 밥짓는 냄새가 흘러 들어왔고 기마군의 말굽 소리가 땅을 울렸다. 득안성을 떠난 동방군은 지금 사비도성 북쪽의 1백여 리 지점까지 남하해 있었다. 이윽고 조환이 두루마리에서 시선을 떼었다. 하얗게 굳어진 얼굴이다.

"잘 알았소. 그렇게 하리다."

"연 좌평은 닷새만 기다려 달라고 했소."

"읽었소."

자르듯 말한 조환이 일어서더니 두루말이를 기둥에 붙인 기름등에 가져다 대었다. 곧 두루마리에 불길이 옮겨붙었다. 유선은 연임자의 밀서를 가져온 것이다. 유선은 물론이고 조환도 연임자의 후광으로 출신했으니 이미 한 배를 탄 몸이다. 다음날 아침, 동방군 20만은 근처의 가천성에 입성한 다음 움직이지 않았다.

"괴이하군."

말을 타고 탄현을 넘으면서 좌장군 품일이 말했다. 탄현을 지키는 백제군은 1천 명 정도였는데 반나절의 전투 끝에 패주해버린 것이다. 이쪽은 5만 대군이었으나 탄현에 백제군이 1만 명만 지키고 있었어도 고전을 면치 못했을 것이다. 그가 혼잣소리처럼 말했다.

"우리를 벌판으로 끌어들여 결전을 할 셈인가?"

탄현은 양쪽이 높은 벼랑으로 되어 있어서 기마군 두 명이 나란히 걷기에도 빠듯한 길이다. 그리고 그것이 5리나 뻗어 있어서 능히 수비군 1명으로 공격군 10명을 지킬 수 있다. 탄현을 빠져나간 품일이 길게 숨을 뱉었다.

"이제 이겼다."

소정방이 주장(主將)이 된 나당연합군 20만이 사비도성 서쪽 50리 지점에 닿았을 때 그를 맞은 의직의 백제군은 2만이었다. 이미 동방 방령의 배신이 전해진 터라 군사의 사기 또한 떨어져 있었으므로 진중에 선 의직의 심정은 비통했다. 오시 무렵 늙은 의직은 백발을 휘날리며 칼을 뽑아 들었다. 그가 친히 진두에 선 것이다.

"백제 군사들이여! 이제까지 백제군은 한번도 패한 적이 없다! 나를 따르라!"

그의 외침이 끝나자 군사들이 함성으로 대답했고 백제군은 진군했다. 양군은 정면으로 부딪쳤는데 먼저 당군의 선봉장인 도위 호영이 백제군의 대덕 마석봉의 칼에 맞아 죽었고 미시 무렵에 당군은 5리나 물러났다. 그러나 즉시 전열을 정비한 당군이 물밀듯한 기세로 몰려와 양군은 격렬한 혼전상태가 되었다. 신시가 되었을 때 의직은 칼을 두 번 맞았고 창에 배를 찔렸다. 치명상이었다. 밑에서 굴러 떨어진 그를 달솔 송기전이 부축하자 늙은 노장 의직은 입으로 피를 뿜으며 웃었다.

"나를 찌른 놈은 당군이야. 신라군은 아니었어."

"나리!"

그러자 의직이 송기전의 옷자락을 움켜쥐었다.

"그대가 대왕께 달려가게. 그리고 대왕께 옥에 갇힌 계백을 풀어 김유신을 막으라고 말씀드리게. 내 마지막 소원이라고……."

어금니를 문 왕이 손등으로 눈을 씻었다.

"내가 교만했다. 내가 충신들을 버렸다."

그가 눈물이 가득 찬 눈으로 송기전을 보았다.

"계백을 근위군의 옥에서 풀어 오라고 하라."

왕 앞에 엎드린 계백은 산발한 머리에 여위었다. 옷은 새 옷으로 갈아 입혔으나 아직 씻지도 못했다. 왕이 계백을 내려다보았다.

"계백, 서쪽에서 당군은 이미 30여 리 밖으로 다가왔고 동쪽의 신라군은 이미 웅진성을 넘었다. 그대가 신라군을 쳐라."

"예, 전하."

"근위군이 3만 있으니 얼마를 떼어 갈 것이냐?"

"5천만 주십시오."

왕의 시선을 받은 계백이 눈을 부릅떴다.

"5천이면 족합니다."

근위군에서 기마군 5천을 떼어 냈을 때 남방과 동방 등 각지에 흩어져 있던 계백의 옛 부하 장수들이 합류했다. 덕솔 선고와 각대상, 계덕 윤천 등이었는데 동방군장이었던 선고는 배신한 방령 조환을 베려다가 실패하고 도망쳐 왔던 것이다. 도성을 떠난 기마군 5천이 외성 밖을 지날 때였다. 앞쪽에서 2기의 기마군이 전속력으로 달려왔는데 계백을 소리쳐 찾았다. 계백 앞으로 안내되어 온 기마군은 서장군(郡) 소속이었다. 말에서 내린 기마군이 소리쳐 말했다.

"방령 나리! 신라군이 서장성을 함락시켰소이다. 군장께선 전사 하셨소!"

그러자 옆에 있던 하도리의 얼굴빛이 하얗게 되었다. 서장성에서 토성까지는 10리 길인 것이다. 그리고 토성은 도성까지의 통로가에 있었다. 계백이 머리를 끄덕였다.

"수고했다. 예상하고 있었던 일이다."

다음날 아침 토성 앞까지 나아갔던 근위군의 척후는 신라군 우군이 이미 토성 앞 2리 지점까지 진출해 있는 것을 보았다. 기마군만 1만5천인 대병력이다. 계백이 하도리와 10여 기의 기마군만 이끌고 토성 안으로 달려간 것은 오시 무렵이었다. 종들은 다 있었고 집사 백이는 허리에 칼을 찬 데다 창까지 들었다. 신라군으로 포로가 되었던 그는 이제 신라군과 싸우려고 한다. 계백이 청으로 들어서자 시진과 계백선이 그를 맞았다. 시진은 담담한 표정이었지만 계백선은 불안한 듯 눈동자가 흔들렸다. 내실로 들어선 계백이 시진을 보았다.

"신라군이 곧 올 것이오."

그러자 시진이 곱게 웃었다.

"제가 활을 조금 쏩니다. 1백 보 거리에서 10사(射)에 7, 8중(中)은 하지요."

"그대를 만나보고 떠나려고 왔소."

다가선 계백이 시진과 계백선의 손을 두 손으로 나눠 쥐었다.

"그대 얼굴을 가슴에 두려고."

계백선이 울었으므로 계백이 어깨를 당겨 안았다.

"아가, 어머니를 모시고 떠나거라."

그러자 계백선은 더 크게 울었고 시진은 머리를 저었다.

"남아 있겠습니다."

계백의 시선을 받은 시진이 상체를 기울였다.

"안아주세요."

계백이 시진을 가슴에 안았다. 모녀를 한꺼번에 안은 셈이다.

"행복했었습니다."

시진이 계백의 귀에 대고 속삭였다.

"이렇게 죽는 것이 소원이었습니다."

다음 순간 계백선이 짧게 신음을 내었고 놀란 계백이 몸을 떼자 피묻은 칼을 쥔 시진이 웃었다.

"저희들의 숨이나 끊어주십시오."

시진이 재빠르게 칼을 가슴에 박았으므로 계백은 눈을 부릅뜨고 울었다. 그리고는 허리에 찬 칼은 뽑았다. 계백의 칼이 시진의 가슴과 이어서 아직도 숨이 붙은 계백선의 가슴에 박혔다. 잠시 뒤에 내실을 나온 계백이 청에서 백이를 소리쳐 불렀다.

"집안의 재물을 종들에게 모두 나눠주어라."

눈을 치켜든 백이에게 계백이 다시 소리쳤다.

"그리고 본채는 불을 질러라. 시신을 묻어 줄 여유가 없구나."

계백은 근위군을 황산벌의 장동석성(壯洞石城)과 웅치산성(熊峙山城), 황령토성(黃嶺土城)의 3성을 연결하여 삼영(三營)의 전법으로 싸우도록 했다. 지형을 이용하여 신라군을 분산격파하려는 것이었다. 계백이 각기 영으로 떠나려는 5천 군사들을 한 자리에 모았다. 5천 장졸들은 낮은 언덕 위에 말을 타고 선 계백을 올려다보았다. 계백이 소리쳤다.

"옛날 월왕 구천은 5천 군사로 오나라 70만 대군을 물리쳤다! 너희들이 죽기로 싸운다면 신라군을 몰사시킬 수 있을 것이다!"

군사들이 창과 칼을 들어 우레와 같은 함성으로 대답했다. 계백이 칼을 뽑아 하늘을 찔렀다.

"백제군의 용명은 꼭 후세에 남을 것이니 군사들이여! 분발하라!"

김유신은 3도(三道)의 전술로 백제군을 맞았다. 그 자신은 중군이 되고 좌우군을 품일과 흠춘에게 맡겨 세 곳에서 치는 전술이다. 좌군대장 품일은 지모가 출중한 데다 용맹했다. 그는 기마군 1만5천을 3대로 나눈 다음 각대의 사이를 1리 정도로 떨어뜨려 놓고 백제군 우측의 장동석성을 공격했다. 장동석성의 1천5백 군사를 지휘하는 백제군 장수는 덕솔 선고였다.

"성이 높지 않다! 밀고 들어가 단숨에 몰사시켜라!"

중군을 이끌고 달리며 품일이 소리쳤다. 백제군은 1천5백 남짓이니 이쪽은 10배의 군세인 것이다. 석성이 1리쯤 앞으로 다가왔을때 품일은 이맛살을 찌푸렸다. 성에서 달려나오는 백제군을 본 것이다. 백제군은 모두 붉은 색 갑옷을 입고 있었는데 한 덩어리가 되어 질풍처럼 달려왔다. 신라군이 칼을 휘두르며 맞으려는 함성을 질렀으나 백제군 쪽에서는 기합소리 하나도 들리지 않았다.

"괴이하다."

품일이 혼잣소리처럼 말한 순간 양군은 부딪쳤다. 덕솔 선고는 선두에 서 있었다. 그는 벌써 신라군 장수 하나를 단칼에 베면서 진중으로 뚫고 들어왔다. 백제군의 기세는 처절했다. 군사 반석은 신라군의 칼에 팔이 잘렸으나 말고삐를 입으로 물고 달려들었으며 문독 양민성은 적장과 맞찌르고 죽었다. 칼이나 창에 찔려 떨어진 백제군은 주저 않은 채로 신라군의 말 다리를 쳤다. 이윽고 신라군이 밀리기 시작했다. 백제군의 기세에 압도당한 것이다. 앞쪽이 등을 보이자 신라군은 순식간에 허물어졌다. 악을 쓰며 군사를 독려하던 품일도 이를 악물고는 말머리를 돌렸다. 자신도 몸에 소름이 끼친 것이다.

신라 우군대장 흠춘은 선봉대장 배용을 잃고 물러났는데 백제군 덕솔 각대상에게 영기까지 빼앗겼다. 참담한 패전이다.

또한 중군 2천 기를 이끌고 김유신의 중군 2만을 향해 돌격했던 계백은 김유신의 부장 영소를 베었다. 66세가 된 김유신은 칼을 휘두르며 군사들을 꾸짖었으나 백제군이 내던진 창이 말 엉덩이에 박혀 하마터면 낙마할 뻔하고는 군사를 후퇴시켰다.

한 시진이 지난 오시 무렵, 진용을 정비한 신라군은 두 번째로 공격해 왔다. 이번에는 대형을 4중, 5중으로 만들어 충격이 뒤로 전해오지 않도록 했다. 김유신은 초조했다. 오늘 중으로 사비도성 앞에 닿아야 했다. 소정 방과 사비도성 앞에서 만나기로 한 것이다.

"이번에는 격멸시켜야 한다!"

그가 환수염을 떨면서 소리쳤다.

"백제군은 이제 3천도 남지 않았다!"

"신라군의 사기는 떨어졌다."

계백이 이 사이로 말하고는 눈을 부릅떠 다가오는 신라군을 바라 보았다.

"가자!"

그가 소리치자 백제군은 앞으로 내달렸다. 모두 눈을 치켜 뜨고는 이를 악물고 있는 것이 귀신과도 같은 형상이다. 그 중에는 피로 범벅이 된 군사들도 있었는데 죽은 자만 빼고는 다 나섰다. 싸우다가 죽으려는 것이다.

덕솔 선고는 선두에 서서 여섯 겹의 신라 진형을 뚫고 품일의 본진에까지 진입했다. 붉은 피를 뒤집어 쓴 백제군의 기세에 품일의 옆에 서 있던 기수와 고수들이 주춤거렸고 전령 하나는 등을 돌렸다가 감군(監軍)의 칼을 맞았다.

그러나 선고가 십여 보 앞으로 다가왔을 때 신라군은 무너졌다. 일제히 말머리를 돌린 신라군은 패주했다. 품일 또한 등을 바늘로 쑤시는 듯한 느낌을 받으면서 정신없이 도망쳤다.

각대상은 싸움 중에 등을 칼로 찔렸고 팔에 화살을 맞았으나 한 손으로 분전했다. 백제군은 한 치도 물러서지 않고 죽는 순간까지 싸웠으므로 마치 악귀와 같았다. 결국 신라군은 황산벌 끝쪽까지 패주했다.

"놈들은 장수들만 노립니다."

역시 패주한 김유신의 본진에서 부장(副將) 소단이 헐떡이며 말했다. 신라군은 분전했으나 백제군의 기세는 당할 수가 없었던 것이다. 김유신이 멍한 시선으로 앞쪽을 바라보았다.

"내 평생에 저런 군사는 듣지도 겪지도 못했다."

탄식처럼 말한 김유신이 소단에게 말했다.

"장수들은 투구 장식을 떼어라."

그러고는 하늘을 보았다. 미시가 되어 가고 있었다.

"다시 공격한다! 북을 울려라!"

신라군이 다시 진용을 정비하자 계백이 입만 벌리고 소리 없이 웃었다. 이미 신라군은 1만여 기를 잃었으나 이쪽은 반수인 2천여 기가 돌아오지 않았다. 그가 이끌었던 2천 기마군은 이제 1천여 기가 남아 있는 것이다.

"3영의 군사를 이곳에 집결시켜라!"

계백이 소리치자 북이 울렸다. 그러고는 한 식경도 안 되어 선고와 각대상이 군사들을 휘몰고 왔으나 부상자까지 합하여 전군은 3천도 안 되었다. 피를 많이 쏟은 각대상의 얼굴에는 사색(死色)이 덮였으나 계백을 보고 웃었다.

"방령! 이곳이 대륙이었다면 오죽 좋겠소?"

김유신도 재빨리 전군을 모았으나 군세는 4만이 안 되었다. 1만여 기를 잃은 것이다. 그가 끓어오르는 감정을 누르며 장수들을 보았다.

"이번에는 기필코 섬멸시켜라! 물러나는 군사는 가차없이 베어라!"

세 번째 공격이 시작되었다. 백제군의 창끝 같은 돌파를 막으려고 신라군은 20여 겹의 두터운 진형을 만들고 전진했다. 그러나 한 덩이가 되어 소리도 지르지 않고 쳐 오는 붉은 색 백제군을 보자 신라군은 동요했다. 계백은 신라군의 측면을 비스듬히 자르면서 난입했으므로 앞뒤가 잘려지고 제각기 등을 보인 신라군이 사방으로 내달렸다. 들판은 금방 난전상태가 되었다. 신라 장수들이 악을 쓰며 독려했으나 군사들은 모이지 않았다. 북을 쳐 다시 군사를 모은 김유신은 치를 떨었다. 군세는 이제 3만5천도 안 되었다. 1만5천을 잃은 것이다.

세 번째 싸움에서 각대상이 죽었다. 그를 따르던 부하들의 말을 들으면 기력이 다한 그는 신라군 장수 효석의 창을 가슴을 펴고 받으면서 효석이 창자루를 빼려는 순간에 목을 찔러 죽였다고 했다. 말에서 떨어진 그의 시체는 찾지 못했다.

"주인, 갑옷을 벗기겠소이다."

뒤에서 하도리가 말하자 계백이 머리를 저었다. 왼쪽 어깨에 칼을 맞아 지금도 피가 흘러내리고 있었다.

"괜찮다."

주위에는 지친 군사들이 앉아 있었으므로 계백이 일어섰다. 하도리가 바짝 다가와 섰다.

"주인, 주인의 목을 토성으로 가져갈까요?"

머리를 돌린 계백이 하도리의 번들거리는 눈을 보았다. 그리고는 머리를 저었다.

"이곳에 두어라."

"알겠소이다."

발을 뗀 계백이 낮은 언덕으로 올라 군사들을 바라보았다.

"백제군이여!"

그가 소리치자 1천여 명의 군사들의 시선이 모여졌다.

"장하다! 너희들의 명성은 길이 후세에 남으리라!"

그가 칼을 빼어 하늘을 가리켰다.

"자! 힘껏 함성을 질러라! 구천에 계신 조상들의 혼이 모두 들으실 것이다!"

1천여 명의 군사들이 찢어질 듯한 함성을 질렀고, 죽어 가던 군사들도 누운 채로 외쳤다. 계백은 눈물을 흘리며 언덕에서 내려왔다. 황산벌에 처음 터진 백제군의 함성이다.

신라군이 네 번째로 공격해 온 것은 신시 무렵이다. 지난번에는 독전대까지 도망쳤으므로 김유신은 독전대를 2중으로 만들었다. 북을 치고 함성을 올려 한껏 사기를 돋운 다음 3만5천의 군사는 진군했다. 그러자 기다렸다는 듯이 들판 서쪽의 백제군이 질풍처럼 달려왔다. 붉은 색 갑옷에 대부분이 온몸에 피칠을 했으니 불덩이와도 같고 붉은 색 귀신과도 같다.

"어허!"

중군에 서 있던 김유신이 길게 탄식했다. 이번에는 신라군 선두가 백제군이 1백여 보 밖으로 다가오자 일제히 말머리를 돌려 달아나기 시작한 것이다. 2중의 독전대도 마찬가지였다. 들판은 금방 쫓겨오는 신라군으로 덮여졌다. 김유신의 온몸에도 소름이 끼쳤다. 백제군의 형상은 차마 눈뜨고 볼 수 없을 만큼 끔찍했던 것이다.

"소자가 나가 전의를 일으키겠습니다."

화랑 반굴이 말하자 흠춘이 머리를 끄덕였다. 나가 죽겠다는 말이었다. 양군은 이제 들판의 동서에 포진하고 있었는데 거리는 1리(500m)가 조금 넘었다.

"네 목은 내가 꼭 찾아가마."

반굴은 그의 아들인 것이다. 군례를 올린 반굴이 자신의 낭도 10여 명을 이끌고 용약 출전했다. 그리고는 뛰쳐나온 같은 수의 백제군과 들판 복판에 부딪치더니 곧 한 사람도 빼놓지 않고 모두 죽었다. 빈 말 두어 필만 진중으로 돌아왔을 뿐 말도 빼앗겼다.

"이번에는 단기로 옵니다."

군사 하나가 소리쳤으므로 계백은 머리를 들었다. 기마군 하나가 창을 휘두르며 달려오고 있었다. 그러자 이쪽에서도 기마군 하나가 뛰쳐나가더니 단창에 신라군의 말을 꺼꾸러뜨렸다. 신라군이 말에서 굴러 떨어졌고 곧 덜미를 잡혀 이쪽으로 끌려왔다. 백제군이 소리내어 웃었고 신라 진중은 조용했다. 계백 앞에 꿇려진 신라군의 얼굴은 앳되었다.

"네 이름이 무엇이냐?"

계백의 옆에 선 선고가 묻자 신라군이 머리를 들었다.

"화랑 관창이다."

"나이가 몇이냐?"

"열여섯이다."

선고가 계백에게로 머리를 돌렸다.

"이놈을 죽여 보내기를 김유신이 기다리고 있을 것이오, 사기를 올리기 위한 미끼입니다."

잠자코 선 계백을 대신하여 선고가 소리쳤다.

"이 아이에게 말을 주어 돌려보내라!"

돌아온 관창을 보고 품일은 입맛을 다셨다. 관창은 품일의 아들이다.

"아버님, 다시 가겠습니다!"

눈물이 글썽한 눈으로 아비를 보며 관창이 말하자 품일은 외면했다. 뒤쪽의 김유신이 보고 있는 것이다.

관창이 다시 잡혀 계백 앞으로 끌려왔을 때 선고가 이맛살을 찌푸렸다.

416

"잔혹한 놈들이다. 어린아이에게 이런 치욕을 주다니. 이래야 사기가 오른단 말인가?"

그가 군사들에게 다시 소리쳤다.

"돌려보내라! 열 번 잡아도 열 번 돌려보내라!"

그때였다. 잠자코 서 있던 계백이 한 걸음 다가섰다. 그러고는 허리에 찬 칼을 뽑자마자 관창의 목을 베고는 굴러 떨어진 목을 눈으로 가리켰다.

"말 안장에 매달아 돌려보내라. 그리고 우리는 공격한다."

백제군은 이제 1천 기도 안 되었다. 종횡으로 신라 진중을 누비던 백제군은 먼저 덕솔 선고가 가슴을 칼에 찔려 죽었다. 그러나 그는 숨이 멎었어도 말안장에서 떨어지지 않았으므로 군사들이 산 줄로만 알고 따라다녔고 시체는 여러 차례 칼을 맞았다. 김유신의 진중까지 난입했던 계백은 김유신의 부장 소단을 죽였다. 그러나 그도 온 몸에 10여 군데의 상처를 입은 상태였다. 바짝 따라붙은 하도리가 눈을 부릅뜨고 주인을 지켰지만 역부족이었다. 계백이 서정골로 돌아온 것은 유시 무렵이다. 이제 그의 주위에는 50여 기의 군사들만 모였다. 계백이 피로 범벅이 된 얼굴을 펴고 웃었다.

"장하다."

그러자 군사들이 모두 울었다. 신라군은 아직 흐트러진 진용이 정비되지 않았다. 계백에게 하도리가 다가섰다.

"주인, 이제 쉬십시오."

"오냐, 그래야겠다."

그러고는 다시 말에 오르자 하도리가 뒤를 따랐다. 일어날 수 있는 군사들 10여 기가 뒤를 따랐고 그들은 다시 공격했다. 곧 신라 군사 하나가 계백의 가슴에 창을 꽂았고 계백은 칼로 군사의 목을 치고 나서 소리쳤다.

"대왕! 신이 먼저 가옵니다!"

눈을 부릅뜬 그는 칼을 쥔 채로 숨이 끊어졌다.

의자왕 20년(660년) 7월 10일이다.

그날 밤 처참한 무덤이 된 황산벌 한쪽에 어른거리는 10여 개의 등빛이 보였다. 먼 쪽에 신라군 진지가 있었으나 그들은 무서워서 감히 접근하지 못했다. 등빛이 백제군의 원혼(寃魂) 빛이 떠도는 것처럼 보였기 때문이다.

"여기 계시오!"

누군가가 소리치자 등빛이 한곳으로 모였다. 그들은 시체를 뒤지고 있었던 것이다.

"아아, 여기 계시다!"

그렇게 탄식한 사내는 늙은 헤이찌였다. 등빛에 비친 땅바닥에 먼저 하도리의 시체가 보였다. 그는 온몸을 벌려 누군가를 덮고 있었는데 밑에 깔린 시체는 계백이었다. 계백은 이제 자는 듯이 누워 있었다.

"아버님!"

갑자기 소리치며 다가온 사내 하나가 계백의 머리 옆에 무릎을 꿇었다. 그는 왜국에서 달려온 계백승이다. 그가 손등으로 눈물을 씻더니 눈을 부릅떴다.

"아버님을 모셔가겠소."

그러자 헤이찌가 길게 숨을 뱉었다.

"아니 됩니다. 이곳에 혼이 머무시게 해야 합니다."

계백의 얼굴을 바라보는 그의 목소리가 굵어졌다.

"백제국 장수의 혼은 이 땅에 박혀 있어야 합니다."

어깨를 떨며 소리 없이 울던 계백승이 허리에 찬 칼을 뽑더니 계백의 머리칼을 한 줌 베었다. 계백은 곧 그곳에 묻혔다.

418

황산벌 싸움에서 계백의 5천 군사 중 살아서 잡힌 자는 20여 명이었다. 부상당해 잡힌 것이었는데 그들도 곧 모두 죽었다.

그로부터 8일 뒤인 7월 18일, 백제국은 멸망했다.

〈전 3권 끝〉